KB018378

우리 동네 소통령 선거

작가 한만수는 충북 영동에서 태어났다. 은행과 보험회사를 17년 동안 다니는 틈틈이 습작을 하다 1990년부터 무작정 전업 작가의 길로 나섰다. 월간 <한국시>에 시 「억새풀」이 당선되어 등단하였으며 베스트셀러 시집 『너』를 비롯하여 『백수 블루스』 등 5권의 시집과 장편소설 『파두』, 『천득이』 등 120여 권의 장편소설을 출간했다. 최근 소설 창작의 길잡이 책인 『소설 작법의 정석』을 출간했다.

2014년 12월에는 12년 6개월 동안 집필한 대하장편소설 『금강』(전15권)을 완간했다. 『금강』은 우리나라 최초로 일제강점기부터 2000년도까지를 시대적 배경으로 하였으며, 동시대의 정치, 경제, 문화, 사회 그리고 물가 등을 사실적으로 재현했다는 점에서 주목을 받고 있는 소설이다. 늦깎이 공부를 시작해 경희사이버대학교를 졸업하고, 고려대학교 대학원에서 문학 석사 학위를 받고 박사 과정을 수학하다 중단했다.

우리 동네 소통령 선거

초판 1쇄 발행 2017년 11월 24일

지 은 이 한만수
펴 낸 이 최종숙
펴 낸 곳 글누림출판사

책임편집 이태곤
편　　집 문선희 권분옥 박윤정 홍혜정
디 자 인 안혜진 홍성권 최기윤
마 케 팅 박태훈 안현진 이승혜

주　소 서울시 서초구 동광로46길 6-6(반포4동 577-25) 문창빌딩 2층(우 06589)
전　화 02-3409-2055(대표), 2058(영업), 2060(편집)
팩　스 02-3409-2059
전자메일 nurim3888@hanmail.net
홈페이지 www.geulnurim.co.kr
블로그 blog.naver.com/geulnurim
북트레블러 post.naver.com/geulnurim
등록번호 제303-2005-000038호(2005.10.5)

정　가 15,000원
ISBN 978-89-6327-464-5 03810

* 이 도서의 국립중앙도서관 출판예정도서목록(CIP)은 서지정보유통지원시스템 홈페이지(http://seoji.nl.go.kr)와 국가자료공동목록시스템(http://www.nl.go.kr/kolisnet)에서 이용하실 수 있습니다.(CIP제어번호: CIP2017029442)

한만수 장편소설

우리 동네 소통령 선거

차 례

희망 슈퍼 / 오! 해피데이 / 햇볕 쨍쨍한 날에 /

개리를 잡아라 / 신고산타령 / 노을은 붉게 타오르고 /

비와 술잔 사이 / 달빛 아래서 손금을 보다

우리 동네
소통령 선거

희망 슈퍼

장사 준비를 하기에는 이른 어둑새벽이다.

아차시장 안에는 정적에 젖은 안개가 강물처럼 바람을 따라 흐르고 있었다. 단층으로 이어진 가게 앞에는 미어터지도록 쓰레기를 쑤셔 넣은 쓰레기봉지가 이슬에 젖어 처연하게 누워 있거나, 비치파라솔 밑에는 지난 밤 늦게까지 술을 마신 흔적들이 그림처럼 미동도 하지 않고 서 있다.

안개는 음식점에 식재료를 배달하는 1톤 트럭의 기운 없는 엔진소리와 함께 허공중으로 사라지거나, 우유배달원의 오토바이가 짧게 짧게 뱉어내는 바튼 엔진소리를 따라 흔적을 감추기 시작한다. 안개가 물러가고 난 시장 바닥은 채소쓰레기며, 비닐봉지, 빈 종이박스, 생선을 담거나 과일을 담았던 스티로폼 박스들이 축축하게 모습을 드러냈다.

1톤 트럭이 지나갈 만한 넓이의 도로 양쪽에는 빈 자판이나, 포장을 덮어 놓은 쇼케이스, 빈병이 꽂혀 있는 음료수며 소주 박스 등이 시큼한 시장 냄새를 풍기며 쓸쓸하게 이른 새벽을 맞고 있다.

그만그만한 크기의 서울닭집, 맛나분식, 아차장수원, 생선가게인 동해수산, 양쪽에 끼고 있는 행복슈퍼는 닭집과 분식센터와 장수원의 가게 면적을 합친 것보다 훨씬 컸다.

슈퍼 앞에 수박, 참외, 자두, 복숭아 등의 과일이나, 연중 세일행사를 하는 하이타이나 퐁퐁, 샤프란 등의 세제를 늘어놓으면 통닭집 좌판 얼음상자 안에서 목을 늘어트리고 있는 수십 마리의 통닭이나, 분식센터 앞의 만두며 찐빵, 꽈배기에 도넛 따위는 초라하고 보잘것없이 보인다.

시장 안의 가게들은 업종에 따라서 문을 여는 순서가 제각각이다. 가장 먼저 문을 여는 집은 채소를 비롯해서 각종 식재료를 파는 업종이다. 그 다음은 해장국이나 아침식사를 파는 식당들이다. 통닭이나 정육점, 생선가게 등은 9시쯤, 옷가게, 양품점, 신발가게 등은 비교적 늦게 문을 연다.

희망슈퍼의 셔터는 아차시장 안에서 가장 먼저 올라갔다. 이른 새벽부터 장사 준비를 시작하는 식당이나 분식센터 등에서 채소나, 조미료, 고추장이나 간장 따위의 장료, 쌀이나 밀가루, 국수 같은 곡류 등을 사러 오는 경우가 많기 때문이다.

어제까지만 해도 안개가 걷히는 때를 맞춰서 셔터 중앙에 쓰여 있는 '희망슈퍼'라는 글씨가 셔터 박스 안으로 숨어 있을 시간이다. 굳게 내려져 있는 셔터 앞에 냉랭한 바람만 고여 있었다.

조립식 패널을 이용해 지은 슈퍼 건물 뒤에는 슈퍼 사장인 철준이 살고 있는 살림집이다.

단층 집 마당에는 슈퍼로 출입을 하는 문이 있다. 그래서 슈퍼 셔터가 올라가면 장사를 하는 동안 살림집의 대문이 열리는 일은 없다. 그런데 오늘은 슈퍼 셔터가 올라가지 않은 걸 증명이라도 하듯 대문이 활짝 열려 있었다.

대문만 활짝 열려 있는 것이 아니다. 마룻바닥으로 되어 있는 거실 문까지 반쯤 열려 있었다. 거실 앞에는 있는 신발 몇 켤레도 평소 철준의 성격처럼 가지런히 정리가 되어 있는 것이 아니라 어지럽게 널려 있었다. 마당에는 태풍이 휩쓸고 간 후처럼 헌옷가지, 옷걸이, 책이며 고지서 나부랭이에 무엇인가 포장을 했음직한 청색과 황색의 종이박스, 코드가 매달린 전깃줄, 책꽂이, 장식장 같은 것이 어지럽게 널려 있었다. 그 풍경이 반쯤 열려 있는 거실문과 묘한 조화를 이루어서 을씨년스럽기만 했다.

철준과 담장 하나를 사이에 두고 혼자 살고 있는 60대의 과수댁 대전만두집은 구멍가게를 겸한 현이네 식당에서 새벽 1시가 넘도록 술을 마셨다. 그녀는 속이 쓰려 아침에 얼큰한 콩나물국이나 끓여 먹을 생각으로 집을 나섰다.

그녀는 철준의 집 대문 앞을 지나가다가 걸음을 멈추고 뿌옇게 밝아오는 하늘을 바라보며 고개를 갸웃거린다. 무언가 이상한 느낌이 뒷덜미를 움켜잡는 것 같은데, 이상한 그 무엇이 무언지 알 수가 없었다. 그녀는 천천히 고개를 돌려서 열려 있는 대문 안의 마당을 바라본다. 대추나무 밑에 있는 개집 앞에서 캐리가 반갑게 꼬리를 흔드는 모습을 지켜보다 슬그머니 앞을 향해 시선을 옮겼다.

내가 술이 덜 깼나?

분명 무언가 이상한 것이 있기는 한데 그것이 무엇인지 얼른 생각이 나지 않았다. 혼잣말로 중얼거리며 몇 걸음 걷다가 다시 걸음을 멈추고 철준의 집 대문을 응시했다. 대문을 엇비껴 서 있는 지점이어서 마당 안은 보이지 않는데 캐리가 끙끙거리는 소리가 들린다.

가만…….

대전만두집은 열려 있는 대문에서 시선이 멈췄다. 철제로 된 낡은 대문의 파란색 페인트가 드문드문 떨어져 나간 자리에는 붉게 녹이 슬어 있다. 가만히 생각해 보니 이 시간에는 대문이 열려 있었던 적이 없었다. 철준의 아내 경혜 엄마는 아침을 짓고 있을 시간이고, 철준은 슈퍼 문을 열고 물건을 진열하거나 새벽 손님을 받고 있을 시간이다.

그녀는 이상하게 도둑질을 하다 들킨 사람처럼 가슴이 마구 떨리는 것을 느끼며 발자국 소리를 죽이고 살금살금 대문 앞으로 갔다. 마당 안에서 이상하게 냉기가 뿜어 나오고 있는 것 같은 느낌이 들었다. 그녀는 괜히 가슴이 덜컹 내려앉아서 마른침을 꿀꺽 삼키며 대문 안으로 들어갔다.

"경혜 엄마…… 경혜 엄마 있어?"

캐리가 목줄 때문에 대전만두집 앞으로 달려가지는 못하고 앞발로 바닥을 긁으면서 꼬리를 빠르게 흔든다. 거실 안에서는 아무런 인기척이 없었다. 그녀는 도둑질이라도 하는 것처럼 골목을 살펴 본 후에 거실 앞으로 가까이 다가갔다.

"야…… 야반도주한 거 아냐?"

그녀는 거실 안으로 상체를 디밀었다. 주방 앞은 비어 있었고 방문은 모두 닫혀 있다. 밥을 하고 있는 흔적도 보이지 않았다. 거실 안은 마당과 다르게 일부러 청소라도 한 것처럼 깨끗했지만 찬바람이 고여 있었다. 그 찬바람은 추워서 느끼는 것이 아니라, 오랫동안 빈집으로 방치되어 있는 집이나, 이사를 가서 잠시 비어 있는 집에서만 느낄 수 있는 가슴속에서만 부는 찬바람이었다.

지난밤에 철준을 배웅해 주느라 새벽에 살포시 잠이 들었던 진구는 새벽부터 골목이 시끌거리는 소리에 눈을 뜨고 마른입을 다시며 엎드려 누웠다. 창문 유리창은 뿌옜다. 선잠을 자서 그런지 입안이 몹시 썼다. 가슴속에 시뻘겋게 녹이 슨 쇳덩이가 내려앉는 것 같은 기분이 들어서 일어나 앉았다. 문득 오늘 컴컴한 새벽에 아차동사무소 앞 공터에서 달빛을 측면으로 받으며 운전대를 잡고 있는 철준의 얼굴이 떠올랐다.

못난 자식.

바로 몇 시간 전에 떠나보낸 철준의 얼굴이 아련한 그리움으로 떠오르며 겨울날 강풍을 만난 방패연처럼 하늘로 빠르게 솟구쳐 올라갔다. 까마득하게 치솟아 오른 방패연이 빠르게 한 바퀴 원을 그리며 땅바닥을 향해 쏜살같이 곤두박질을 하다가 불쑥 예각으로 튕겨 오르는 것 같았다. 그는 눈을 질끈 감았다 뜨면서 일어나 여름 점퍼를 걸쳤다. 거실로 나가서 바깥문을 여니 한여름이지만 바람이 소슬했다.

아침을 짓다가 말고 좁은 마당 안을 서성거리고 있던 진구 아내는 너무 기가 막히고 황당해서 얼른 말이 나오지 않았다. 정신이 반쯤은 나간 얼굴로 신발을 신고 있는 진구의 등을 멍한 눈빛으로 바라보던 그녀는 마른 침을 꿀꺽 삼키고 나서야 더듬거리는 목소리로 물었다.

"사람이 어쩜 그럴 수가 있대요? 시장 안에 있는 따…… 딴 사람은 몰라도, 나…… 나한테는 말 한 마디라도 해 주고 떠나야 하는 거 아닌가?"

"나 혼자 배웅했으면 됐지, 뭐 박수칠 일이 있다고 곤히 자는 당신까지 깨워? 그리고 철준이 보증 서 준 것은 걱정 놓아도 괜찮아. 슈퍼 보증금만 해도 이천오백만 원인데다 물건까지 내가 인수하는 걸로 약속이 되어 있으니까."

"어머머! 다…… 당신은 뭔 말을 대책 없이 서운하게 한대요? 난 경혜네가 인사도 못하고 떠날 사정이었다면, 어제 저녁이라도 한끼 해 먹이지 못한 것이 너무 서운해서 이러고 있는데……."

"아니면 됐고."

진구는 침울한 얼굴로 잠깐 흐린 하늘을 쳐다보고 나서 대문 밖으로 나갔다. 시원하게 와 닿는 새벽바람을 맞으며 시장을 향해 걸었다. 골목 중간에 있는 선이네식당 앞에 무심코 시선이 돌아갔다. 식당 앞의 제법 넓은 공터는 시 소유다. 공터 가운데는 아차동이 화양시에 편입되기 전부터 서 있는 고목이 있어서 동네 사람들이 많이 이용하는 곳이다.

살림방이 붙어 있는 다섯 평 남짓한 식당 문이 벌써 열려 있다. 식당 안에는 해장국을 끓이고 있는지 허연 김이 안개처럼 문 밖으로 퍼져 나오고 있다. 그 안에서 가슴팍에 나이키라는 빨간색 로고가 찍힌 트레이닝복을 입은 돈기철(敦基喆)이 무언가 우물우물 씹으며 나왔다.

"꼭두새벽부터 기철이 형님이 맥없이 공짜로 술을 살 리는 없고, 기철이 형님 오늘 소 잡는 날인가?"

돈기철 뒤를 따라 나오는 곽차복의 얼굴도 보였다. 걸음을 멈춘 진구는 돈기철에게 말을 걸면서도 곽차복을 바라보며 마른 웃음을 보낸다.

"히! 지…… 진…… 진구야. 수…… 술 한잔 했다."

곽차복은 선천적으로 오른발보다 왼발이 십 센티 정도 짧은데다 지능지수도 모자란 장애인이다. 그는 돈기철과 보폭을 맞추느라 기역 자로 꺾은 양팔을 상하로 바쁘게 움직이며 진구를 향해 히죽히죽 웃어 보였다.

"허! 진구도 사람 우습게 보는 성질이 있는 줄 몰랐구먼. 나는 차복이한테 공짜 술 사 주면 안 된다고 헌법에 명시라도 되어 있나?"

"말이 그렇다는 말이지. 별 뜻은 없슈."

"말은 착하게 하지만 속으로는 날 비웃고 있겠지. 하지만 이 돈기철도 오늘부터는 사람답게 살겠다고 결심했다는 말은 꼭 해 주고 싶구먼.”

“언지는 형님이 사람답게 안 살았슈?”

“나야 사람답게 살라고 노력을 했지만 이 동네 사람들이 전생에 나하고 불구대천지 원수라도 졌는지 인간대접을 안 해주고 있으니까 하는 말이잖아.”

돈기철은 그답지 않게 진구의 어깨를 가볍게 치며 싱긋 웃어 보이기까지 했다.

“새벽부터 뭔 일 있었슈?”

몇 걸음 뒤쳐졌던 곽차복이 바쁘게 절룩거리는 걸음으로 다가왔다. 진구는 곽차복은 바라보지도 않고 손가락으로 턱을 긁었다. 돈기철의 말을 도무지 이해할 수 없었다.

“지금 철준이 집에 가는 길이잖아. 철준이가 사정이 급하긴 엔간히 급했나 보구먼. 매사에 똑소리 나는 성격에 쩨쩨하게 야반도주할 사람은 아닌데…….”

“허! 아차동 십일 통에서 형님 빼 놓고 성질 안 급한 사람 또 있나?”

돈기철 목소리는 너무 매끄럽다 못해 윤기가 줄줄 흘렀다. 진구는 오늘따라 살갑게만 구는 돈기철을 이해할 수 없었다. 누군가 뒤를 따라붙는 인기척에 고개를 돌렸다. 현이네가 촐랑거리는 걸음으로 따라붙고 있었다.

“어젯밤에 한 열두 시나 됐나? 대전만두집 형님하고, 통상네 하고 술을 마시고 있는데 경혜 아빠가 불쑥 들어오데? 그래서 내가 그랬구먼. 내일은 해가 서쪽에서 뜨겠네, 경혜 아빠가 우리 집에 술을 마시로 오는 걸 봉께, 그랬더니 이런 날이 있으면 그런 날도 있고 그런 날이 있으면 저런 날도 있는 거 아닙니까? 라고 피식 웃드만. 혼자 앉아서 안주도 없이 깍두기랑 소주 한 병을 게 눈 감추듯 비우고 나드니, 아! 글쎄 우리한테 턱 하니 맥주 세 병을 사 주지 뭐여?"

"철준이가 소주도 아니고 맥주를, 그것도 한 병도 아니고 세 병을 사 줬단 말여?"

돈기철이 걸음을 멈추고 도저히 믿어지지 않는다는 얼굴로 현이네에게 물었다.

"오죽했으면 대전만두집 형님이 경혜 아빠 어디 아프냐고 물었을까."

"사람이 안 하던 짓을 하면 황천길이 눈에 보인다는 말을 들어 봤어도, 안 하던 짓을 하면 야반도주를 한다는……."

돈기철은 진구의 얼굴이 굳어지는 것을 보고 슬그머니 입을 다물었다.

"기철이 형님, 말을 너무 심하게 하는 거 아뉴? 철준이가 오죽 견디기 힘이 들었으면 그걸 선택했겠슈? 명색이 아차시장 터줏대감이라는 사람이 동정은 못해 줄망정 너무하네?"

진구의 노려보는 눈빛에 돈기철은 더 이상 대꾸를 하지 않았다.

"나도 저걸 장사라고 시작한 지가 십 년이 훨씬 넘어서 내 나름대로는 사람 좀 볼 줄 안다고 생각해 왔는데, 감쪽같이 속았지 뭐여."

현이네가 돈기철과 팔짱이라도 낄 것처럼 옆에 찰싹 달라붙었다.

그는 철준의 일가족이 야반도주한 사실이 믿어지지 않는다는 얼굴로 혀를 찼다.

"시…… 지금! 뭐…… 뭐…… 뭔 말 하능 겨?"

부지런히 따라온다고는 하지만 몇 걸음 뒤에서 절룩거리며 따라오고 있던 곽차복이 숨차게 물었다.

"현이네! 사람이 없다고 그런 식으로 말을 하면 안 되잖아. 시장 사람들이 죄다 알고 있는 사실이지만 철준이하고 진구는 고향이 같잖여. 내가 알기로도 초등학교부터 중학교까지 쭉 같이 다닌 둘도 없는 친구란 말여. 철준이가 그런 친구를 두고 떠날 때는 어떤 마음이겠어. 가슴이 갈가리 찢어졌을 거잖아. 그런 사람을 위로는 못해 줄망정 막말을 하면 안 되능 겨. 어때! 지금 내가 한 말이 이치에 안 맞는 말인가, 동생?"

곽차복의 말을 무시해 버린 돈기철은 철준이 야반도주한 사실에 대해서 서운하거나 안됐다는 생각을 해 본 적은 없었다. 동네 사람들의 여론을 선동해서 철준에게 통장 자리를 넘겨주게 한 것은, 철준이 예쁘거나 믿음직스러워서는 아니다. 철준이 통장이 되더라도 몇 개월 가지 못할 것이라는 점을 염두에 둔 포석이다. 그런 철준이 야반도주를 했으니 계획이 몇 개월 앞당겨진 것이 너무 고마워서 만세를 부르고 싶을 정도였다. 그러나 겉으로는 내색을 하지 않았다. 기철은 진구의 환심을 사기 위하며 현이네를 점잖게 나무라고 나서 은근한 목소리로 말했다.

"태한이 아빠 말을 듣고 봉께 틀린 말이 아니네. 경혜 엄마야 여길 뜨면 그만이지만, 경혜 아빠는 명절 때 명수 아빠 얼굴 보기에 면목이 없어서 고향도 갈 수 없는 신세가 되어 버렸으니 얼마나 가슴이 아팠을까잉."

진구는 돈기철의 말에 대꾸를 하지 않았다. 조금 전까지만 해도 호들갑을 떨던 현이네가 돈기철을 이해할 수 없다는 얼굴로 바라보며 한층 잦아든 목소리로 말했다.

"그걸 말이라고 하는 거여? 떠난 사람이야말로 가슴이 찢어지다 못해 미어지겠지⋯⋯ 그렇다고 언지까지나 마냥 주저앉아서 떠난 사람만 동정하고 있을 수는 없지. 차기 예비 통장이 밤차를 탔으니 수일 내에 차기 통장도 새로 뽑아야 하고⋯⋯."

돈기철은 진구의 반응이 시원치 않는 것을 보고는 안개가 걷히지 않은 하늘을 쳐다보는 척하며 슬쩍 화제를 돌렸다.

"맞아! 경혜 아빠가 담 번에 통장을 하기로 했었네. 차기 통장이 동네를 떠났으니 할 수 없이 현 통장이 삼 년 동안 더 고생을 해 줄 수밖에 없겠네."

현이네는 마음속으로 '그럼 그렇지. 저 인간성이 어디로 가?'라고 비웃으며 돈기철이 들으라는 얼굴로 염장을 질렀다.

"해장술은 내가 마시고 취하기는 현이네가 취했구먼. 이번에 왜 통장을 새로 개비하기로 항 겨? 똥 통장인지 변 통장인지는 모르겠지만 변차수가 십 년 넘게 통장 노릇을 했잖아. 아무리 맑은 물도 십 년간 고여 있으면 썩은 물이 되는 법. 새로 통장을 뽑아야 한다는 회의를 거쳐서 다음 달 십오 일 광복절부터 철준이를 통장 시키기로 결정을 봤잖아. 하지만 철준이가 없어졌으니까 진구가 통장을 하는 수밖에 없잖아. 원래 철준이를 통장으로 뽑기 전에는 진구가 통장을 해야 한다는 말이 많았잖아. 동생, 내 말이 틀렸는가?"

"형님은 통장을 하고 싶은 생각이 있는지 모르겠지만 난 아뉴. 난 먹고 사는 것이 바쁜 몸이라 통장을 하고 싶어도 못해요."

진구는 마른 목소리로 중얼거리듯 말하며 걸었다. 철준의 집에 가까이 다가갈수록 날이 훤하게 밝아왔다.

철준의 살림집 안에는 대전만두집과 통장 변차수가 와 있었다. 진구는 불과 몇 시간 전에 철준과 대화를 나누던 마당으로 들어섰다. 아무리 규모가 큰 집이라도 사람이 살지 않으면 죽은 집이 되고, 미풍에도 쓰러질 것 같은 오막살이집도 사람의 훈기가 있으면 눈보라 폭풍우도 견디어 내는 법이다. 불과 몇 시간 전에도 느끼지 못했었는데, 어느 사이에 마당에 낯설면서도 쓸쓸한 바람이 깔려 있었다. 셰퍼드와 도사 잡종인 캐리까지 평소처럼 꼬리를 흔들며 반기지 않았다. 캐리는 낯선 사람을 보는 것처럼 코를 찡그리고 이빨을 드러내며 인상을 썼다.

"재수 없게스리 식전부터 개새끼가 대장부 앞을 가로막는구먼."

돈기철이 한 발로 땅을 박차며 주먹으로 캐리를 때리는 시늉을 했다. 캐리는 멈칫 하고 뒷걸음을 쳤다. 돈기철은 관심 없는 얼굴로 시선을 돌렸다. 캐리가 다시 으르릉거리며 앞발을 벌떡 추켜올리고 달려들었다. 하지만 복줄 때문에 앞으로 튀어나오지는 못했다.

"수고 많으시네유."

진구는 거실 문이 활짝 열려 있는 문턱에 앉아서 담배를 피우고 있는 변차수에게 고개를 숙여 보였다. 팔짱을 낀 채 마당을 서성거리고 있는 대전만두집에게도 어설픈 미소를 지어 보이고 방문을 바라봤다. 굳게 닫혀 있는 방문 앞에는 썰렁한 한기가 고여 있다. 철준은 새벽부터 밤이 늦도록 슈퍼에서 사는 까닭에 이 집에 온 적은 흔하지 않았다. 그래도 내 집처럼 편하고 친근하게 와 닿던 풍경이 낯설게만 보였다. 새벽이슬이 축축하게 묻어 있는 대추나무를 바라보다가 다시 바라본 방문은 여전히 굳게 닫혀 있다. 변차수만이 돈 받으러 온 빚쟁이처럼 찡그린 얼굴로 허공을 쳐다보고 있을 뿐이었다.

허공을 쳐다보며 담배 연기를 날리고 있던 변차수는 세모형의 뾰족한 턱을 문지르며 천천히 돈기철에게 시선을 돌린다.

저 인간이 뭔 일로 새벽부터 행차를 했나? 철준이 보증을 서 줬을 리는 없고, 콧뎅이가 홍시처럼 빨갛게 익은 걸 보니, 선이네식당에서 해장술을 마시다 소문을 듣고 아침 먹을 때는 아직 멀었고, 정육점 문을 열기도 이른 시간이고 하니 구경삼아 한번 와 본 건가?

그것도 아닌 것 같았다. 돈기철 성격은 이웃에 불이 났다 해도 자신하고 이해득실 관계가 없으면 팔짱을 끼고 구경만 하고 있을 위인이다. 그런 위인이 새벽 댓바람에 왔을 때는 무언가 이유가 있을 것 같은데 얼른 생각이 나지 않았다. 변차수는 마땅치 않다는 얼굴로 킁! 하고 잔기침을 하며 시선을 돌렸다.

"태한이 아버지가 새벽부터 웬일이다?"

무슨 말인가 중얼거리고 있는 것처럼 입술을 달싹달싹거리며 마당을 서성거리고 있던 대전만두집이 돈기철에게 말을 걸었다.

돈기철은 그녀를 본체만체 하고 마루에 앉아 있는 변차수에게 시선을 돌렸다. 뒤늦게나마 얼굴을 바짝 세운 체 턱만 까딱거려 보이는 것으로 인사를 대신했다.

"기철이 자네는 철준이하고 이해관계가 없는 걸로 알고 있는데, 뭐 좋은 구경거리가 생겼다고 맨 먼저 달려 온겨? 설마 빈집 구경하러 온 것은 아닐 테고……."

대전만두집의 말에 돈기철을 바라보고 있던 변차수가 못내 궁금해서 견딜 수가 없는 목소리로 물었다.

"나하고 뭔 억하심정이 있어서 식전부터 섭섭하게 하는지 모르겠네. 내가 와서는 안 될 곳을 온 것은 아니잖유. 현 통장님만 아차시장 번영회 회원이 아니고 나도 번영회 회원유. 분기에 한 번씩 꼬박꼬박 회비를 내고 있는 우수회원 철준이 소식 듣고 안타까운 마음에 왔슈."

"현 통장이라니? 자네 식전부터 취했나? 난 현씨가 아니고 변씨여. 엄연히 족보가 새파랗게 살아있는 개성 변씨 성을 가진 변차수란 말여."

변차수는 그렇지 않아도 돈기철에게 유감이 많았다. 놈은 동네를 위해 뭐 하나 앞장서서 하는 일도 없으면서 주둥이만 앞장세우는 공산당 같은 놈이다. 통장 자리를 차지할 능력도 없는 주제에 현 통장이 십 년을 넘게 해먹었으니 갈아치워야 한다며 밋대로 들쑤시고 다니던 짓이 옛날에 죄 없는 지주를 몰아내야 한다고 소작인들을 선동

하고 다니던 공산당들과 비슷하다. 철준을 차기 통장으로 세운 것도 순전히 놈의 작품이다. 동네 청소도 나오지 않는 놈이 극구 사양하는 철준을 차기 통장으로 앉히기 위해 내가 힘닿는 데까지 도와주겠다고 감언이설을 했던 것도, 청년 위원장 완장만 차고 있으면 지주들을 몰아내고 부자로 만들어 준다고 아버지를 기만했던 공산당과 같은 짓이다. 앞을 봐도 공산당, 뒤로 봐도 공산당 같은 놈이 새벽부터 현 통장 운운하는 말을 들으니 피가 거꾸로 솟는 것 같았다.

귀신은 뭐 하고 있는지 몰라. 저런 놈은 애시당초 철들기 전에 싹을 끊어 놔야 하는데.

변차수의 마음속에서는 분노가 들끓고 있지만 통장 체면에 새벽부터 고함을 지를 수는 없었다. 그는 목에 퍼런 힘줄이 돋도록 이가 갈리는 소리로 나직하게 내뱉으며 노려보았다.

"식전에 헛심을 쓰면 중풍이 온다는데……."

"내…… 내가 상대를 하지 말아야지."

"내 참, 모르는 사람이 들으면 현 통장님하고 나하고 아주 각별한 사이인 줄 알겠네. 톡 까놓고 말해서 내가 틀린 말 한 거요? 철준이가 야반도주를 했든 안 했든 통장 자리를 내놓기로 한 약속은 지켜야 된다는 생각에 현 통장이라는 호칭을 썼슈. 그게 그렇게 서운하고 기분 나쁘게 들려유?"

"자네야말로 철준이 떠난 거는 하나도 서운하지 않고 내가 통장질을 계속하게 될까 봐, 그 점이 걱정되는 모양이구먼?"

변차수는 비로소 논기철의 꿍꿍이셈을 알 수 있었다. 통장 자리가 탐이 나서 작심을 하고 비아냥거리는 것일 거라고 생각하며 코웃음을 쳤다.

"통장님은 내 말을 왜 자꾸 삐딱하게 듣는지 모르겄구먼. 난 동네를 걱정해서 한 말뿐인데."

"자네가 동네를 걱정한단 말이지?"

"이 돈기철이가 동네 걱정하면 손바닥에 털이라도 나는가 보지?"

돈기철은 기가 막혀 말이 나오지 않는다는 표정을 짓고 있는 변차수의 얼굴을 쳐다보지도 않았다. 그는 뒷짐을 진 채 마당 여기저기를 기웃거리다 슈퍼로 통하는 창고 안에서 시선이 멈췄다. 문은 해 달지 않고 시골의 헛간처럼 지붕과 벽만 세워 놓은 창고 안에는 바람을 맞아도 괜찮은 생수며, 소주와 맥주 박스, 이런저런 잡화 등이 쌓여 있었다. 그 창고 앞에는 이슬에 젖어 안장이 번들번들한 오토바이 한 대가 서 있었다. 중국음식점이나 피자집, 치킨집에서 흔히 배달용으로 사용하는 50CC 스쿠터가 아니다. 배달용으로 쓰기는 하지만 자주 봐서 잘 알고 있는 110CC 오토바이다.

등잔 밑이 어둡다고 하드니 철준이 놈이 정신없이 야반도주할 생각만 했지, 오토바이가 아직 새거라는 건 미처 생각하지 못했구먼.

철준의 오토바이는 신용조합에서 몇 개월 전에 할부로 뺀 것이라 아직 새것이나 다름없었다. 돈기철은 겉으로는 관심이 없는 표정을 지으면서도 마음속으로는 갈갈 웃으며 창고 안을 들여다보니 슈퍼에서 파는 상품들뿐이지 쓸 만한 물건은 눈에 보이지 않았다.

"자네 손바닥에 털이 나면 이 동네 사람들이 견뎌 내겠어? 죄다 보따리 싸서 단체로 이사를 가든지 목을 매 죽든지 해야지.”

“식전부터 뭔 말을 그렇게 험하게 한댜. 내가 그냥 구경삼아 여길 왔는지 아시는 모양이구먼. 십 년 동안 통장을 보느라 수고를 했으니 양철로 된 기념패라도 해 줄 생각으로 온 것은 아니지만 볼일이 있어서 왔는데…….”

“자네한테는 양철로 된 기념패가 아니라, 은으로 된 기념패를 준다고 해도 결사반대여. 그래, 뭔 볼일 때문에 온 건지 말이나 한번 들어 보자.”

“솔직히 이 말은 하지 않으려고 했는데, 현 통장이 궁금증에 목을 매고 있으니 입을 다물고 있을 수가 없구먼. 철준이가 신용조합에서 대출을 받을 때 보증인으로 앉은 적이 있슈.”

“허! 대전만두집, 지금 저 사람이 뭔 말을 항 겨? 난 조금 전만 해도 개미가 방귀 끼는 소리까지 들었든 것 같은데, 갑자기 귀에 딱지가 내려앉았는지 도통 뭔 말인지 모르겄구먼?”

시장에서 장사를 하다 보면 갑자기 많은 물건을 들여 놓을 때가 있거나, 명절 대목을 보기 위해서, 덤핑 물건을 싸게 들여 놓을 기회가 있을 때 등 이런저런 일로 목돈이 필요할 때가 많다. 그럴 때 쉽게 이용할 수 있는 곳이 시장통 안에 있는 아차신용조합이다. 신용조합에서는 시장 상인들의 특성상 보증인만 세우면 쉽게 대출을 해준다. 그런 이유로 상인들은 서로 맞보증을 서거나, 단순히 보증만 서 주는 경우가 흔하다. 변차수는 아차시장 사람들 중에 가게도 없이 좌판을 펼쳐 놓고 채소장사를 하는 가난한 장사꾼들이 철준이 보증을 서 줬다면 믿을 수 있었다. 돈기철은 보증은커녕, 남의 눈에 애먼 눈물 안 흘리게 해 주는 것이 다행이라는 생각에 어이가 없어 웃었다.

"글쎄요. 나도 아직은 보청기가 필요하다는 말은 들은 적이 없는 여잔데, 얼른 듣기로는 태한이 아버지가 경혜네 보증을 섰다는 말 같기는 한데……."

"대전만두집도 똑똑히는 못 들었는게비구먼. 그렇다면 다시 한 번 들어 볼 수밖에 없겠지. 같은 말 두 번 했다고 해서 돈 들어가는 것은 아닝께, 기철이 자네 입으로 어디 다시 한 번 말해 보게."

"아직 식전이라 양기가 딸려서 죄다 가는 귀가 먹었는게비구먼."

돈기철은 더 이상 상대할 가치도 없다는 목소리로 말하고 차갑게 웃었다.

"자네 말이 하도 기가 막혀서 하는 말들이잖여. 그라고 설령 자네가 보증을 섰다고 쳐. 자네 성질에 철준이 보증을 서 줬다면 그냥 서 줬겠어? 내 눈으로 신용조합에 확인을 해 보지 않아서 자네 말이 진짠지 거짓말인지는 모르겠지만, 소 뒷걸음치다 개구리 밟는 식으로 보증을 서 줬다 쳐. 철준이한테 뭔가 담보를 잡고 보증을 서 줬겠지. 그도 아니면 맞보증을 섰겠지. 그렇게 되면 또이또이 아닌가?"

아차시장은 아차 11통의 중심이다. 시장에서 장사를 하는 상인들 가운데 유일하게 전문학교 졸업장을 가지고 있는 돈기철이다. 많이 배웠으면 배움이 부족한 상인들을 위해 앞장서서 어려운 일을 해결할 줄도 알고 베풀 줄도 알아야 한다. 헌데 놈은 상인들을 대변해서 앞장서기는커녕 장사를 하다 급전이 필요할 때 아침에 쓰고 저녁에 준다고 해도 돈 몇 십만 원도 안 빌려 주는 작자다. 변차수는 차갑게 웃는 얼굴로 창고 안을 두리번거리고 있는 돈기철의 속셈을 알 것 같았다. 철준이하고 이해관계가 있는지 없는지는 모르겠지만 무언가 돈이 될 만한 것을 찾고 있는 것이 분명하다는 생각에 노골적으로 물었다.

"허! 불경기라 돈 한푼이 아쉬운 시절에 부동산도 소개해 준 사람한테 고맙다는 말은 못 해 줄망정, 가만히 듣고 있응게 점점 더 심하게 말을 하는구먼."

"자네가 공짜로 부동산을 소개해 줘?"

"아, 몇 달 전에 천원매장 할 만 한데를 찾는 사람을 내가 직접 부동산사무실까지 데려다 준 걸 벌써 잊어버렸슈?"

"똥 싸고 앉아있네. 내가 알기루는 옷장사 하는 경상도 진씨 친구가 소개를 받았는데, 자네가 그날 저녁 찾아와서 부동산 소개비 오십프로라도 줘야 하는 거 아니냐고 조르는 통에 치사하고 아니꼬아서 오만 원 내줬다고 하드만."

"참말로 태한이 아버지가 보증을 서 주기는 서 줬나 보네."

대전만두집은 화제가 엉뚱한 곳으로 흘러가는 것을 보고 궁금해 견딜 수가 없다는 표정으로 끼어들었다.

"허! 대전만두집까지 내 말을 못 믿는 개비구먼. 오백만 원 서 줬다. 왜? 대전만두집이 갚아 줄 건가?"

돈기철은 대전만두집까지 가세를 하자 화를 벌컥 내며 대전만두집을 노려보았다. 사십대 중반인 돈기철의 개차반 같은 성질을 잘 알고 있는 대전만두집은 이내 고개를 돌리고 말았다.

이럴 줄 알았으면 철준이한테 보증 서 준 사람 명단이라도 받아 놨어야 하는 건데…… 아무리 생각해도 큰 실수를 한 것 같은데…….

진구는 돈기철 말을 액면 그대로 믿을 수가 없었다. 해장술에 취해 헛소리를 지껄이고 있는 것 같았다. 하지만 당사자인 철준이 없는 이상 반박을 할 수가 없어서 안타깝기만 했다.

못난 놈! 그렇게 말렸으면 못 이기는 척하고 몇 개월이라도 더 버텨 볼 일 아녀…….

진구는 처연한 표정으로 낡은 슬래브 집을 바라본다. 옥상 난간은 페인트칠이 거의 벗겨져서 재개발로 철거를 기다리고 있는 건물처럼 보인다. 하지만 옥상 위에는 알뜰한 철준이 아내가 심은 고추며, 오이, 가지나무 등이 싱싱하게 서 있다.

"태한이 아빠야 남 보증 서 줄 일이 있을지 모르지만, 남한테 보증 서 달라는 말을 할 필요는 없을껴."

거실 앞에서 팔짱을 끼고 자라처럼 고개만 쭉 내밀고 아직은 어두운 주방 여기저기를 살피던 현이네가 다른 사람이 들으라는 목소리로 중얼거렸다.

"암만. 우리 십일통 뿐만 아니고 아차동 통틀어서 저 집만큼 살림살이가 넉넉한 집이 없지. 암, 없고말고."

변차수는 샐쭉 웃으며 담뱃재를 손가락 끝으로 톡톡 털었다. 동네 사람들이 속속 들어오기 시작했다. 잔뜩 긴장한 얼굴로 빠르게 들어

오는 이가 있는가 하면, 호기심이 어린 얼굴로 주변을 두리번거리며 들어오는 이, 이런 일이 터질 줄 알았다는 얼굴로 들어오는 이도 있었다. 도무지 믿을 수 없다는 듯 황망한 몸짓으로 마당으로 들어선 이들은 서로 눈치를 살피며 건성으로 인사를 주고받았다.

개인택시 운전을 하는 갈종근은 집 앞에서 세차를 하다가 소식을 들었다. 그는 철준에게 보증을 서 준 적은 없었지만 아차동 11통을 통틀어서 철준은 진구와 함께 윗사람을 존중할 줄 아는 사람이다. 그런 그가 야반도주했다는 사실이 믿어지지 않는 종근은 총총걸음으로 들어오며 한 마디 했다.

"열길 물속은 알아도 한 치도 안 되는 사람 맘은 모른다고 하더니, 철준이가 야반도주했다는 말이 뭔 말인지 모르겠구먼."

갈종근 뒤로 철준과 육촌인 철수가 황망한 얼굴로 들어섰다. 그는 언젠가 이런 일이 벌어질지 알았다는 얼굴로 입을 꾹 다물어서 붕어처럼 튀어 나온 입술로 변차수를 바라봤다.

"대전만두집이 제일 먼저 알았나 보네?"

동네 아낙들 틈에 섞여 들어온 돈기철 아내가 방문을 바라보며 혼잣말로 중얼거렸다. 올해 마흔에 접어드는 돈기철 아내는 얼른 보면 서른 중반으로 보일 만큼 젊어 보인다. 나이만 젊어 보이는 것이 아니다. 머리카락을 노랗게 염색했는가 하면 하체 윤곽이 그대로 드러나는 청바지에 알록달록한 운동화를 신은 차림이라 옷까지 젊었다. 그 덕분에 모르는 사람들은 시장 안에 서 있는 그녀를 보면 장보러 온 손님으로 보지, 중앙정육점 안에서 통돼지의 갈비를 뜯어내고 소머리를 도끼로 빠개고 있는 정육점 주인이라고 상상하지 않았다.

“어제 늦게까지 술을 마셨더니 새벽부터 속이 쓰려서 얼큰한 콩나물국 생각이 간절하데. 콩나물 좀 살라고 희망슈퍼로 가다 보니까 이 집 대문이 활짝 열려 있지 뭐여. 그래서 웬일인가 하고 와 봤더니 사람들은 하나도 보이지 않고 저 캐리만 개집 앞에서 뛰어 나와 꼬리를 흔들며 반기지 뭐여.”

대전만두집 말에 진구는 대문 앞에 있는 캐리를 바라본다. 대전만두집 말을 듣고 생각해 보니 어젯밤 철준이 캐리를 트럭 적재함에 태운 것은 물론이고, 도망가지 못하도록 목줄을 단단히 묶었었다. 그랬던 캐리가 어떻게 도망을 쳐서 집으로 도로 왔는지, 누가 목줄을 맸는지 이해할 수 없었지만 철준의 그림자를 보는 것 같아서 반갑기는 했다.

“그람 저 개가 밤 마실 나간 사이에 필요한 것들은 모두 챙겨 갔을 터인데, 대전만두집은 옆집에서 그 난리를 쳐도 모르고 있었다는 말이구먼?”

뒤늦게 육십 대 후반인 허 의원이 마당 안으로 들어섰다. 그는 기호 1번만 배정받으면 무조건 시의원에 당선되던 시절에 무소속으로 출마를 하여 운 좋게 기호 1번을 배정받았다. 다른 후보들은 칼라로 포스터를 만들었지만 청색과 흰색 2도로 된 포스터를 찍을 정도로 선거자금이 없었던 그는 변변히 선거운동을 하지도 않았는데 턱 하니 당선이 됐다. 그는 그때부터 허 의원으로 불리기 시작했다. 마당으로 들어선 허 의원은 곧장 변차수 앞으로 갔다. 그는 심각한 얼굴로 팔자수염을 문지르며 마치 심문관이라도 되는 것처럼 엄숙한 얼굴로 대전만두집에게 물었다.

"어젯밤에 늦게까지 선이네 집에서 술을 마시고 난 후라서 여간 더웠어야지. 화딱지가 나도록 더워서 방문을 열어 놓고 잤어도 난 몰랐어요."

"허! 짐을 꾸릴 때는 몰랐다 쳐도 트럭 시동 거는 소리까지 못 들었단 말여?"

허 의원은 철준이 야반도주한 것이 대전만두집 탓이라도 되는 것처럼 몰아붙였다.

대전만두집은 아니꼽다는 얼굴로 허 의원을 쳐다보고 나서는 더 이상 대답을 안 하고 고개를 돌려 버렸다. 그녀 대신 변차수가 그럴 수도 있다는 얼굴로 말했다.

"더위 때문에 쉽게 잠이 들기는 어렵지만 한번 잠이 들면 누가 업어 가도 모를 만큼 깊이 빠져드는 체질이라 못 들을 수도 있겄쥬."

진구는 변차수가 하는 말에 마음속으로 길게 한숨을 내쉬었다. 철준이 동네를 빠져나간 시간은 정확히 3시였다.

시간 참 빠르네. 조금만 있으면 날이 셀 테지. 새벽이 오고 날이 밝으면 자네나 충식이는 저 하늘을 바라보고 있겠지…….

진구는 철준이 월세방을 얻을 동안 트럭에서 생활할 것을 염두에 두고 꼭 필요한 물건들만 챙겨서 트럭 적재함에 싣고 동사무소 앞까지 소리를 줄이고 천천히 운행을 했다. 동사무소 앞 공터에 차를 세우고 내렸다. 그의 아내와 딸 경혜가 운전석에 앉아서 별빛을 받으며 굳은 얼굴로 하늘을 바라보고 있었다. 철준은 느릿한 걸음으로 공터를 한 바퀴 돌고나서 쓸쓸한 목소리로 중얼거리는 표정과는 달리 진구의 어깨를 힘주어 껴안았다.

"반드시 돌아올게. 돌아와서 다시 슈퍼를 시작할 생각이다. 내가 돌아오기 전에는 뭔 일이 생겨도 나를 원망하지 말고 믿고 기다려줬으면 좋겠어."

진구는 철준을 마주 껴안을 사이도 없었고, 말을 되새겨 볼 틈도 없었다. 철준은 울음이 목구멍까지 차 오른 목소리로 진구의 귓전에 빠르게 속삭이고 난 후에 갑자기 바빠진 사람처럼 서둘러 차에 올라탔다.

"대전만두 형님은 좋겠네. 그 나이에도 업어 갈 남정네들이 있으니……."

돈기철 아내가 팔짱을 끼고 계속 거실 안을 살펴보며 뒤늦게 중얼거렸다.

"야! 너 아침은 해 놓고 나온 거냐?"

돈기철이 오토바이가 제 것이라도 된 것처럼 안장에 올라타서 핸들을 좌우로 틀고 있다가 날선 목소리로 내뱉으며 아내를 노려보았다.

"태한이 학교 가려면 두 시간은 넉넉히 남았슈."

돈기철의 아내도 시선을 돌리지 않고 냉랭한 목소리로 대꾸했다.

진구는 변차수, 돈기철, 허 의원을 한 명씩 차례로 바라봤다. 철준이 작년 11월에 아차시장 안에 들어선 기업형 슈퍼마켓인 혜성훼미리마트와 경쟁을 하느라 평소 친분이 있는 사람들을 보증 세워 적지 않은 돈을 대출받았다. 그 돈으로 정육부와 생선부를 신설하고, 예전에는 취급하지 않던 도시락이며 즉석식품 등을 취급하다 많은 적자를 본 것은 사실이다. 하지만 돈이 인생의 전부는 아니다. 철준은 저도 사는 것이 넉넉하지 않으면서 동네며 시장 안 사람들의 궂은 일이 생기면 슈퍼를 아내에게 맡기고 일이 끝날 때까지 밤을 새워 주는 것은 보통이다. 태풍 피해가 있는 집이나, 혼자 사는 노인이 어렵게 살고 있으면 쌀이나 라면박스를 동네 사람들 모르게 슬쩍슬쩍 갖다 주는 것은 예사다. 그런 철준이 야반도주를 했다고 해서 불난 집에 부채질 하는 식으로 떠들어 대는 모습들이 야속하기만 했다.

"통장님, 새벽에 나갔든, 밤 열두 시에 나갔든, 철준이는 떠났슈. 그러니까 그 문젤랑은 덮어두시고 올 사람은 대충 온 것 같으니 어서 회의를 여는 것이 좋겄슈."

집배원으로 근무를 하다가 정년퇴직을 한 내중섭이 길게 하품을 하고 나서 변차수를 바라봤다.

"가만있어 보게. 철준이나 진구하고 동갑인 노충식이도 얼굴이 안 뵈는 거 같고, 황 씨도 안 보이잖여."

변차수는 천천히 일어서서 마당에 모여든 주민들 얼굴을 천천히 훑어봤다. 곽차복도 와 있는 것을 보니 노충식과 황 씨만 오면 모두 모이는 셈이다.

썩을 놈들. 동네 대청소를 한다면 담배 한 가치 피울 새에 백 프로 참석하지는 않을 겨. 철준이가 나갔다고 하니까 신새벽에 뭔 구경 꺼리나 생긴 줄 알고 죄다 모였구먼.

항상 그래 왔지만 동네 회의나 대청소를 할 때는 목이 쉬도록 떠들어도 돈기철을 위시하여 십여 명은 꼭 불참을 했다. 오늘은 밤 사이에 복통이 나서 병원에 실려 간 작자나, 출타를 하지 않은 이상 모두 모일 거라고 생각하며 좀 더 기다려 보자는 표정으로 말했다.

"흐흐. 곽차복 마누라도 볼일이 있는 개비지?"

돈기철은 오토바이를 지킬 욕심으로 오토바이 앞에서 한 발자국도 움직이지 않았다. 담배 연기를 풀풀 날리며 사람들의 눈치를 살피다가 대문에서 시선이 멈췄다. 페인트칠이 벗겨져 녹이 슨 대문 밖에서 곽차복의 아내가 낡은 대문 뒤에 숨어서 자라처럼 고개만 쪽 내밀고 손톱을 물어뜯고 있었다. 언제 봐도 쪽 빠진 몸매하며 맹해 보이는 얼굴은 색다른 색정을 불러 일으켰다. 아쉬운 것이 있다면 곽차복 못지않게 팔푼이라는 점이지만 그 점도 새로운 맛을 줄지도 모른다는 생각에 잘게 웃으며 쳐다보았다.

"괜찮으니까 어서 들어와."

이름과 고향도 모르고 나이만 삼십 대 후반쯤 된다는 것만 알고 있는 거리의 여자를 동네로 데리고 와서 곽차복의 아내로 만들어 준 대전만두집이 손짓을 했다. 곽차복 아내는 대전만두집의 말이 떨어지고 나서야 해죽해죽 웃으며 마당으로 들어섰다. 발자국 소리도 나지 않게 살금살금 걸어온 그녀는 곽차복 옆으로 갔다.

"차복이 마누라는 어떻게 된 것이 갈수록 몸매가 좋아지는 것 같텨."

내중섭은 우체국에 다닐 때부터 틈만 나면 큰길가에 있는 장미다방이며 길다방, 로터리커피숍을 순회하면서 시간을 보냈다. 지금은 아내와 함께 시장 안에서 인삼과 약초를 취급하는 금산상회를 하고 있지만 다방조합장이라는 별명은 털어내지 못했다.

그는 다방조합장답게 해죽해죽 웃으며 들어서는 곽차복의 아내를 빤히 바라보며 혼잣말로 이죽거렸다.

"광님이 엄마는 속도 좋아. 광님이 아빠가 식전부터 생밥 먹을 궁리를 하고 있어도 본 척도 안 하고 있네."

돈기철 아내가 내중섭이 혼잣말로 이죽거리는 말을 용케 알아듣고 내중섭 아내에게 귓속말로 속삭였다.

"내비 둬. 그 짓도 심이 남아 돌아강께 하지. 나이 들면 돈 주고 하라고 시켜도 못햐."

내중섭 아내는 말과는 다르게 곽차복 아내를 은근슬쩍 바라본다. 아차강이 장마로 물이 불었을 때 구경 나온 어린애처럼 곽차복 팔에 착 매달려 있는 그녀는 보라색 칠부바지에 풍덩한 남방을 입고 있었다. 삼 년 전에 대전만두집 손에 이끌려 올 때만 해도 비루먹은 강아지처럼 삐쩍 마른 몰골에, 머리카락은 감지 않아 까치집을 짓고 있었다. 얼굴이며 목, 손등, 발은 때가 더덕더덕 붙어서 먼지 속에 버무려 놓은 것 같았다. 그러던 여자가 제법 옷을 갖춰 입고 서 있는 모습을 보니 탱탱한 엉덩이하며 불룩한 젖가슴이 초점 없어 보이는 눈빛만 아니었다면 사내 깨나 홀릴 것처럼 보였다. 하지만 다방

아가씨들만 찾는 남편 눈에는 영락없는 반편이로 보일 거라는 생각에 피식 웃으며 고개를 돌렸다.

"저기 뭐여. 어매, 요새도 석유곤로를 썼나?"

"아직 새건 걸 봉께 사 놓고 쓰지는 않았나 벼."

현이네가 마루에 무릎을 대고 엎드려 거실 안으로 상체를 내밀고 중얼거렸다. 남편보다 먼저 온 노충식 아내는 한 마디 말도 없이 신발을 신은 채로 성큼 거실 마루 위로 올라섰다. 그 뒤를 이어서 몇 명이 우르르 따라 올라갔다. 그것을 신호로 마당에 옹기종기 모여 있던 여자들이 갑자기 바빠지기 시작했다. 그녀들은 돈이 될 만한 것을 찾아서 바쁘게 움직이기 시작했다.

"아직 쓸 만한 물건들도 죄다 그냥 두고 간 걸 보면 급하게 가긴 간 거 같텨."

"팔아먹고 싶어도 보는 눈이 많응께 못 팔아먹었겠지."

철준에게 많게는 천만 원, 적게는 오백만 원까지 보증을 서 줬던 주민들은 단 돈 몇 만 원이나 몇 천 원짜리 물건이라도 차지할 욕심으로 두 눈을 번뜩거리며 이 구석 저 구석을 살피고 다녔다. 보증을 서 준 주민들만 집 안을 헤매고 다니는 것만은 아니다. 철준의 채무와 하등 관계가 없는 사람들도 구경만 하고 있지 않았다. 이럴 때 가만히 있으면 바보, 등신, 천치 소리를 듣게 될지 모른다는 위기감에 젖어서 두 눈을 반짝반짝거리며 철준이 버려두고 간 물건들 중에 쓸모가 있는 것들을 찾아 헤맸다.

그들을 말없이 관망하고 있는 사람들은 거실문턱에 앉아 있는 변차수와 지나간 밤에 철준을 배웅한 진구 부부, 철수 부부, 재물 욕심과는 거리가 먼 곽차복 부부와 아내가 가출한 지 삼 개월 째 접어들고 있는 표재봉(表在鳳) 뿐이다.

초상집에서 내버린 물건들을 주워 가는 거러지들처럼 아주 환장을 하는군, 환장을 햐.

그 중에서 실로 사촌이 땅을 샀을 때보다 더 속이 쓰리고 배가 아프면서도 마루를 지키고 앉아 있어야 하는 사람은 변차수다. 그는 대전만두집으로부터 철준이 야반도주를 했다는 소식을 접하는 순간 희비가 엇갈리는 기로에 서 있었다. 철준에게 보증을 서 준 오백 만원을 아얏 소리도 못하고 물어내야 한다는 걸 생각하면 분통이 터질 노릇이고, 차기 통장이 증발해 버렸으니 그 자리도 자신의 차지라는 걸 생각하면 소리 없는 박수를 치고 싶었다.

그려, 열 서너 살 먹은 것들이 가출한 것도 아니지. 식솔을 이끌고 야반도주한 놈이 지 발로 기어들어오지는 않을 껴. 철준이가 없으면 통장 자리는 도로 내가 차지하게 될 것은 당연지사. 그나마 통장 자리를 유지할 수 있다는 건 불행 중 다행으로 여길 수밖에 없겠지

변차수는 그렇게 스스로를 위로하려고 해도, 막상 눈앞에서 벌어지는 상황을 두 눈 뜨고 멀거니 쳐다보고만 있으려니 속이 쓰리다 못해 배가 아플 지경이었다. 하지만 통장 자리를 지키려면 참는 수밖에 없어서 입을 꾹 다물고 세모로 된 턱을 하늘로 바짝 추켜올리고 대추나무 꼭대기만 쳐다보았다.

변차수와 상대적으로 곽차복은 조롱 안의 횃대에 앉아서 사람들을 쳐다보는 구관조 같았다. 왼쪽 발뒤꿈치를 최대한 세웠어도 어깨가 비스듬하게 내려앉은 자세로 몸은 움직이지 않고 고개만 연신 이쪽저쪽을 쳐다보느라 바빴다. 갈종근 아내가 냄비를 들고 나오면 그녀에게 시선을 고정시키고 냄비만 쳐다봤다. 다른 아낙네가 양은으로 된 광주리를 들고 나오면 그 광주리를 처음 보는 사람처럼 고개를 좌우로 흔들며 쳐다보았다. 그의 아내도 처음 동물원에 온 아이처럼 호기심 서린 표정으로 더 이상 씹을 것도 없는 손톱 끝을 자근자근거리며 여기저기를 살피느라 바빴다.

표재봉은 며칠 밤을 새워 화투를 친 사람처럼 퀭한 눈빛으로 구경만 했다. 그의 아내는 지나간 봄에 가출을 했다. 그녀는 봄비가 방긋방긋 내리는 날, 과일을 도소매로 파는 청산상회 가겟방에 앉아 있는 표재봉에게 돼지고기 두루치기에 소주까지 얹은 점심상을 차려 주었다. 그리고 자신은 속이 거북하다는 핑계로 소화제를 얻으러 철수네 집으로 간다며 집을 나갔다.

그녀는 곧장 신용조합으로 가서 표재봉이 칠팔 월에 포도밭을 밭떼기로 사 들일 장사밑천 삼천만 원 중에 이천만 원을 오만 원짜리 현금으로 인출했다. 그리곤 밖으로 나가서 오랜만에 집에 와서 점심을 먹고 영업 나갈 준비를 하고 있는 갈종근의 개인택시에 무조건 올라탔다.

그녀는 화양역까지 택시를 타고 가서 뒤도 돌아보지 않고 서울행 기차에 몸을 실었다.

갈종근은 친정에 간다는 표재봉 아내를 서울도 아니고 역전까지 태워다 줬다는, 그것도 점심을 먹고 나서 영업을 나가는 길이라 요금을 받지 않고 공짜로 태워 준 대가로 이틀 동안 표재봉의 술주정을 받아 주어야 했다.

꼬박 일주일 동안 식음을 전폐하고 술독에 빠졌던 표재봉은 아내를 찾으러 다니기 시작했다. 무작정 찾아다닌 것이 아니라 아내의 전화 통화 내역을 근거로 찾아 다녔다. 그러나 열흘 만에 알아 낸 사실이라고는 젊은 택배기사와 도망을 갔을 것이란 막연한 추측뿐이다.

“제 발로 집 나간 여자가 들어오겠어? 일찌감치 맘 고쳐먹고 새장가 갈 생각이나 햐. 그래서 송충이는 솔잎만 먹으라는 말이 생겨 난 거잖아. 서울에서 백화점 다니던 여자가 시장통에서 장사하는 총각한테 시집을 올 때야 뭔 맘으로 왔겠어. 자네 총각 때만 해도 여러 해 포도를 밭떼기로 사 들여서 재미를 돈 좀 만져 볼 때잖아. 하지만 요새는 포도 값이 똥값 아녀? 그렇다고 이삼 년 안에라도 포도 값이 오른다는 보장도 없잖아. 오히려 우루과이 뭔가 해서 칠레산 포도가 들어오면, 자네가 직접 칠레산 포도를 수입하지 않는 이상, 좋은 세월은 안 와. 그러니 맘 독하게 먹고 새장가 갈 준비나 착실히 하는 것이 현명한 거여.”

해가 갈수록 포도 값이 하락하기 시작하자 시장 안의 여론은 표재봉의 아내가 가출을 했다는 쪽으로 돌았다.

“새 출발을 한다고 해도 처녀장가 가기는 튼 거잖아요. 어차피 헌

여자하고 결혼할 팔자라면, 애들을 생각해서 찢어 죽여도 시원치 않을 그년하고 사는 수밖에 없슈."

시장 여론과는 다르게 표재봉은 아내를 포기할 수가 없어서 지금도 틈만 나면 청산상회를 점원에게 맡기고 아내가 가 있을 만한 곳을 뒤지고 다니고 있는 중이었다.

창고 안을 살피다가 문이 굳게 잠겨 있는 슈퍼 문을 흔들어 보는 남정네들과는 다르게 아낙네들은 부엌이나 방 쪽으로 관심을 보였다. 돈기철은 일찌감치 점찍어 놓은 오토바이를 다른 사람이 눈독들이지 못하게 오토바이 곁을 떠나지 않았다. 허 의원이 점잖게 다가와 뒷짐을 지고 고개를 갸웃갸웃거리며 오토바이를 살폈다.

"저는 오백만 원이나 보증을 서 주고 겨우 중고 오토바이밖에 못 건졌슈. 얼마를 보증 서 줬는지 모르겠지만 오토바이 욕심내 봐야 헛일일 거유."

돈기철은 허 의원을 실쭉 쳐다보고 나서 '늙어 터진 것이 욕심만 많아 갖고……'라고 속으로 중얼거리며 일부러 담뱃불을 붙였다.

저…… 저 싸가지 없는 놈 하는 꼴 좀 보라지. 저놈 나이가 올게 몇 살이더라? 기해년 생인께 마흔다섯 살 아녀. 마흔다섯이나 처먹었으면 세상물정을 모를 나이도 아닌데, 아직도 쥐약 먹은 개 마냥 저 모양이니…… 하긴 그 애비에 그 자식이라고 제 애비 놈도 대가리에 든 거시 처먹는 것밖에 없는 순 쌍놈 족보 집안잉께 내가 관여할 문제도 아니겠지.

허 의원은 팔자수염이 파르르 떨리는 것 같았다. 보란 듯이 담배 연기를 내뿜고 있는 돈기철의 시선을 거칠게 외면하고 몸을 틀었다.

십오 년 전에 세상을 뜬 돈기철의 아버지 돈팔식은 시장 안에 한 평짜리 좌판도 없이 지지리도 가난하게 살던 의인이다. 상인들의 물건을 날라 주거나, 과일 배달, 족발집에서 면도날로 족발 털 벗기기, 고깃집에서 풍로에 숯불 지피기 등의 돈벌이가 없는 날이면, 잔칫집에서 돼지 잡아 주고 돼지 뼈다귀나 얻어다 보약 삼아 먹고, 개 잡아 주고 품삯으로 내장이나 얻어다 먹고, 담배 값이나 벌기 위해 아차시장 공중변소나 치워 주고, 초상집에서 염 해 주고 보리쌀이나 얻어다 먹고 살던 놈이다. 그러나 사람 팔자는 하늘밖에 모른다고 하더니 틀린 말은 아닌 것 같았다.

70년 대 중반에 장남이던 기현이라는 놈이 식당 주방장으로 사우디에 가서 돈팔식에게 매달 오십여 만 원씩 송금을 해 주기 시작했다. 그 당시 오십만 원이면 아차동 요지에서 땅 열 평을 살 만한 돈이다. 이백만 원이면 시장 골목 안쪽에 있는 방 두 칸에 마당이 있는 집을 매입 할 수 있는 시절이기도 하다. 그런 시절에 오십여 만 원이란 거금이 매월 통장에 착착 입금이 되는 실정이니 돈팔식의 팔자는 바뀌어 버렸다.

못 먹고 못살기야 너나없이 비슷한 시절에도 짐승 비슷하게 취급받던 놈이 하루아침에 고개를 빳빳하게 세우고 다니는 것은 물론이고, 어떻게 하면 놈한테 돈 몇 만 원이라도 융통을 할까 헛웃음을 짓는 주민들 앞에서 원님처럼 굴었다. 놈의 행실이 그릇된다는 걸 하늘이 알았는지, 기현이 놈은 정작 돈도 만져 보지 못하고 2년 계약에서 1년 연장 근무를 끝내고 귀국하기 하루 전날 죽어 버렸다. 원인이야 교통사고라고 하지만 원주민들에게 맞아 죽었다는 말도 있고, 인도 노무자들한테 맞아 죽었다는 소문이 돌기도 했다.

돈을 번 당사자가 허무하게 생을 마감했다고 해서 그동안 모은 돈까지 허공중에 날아가라는 법은 없다. 놈은 아차시장뿐만 아니라 아차동 전체에서도 소문난 부자가 됐지만 죽은 자식이 수억 만리 먼 타국에서 피땀 흘려 모은 돈이라는 핑계로 쓴 막걸리 한잔 사는 일이 없었다.

자식 목숨과 바꾼 재산이 뭐가 자랑스러운지는 모르지만 돈 한푼 빌려주지 않는 주제에 돈 자랑하는 꼴을 바라보고 있자면, 삼 년 전에 먹은 국수 가락이 넘어올 지경이다. 그러면서도 자식한테 쓰는 돈은 아깝지가 않은지 공부하고 거리가 먼 기철이 놈을 서울에 있는 전문학교까지 보냈다. 돈팔식이나 돈기철 말로는 전문학교라고 하지만 철준이나 진구 말을 들어보면 정부에서 졸업장을 인정해 주지 않는 전수학교라고 했다.

그 말이 사실인지 돈기철은 중학교를 졸업하고 우체국에서 임시직 서기로 근무하다 정식 직원이 된 황 씨의 막내아들보다도 못하다. 황 씨의 막내아들은 아차동도 아니고 화양시 우체국에서 계장으로 근무를 하고 있다. 황 씨 말로는 화양시 우체국에서는 계장이지만 아차동 우체국으로 오면 국장이라고 한다.

돈기철 놈은 중학교를 졸업하고 군대에 갔다 온 후에 앞서거니 뒤서거니 아차시장에 뿌리를 내린 철준이나 진구와 별반 다를 것이 없다. 철준이나 진구와 똑같이 시장에서 자리를 틀고 일 년 사시사철 돼지 피나 소 피를 옷에 묻혀가며 정육점을 하고 있다.

시장통에서 장사를 하는데 있어서는 대학을 졸업하고 회계사 자격증을 따거나, 경영대학을 졸업한 학사 출신이나, 초등학교 중퇴를 한 사람이나 별로 차이가 나지 않는다. 오히려 때로는 백 원짜리 동전 하나에 목숨 걸어야 할 일도 있고, 돈 십만 원도 우습게 볼 줄 알아야 하는 기로에서는 초등학교 중퇴 출신의 머리가 빨리 돌아간다. 헌데 놈은 장사를 하는 상술이 철준이와 진구에 비교하면 유치원 수준밖에 안 되면서 잘난 척은 도맡아 한다. 그것도 부족해서 죽은 제 애비 자식이 아니랄까 봐 동네 사람들 알기를 제 발가락 사이에 낀 때만큼도 여기지 않는 못된 습관도 있다.

싸가지라고는 돈 주고 찾아 볼래야 찾아 볼 수 없는 순 후레아들 놈하고 내 말이 맞니, 네 말이 맞니 다투어 봐야 입만 더러워질 뿐이다. 지금은 억울하고 분하더라도 조용히 아침을 먹고 신용조합 대출 담당 김 부장에게 전화를 걸어 보면 놈의 거짓말은 백일하에 들통이 날 것이다. 허 의원은 그때까지는 말을 아껴두리라 마음먹으면서도 화를 참을 수 없어서 가래침을 힘껏 내뱉었다.

"이 까스렌지는 아직 쓸만하구먼."

"물건 보는 눈은 있구먼. 그거 아직 새거여. 내가 알기로는 시내 대륙전자에서 작년 말에 들여놓은 걸로 알고 있거든."

"그람 우리가 갖다 써야겠구먼."

"어머머, 떼보 엄마 염치도 좋네. 떼보 엄마가 뭔 권리로 이걸 갖고 가. 갖고 갈라면 경혜 아버지에게 오백만 원이나 보증을 서 준 우리가 갖고 가야지."

"어이구! 빚에 쪼들려 야반도주하는 사람이 짐을 왜 남겨 뒀다? 확! 불살라 버리고 떠날 일이지."

주방 앞에서 아낙네 두 명이 실랑이를 하고 있는 사이에 참다못한 철수 아내가 모두가 들으라는 얼굴로 악다구니를 쳤다. 그 소리에 일순간 정적이 잦아들었다.

"새벽에 어데 나갔다가 점심때라도 들어올 것처럼 방을 치워놨구먼."

찬물을 갑자기 끼얹은 듯한 정적도 잠깐이었다. 현이네가 정적을 일순간에 산산조각 내며 마지막 보루로 남은 안방 안으로 고개를 디밀었다. 방바닥은 몇 번이나 걸레질을 한 듯 먼지 한 점 없었다. 색이 바랜 장롱이며 앉은뱅이책상은 그대로 있었다. 벽에도 몇 벌의 낡은 옷들이 걸려 있어서 금방이라도 주인이 들어올 것 같은 기분이 들 정도였다.

"어서 방에 들어가 봐."

호기심 많은 돈기철 아내가 변차수의 눈치를 살피면서 현이네 등을 떠밀었다.

"쥔도 없는 남 집에 뭐 하러 들어간다?"

돈기철 아내 말이 끝나자마자 진구 아내가 날카롭게 쏘아붙였다.

저 인간 인재서 실실 끄질러 오능 걸 봉께 철준이 보증 서 준 거시 없는 모양이구먼.

아차시장 끄트머리에서 중고 물품을 취급하는 '현대자원센터'를 운영하는 노충식이 뒷짐을 지고 나타났다. 파장에 싸움구경하는 사람처럼 어슬렁어슬렁 걸어 들어오는 그를 확인한 변차수는 큼! 하고 잔기침을 하며 일어섰다.

"에! 백날 쳐다봐야 쓸 만한 물건은 하나도 없으니까 나 좀 봐."

변차수는 제법 목청을 가다듬고 점잖게 입을 열었으나 고개를 돌리는 사람은 없었다.

"오토바이는 내가 갖다 써야겠구먼."

노충식은 특별한 볼일도 없이 사돈 따라서 장에 온 사람처럼 뒷짐을 진 채 어슬렁거리는 걸음으로 집을 한 바퀴 돌았다. 돈기철이 버티고 서 있는 오토바이 앞으로 가서 엔진 앞에 쪼그려 앉았다. 수동 스타트스위치며 엔진 상태를 육안으로 점검한 그는 천천히 일어섰다. 그는 오토바이에서 시선을 옮기지 않은 채 돈기철이 들으라는 얼굴로 점잖게 말했다.

"뭔 속셈으로 자네가 오토바이를 차지하겠다고 말하는지는 모르겠지만, 내가 알기로는 자네하고 철준이가 동갑네긴 하지만 대출 보증을 서 줄 정도로 친하게 지내지는 않는 거 같은데?"

"그람 형님은 철준이 보증을 서 줬다는 말인 개비네?"

"낯짝에 철판 깔지 않았으면 무슨 권리로 내가 오토바이를 차지하겠다고 하겠나?"

"이 동네에서 돈기철이 철준이 보증을 섰다면 지나가는 개가 웃을 일이기는 하지만 당사자가 없응께 믿을 수밖에 없겠지."

노충식은 돈기철 얼굴을 쳐다보았다. 눈빛이 흔들리는 점이나 돈기철의 성격으로 볼 때, 철준이 대출받을 때 보증을 서 줬다는 말은 금액이 많고 적음을 떠나서 거짓말이 틀림없었다. 하지만 반박할 근거가 없어서 미련을 떨쳐 버리고 물러설 수밖에 없었다.

돈기철이 만만치 않은 경쟁자를 가볍게 물리쳤다고 생각하고 있을 때였다. 돈기철과 노충식이 다투고 있는 동안 오토바이를 살펴보고 난 내중섭이 결론을 짓는 목소리로 말했다.

"난 삼백만 원짜리에 내 손으로 직접 도장을 찍어 준 사람여. 마침 우리 집 오토바이도 고려장 할 때가 됐으니까 내가 끌어다 써야겠구먼."

"친구, 창고 안에 있는 빈 박스라면 몰라도 이 오토바이는 안 되겠구먼."

"뭐여?"

내중섭은 나이가 열 살이 넘게 어린 돈기철에게 친구라는 호칭을 한두 번 들어 본 것이 아니다. 그러나 그때는 돈기철이 술에 취해 있을 때이다. 지금은 술 냄새를 풍기고 있기는 하지만 취할 정도는 아닌 것 같았다. 그는 정신 멀쩡한 놈에게 친구라는 말을 들으니 정신이 번쩍 들었다. 내중섭이 두 눈을 동그랗게 뜨고 돈기철을 바라보고 있으니 더 가관이다.

"허, 잘하면 삼백만원 보증 서 준 사람이 오백 원 보증 선 사람 귀싸대기라도 올려붙이겠네."

"흥! 네 놈이 뭐라고 하던 오토바이는 내가 끌어갈 팅께 그렇게만 알고 있으면 틀림 없을끼다."

내중섭은 돈기철의 멱살이라도 움켜쥐고 흔들고 싶었다. 아니 힘만 있으면 귀싸대기를 보기 좋게 후려갈기고 나서 네 놈은 애비 애미도 없이 태어난 놈이냐고 불호령을 하고 싶었다. 그러나 불행하게도 힘이 없었다. 힘만 없는 것이 아니고 놈은 몰상식하기로 치자면 고스톱에서 2점을 쳐주는 국진이나 비 껍데기인 전병기나 안달호보다는 한끗 아래인 1점짜리다.

차라리 상대가 가게 간판도 없이 개장사를 하는 전병기나, 서울닭집이라는 생닭 장사를 하는 안달호라면 아침부터 똥 밟은 셈 칠 수 있지만 돈기철 놈은 다퉈 봐야 입만 더러워질 것이다. 아침을 먹은 후에 장미 다방에 며칠 전에 새로 들어온 정 양한테 눈도장이나 찍으러 갈 생각이다. 정 양 엉덩이나 쓰다듬으면서 커피 한 잔 마신 후에 곧장 신용조합 대출 당당 김 부장을 만나면 진실은 밝혀질 것이다. 그때까지는 잠자코 있을 수밖에 없다고 생각하며 홱 돌아섰다.

"난 저, 개새끼나 끌고 가야겠구먼. 그렇지 않아도 여름이라 그런지 몸이 허해서 개 한 마리 잡아먹을까 궁리하던 중에 잘됐구먼."

내중섭처럼 돈기철에게 도전해 보지도 못하고 깨끗하게 기권을 한 허 의원은 슬금슬금 걷는 걸음으로 집을 한 바퀴 돌았다. 대추나무 아래 서 있는 진구가 자신을 쳐다보고 있는 것 같아서 무심코 고개를 돌리다 개 집 앞에서 시선이 멈췄다. 캐리는 덩치에 어울리지 않게 난생 처음으로 좁은 마당을 가득 채운 사람들에게 지레 겁을 먹고 집에 들어가 모가지만 내놓고 두 눈을 끔벅거리고 있었다.

크크크! 등잔 밑이 어둡다고 하드니…….

허 의원은 속웃음을 지으면서도 점잖게 개집 앞으로 갔다. 군침을 삼키고 나서 가래 끓는 목소리로 사람들의 시선을 집중시켰다.

"통장님, 이러다가 동네 사람들끼리 큰 싸움 나겠슈. 구경만 하고 계실게 아니라 통장님이 교통정리를 해 주셔야겠구먼유."

철준의 집은 마당을 포함해서 오십 평이 되지 않는다. 철준은 아차동을 통틀어서 가장 모범적인 삶을 사는 사람이었다. 시장이나 시의원 선거철만 되면 희망슈퍼에 들리는 사람들 마다 '시의원 선거에 나가면 당선은 차려 놓은 밥상'이라는 말이 인사일 정도로 인기도 많았다. 그런 철준이 하룻밤 사이에 종적을 감췄다는 말에 좁은 마당은 미어터질 정도로 많은 사람들이 모였다. 구석에서 하나같이 번뜩이는 눈빛으로 물건을 탐하고 있는 광경을 지켜보고 있던 진구가 변차수에게 말했다.

"내 말이 바로 그 말여. 내가 아침부터 할 말은 아니지만, 어떻게 생겨 처먹은 인간들이 양심이라고는 찾아 볼래야 털끝만큼도 없어? 철준이에게 보증 서 준 걸로 치자면 나보다 많이 섰을까. 11통에서 나한테 협조를 가장 잘해 주는 사람들이 철준이하고 진구 아녀? 그런 철준이가 보증을 서 달라고 하는데 무슨 수로 거절을 햐. 그쯤만 알고 내 앞에서 보증 이야기는 생략해 줬으면 좋겠구먼."

변차수는 벌레 씹은 얼굴로 돌아서는 허 주사는 바라보지도 않았다. 오토바이에 앉아 있는 돈기철에게서 시선을 옮기지 않으며 따지는 목소리로 물었다.

"통장님만 보증 서 준 게 아니잖유. 우리 동네 사람들 중에서 철준이 형님 보증을 서 준 사람이 한두 사람이 아닌 걸로 알고 있는데?"

화가 난 돈기철이 가소롭다는 얼굴로 오토바이에서 내리며 입술을 달싹거릴 때였다. 전병기가 지난밤에 늦게까지 술을 마신 탓에 부스스한 얼굴로 변차수에게 따지듯 물었다.

"그건 또 뭔 소리여?"

변차수가 이건 또 어느 구석에서 나온 개 풀 씹은 소리냐는 얼굴로 반문했다.

"왜 오토바이는 기철이 형님이 차지하고, 개새끼는 허 의원 어른이 차지하겠다고 큰소리 치는 거유? 원칙으로 치자면 여기서 우왕좌왕 할 필요도 없슈. 보증을 서 준 사람들끼리 명세표를 만들어서 경찰서에 사기죄로 고소를……."

"고…… 고소라니, 병기 자네도 철준이 보증을 서 준 것이 있나? 설령 서 준 금액이 있다 치더라도 병기뿐만 아니라 이 마당 안에 있는 어느 누구도 고소는 못합니다. 보증 서 준 금액으로 치자면 나보다 많이 서 준 사람은 없을 거유. 금액을 떠나서 철준이한테 돈을 받고 싶은 생각이 만분의 일이라도 있으면 절대로 경찰에 고소를 해서는 안 됩니다. 철준이가 지금은 하루도 빠짐없이 독촉하는 빚 때문에 잠시 몸을 피했지만, 그 사람 성격에 언젠가 반드시 돌아올 거유. 그러니까……."

진구가 병기의 말을 막으며 마당 가운데로 나갔다. 그는 마당 안에 있는 사람들 모두가 똑똑히 들으라는 얼굴로 목에 핏줄이 돋는 목소리를 토해냈다. 전병기가 어이없다는 얼굴로 입을 반쯤 벌리고 듣고 있다가 더 이상 참을 수 없다는 얼굴로 나섰다.

"형님! 조선말은 끝까지 들어 봐야 한다는 말도 못 들었슈? 내가 언제 철준이 형님을 사기죄로 고소한다고 그랬슈. 그리고 난 철준이 형님한테 보증 서 준 것도 없슈. 시골 동네로 돌아다니며 개장사나 하는 놈이 무슨 끗발로 보증을 서 줬겠슈? 그러니까 내 말 좀 끝까지 들어 보고 떡을 치던 죽을 끓이든지 하라 이겁니다."

전병기가 진구의 말을 더 이상 들어 줄 수 없다는 얼굴로 나서서 얼굴이 시뻘게지도록 하는 말에 사람들은 서로의 얼굴을 바라보며 입을 다물었다. 진구는 어차피 해야 할 말을 했다는 표정으로 전병기를 바라봤다.

"원래 병기가 성질은 더러워도 옳고 그른 것을 가리는 데는 똑소리가 나는 사람이잖여……."

전병기와 안달호는 시장통은 물론이고 아차동 전체에서도 알만한 사람은 모두 알고 있는 개차반이다. 그런데도 전병기가 말을 할 때는 입을 다물고 있던 사람들이, 안달호가 나서자 모두들 눈꼬리를 치켜뜨고 바라보거나, 입술을 달싹거리며 못마땅해 했다.

"원칙으로 따지면 경찰에 사기로 고소를 하던 법원에 소송을 해서 판사의 명령에 따라 이 마당 안에 있는 오토바이며 개새끼 소유권을 정해야 한다, 이겁니다. 하지만 다른 사람이 그랬다면 모르지만 상대가 법 없어도 산다는 말을 듣고 살던 철준이 형님 아뉴? 그 형님이 얼마나 참기 어려웠으면 소리 소문도 없이 집을 비웠겠습니까? 그렇지 않아도 장사가 안 되는 판국에, 아차시장 사람들 철준이 형님 때문에 모두 부도나게 생겼다는 소문이 돌면 거래처도 다 끊어져 버립니다. 그러니까 이 자리에서 분명히 말씀드리고 싶은 점은, 괜히 경찰에 사기죄로 고소를 하니, 법원에 소송을 해서 동네 시끄럽게 해서는 안 된다는 거유. 저 오토바이든지 개새끼도 모두 팔아서 보증 서 준 사람끼리 다만 몇 만 원씩이라도 나누는 것이 합리적이라 이거유."

전병기의 말에 사람들은 저놈이 전병기가 맞느냐는 얼굴로 가볍게 혀를 찼다. '세상에 오래 안 살아도 전병기가 바른 말을 할 때도 있네그려'라는 말이 새어 나오기도 했다. '원래 병기 저 자식은 술을 마셨다 하면 미친개지만 멀쩡한 정신일 때는 남한테 해코지 하는 성격은 아니잖아'라고 경탄에 찬 목소리도 흘러 나왔다.

"병기 자네 말이 틀린 말이 아니구먼. 자! 자! 여길 좀 봅시다. 거기 기철이 자네도 오늘 돼지 들어오는 날이 아니면 온종일 유료낚시터에서 시간 보내도 되는 팔자잖아. 그러니까 여기 좀 봐. 허 의원 어른도 개새끼는 놔두고 내 얼굴 좀 쳐다봐요. 에! 거기 주방 앞에 누구여. 광님이 엄마하고 떼보 엄마가 있는 것 같은데 잠깐만 마당으로 나와 봐. 지금 중요한 이야기를 할 참잉께. 크음! 다름이 아니라 지금 동네 사람들이 하는 짓을 시아버지가 며느리 궁둥이 보듯 구경만 하고 있으면 큰 쌈 나겠슈. 그래서 하는 말인데 일단은 이 집구석에 있는 물건은 손끝 하나 대지 말고 대책 회의가 끝날 때까지는 원래 있던 자리에 가만히 둬야 할 것 같습니다. 대책 회의를 한 결과에 따라서 물건을 팔든지 필요한 사람이 돈을 내 놓고 가지고 가든지 해야 된다는 거시 여기 서 있는 통장의 생각입니다. 그리고 이 자리에서 말하기는 뭣 하지만 어차피 다른 사람도 알아야 할 말이니까 어쩔 수 없이 한 마디 하겠네. 기철이 말여, 자네 입으로 오백만 원을 보증 서 줬다고 하지만 나로 말할 것 같으면 통장인 죄로다 자그마치 천오백만 원이나 물린 사람이여. 그런 나도 통장이라는 체면 때문에 가만히 있는데, 나이도 젊은 자네가 설치니까 다른 이들도 덩달아서 욕심을 내는 거 아녀. 그러니까 다른 사람들한테 철준이처럼 모범을 보일 자신이 없으면 입 꾹 다물고 내 말 좀 들어봐."

변차수는 돈기철이 더 이상 참을 수가 없다는 얼굴로 사람들 앞을 헤집고 나오든 말든 다시 말을 이었다.

"아침을 먹고 이따가 아니면 언제 한가한 시간에 보증을 서 준 사람들끼리 초곤하게 모여서 대책을 세워 보자고. 통장 말에 불만이 있으신 분은 나중에 술 처마시고 통장새끼 때문에 손해 봤다는 둥, 잘난 통장 때문에 할 말도 못했다는 둥 뒷소리하지들 말고 이 자리에서 털어나 봐유. 민주주의 사회에서는 얼마든지 개인의 의견을 보장해 줘야 하는 거니까."

보증을 서 준 금액을 세 배나 부풀려 말했음에도 눈 하나 깜짝 하지 않은 변차수는 은근슬쩍 돈기철도 철준의 보증을 서 줬다는 사실을 거론했다.

네 놈만 능구렁이를 잡아 처먹었냐. 나도 통장 생활 십 년 만에 구렁이가 아니라 살모사를 수십 마리는 잡아먹은 사람이다.

예상은 적중했다. 사람들은 옆 사람과 소곤소곤거리면서 돈기철을 흘깃흘깃 쳐다보며 더러운 것을 보기라도 한 것처럼 얼굴을 찡그렸다.

"지금 통장님이 뭐라고 하시능 겨?"

"아! 태한이 아버지가 철준이 보증을 서 줬다잖여."

"별일여. 내일은 해가 서쪽에서 뜰라나, 태한이 아버지가 보증을 서 줄 때도 다 있네그려."

동네 사람들이 이외라는 얼굴로 수군거렸다.

"허! 보증 두 번만 서 주면 아주 사람을 잡아먹겠다는 눈치구먼. 진짜로 내가 보증을 서 줬다는 것을……."

돈기철은 얼굴이 시뻘겋게 달아오르는 것 같아서 자신도 모르게 동네 사람들의 시선을 외면했다. 그러나 뒤통수에 와 닿은 시선들이 따가워서 마냥 못 들은 척하고만 있을 수가 없었다. 이럴 때일수록 당당하게 큰소리를 쳐야 이기는 법이라는 생각에 변차수를 노려보며 콧방귀를 꼈다.

"통장님, 가만히 생각해 보니까 개는 팔아 봤자 돈이 별로 안 될 것 같은데 그냥 잡아먹는 것이 좋을 것 같습니다. 이유야 어떻든 철준이 형님이 떠난 후라서 동네 분위기도 안 좋고 항께 심기일전하자는 의미에서 동네잔치를 하자, 이거유."

전병기가 다시 돈기철의 말을 막으며 앞으로 나섰다. 그는 오십

근은 족히 나갈 것 같은 캐리가 탐이 났다. 가만히 있다가는 군침만 삼키고 말겠다는 생각에 사람들의 여론을 끌어들였다.

"오늘 병기 말 되는 날이구먼."

"내 말이 바로 그 말여. 어쩌면 오늘따라 똑소리 나는 말만 골라서 할까? 병기 진면목이 저럴 줄 알았으면 진작 시의원으로 내보내야 하는 건데."

"병기 어제 저녁 잘못 먹은 거 아닌가?"

"뭔 소리를 하는 거야. 사람 속은 하느님밖에 모른다잖아."

전병기의 말에 사람들은 또 다시 어리둥절한 표정으로 서로를 바라보며 한 마디씩 했다.

"통장님, 병기 말대로 결정합시다. 개 잡는 전문가 차복이가 있으니까 동네잔치 하는 걸로 결정합시다.

안달호가 전병기 못지않게 캐리를 보며 군침을 흘리고는 큰 소리로 말했다.

"그거 참 좋은 생각이네. 요사이 날도 더운데 복날도 다가오고 하니까 이참에 몸보신 한번 해 보는 것도 나쁠 거 없겠지. 여러분 생각은 어때요? 괜찮쥬? 그럼 결정한 겁니다."

안달호 말이 끝나자마자 변차수는 참으면 복이 온다는 말이 불쑥 생각났다.

그려, 철준이가 갔으니까 통장은 어차피 다시 뽑아야 하잖아.

뜻하지도 않게 공짜로 인심을 얻을 수 있는 절호의 기회라는 생각에 그는 허 의원을 비롯해서 다른 사람들이 말할 틈을 주지도 않았다. 개 문제에 대해서는 더 이상 언급을 하지 말라는 얼굴로 혼자 묻고 혼자 결정해 버렸다.

"요새 개고기가 쇠고기보다 비싸다는 소문은 있지만 개는 어디서 잡는다?"

현이네가 혼잣말로 중얼거리는 말에 사람들은 마른침을 삼키며 개집 앞으로 고개를 돌렸다. 개집 앞에 서 있던 허 의원은 붉으락푸르락 하는 얼굴로 슬그머니 개집 앞을 떠났다.

"아차강변에 버드나무 있잖아요. 거기서 잡으면 딱 좋아! 딴 동네 사람들이 거기까지 오지도 않고, 강바람도 시원하고……."

남자들은 가만히 있는데 돈기철 아내가 입맛을 다시며 한 마디 했다.

"정부에서는 공개적으로 개를 잡는 것은 불법이라고 하든데……."

"아따, 눈 가리고 아옹하는 식이지. 개 잡는 것이 불법이면 개고기 파는 것도 불법 아녀?"

"틀린 말은 아니네. 개를 도살하면 경찰에 끌려간다는 말이 진짜면 병기는 진작 끌려갔어야 할 거 아녀."

철준에게 보증을 서 준 사람이나 서 주지 않은 사람들도 공동으로 개를 잡아먹자는 말에는 반대를 하지 않았다. 모두가 구미가 당긴다는 얼굴로 한 마디씩 던지며 좋아했다. 초대받지 않는 손님과 같은 얼굴로 서 있던 곽차복도 오랜만에 개를 잡을 일이 생긴다는 말에 히죽히죽 웃으며 자랑스럽게 개를 쳐다보았다.

뭐! 오토바이를 팔아서 돈을 나눠 가져? 아나 쑥떡이다. 먼저 차지하는 놈이 임자지, 개뿔을 나눠 가져? 이래서 머리 나쁜 놈은 평생 고생고생하면서 살 수밖에 없어.

돈기철도 개를 잡는다는 말에는 찬성을 했다. 그러나 어떠한 일이 있더라도 오토바이는 자신이 차지하고 말겠다는 생각에 속웃음을 지었다.

“그람 제 말에 모두 찬성하는 걸로 알고 저 개는 점심때에 맞춰서 끄시르는 걸로 결정하겠습니다. 그렇게들 알고 모두들 오늘 아침들은 조금씩만 드셔. 점심때 강가에 모여서 배가 터지도록 보신탕을 먹게 될 팅게.”

노충식은 아침을 먹고 일찌감치 식당 폐업을 하는 곳에 가서 냉장고, 온수기, 테이블 의자 등을 사 오기로 했다. 나이 많은 어른들이야 있든 말든 대추나무 밑에 앉아서 담배 연기를 풀풀 날리고 있던 변차수의 말에 불만이라는 표정으로 불쑥 말했다.

“왜 하필이면 오늘 한다? 간장이 오래 묵었다고 쉬고 소금에 곰팡이 낀다는 말 못 들어 봤잖아. 개새끼도 마찬가지여. 하루 두 끼 밥만 주면 쉬어 터지거나 썩는 물건도 아니니까 낼로 미뤘으면 좋겠구먼.”

시장 안에 좌판을 깔고 중국산 콩이며 좁쌀, 팥 등의 곡식을 파는 70대의 황 씨가 제동을 걸었다.

“내일은 금요일이잖아. 나야 요새 장사도 안 되고 하니까 하루 쉬면 그만이지만, 다른 이들은 휴가철이라서 문을 닫고 개고기 먹으러 갈 수는 없는 노릇 아녀.”

아니꼽다는 얼굴로 황 씨를 쳐다보고 있던 안달호가 더 이상 끌지 말라는 얼굴로 단정을 짓듯 말했다.

"그려, 장사라고 벌려 놓고 휴가철을 무시하면 안 되지. 차라리 이번 주 일요일에 잡는 걸로 결정합시다."

"허! 우리가 회사에 출근하는 월급쟁이도 아니고, 문 닫고 쉬고 싶으면 쉬고, 휴가 가고 싶으면 언제든 문짝에 오늘부터 언제까지는 휴갑니다, 라고 쪽지 한 장만 써 붙이면 되는 자영업자들인데 왜 하필이면 주님을 모셔야 하는 주일날 개를 잡는다?"

안달호의 말꼬리를 물고 늘어지는 최금준은 일 년 중에 가장 장사가 잘되는 명절 대목에도 일요일이면 '천냥세상'을 아내에게 맡긴다. 낡은 양복 차림에 성경책을 옆구리에 끼고 빠짐없이 교회에 나가야 직성이 풀린다. 교회는 지극정성으로 다니지만 오십 대 초반인 그는 장로라는 신분이 무색할 만큼 술과 담배를 즐겼다. 보통 즐기는 정도가 아니다. 술판에서는 끝장을 봐야 하고 담배는 노다지 물고 다니는 편이었다. 그 탓에 교회에 가서는 한 개비도 안 피운다고 항상 주장하지만 믿는 사람들은 한 명도 없었다.

"어허! 절에서야 개 잡는 거 안 좋게 보지만 교회에서는 개를 잡건 소를 잡건 쥐를 불고기 해 먹든 고기 먹는 거하고 상관없다고 하든데 뭘 그랴?"

황 씨가 한 손은 뒷짐을 지고 다른 한 손으로는 담배를 피우다가 점잖게 한마디 했다.

"요새는 절에서도 고기를 먹는다면서?"

"안주가 있응께 술도 마시겠구먼."

"술에 취하면 여자 생각도 날 거 아녀?"

안달호와 전병기가 주고받는 말에 여기저기서 웃음이 튀어 나왔다. 변차수는 박수를 쳐서 주의를 집중시킨 뒤에 마무리 지을 생각으로 말했다.

"자자! 절에서 고기를 먹든 교회에서 소주를 마시든 우리하고 상관없는 말잉께 어서 의견들을 내놔 봐유. 나도 얼른 아침 먹고 동사무소 통장단 회의에 참석해야 햐. 나만 바쁜 것이 아니잖아. 돈을 많이 벌든 작게 벌든 장사라고 벌려 놨으면 어여 아침 먹고 가게 문 열어야 하잖아. 그러니까 어서 결정하자구."

"일요일 날 교회 가는 사람이 몇 명이나 된다는 거유?"

"하늘이 두 쪽 나는 한이 있더라도 빠짐없이 착실히 가는 사람이야 금준이 형님 혼자뿐이고, 대전만두집 아줌씨하고 몇 명은 생각나면 한 번씩 다니는 걸로 알고 있는데?"

전병기 말에 노충식이 대전만두집을 쳐다보며 대답했다.

"그람 대를 위해서 소가 희생해야겠구먼. 한 사람 때문에 여러 사람이 피해를 볼 수는 없는 편이잖아. 그러니까 금준이 자네가 이해를 해 줘야겠어."

"통장을 갈아치울 때가 됐나? 대를 위해 소가 희생을 하는 것이 맞다고 쳐. 민주주의 사회에서 통장 말이면 최고가 아니잖아. 최소한도로 주일날이 좋냐, 평일 날이 좋냐 하고 선거라도 해야 하는 거 아녀? 그도 아니고 달랑 충식이 말만 듣고 대를 위해 소가 희생하라니. 그 말이 통장이 할 말여?"

"금준이 자네 지금 그걸 말이라고 하나? 누구는 통장질을 하고 싶어서 하는 줄 아나? 그것도 아니면 누구처럼 통장 자리가 엄청 탐이 나는 모양이지? 오늘 당장이라도 자리를 내놓을 테니까 어디 자네가 한번 해 봐. 나나 하니까 동네를 위해 희생한다는 맘 하나로 견뎌 내고 있지. 자네 성질 같으면 일주일도 못 버틸 겨. 일 년 삼백육십오일 중에 삼분의 일은 부동산사무실 문 닫아 걸고 동네를 위해 일을 해도, 욕 안 먹으면 본전이라는 걸 알기까지는 하루가 아니라 반나절도 안 걸리는 자리라는 것을 알게 될 테니까."

변차수는 나이로 치면 다섯 살이나 어린 최금준 말에 화가 나긴 했으나 과민 반응을 일으킬 정도는 아니었다. 하지만 돈기철을 염두에 두고 의식적으로 거칠게 쏘아 붙였다.

"아따! 난 생각 없이 한 말인데, 형님은 너무 심하게 말을 하는 거 아녀? 그라고 내가 틀린 말을 한 것도 아니잖여. 원래는 담 달 십오일부터 철준이가 통장을 맡기로 했잖여. 그런 철준이가 없으니까 다른 사람이라도 뽑아야 되는 거 아닌가?"

최금준도 처음에는 변차수에게 별다른 감정이 없었다. 그러나 변차수가 너무 심하다 싶을 정도로 쏘아 붙이는 말에 서운하다는 얼굴로 되받아쳤다.

"금준이 형님 말씀이 백 번 천 번 옳은 말이네. 약속이라는 것이 서로 지키자고 만든 말이잖아요. 철준이가 없어졌다고 해서 통장 자리를 내놓겠다는 약속을 안 지키면 안 되지. 더구나 통장도 공인이라면 공인이잖아. 누가 그러는데 준공무원이라고 하드만."

돈기철이 가려운 곳을 스스로 알아서 긁어 준 최금준에게 찬사를 보냈다. 동네 사람들 눈만 없다면 큰길가에 있는 동해루에 데리고 가서 탕수육에 소주라도 대접하고 싶을 정도다. 그러나 최금준은 난생 처음으로 존칭을 쓰는 돈기철을 바라보면서, '저 인간이 새벽부터 못 처먹을 걸 처먹었나' 하고 의아한 눈길을 보냈다.

"허! 개나 소나 통장을 할 수 있다고 생각하고 있는개비구먼."

변차수가 돈기철의 말을 무시해 버리고 최금준을 쏘아보며 노골적으로 비웃었다.

"흥! 하라면 누가 못 할 것도 없지. 말이 나온 김에 하자면 통장이 하는 일이 별건가? 자유당 시절처럼 집집마다 돌아다니며 자유당에 투표하라고 고무신 돌릴 일도 없고, 공화당 시절처럼 새마을운동 하라고 새벽부터 밤이 늦도록 새마을운동하라고 동네방네 설칠 필요도 없고, 자전거 타고 동사무소나 왔다 갔다 함서 동직원들이 시키는 대로 공지사항만 전해 주고, 민방위 훈련 때 모자 쓰고 똥폼만 잡으면 그만이지."

"뭐…… 뭐라고……?"

변차수는 갑자기 숨이 막혀 말이 나오지 않았다. 팔짱을 낀 모습으로 웃음을 참고 있는 돈기철만 아니었다면 멱살을 붙잡아 앉혀 놓고 나서 통장이 하는 일이 한두 가지인 줄 아느냐고 차근차근 따지고 싶었다. 그러나 멱살을 붙잡힐 돈기철도 아니고, 말을 해 봤자 돈기철에게 득이 되면 됐지, 자신에게 득이 될 것은 없을 거라는 생각에 말은 못하고 주먹만 부르르 떨었다.

"금준이 형님 말대로라면 차복이가 통장질을 되겠구먼. 자전거를 못 타서 시간이 좀 걸리기는 하지만 걸어 다니는 데는 지장이 없잖여."

돈기철은 최금준보다 한술 더 떴다. 그는 볶은 참깨를 깨문 얼굴로 한마디하고 주변을 두리번거렸다. 곽차복은 아내와 함께 대문 옆에 서 있었다. 곽차복이 시선이 마주치는 순간 히죽 웃었다.

"식전부터 신소리는 그만하고, 철준이가 없어졌으니 천상 현 통장이 한 번 더 수고를 해 줘야겠구먼. 뭐……."

"맞는 말여. 진구가 고생 좀 해 줬으면 딱 좋겠지만 부탁을 해 봐야 거절할 것은 뻔한 뻰자니까, 수고스럽지만 형님이 고생 좀 더 해 주는 수밖에 없슈."

얼굴이 자주감자 빛이 된 변차수를 궁지에서 구해 준 사람은 갈종근과 내중섭이다. 그들이 돈기철 말을 무시해 버리고 번갈아 한마디씩 던지는 말에 사람들은 대부분 인정을 한다는 얼굴로 고개를 끄덕거렸다.

"배고파 죽겠으니 간단히 끝내겠습니다. 통장을 새로 뽑는 문제는 동네 어른들이 알아서 하시고 개는 일요일 날 잡는 걸로 결정합시다. 내 말에 반대하는 사람 있으면 손들어 보세요. 없구먼. 그람 개는 이번 주 일요일 날 잡는 걸로 결정하고 밥이나 먹으로 갑시다. 다 먹고 살자고 하는 짓이니까."

칠십 대 황 씨가 있든 육십 대 후반의 허 의원이 있든, 나 보라는 듯이 담배를 뻐끔뻐끔 피우고 있던 전병기가 큰 소리로 자기 혼자 묻고는 저 혼자 결정해 버렸다.

"병기, 자네 나에게 억하심정이 있능 겨?"

"얼씨구! 지금 뭔 말을 하고 있는지 모르겠구먼."

최금준의 말에 전병기가 가소롭다는 표정으로 빈정거렸다. 전병기를 한심하다는 표정으로 쳐다보던 진구는 더 이상 서 있을 기분이 나지 않았다. 집주인이 동네 사람들의 환송을 받으며 떠난 것도 아니다. 빚더미에서 헤어 나올 구멍이 없어 야반도주를 한 빈집에서 해도 너무한다는 생각에 집에 갈 생각으로 아내를 찾아보았다. 아내는 철수 아내의 팔짱을 끼고 담담한 표정으로 서 있었다. 슬그머니 아내 곁으로 가서 어깨 뒤를 툭 치고 집에 가자는 눈짓을 보냈다.

"얼씨구건 절씨구건 개새끼는 충식이 말대로 하루 이틀 늦게 잡는다고 혀서 쉬어 터지거나 썩는 물건이 아닝께 통장이 요량해서 날을 잡는 걸로 끝내자고. 이 집이야 원래 월세 집이니까 주인이 알아서 하겠지만 문제는 슈퍼여. 내가 알기로는 슈퍼 안에 물건이 그대로 있는 걸로 알고 있는데, 물건을 넘겼다면 이 시간쯤에 새 주인이 들이 닥쳤을 거잖아. 헌데 그런 낌새가 안 보이는 걸 보니 물건은 그대로 두고 간 것이 틀림없어. 그 문제도 보증인들끼리 대책회의를 할 때 확실하게 짚고 넘어가야 할 거야."

사람들 등 뒤를 빙빙 돌다가 마루 앞에 쪼그려 앉아서 담배를 피우고 있던 허 의원이 무릎 관절이 아프다는 얼굴로 인상을 쓰며 일어나 점잖게 한마디 했다.

아내와 함께 집으로 가려고 뒤돌아서던 진구는 허 의원의 말에 뒤돌아섰다. 아랫배에 힘을 지그시 주고 사람들의 얼굴로 번갈아 쳐다보며 차분한 목소리로 말했다.

"그 문제라면 길게 끌고 갈 것도 없이 이 자리에서 확실하게 말해 두겠슈. 슈퍼 건물 보증금하고 물건은 제가 인수하는 걸로 철준이하고 약속이 되어 있슈. 그러니까 슈퍼에 관한 모든 권한에 대해서는 더 이상 언급하지 않아도 됩니다."

"그럼 명수 아버지는 경혜네가 떠난다는 걸 알고 있었다는 말이구먼."

"다른 사람이야 꿈에도 모르고 있었지만 명수 아버지야 경혜 아버지하고 보통 사이가 아니었응께 알고 있었겠지."

현이네와 내중섭 아내가 소곤거리는 소리가 끝나기도 전에 진구가 다시 한 번 침착한 목소리로 말했다.

"또 한 가지 확실하게 약속을 드릴 것은, 제가 철준이에게 보증서 준 금액에서 천 원짜리 한 장이라도 더 건질 생각은 추호도 없다는 점입니다. 저를 아시는 분은 잘 알고 있겠지만, 저는 이날 이때까지 양심에 가시 박히는 일은 단 한 번도 해 본 적이 없슈. 아직은 제가 슈퍼를 직접 경영해 볼까, 아니면 땡처리꾼을 불러서 모조리 처분을 할까, 결정은 내리지 않았지만 중요한 점은 제가 예상했던 것보다 돈이 더 나오면 일단 그 차액을 통장님에게 드리겠다는 점입니다."

"그럼 슈퍼 문제는 그렇게 알고 있기로 하고 개는 돌아오는 칠 월 삼십 일 아차시장 정기휴일날 잡는 걸로 하는 걸로 결정합니다. 앞으로 열흘 정도 남았는데, 그때까지 수고스럽지만 개밥은 대전만두집이 책임을 져야겠네. 잡을 때는 잡더라도 멀쩡히 살아 있는 개를 굶기는 것은 동물학대죄나 다름 없으니께."

철준이와 진구는 쌍둥이라고 할 만큼 아차동에서 신임을 잃어 본 적이 없었다. 진구의 말에는 더 이상 토를 다는 사람들이 없는 것을 확인한 변차수가 사람들의 표정을 살피며 이만 끝내자는 얼굴로 말했다.

"오늘이라도 집 주인이 집을 내놨으니 개를 데리고 가려면 그때는 어쩌지?"

대전만두집은 곧 저승열차를 탈 개한테 밥을 준다는 점이 마음에 걸렸다. 그렇다고 이웃에 살면서 부탁을 거절할 수는 없어서 뚱한 표정으로 말했다.

"대전만두집, 내가 부동산 전문가로 하는 말인데 당장 오늘 아침 먹고 집을 내놓더라도 내일 이사 오는 일은 없어. 설령 기적 같은 일이 일어나서 내일 이사 오는 사람들이 있다면, 대전만두집에 끌어다 놓으면 되잖아. 이 집 개하고 서로 모르는 사이도 아니니까 혼자 적적하게 지내는 것보다는 그런대로 재미있을껴."

"통장님, 개고기 못 먹는 사람은 손가락만 빨고 있으라는 거유?"

구석에서 누군가 큰 목소리로 물었다.

"잘난 개새끼 한 마리로 온 동네 사람 배 터지도록 처먹을라고 했남? 개 잡는다는 핑계로 집집마다 각 앞에 돈 만 원씩 걷어서 닭도 십여 마리 사고 돼지고기도 열대 근 끓어 와야 할 거 아녀?"

"그려. 먹고 죽은 귀신은 때깔도 좋다고 하드라. 돈 몇 만 원 아낀다고 해서 보증 빚 다 갚는 것도 아니니까 오랜만에 목구멍에 때나 벗겨 보지 뭐."

늦서리 내린 해 질 녘 들판처럼 새벽부터 무거운 바람이 좁은 마당을 자근자근 걸어 다니던 분위기는 동네잔치 쪽으로 화제가 기울기 시작하면서 한결 부드러워졌다. 그러나 철준을 보내고 난 진구의 마음속에는 여전히 늦가을 빈 들판에서나 부는 찬바람이 쉬지 않고 일렁거렸다.

오! 해피데이

그릇가게인 옥천상회는 봄, 가을 이사철에 장사가 잘된다. 여름철에는 휴가를 떠나는 사람들이 아이스박스며, 냄비나 가벼운 그릇 등을 사러 주를 이룬다. 근처에 대학교가 있어 원룸이나 자취방이 많은 경우가 아니라서 손님이 뜸할 때는 하루 종일 십만 원의 매상을 올리지 못하는 날도 있다.

진구는 오늘은 새로 개업하는 갈빗집에 납품이 있어서 거의 한 달 동안 장사를 한 만큼의 수입을 올렸다. 진구는 오토바이를 가게 앞에 세웠다. 오토바이를 타고 올 때는 몰랐는데, 오토바이에서 내리니 땀이 비 오듯 쏟아진다. 오늘 하루도 찜통더위가 이어질 징조인지 바람이 눅눅했다.

"갈빗집 장사는 잘될 거 같아요?"

가게 안에 있던 진구 아내가 밖으로 나와서 땀을 닦으라며 진구에게 타월을 건네주며 물었다.

"음식 장사라는 것이 장소만 좋다고 잘되는 것도 아니고, 메뉴가 좋다고 해서 잘되는 것도 아니고, 순전히 주인 손맛이 좋아야 잘되는 거잖아. 국수 한 그릇을 말아 주는데 국물 맛이며, 김치 맛이 그런대로 괜찮더라."

옥천상회는 이웃의 가게들과 다르게 매장 구조가 직사각형이다. 가게 안쪽에 붙어 있는 방문턱에 앉아 있으면 바깥에서 주인들의 모습이 보이지 않는다. 진구 아내는 진구를 따라서 가게 안으로 들어가며 무언가 할 말이 있다는 표정을 지었다.

진구는 방문턱에 앉아서 가게 책상 위에 있는 선풍기를 자기 쪽으로 고정을 시켰다. 그는 타월로 땀을 대충 닦고 나서 갈빗집에서 받은 납품대금을 아내에게 내밀었다.

"가슴이 텅 빈 것처럼 기분이 이상하네…… 명수 아빠는 안 그래?"

진구 아내가 돈을 손금고에 넣고 나서 진구의 눈치를 살피며 말을 걸었다.

"그걸 말이라고 하는 거여? 철준이하고 나하고는 초등학교 들어가기 전부터 고향에서 여름이면 또랑에서 고기 잡고 겨울이면 뒷산에서 토끼 올미를 놀면서 살아 왔어. 중학교 때도 쭉 같은 반이었다구. 군대도 같이 갔고, 제대한 후에야 철준이는 서울로 올라갔고 나는 고향에서 농사를 졌잖아. 백번도 더한 말이지만 나는 철준이가 아니면 지금도 고향에서 농사를 지면서 살고 있겠지. 요즘 농촌 현실이 얼마나 어려운지 잘 알지? 집집마다 농협에 빚 없는 집이 없고, 포도 값은 해가 갈수록 하락을 하고 있어서 목숨은 붙어 있어 억지로 살고 있는 집이 수두룩해."

"그렇게 고마운 친구라서 믿고 보증도 서 준 거잖아요. 근데 슈퍼는 언제 가 볼 생각이에요? 슈퍼 안에 전기는 계속 돌아가겠죠? 아이스크림이며, 즉석식품이나 야채 등은 계속 전기가 돌아가야 안 상하는데……."

"당신 그 말 하고 싶어서 아까부터 입을 삐죽거리고 있었구먼. 철준이가 바보 천지여? 슈퍼 전기를 끊어 놓게? 나도 아침에 일어나면 슈퍼에 한번 가보고 싶은 생각이 불쑥불쑥 나지만 애써 참고 있는 중이라구."

"참을 것이 따로 있지. 슈퍼를 운영하든, 땡처리를 하든 물건들이 안전하게 있는지 확인하는 것이 당연한 거 아닌가?"

"슈퍼에 가면 철준이 생각에 눈물이 날 것 같아서 그러잖아. 전기가 이상이 없는지 계량기는 매일 확인하고 있으니까 수일 내에 마음이 진정이 되면 가 볼 생각이야."

"하긴 슈퍼를 운영할 것인지, 그냥 팔아 버릴 것인지를 먼저 결정해 놓고 슈퍼에 가 보는 것도 나쁘지는 않겠네요."

"내 말이 바로 그 말이여…… 냉장고에 소주 사다 놓은 거 있지?"

"대낮부터 뭔 술이다?"

진구 아내는 말과는 다르게 가겟방 안으로 들어갔다.

"오늘같은 날 마시라고 생긴 것이 술인데 대낮이라고 못 마실까."

진구 아내는 양은쟁반에 소주병과 맥주 컵에 김치, 멸치조림 등을 얹어서 진구 옆에 내려놓았다. 진구는 술병 뚜껑을 따서 맥주 컵 가득히 따랐다.

"점심때가 되었는데 점심도 안 먹고 뭔 술을 그렇게 많이 마신다?"

아내가 놀란 얼굴로 한마디 했으나 그는 못 들은 척하고 냉수를 마시듯 술을 꿀꺽꿀꺽 마셨다. 찬 술이 식도를 타고 내려가면서 짜릿한 통증이 살아났으나 참을 만 했다. 트림과 함께 역한 소주 냄새가 코를 찔렀다. 그는 얼굴을 찡그리며 김치를 손으로 집어 입에 넣고 우적우적 씹으며 가게 밖을 바라봤다. 한낮이라서 사람들이 띄엄띄엄 가게 앞을 지나가고 있다. 물건을 사러 시장에 온 사람들이라고 보기보다는 시장 안을 통과해서 집으로 가는 사람들이 많아 보인다.

"어따! 못난 사람아!"

진구는 소주를 한 컵이나 들이켰더니 취기가 와락 밀려 올라왔다. 취기에 아스라한 슬픔이 배어 있었다. 진구는 눈물이 쏟아지려는 것을 참고 마치 눈앞에 철준이라도 서 있는 것처럼 손짓을 해 가며 울컥 하는 목소리로 불렀다.

곽차복의 집은 아차동이 훤히 내려다보이는 아차산 자락에 자리잡고 있다. 그의 집 뒤로는 아카시아 나무며 상수리나무, 싸리나무들이 뒤섞여 자라나고 있는 산자락이라서 집들이 없는 끄트머리 집이 그의 집이다.

곽차복은 아침을 먹고 곧장 외출 준비를 하기 시작했다. 날씨가 더워지기 시작할 무렵부터 입기 시작한 파란색 트레이닝복을 벗어버리고 깨끗하게 빤 청바지를 입었다. 오른쪽 가슴팍에는 '아차시장 상인 번영회'라는 글씨가 박혀 있는 반소매 흰색 티를 입고 거울 앞에 섰다.

돼…… 돼지고기 사…… 사러 가야지.

그는 왼쪽 발을 까치발로 서고 벽에 걸려 있는 거울을 바라본다. 아침을 먹기 전에 외출할 것을 염두에 두고 머리를 감았는데도 머리카락이 부스스하게 떴다. 그는 손바닥에 침을 발라서 머리를 꾹꾹 누르며 옷 이쪽저쪽을 살펴본다. 티셔츠에 구멍이 난 곳도 없고 바지자락이 뜯어지지도 않았다. 그는 만족한 미소를 지으며 장롱 앞으로 갔다.

한 칸짜리 장롱 두 개가 나란히 붙어 있는데, 서로 높이도 다르고 색깔도 다르다. 높이가 한 뼘 정도 작은 연두색 장롱은 진구가 해체를 해서 땔나무로 사용하려던 것을 얻어 온 것이고, 밤색으로 손잡이 한 개가 떨어져 나간 장롱은 스물세 살까지 살아 계시던 어머니가 사용하던 것이다. 공통점이 있다면 두 개의 장롱에는 달력이나 신문 잡지 등에서 오려 붙인 연예인들의 반라 사진이 덕지덕지 붙어 있다는 점이다. 모두가 아내를 만나기 전, 기회가 있을 때마다 오려 붙인 것들이나 아내를 만난 후에도 멋있어 보여 그대로 두었다.

돼…… 돼지고기 사 와서, 마…… 마누라하고 마…… 맛있게 머…… 먹어야지.

곽차복은 높이가 작은 장롱 문을 열었다. 이불이 얹혀 있는 선반 아래에 서랍이 두 개 드러났다. 그 중 밑에 서랍을 열었다. 차곡차곡 개어 놓지 않고 대충대충 똘똘 말아 넣은 옷들이 드러났다. 그는 장롱 옆으로 앉아서 오른손을 구석으로 쓱 밀어 넣고 더듬거리며 두 눈을 깜박깜박거렸다. 이쪽저쪽을 더듬다 보니 손에 익은 감촉이 전해졌다. 꺼칠꺼칠하면서도 두껍게 와 닿는 카키색 미군 군복 상의가 끌려 나왔다.

마…… 만 원…… 어치면 시…… 실큰 머…… 먹을 껴.

어머니가 살아 있을 때부터 금고 대용으로 사용하던 군복 상의 주머니 안에서 신문지로 싸 놓은 지폐를 꺼냈다. 팔만 원 정도의 금액은 만 원짜리, 오천 원짜리, 천 원짜리로 섞여 있었다. 시장 안에서 이런저런 심부름을 해 주고 담배 값 조로 받은 돈을 모은 것과, 매월 동사무소에서 통장으로 지급되는 삼십오만 원의 기초생활 생계비와 장애인수당 십여만 원을 더한 것이다. 그는 그 돈 중에서 만 원짜리 한 장만 꺼내 놓고 나머지는 신문지로 잘 싸서 원래 주머니에 넣었다. 그는 돈이 들어 있는 카키색 군복을 장롱 깊숙이 박아 놓고 콧노래를 부르며 일어섰다.

아홉 시밖에 되지 않았는데도 북향집인 탓에 마루는 햇볕을 받아서 뜨끈뜨끈했다. 마루 밑에는 원래는 흰색이었으나 때가 꼬질꼬질하게 묻어 검은색으로 변한 운동화 한 켤레가 나란히 놓여 있었다. 그는 그 위에 쪼그려 앉아 외출할 때 신는 밤색 구두를 찾았다. 항상 있어야 할 자리에 구두가 없었다.

내, 내 구두야! 어…… 어디로 갔나?

어두운 마루 밑을 두리번거리고 있는데 등 뒤에서 아내 목소리가 들려 왔다.

"당신 구두 내가 닦았슈."

"히!…… 어…… 언…… 제 다…… 닦응 겨?"

명색이 구두이기는 하지만 합성수지로 되어 있는 탓에 물걸레로 쓱쓱 닦기만 하면 되는 신발이다. 곽차복은 아내가 내미는 구두를 받았다. 밑창에 끼어 있는 흙은 닦아 내지 않았지만 구두코는 반질반질하게 닦여졌다. 그는 이만하면 더 이상 손보지 않아도 된다는 생각에 소리 내어 웃으며 물었다.

"당신 옷 갈아입을 때 닦았슈. 왜냐하면 당신이 고기 사러 간다고 했응께."

"그…… 그…… 그래, 나…… 나, 고…… 고기 사러 간다. 다…… 당신하고…… 마…… 맛있게 머…… 먹을라고."

"많이 먹고 싶응께 많이 사 와유. 알았쥬?"

곽차복 아내는 아침밥을 배부르게 먹은 지 한 시간이 지나지 않았는데도 고기를 먹을 생각을 하니 입안에 침이 돌았다. 그녀가 군침을 꿀꺽 삼키고 나서 곽차복 앞에 쪼그려 앉아 구두를 신겨 주었다.

"응, 마…… 많이 사 올 겨."

곽차복은 히죽 웃는 얼굴로 대답을 하고 주머니 속에 들어 있는 만 원짜리를 꺼냈다. 반으로 접혀 있는 돈을 다시 반으로 접어서 주머니에 넣었다. 그는 돈이 들어 있는 주머니를 손바닥으로 탁탁 치며 아내에게 물을 떠오라고 시켰다. 아내가 물통에서 물을 반 바가지 퍼 가지고 왔다. 그는 마루 기둥에 걸려 있는 거울을 보고 머리에 물을 발랐다. 축축한 머리카락을 이쪽저쪽으로 가르마를 타고 얌전하게 빗질한 다음에 헤, 웃으며 돌아섰다.

"돼지고기 사서 술 먹지 말고 바로 집으로 와유. 올 때까지 기다릴 팅께. 알았쥬?"

담이 없는 마당의 넓이는 마루에서 삼 미터 정도다. 담 대신 무릎 높이로 쌓아 놓은 돌 앞에는 맨드라미며 채송화, 봉선화 등이 상추, 쑥갓, 고추, 가지들 틈에 여기저기 섞여 있었다. 대문이 있어야 할 자리에는 칠월인데도 코스모스 한 무더기가 하얀색, 연분홍색으로 피어 있다. 곽차복 아내는 절룩절룩거리는 걸음으로 외출을 하는 곽차복의 뒤를 따라서 코스모스가 피어 있는 곳까지 갔다. 그녀는 코스모스 한 송이를 꺾어 곽차복의 얼굴 앞에서 살랑살랑 흔들며 당부를 했다.

"히! 수…… 술, 아…… 안…… 머…… 먹고 집으로 바…… 바로 올 껴."

곽차복은 방에서 밖으로 나온 지 십 분이 안 되었는데도 이마에 땀이 송골송골 맺혔다. 그는 땀을 닦을 생각도 하지 않고 왼쪽 어깨가 비스듬히 주저앉은 자세로, 보면 볼수록 예쁘기만 한 아내에게 활짝 웃어 보이고 골목을 내려가기 시작했다.

"차복이 오늘은 쫙 빼입고 어딜 가는가?"

화양시 시립도살장은 오토바이나 차로 가면 십 분도 안 걸리는 거리다. 그러나 곽차복 걸음으로는 두 시간은 족히 걸리는 거리였다. 점심때를 맞춰 12시 안에 도착하려면 부지런히 걸어야 하지만 아무리 바빠도 참새가 방앗간 앞을 그냥 지나칠 수는 없다. 술을 마시지 말라는 아내의 말을 까맣게 잊은 곽차복은 선이네식당 앞을 그냥 지나치지 못했다. 식당 앞에 있는 비치파라솔 아래 테이블은 비어 있었지만 가게 안으로 허 의원이 보였다. 곽차복은 허 의원이 묻는 말에 대답은 하지 않고 히죽히죽 웃기만 했다.

"옷 갈아입은 거 보니까 남 심부름 가는 거 같지는 않은데……."

방문턱에 걸터앉아서 파를 다듬고 있던 현이네가 고개는 돌리지 않고 혼잣말로 말했다.

"히! 시…… 시…… 식구가, 괴…… 고기 머…… 먹고 싶다고 해서……."

곽차복은 허 의원이 부르지도 않았는데도 탁자 앞으로 갔다. 그는 고개를 삐딱하게 눕히고 소주병을 쳐다보고 있다가 즐거운 표정으로 웃으며 더듬거렸다.

"도살장에 돼지고기 사러 가는 모양이구먼."

허 의원이 막걸리 한 잔을 달게 마시고 나서 고개를 끄덕거렸다.

"중앙정육점에 가서 사지, 도살장까지 언제 걸어가? 돈 사장하고도 친하잖여."

"차복이가 저래 봬도 생각은 멀쩡햐. 돈기철한테 사는 것보다 도살장에 가면 훨씬 싸고 많이 살 수 있으니까 고생 좀 하는 거지. 더운데 거기 서 있지 말고 이리 들어와."

허 의원은 현이네에게 빈 잔을 달라고 손짓을 하고 곽차복을 불렀다.

"그러고 보면 우리 동네에서 차복이 팔자가 제일 좋아. 딸린 자식이 있나, 부양할 부모가 있나. 고기 먹고 싶으면 일삼아 고기 사 와서 먹어, 술 먹고 싶으면 새벽부터 소주를 마셔도 누가 뭐라 하는 사람 있나. 온종일 자고 싶으면 온몸이 저리도록 누워 있어도 어느 누구 하나 잔소리하는 사람 있나. 좌우지간 차복이 팔자는 개 팔자보다 나아."

허 의원은 곽차복에게 막걸리가 잔에 가득 차도록 따라주었다. 곽차복은 눈치 볼 것도 없이 기다렸다는 얼굴로 술잔을 비우고 나서 중지 손가락에 침을 묻혀 소금을 찍었다. 그것을 쭉쭉 빨아먹고 나서 고맙다는 얼굴로 히죽 웃어 주고 난 다음에 갈 길을 재촉했다.

곽차복이 검은색 비닐봉지에 담은 돼지머리를 쌀자루 메듯 어깨에 메고 힘들게 아차동에 도착한 시간은 12시 반쯤이었다. 그는 땀범벅이 된 얼굴로 선이네식당 안으로 들어갔다. 술을 마시는 사람은 커녕 주인인 현이네도 없는 선이네식당에는 미지근한 정적이 고여 있었다. 곽차복은 마른침을 꿀꺽 삼키고 나서 고개를 잘래잘래 흔들며 돌아섰다. 그는 어깨에 메고 있던 돼지머리를 고쳐 잡고 절룩거리는 걸음으로 집이 있는 언덕을 올라갔다.

"딱 맞게 왔구만유."

열한 시쯤에 점심을 안쳐 놓고 집 앞 골목 담장그늘에 쪼그려 앉아서 눈이 빠지게 남편을 기다리고 있던 곽차복 아내가 함박웃음을 지으며 반겼다.

"히!"

곽차복은 힘겹게 들고 온 돼지머리를 반갑게 맞이하는 아내에게 건네주었다.

"돼지고기 사 오라고 했는데 왜 돼지 대가리를 사 옹거유?"

검은색 비닐봉지의 묵직한 무게에 잠시 허리를 휘청거렸던 곽차복 아내가 내용물을 확인하고 나서 실망한 표정으로 물었다.

"돼…… 돼지고기는 다…… 담에."

곽차복은 도살장에 도착하기 전만 해도 아내 부탁대로 돼지고기를 살 생각이었다. 그러나 도살장 직원들이 돼지머리를 손보는 모습을 보고는 그 생각이 바뀌었다. 고기 만 원어치보다는 하나에 오천 원 하는 대가리가 훨씬 많다는 생각에 망설이지 않고 돈을 내밀었다.

"담에 언제유?"

"히! 다…… 다…… 다섯 밤 자고."

곽차복은 아내가 묻는 말에 웃는 얼굴로 꼬박꼬박 대답을 해 주고 바쁘게 집을 돌아서 뒤꼍으로 갔다.

"다섯 밤 자고 참말로 돼지고기 사 와야 해유. 알았쥬?"

부엌 바닥은 마당보다 무릎 높이 정도로 낮았다. 다리가 불편한 곽차복은 집 옆으로 돌아서 뒤꼍으로 들어갔다. 곽차복 아내는 곧장 부엌을 통해 뒤꼍으로 나갔다. 햇볕이 마루는 물론이고 방 안까지 점령을 하고 있어도 뒤꼍은 한결 시원했다. 넓이도 앞마당보다 두 배 정도는 넓었다. 그러나 바닥에 암석이 깔려 있는 데다 뒷산에서 가지를 뻗은 아카시아 나무들 때문에 시원하다는 것 이외는 쓸모가 없고, 초겨울부터는 내내 얼음을 품고 있어서 방에서 뒷문을 연 적이 없었다. 곽차복 아내는 아궁이에 불을 지피고 나서 손가락 다섯 개가 아닌 세 개를 펴 보이며 다짐을 받았다.

"꼬…… 꼭, 사…… 사 올 껴. 히!"

곽차복은 처마 밑에서 똘똘 말아 놓았던 은박지로 된 돗자리를 꺼내서 펼치며 걱정하지 말라는 얼굴로 대답했다.

"그람 오늘도 돼지고기 먹고 내일도 돼지고기 먹고 또 모리도 돼지고기 먹는 거 맞쥬?"

곽차복 아내는 곽차복과 부부란 연을 맺고 사는 동안, 곽차복이 헛말이나 거짓말을 하는 걸 보지 못했다. 그녀는 오늘도 내일도 모레도 고기를 먹을 수 있다는 생각에 노래를 부르는 듯한 목소리로 물으면서 살갑게 웃었다.

"히! 마…… 맞아."

"점심 먹고 태한이네 집에 가야 해유. 태한이 엄마가 점심 먹고 쪼끔 놀다가 오면 참외 준다고 했거든유."

"히! 차…… 참외? 나…… 나도 참외 하…… 한 개 머…… 먹고 싶다."

"참외 두 개 주면 한 개는 안 먹고 가지고 있다가 집으로 갖고 올게유. 그람 됐쥬?"

"응. 그…… 그람 됐다. 그라고 수…… 술, 하…… 한잔 머…… 먹고 싶다."

"알았슈. 솥단지에다 대가리 앉혀 놓고 술 갖고 올게유. 그동안 노래나 부르고 있어유. 당신이 젤 좋아하는 노래 있잖유. 당신만을 사랑해, 하는 노래 말유."

"히! 노…… 노래 부…… 부를게."

곽차복은 웃통을 훌렁 벗었다. 옷을 방 안으로 휙 던져 버리고 돗자리에 벌렁 누웠다. 돗자리가 얇아서 울퉁불퉁한 감촉이 전해졌으나 참을 만 했다. 바람 한 줄기가 지나가면서 아카시아 나무가 몸부림을 친다. 노랗게 변한 아카시아 몇 잎이 바람결에 사뿐 날아서 돗자리 위에 떨어졌다. 그는 그것을 주워서 입에다 물고 당신만을 사랑해! 히! 당신만을 사랑해 히, 하고 빙긋빙긋 웃으며 노래를 부르기 시작했다.

"당신은 노래 부를 때는 말을 하나도 안 더듬는 것이 신기해 죽겠슈. 맨날 그렇게 말을 안 더듬으면 얼마나 좋을까."

아궁이에 걸린 양은솥에 돼지머리를 넣고 물을 붓던 곽차복 아내는 행복한 얼굴로 중얼거리고 나서 노래를 따라 부르기 시작했다.

돈기철의 중앙정육점은 시장 안에 있는 다른 가게와 다르게 이층집이다. 이층은 살림집이고 아래층은 통째로 정육점이라서 평수가 제법 넓다.

돈기철은 정육점 안에 있는 3인용 소파에 시장통을 향하여 길게 누웠다. 철준의 오토바이는 얌전하게 뒷마당에 끌어다 놨도 어떤 놈 하나 시비 거는 놈 없겠다, 점심때 삼계탕에 반주로 소주 한 병은 비웠겠다, 선풍기는 미풍으로 기분 좋을 만큼 시원한 바람을 내뿜으며 돌아가고 있겠다, 기분이 이처럼 좋을 수는 없었다.

시장 안은 쥐 죽은 듯 조용한데 어디서 날아 들어왔는지 몸통이 시퍼런 쇠파리 한 마리가 윙윙거리며 맴을 돌고 있다. 벌떡 일어나서 저놈을 파리채로 아작 내버려! 아서라! 부처님을 믿는 놈이 살생을 하면 안 되지. 쇠파리가 맴을 도는 소리와 점심때 반주로 마신 취기가 어우러져 꿀맛 같은 졸음이 비단 천으로 눈꺼풀을 쓰다듬기 시작했다.

암만 생각해도 난 이런 시장구석에서 썩기는 아까운 놈여.

돈기철은 스르르 주저앉는 눈꺼풀 사이로 뒷마당에 세워 놓은 오토바이가 보이는 것 같았다. 앞으로 5년은 넉넉하게 사용할 수 있을 거라는 생각이 들면서 저절로 웃음이 삐져나온다.

부지런한 새가 모이도 많이 쪼아 먹는다는 것도 모르는 등신들이 뭔 맘으로 오토바이를 팔아서 돈을 나눌 생각들을 했는지 모르지…….

지금 생각해도 오토바이 소유권을 주장하고도 남을 내중섭 대신, 자신이 오토바이를 차지한 걸 생각하면 혼자 밥을 먹다가도 미친놈처럼 웃음이 튀어나올 지경이었다.

철준이가 증발해 버린 그날이다.

아침을 먹자마자 큰길가에 있는 신용조합으로 달려갔다. 신용조합에 도착하니 근무 시간이 되지 않았는지 셔터가 내려져 있었다. 신용조합 건물과 나란히 붙어 있는 할인매장도 문이 닫혀 있었다. 그가 할인매장 앞에 있는 자판기에서 커피 한 잔을 빼서 천천히 마시고 났을 무렵, 신용조합 문이 열렸다. 그는 득달같이 달려 들어가서 김 부장을 찾았다. 반소매 와이셔츠 차림인 김 부장은 마침 객장에 있는 자판기에서 커피를 빼고 있었다.

"급한 일이 있응께 잠깐 나 좀 보세."

그는 다른 직원들이 눈치채지 못하게 슬쩍 김 부장의 손목을 끌고 무조건 밖으로 나갔다. 그는 사방을 두리번거리면서 신용조합 건물 옆으로 갔다.

"돈 사장님이 날 예금 담당 천 과장으로 착각하고 있는 것은 아닐 테고, 뭔 일이 있길래 아침부터 이렇게 급한 겁니까?"

커피를 흘릴까 봐 커피 잔을 든 팔에 신경을 쓰며 얼떨결에 끌려온 김 부장이 영문을 모르겠다는 얼굴로 말문을 열었다.

"천 과장하고는 할 말 없어. 정기예금이자 나오는 것도 죄다 자동이체로 적금을 붓고 있는 실정인데 뭔 볼일이 있겠어? 다름이 아니라 말여, 철준이 놈이 야반도주를 함서 멀쩡한 오토바이를 두고 갔다는 말일씨."

"저런! 요 며칠 전화를 할 때마다 걱정 말라고 큰소리를 치더니 결국 그런 속셈이 있었구먼? 하지만 철준 씨 대출금은 보증을 서 준 사람들끼리 해결할 문제지. 나에게 떠넘길 문제는 아닌 것 같은데?"

"내가 철준이 일 때문에 한갓지게 여기 와서 이러고 있을 몸이라고 생각하는가?"

"그람 철준 씨는 뭣 때문에 거론하는 거유?"

"철준이야 이왕지사 떠난 사람이지만 그 집에 있던 오토바이는 내가 써야겠네. 해서 하는 말인데 시장 안에서 장사하는 놈들이 김 부장님을 찾아와서 내가 철준이 보증을 서 준 거시 있느냐고 물으면 딱 오백만 원이 있다고 말 좀 해 주게. 그리고 이건 저녁때 직원들하고 저녁이라도 같이 자시라고 드리는 걸세."

냄새나고 은밀한 거래일수록 뜸을 들이면 안 되고 속전속결로 처리해야 한다. 그는 다 마시고 난 커피 잔을 꼬깃꼬깃거리며 고개를 가로 눕히고 반문하는 김 부장 손에 얼른 봉투를 건네주었다. 현금 오만 원이 든 봉투다. 아깝기는 하지만 철준의 오토바이를 헐값에 팔아도 칠팔십 만 원은 우습게 받을 수 있기 때문에 밑지는 장사는 아니다.

"돈 사장님이 아차동에서 현금이 젤 많다는 걸 알고 있는 사람은 죄다 알고 있응께 대출 보증을 서 줬다고 해도 가자미눈을 뜨고 보는 사람은 없겠지. 하지만 이래도 되는가 모르겠구먼."

"이 돈기철 입이 무쇠보다 무겁다는 거 아차동 사람들이 다 알고 있네. 그랑께 그렇게만 알고 어떤 놈이라도 김 부장을 찾아와서 이 돈기철이 철준이 보증을 서 준 것이 있느냐고 물어 보면 말일씨……."

"그런 거는 이해 당사자가 아니면 이사장이 물어도 안 갈켜 주는 법이긴 하지만……."

"김 부장이 신용조합 월급 한두 달 타먹었는가? 어련히 알아서 하겠지 머. 그람 난 김 부장만 믿고 가 봐야겠구먼. 집에 벌려 논 일이 있어 놔서 말여……."

소금 먹은 놈이 물 찾는다고 자고로 한푼이라도 받은 놈의 편을 들게 되어 있는 것이 세상사다. 어느 틈에 봉투를 주머니에 집어넣은 김 부장의 목소리가 솜털처럼 부드럽게 와 닿는 것을 느끼는 순간, 그는 철준네 집에 있는 오토바이가 운전하는 사람도 없이 정육점을 향하여 저 혼자 쌩 달려오는 것 같았다.

저 인간 이제야 김 부장 찾아가는 길인 개비구먼. 저 지랄로 게을러 터졌응께 철준이 같은 놈에게 보증이나 서 주고 피 같은 돈이나 물어 줄 준비나 하고 있지.

돈기철이 정육점에 도착해서 문을 열고 대충 청소를 하고 난 후였다. 내중섭이 오토바이를 타고 오는 모습이 보였다. 빨간색 헬멧을 뒤통수에 걸치고 탈탈거리며 정육점 앞을 지나가는 광경을 보니 웃음이 튀어 나왔다.

철준의 집 마당에 있는 오토바이를 끌고 오는 동안 기철은 다행스럽게도 철준에게 보증을 서 줬을 만한 사람들을 만나지 못했다. 선이네식당 앞에서 현이네가 '오토바이는 태한이네가 가져가기로 합의를 했나 벼'라고 말을 걸어 왔으나 그는 씩 웃으며 한 손을 번쩍 들어주는 것으로 대답을 대신하고 오토바이를 집으로 부드럽게 몰고 들어왔다.

어떤 놈이든지 오토바이 때문에 내 가게 안으로 들어오기만 해봐라.

기철은 오토바이를 뒷마당에 모셔 놓고 아내에게 소주를 두 병 사 오라고 했다. 그는 소파에 앉아서 시장통을 바라보며 김치를 안주 삼아 자작으로 술을 마시면서 누구든 따지러 오기를 기다렸다. 현이네 입을 통해서 오토바이를 가져왔다는 소문이 나고도 남을 시간을 기다렸으나 화가 난 얼굴로 찾아오는 사람들이 없었다. 그래도 모를 일이었다.

이 시간쯤이면 11통 촉새인 현이네가 오토바이는 태한이 아버지가 가져갔다고 소문을 내고도 남을 시간인데…… 이것들이 시간 맞춰서 떼거지로 몰려오려고 연통을 하고 있나?

이 생각 저 생각을 하느라 고개를 갸웃거리면서 소주 한 병을 비우고 나니 졸렸다. 그가 술상을 그대로 둔 채 가겟방에서 한숨 자고 일어났을 때는 시장 안에 여기저기 전등불이 켜져 있었다. 저녁을 먹고 나서도 술잔을 홀짝거리며 시계 바늘이 밤 열두 시를 가리킬 때까지 기다렸지만 목청을 높일 일이 벌어지지 않았었다.

흐흐흐…… 지금 팔아도 돈 백은 너끈히 받을 오토바이가 공짜로 굴러들어온 걸 보니, 올해 재산운이 있다고 장담을 하든 정초사 일엽스님이 영 땡중은 아닌 모양이구먼.

내일도 비는 안 올 모양인지 정육점 밖으로 보이는 시장통 안의 포장들이 미동도 안 했다. 돈기철은 얼큰하게 치밀어 오르는 취기를 은근히 즐겼다. 문득 정초사 주지인 일엽이 토정비결 책을 펼쳐 놓고 올해는 재산이 불어날 것이라고 예언해 주던 말이 떠올랐다. 그 말을 들었을 때는 단순히 덕담인 줄만 알았더니 그게 아니었다.

가만있어 보자. 철준이가 야반도주한 것도 결국은 돈이 되는 통장 자리를 내가 맡을 수 있다는?…… 젠장! 제대로 굿값을 받으려면 박수무당이 있어야 하는 법이라고, 통장을 하고 싶어도 어떤 놈 하나 앞장서서 꽹과리 치고 북칠 놈이 없으니…….

돈기철은 어떻게 하든 차기 통장 자리를 차지하고 싶다는 욕망에 몸을 떨며 소파에서 일어나 앉았다. 어느 틈에 취기에 눈꺼풀을 짓누르던 졸음은 까치발로 뒷걸음 쳐 도망을 가 버렸다. 아내는 손님이 없는 한가한 틈을 타서 다른 가게에 놀러 나간 뒤라 정육점 안은 절간처럼 조용하다. 비스킷 조각처럼 깨진 시멘트 조각이 너부러진 시장 바닥에서 피어오르는 열기는 너무 뜨거워 보여서 손이라도 닿으면 데일 것 같다. 그는 담뱃불을 붙이고 길게 한 모금 내뿜었다. 직선으로 뻗어 가던 담배 연기가 제 풀에 퍼져 가는 광경을 멍한 시선으로 바라보았다. 그동안 통장 자리 알기를 부잣집 겉보리 한 홉도 안 되는 것으로 여겼던 것이 감당할 수 없는 후회로 밀려왔다.

그려! 돈 버는 놈들이 언제는 나 지금 돈 잘 버는 중이라고 소문내면서 다니나? 죄다 소리 소문 없이 부자가 되는 거지. 변차수 그 인간도 허구한 날 싸구려 양복만 입고 다녀도 돈지갑 안에는 십만 원짜리 수표 몇 장씩은 넣고 다니는지도 모르지…….

못 살고 못 먹던 시절에는 통장 자리도 대단한 감투였다. 이사를 오고 이사를 가는 사람들이 전입신고나 전출신고를 하려면 전출입신고서에 통장의 도장부터 찍어야 한다. 이사를 가는 사람이야 가면 그만이지만, 이사를 오는 사람은 담배보루나 음료수 병, 혹은 돼지고기 두어 근을 싸들고 통장을 찾기 마련이다. 명절 때나 무슨 특별한 날이면 동사무소에서 고깃근이나 러닝셔츠, 신발, 옷 같은 것을 지원받고 적십자 회비부터 시작해서, 방범비며 청소비 같은 것은 면제를 받는 것이 전부다. 그래도 통장 자리를 차지하려고 눈에 불을 켜고 달려들었다. 하지만 세월은 변했다. 신용조합의 연체 이자가 원금보다 늘어가는 한이 있더라도 옛날 보릿고개처럼 살가죽이 누렇게 부어올라 눈을 뜬 채 죽는 사람이 없고, 이웃이 갈빗집으로 고기를 구워 먹으러 가면 시장에서 파는 팔천 원짜리 치킨 한 마리라도 사다 먹어야 직성이 풀리는 세상이다. 상대적으로 통장에 대한 인식이 예전 시골 동네에서 온갖 궂은일을 도맡아 하는 동장 정도의 등급으로 낮아져 버렸다.

통장 자리가 천한 자리라는 인식이 확대되면서 통장을 하겠다고 나서는 사람이 없었다. 자연스럽게 동네에서 허수아비 같은 존재로 살아가고 있는 홀아비 배영춘에게 통장 자리가 돌아갔다.

배영춘은 통장 자리를 천직으로 알고 열심히 일을 했으나 몇 년 하지 못하고 죽어 버렸다. 11통은 누가 다시 통장을 해야 하는 문제로 설왕설래하기 시작했다.

"차복이가 어리석기는 하지만 심부름 하나는 잘하니까 차복이로 시키지."

하나같이 통장 자리를 사양하는 통에 곽차복을 통장 시키자는 말도 나왔다. 그러나 그는 숫자는 대충 쓸 줄 알지만 글씨를 모르기 때문에 통장을 시킬 수도 없었다. 동사무소에서는 시간만 있으면 통장을 뽑으라고 시장 상인 번영회 사무실로 출장을 나왔다. 그러나 통장을 하겠다고 나서는 사람이 없는 상황에서 두 달을 보냈다. 답답한 쪽은 동사무소나 파출소, 신용조합 등 유관기관이지만 11통 사람들은 통장 없이도 잘 살아갔다.

그러던 어느 날 급기야는 화양시청에서 총무계장이라는 사람이 시장 번영회 사무실에 찾아 왔다. 당장 내일까지 통장을 뽑지 않으면 책임지고 모든 지원을 끊겠다는 말에 선이네식당에서 긴급회의가 벌어졌고, 회의 끝에 제비뽑기를 해서 뽑힌 작자가 변차수다.

초등학교를 졸업한 변차수는 처음에는 시답지 않다는 얼굴로 각종 통지서를 돌리며 억지 춘향이처럼 통장직을 수행했다. 그런 그가 언제부터인지 모르게 배영춘 못지않게 통장 일에 열심히 매달렸다. 그 이유를 알게 된 것은 한 달 전이다. 통장 자리가 덜 떨어진 놈이 술 처먹고 볍씨 고르는 일만큼이나 소득은커녕, 손해만 보는 자리인 줄만 알았더니 그게 아니었다.

큰길가에서 슈퍼를 하는 돈병태는 돈기철과 같은 종씨라는 이유로 무슨 행사가 있으면 돼지머리 누른 것이나, 삶은 고기 같은 것을 일부러 주문했다. 행사가 적은 것도 아니고 달마다 철따라 관광버스를 동원해서 설악산이니, 정동진 해돋이니, 가거대교니 단체 여행을 다니는 편이라 주문도 자주 들어왔다. 그 덕분에 둘은 형님, 동생하면서 지내는 편이다.

한번은 수금을 갔다가 슈퍼에 앉아서 맥주를 마시게 됐다. 무슨무슨 말끝에 병태 놈 말에 의하면 통장 월급이나 고등학교까지 주는 자식들 장학금은 새 발의 피라는 거였다.

병태 놈은 하늘에 해 보이는 날은 슈퍼는 아내한테 맡겨 두고 동네 사람들을 데리고 팔도강산 곳곳으로 관광을 떠나는 일이 주 업무다. 그것도 아니면 여름이면 낚시로, 겨울에는 사냥으로 세월을 보내다 선거철이 되면 마당발로 변신을 한다.

언제 후보한테 연줄을 놓았는지, 아니면, 장사에는 소질이 없지만 선거 방면으로는 능력을 인정받고 있는지, 선거 때가 되면 국회의원 후보니, 시장이나 시의원 후보의 특보나 선거 사무장이란 명함을 가지고 다니며 제법 어깨에 힘을 주는 편이다.

"국회의원 선거 때는 표 한 장에 돈 십만 원씩 받아먹는 통장도 있다는데 형님은 여태 그걸 몰랐슈? 난 그래도 형님이 아차시장에서 톱으로 똑똑한 양반인 줄 알았더니 알고 보니께 헛똑똑이였구먼."

맥주 한 컵을 시원스럽게 들이켜고 난 병태 놈의 말은 농담이 아닌 것 같았다. 하지만 돌다리도 두들겨 가라고, '에이! 요새 세상에는 통장이라면, 옛날에 동네서 궂은일이나 하는 시골의 동장하고 사촌지간 아녀. 그런 통장이 뭔 끗발이 있다고 후보들이 돈을 주나. 당장 나도 우리 동네 통장 알기를 동사무소 급사 정도밖에 안 쳐주는데'라고 슬쩍 떠보았다.

"이제 알겠네. 형님이 선거판 돌아가는 이치를 모르고 있었응께 여태까지 통장을 안 해먹고 있었구먼? 아! 말이야 바른 말이지만 그래도 형님은 대학물은 먹은 양반이잖아. 나는 지금까지 그런 양반이 왜 통장 자리 알기를 먹다만 깍두기처럼 여기나 했더니, 다 이유가 있었구먼."

병태 놈은 킬킬 웃으면서 한심하다는 표정으로 이죽거렸다.

"대학 졸업을 했다고 세상물정을 꿰뚫고 있는 것은 아니잖아. 박사라도 제 전공 아닌 거는 모르기 당연한 거잖아. 나도 장사꾼이여.

세상에 공짜가 없다는 것 정도는 기본으로 알고 있다구. 대체 통장 자리가 어떤 자린지 살짝 귀띔만 해 줘 봐."

"이건 귀띔으로 해결되는 기 아뉴. 된장 맛은 색깔로는 알 수 없는 법이고 먹어 봐야 맛을 아는 법잉께. 일단 통장을 해 보셔. 그람 그 자리가 뭔 맛을 풍기는 자린 줄 알게 될 테니까."

병태 놈은 더 이상 말을 하지 않았다. 그러나 갈갈 웃고 있는 놈의 표정은 맥주잔을 비우면서 안주 삼아 헛소리를 하는 것은 아닌 것 같았다.

그가 맥주에 오징어를 사며 다시 물었더니 병태는 새로운 정보를 늘어놓았다.

아차시장이 재개발 된다는 정보를 알고 있느냐? 내가 명색이 아차시장 상인 번영회 회원인데 그걸 모를 리 있나? 내가 알기로는 올해 말이나 내년 쯤 사업인가가 나오는 걸로 알고 있다. 아차동 시의원인 박진성도 제가 노력을 하지 않았으면 재개발 인가가 십 년도 더 걸렸을 것이라고 노래를 부르고 다닌다. 근데 재개발하고 통장하고 뭔 상관이 있냐? 쯔쯔…… 재개발 사업이 결정이 되면, 재개발 사업비가 최소 몇 천억 원이다. 통장이 되면 최소한 재개발조합 간부가 될 자격이 있다. 잘만 하면 조합장이 된다. 원래 떡판이 커야 떡고물이 많이 생기는 법 아니냐, 이래도 아직 감이 오지 않느냐? 아직도 감이 오지 않으면 통장 아니라 대통령을 시켜줘도 땡전 한푼 얻어먹지 못할 것이다.

맥주를 잘금잘금 마시면서 하는 병태의 말은 충격이다 못해 온몸이 전율을 느낄 정도로 귀중한 정보였다. 하지만 통장직을 훌륭하게 수행하고 있는 변차수를 밀어내지 못하는 이상 병태의 말은 그림의 떡과 같았다.

돈기철은 '이럴 줄 알았으면 시장 상인들이나 동네 사람들한테 인심 좀 얻어 둘 걸'이라고 후회는 하지 않았다. 어떻게 하면 변차수를 밀어 낼까를 며칠 동안 궁리궁리를 하다가 마침내 눈이 번쩍 떠지는 아이디어가 생각났다.

맞아! 변차수 그놈은 벌써 10년 동안이나 통장질을 했잖아. 이건 장기 집권과 같다. 갈아치워야 우리 십일 통이 발전할 수 있다는 거지.

그는 변차수를 몰아 낼 명분은 생각났지만 무슨 명분으로 자신이 통장을 하겠냐고 나서느냐 하는 점에서 다시 막혔다.

다시 며칠이 흘렀고 기가 막힌 작전이 떠올랐다. 11통에서 진구의 성격은 돌덩어리와 다름없다. 진구가 통장을 해야 한다고 하면 동네 사람들도 박수를 보낼 것이다. 그러나 진구 성격에 통장은 절대로 하지 않을 것이다. 그 시점에 슬쩍 철준을 거론하면 철준 역시 바빠서 통장직을 수행하지 못한다고 버틸 것이다.

"자네 둘 다 못하겠다고 버티면 통장은 누가 하나. 그러지 말고 동네 사람들이 추천하는 성의를 봐서라도 몇 개월 해 봐. 그때도 정 못하겠으면 내가 바통을 이어 받을 테니까."

지금 생각해 봐도 철준을 설득한 말은 절묘했다. 철준이 진구와 동항인데다 형제처럼 지내는 사이라는 것은 11통 사람이면 모두 알고 있다. 둘 다 통장을 못하겠다고 버틴다는 것과, 몇 개월 해 보라는데도 계속 고집을 피운다면 자칫 고집불통이라는 소문이 날 수가 있다. 진구나 철준은 동네에서 쌓아 온 신의가 있어서 고집불통이라는 말을 듣고 싶지 않을 것이다. 철준은 수없이 슈퍼를 하느라 바쁘기는 하지만 체면치레로 몇 개월은 통장직을 수행할 것이다. 그 다음에 통장 자리가 돌아오는 것은 물이 위에서 아래로 흐르는 것과 같은 이치다.

진구 그 인간 성질에는 통장은 죽어도 안 한다고 버틸 것이고 내가 가만히 앉아 있으면 변차수 그 인간이 또 해 처먹겠지. 하지만 그건 안 될 말씀이지.

돈기철은 수단과 방법을 가리지 않고 통장이 되고 말겠다고 생각하며 어금니를 지그시 눌렀다. 그는 철준이 증발해 버린 후에 태한이를 시켜서 인터넷으로 통장이 하는 일을 검색해 보라고 했다.

월급은 월 20만원이고 명절 때 100% 보너스가 있어서 연봉은 240만원이다. 자식이 있으면 고등학교까지 학비가 지원된다. 통장이 하는 일 중에 지역민방위 통대장은 기본이고, 행정시책의 홍보 및 주민의 여론 및 요망사항 보고, 주민 거주이동 사항 파악 및 각종 사실 확인, 통, 반원의 비상연락, 전시 주민홍보 및 주민계도에 비상시에는 전시 전략자원의 동원과 전시 생필품 배급해야 하고, 동 행정에 필요한 사항을 수행하여야 한다.

태한이가 프린트 해 준 통장의 임무를 읽어 보니 꽤 복잡한 것 같지만 가만히 뜯어서 읽어 보니 명색만 그럴듯하지, 구렁이 담 넘어가는 식으로 대충 대충 해내면 될 것 같았다. 귀찮기는 하지만 태한이 학비를 지원받는 대가로 민방위 통대장직은 충실히 해내야 나중에 뒤탈이 없을 것 같았다.

뭐? 나나 하니까 동네를 위해 희생한다는 맘 하나로 견뎌 내고 있지, 자네 성질 같으면 일주일도 못 버틸 거라고?

갑자기 시장 안에서 귀를 찢는 듯한 앰프의 잡음이 들려왔다. 어떤 모자란 놈인지 모르지만 시장 안에 수박을 파는 가게가 다섯 곳은 넘은데 수박을 싸게 판다는 방송을 하고 있었다. 예상대로 수박 두 덩어리를 5천 원에 판다는 앰프 소리는 갑자기 뚝 끊어지고 말았다. 밖에 나가서 확인하지 않아도 수박 파는 상인들이 몰려들어서 쌍 소리를 해 가며 시장 밖으로 몰아내는 광경이 눈에 선했다.

젠장, 통장 자리가 눈 먼 돈이 솔솔 모이는 자린 줄 진작부터 알았다면 평소 시장 사람들한테 막걸리 잔이나 돌릴 걸. 허긴 내가 통장 자리가 쭉정이 나락인 줄만 알았지, 선거 때가 되면 뭉텅이 돈이 날개 달린 새처럼 날아오는 자린 줄 알았나? 이래서 현대는 정보화 시대라는 말이 맞는 말이구먼.

그는 파리똥이 드문드문 묻어 있는 형광등을 응시하며 무릎을 세운 오른쪽 다리 위에 왼발을 얹었다. 발목을 흔들면서 통장이 될 수 있는 방법을 생각해 보았다. 이제 와서 새삼스럽게 동네 사람들한테 아부를 떨 수는 없는 노릇이고 오로지 선거를 하는 길밖에 없다고 결정을 내렸다.

선거를 하면 변차수는 100% 후보로 나설 것이다. 그는 당선 가능

한 사람이 누군가하고 점쳐 보았다. 길게 생각할 필요도 없이 변차수가 유력했다. 그러나 아직 실망하기에는 일렀다. 얻어먹은 놈 앞에 침 못 뱉는다고, 술잔이나 사면 돌아서는 사람들이 있을 것이다.

그려. 우선 젊은 것들을 부추겨서 통장 선거를 하도록 분위기를 조장하는 것이 순서겠지…….

기회는 멀리 있지도 않다. 시장이 쉬는 날 개를 잡을 때면 동네 사람들이 모두 모인다. 그날이 더 없이 좋은 날이 될 것 같았다. 그는 그 날이 될 때까지 점잖게 기다리는 수밖에 없다는 결론을 내리고 나니 눈꺼풀이 사르르 내려앉는다.

누군가 가게 문을 여는 소리가 났다. 고개를 들어 보니 곽차복 아내가 멈칫멈칫하는 몸짓으로 들어 왔다.

"차복이 마누라가 우리 집에 뭔 볼일로?"

돈기철은 자신도 모르게 시장통을 두리번거리고 나서 벌떡 일어나 앉았다. 분홍빛 칠부바지에 소매가 없는 티셔츠 차림의 곽차복 아내는 삼십 대 초반으로 봐도 좋을 만큼 탱탱한 몸매다. 아내와 다르게 풍성해 보일 정도로 커 보이는 젖무덤은 티셔츠 밖으로 살포시 드러났다. 그는 뜨거운 침을 꼴깍 삼키고 은근한 목소리로 물었다.

"형님이 오라고 했슈."

"태한이 어머는 금방 올 팅께 더운데 방 안으로 들어와. 여기 선풍기 틀어 줄 테니까."

돈기철은 점심때 반주로 마신 술 탓인지, 아무도 없는 집에 곽차복 아내와 단둘이 있다는 묘한 기분 때문인지, 그도 아니면 곽차복 아내가 오늘따라 머리를 단정하게 빗어서 그런지 가슴이 탔다. 얼른 가겟방으로 들어가서 쪼그려 앉으며 타는 눈빛으로 곽차복 아내를 바라보았다.

"알았슈."

곽차복 아내는 해죽해죽 웃으며 정육점 구석에 있는 수도꼭지 앞으로 갔다. 돼지고기를 씻거나, 소를 잡았을 때 해체를 하는 장소로 사각형의 턱이 있는 곳이다. 곽차복 아내는 수도꼭지를 틀어서 세숫대야에 물을 받았다. 남의 집이라는 것도 의식하지 않고 횃대에 올라앉는 닭처럼 수돗가 턱에 달랑 올라앉았다.

조…… 조걸 콱 씹어 먹어, 그냥!

허리를 숙이고 얼굴을 씻는 곽차복 아내 허리가 드러나면서 분홍색 바지 위로 흰색 팬티가 살포시 드러났다. 뜨거운 햇살이 뽀얀 허리에 박살나는 광경을 쳐다보고 있으니까 아래가 뿌듯해지면서 몸이 부르르 떨렸다.

좌우지간 차복이 그 새끼는 복도 많아. 제 이름 석자도 못 쓰는 놈이 저 몸뚱이를 지 입맛대로 밤마다 주무를 거 아녀.

집 안에는 아무도 없다. 태한이는 공부를 한다는 핑계로 아침을 먹고 느지막한 시간에 돈 만 원을 받아들고 나갔다. 놀러 나간 아내도 언제 들어올지 모른다. 곽차복 아내는 껴안거나 몸을 주무른다고 해서 반항을 하지는 않을 것 같았다. 만약 반항할 기미가 보인다면 따귀를 한 대 냅다 갈겨 버리거나 동네에서 쫓아내 버린다고 위협을 하면 가만히 있을 것이다. 오랜만에 삼계탕도 먹었다. 소주도 알맞게 반주를 한 뒤라서 힘이 불끈불끈 솟고 있다. 그 단단한 장작을 내민다면 등신 같은 것이지만 자지러지는 신음 소리를 내며 안겨 올 것 같았다.

저 인간 대낮부터 얼이 빠진 낯짝으로 뭘 쳐다보고 있능 겨?

선이네식당으로 놀러 나갔던 돈기철 아내는 정육점 앞에서 슬쩍 걸음을 멈췄다. 가겟방에서 돈기철이 재래식 화장실에 쪼그려 앉아 있는 자세로 발정난 수캐 마냥 침을 질질 흘리며 구석을 노려보고 있었다.

저 인간이 점심때 먹은 삼계탕이 잘못 됐나?

고개를 갸웃거리며 돈기철이 노려보는 곳으로 시선을 옮겼다. 그 곳에는 곽차복 아내가 허리를 한 뼘 이상 드러낸 채 세수를 하고 있었다. 같은 여자로 보아도 얼굴에 물을 끼얹을 때마다 펑퍼짐한 엉덩이를 흔드는 모습이 무척이나 육감적이었다.

"야! 이년아! 지금 남 가게에 와서 뭐 하능 겨!"

"큼!"

정신없이 곽차복 아내를 쳐다보고 있던 돈기철은 뜨겁게 내려앉는 햇볕을 순식간에 얼려 버리는 듯한 짧고 앙칼진 목소리에 가슴이 덜컹 내려앉았다. 그는 번쩍 정신이 드는 것을 느끼며 고개를 들어 보니 아내가 도끼눈을 뜨고 곽차복 아내를 째려보고 있는 중이었다.

"헤! 더워서 세수 좀 했슈."

"세수를 하려면 집구석에 가서 하지. 여자도 없는 남 집에 와서 이기 뭐 하는 짓여?"

돈기철 아내는 점심을 먹고 나서 더위가 한풀 꺾이고 나면 고추를 따러 갈 생각이었다. 돈기철이 아차강 주변에 있는 땅 백여 평을 투자 목적으로 사 들였는데, 그 땅을 그냥 버려두기 아까워서 해마다 고추를 심었다. 백여 평에 불과한 밭이지만 혼자 따는 것보다 좀 모자라기는 해도 곽차복 아내를 데리고 따면 어둡기 전에 끝낼 것으로 계산했다.

곽차복 아내는 다른 여자들처럼 말 한 마디만 하면 고추밭으로 가는 성격이 아니다. 무조건 밭으로 끌고 가면 아프다며 주저앉거나, 말도 없이 실실 집으로 가기 일쑤다. 그녀를 데리고 일을 하려면 얼음을 채운 화채라든지 참외 따위가 없으면 적어도 아이스크림 정도는 사 주며 살살 달래야 한다. 그러기 위해서 밭에 갈 시간보다 일찍 집으로 오라고 당부를 했었다.

허, 꼴에 계집이라고.

멀쩡하게 생긴 것도 아니고 등신 같은 것이 요사를 부리고 있는 모습을 보니 속이 뒤집혀 버릴 것 같았다. 그녀는 단숨에 달려가서 배시시 웃는 곽차복 아내의 귀를 콱 움켜잡았다.

"아! 아야, 아파요!"

곽차복 아내는 바람처럼 달려든 돈기철 아내가 귀를 잡아당기는 통에 게처럼 옆으로 질질 끌려가면서 비명을 질렀다.

"지금 뭐 하는 짓여!"

"가! 이년아. 또 한 번만 우리 집에서 나 없을 때 세수를 했단 봐라. 그때는 귀때기를 뜯어서 회쳐 먹을 테니까."

돈기철 아내는 남편 말을 들은 척도 안 하고 곽차복 아내를 정육점 밖으로 끌어냈다. 그녀는 발로 곽차복 아내의 엉덩이를 냅다 차 버리고 돌아섰다.

"저년이 미쳤나? 오라고 할 때는 언제고 등신 같은 거시 뭔 죄가 있다고 행패여! 행패가!"

돈기철은 아내가 곽차복 아내의 귀를 잡아끌어서 골목으로 내팽개친 이유를 알고 있었다. 그는 이럴 때일수록 도리어 큰소리를 쳐야 죄를 면책 받을 수 있다는 생각에 두 눈을 부릅뜨고 큰 소리로 꾸짖었다.

"흥! 그걸 꼭 내 깨끗한 입으로 말해야 알아듣겠다는 얼굴이네그려."

돈기철 아내는 싸늘하게 내뱉고 나서 더 이상 상대도 할 필요가 없다는 얼굴로 수돗가로 갔다. 그렇지 않아도 더운 날씨에 힘을 썼더니 얼굴이 온통 땀으로 젖어 버렸다.

"뭐…… 뭐라고?"

돈기철은 수돗가 난간에 올라앉아 푸다닥거리는 소리를 내며 세수를 하는 아내 뒷모습을 지켜보았다. 물을 얼굴에 끼얹을 때마다 청바지에 꽉 조이는 엉덩이가 아래위로 춤을 추는 모습이 곽차복 아내와는 다르게 꼴사납게 보이기만 했다.

"잠깐 일루 들어와 봐."

"왜유?"

돈기철 아내는 찬물로 얼굴이며 목을 뽀득뽀득 소리가 나도록 문

질렀더니 조금은 질투가 가라앉는 것 같았다. 한편으로 생각을 해 보니까 남편이 정상적이지도 않은 곽차복 아내를 어찌 해 볼 생각으로 쳐다봤던 것은 아니었을지도 모른다는 생각도 들었다. 그런데다 남편 목소리가 한결 부드러워진 터라 퉁명스럽게 반문했다.

"들어와 보라면 들어올 것이지. 여편네가 뭔 말이 그렇게 많아?"

돈기철은 이참에 확실하게 아내 기를 꺾어 놓겠다는 생각으로 일어서서 부드럽게 손짓을 했다.

"날도 더운데 대낮부터 뭔 일로 방에 들어오라? 할 말이 있으면 거기서 그냥 해요."

돈기철 아내는 남편이 이상해 보였다. 목소리로 보아서 때리거나 큰 소리를 칠 것 같지는 않았다.

그려, 곽차복 마누라가 등신이기는 하지만 그것까지 등신은 아닐 거잖여. 이 인간이 곽차복 아내를 어쩌지는 못하고 그냥 쳐다만 보고 있는 사이에 잔뜩 동했나 보구먼.

그러고 보니 남편하고 배꼽을 맞춰 본 지도 두어 달이 넘는다. 나이 마흔다섯이면 늙은 나이도 아니다. 다른 남자들은 그 나이에도 일주일에 한 번씩은 한다고 하는데 남편은 두 달에 한 번도 불이 붙으려고 하면 하산을 하는 편이다. 오늘은 곽차복 아내 때문에 쉽게 하산을 할 것 같지는 않았다. 게다가 점심때 삼계탕까지 먹은 뒤였다. '이럴 줄 알았으면 매일 삼계탕을 해 줄걸' 그녀는 이런 생각이 들면서 몸이 뜨겁게 달아오르는 것을 느꼈다.

"더운데 왜 방문을 닫아? 손님들이 오면 오해할지도 모르는데……."

"당신은 내 말이 말 같지 않는가 보지?"

돈기철은 차근차근 길을 들여 볼 생각으로 우선은 점잖게 묻고 달달달 회전을 하며 돌아가는 선풍기를 고정시켰다.

"내 말이 말 같지 않다니? 뜬금없이 뭔 말이래?"

오랜만에 대낮의 정사를 기대했던 돈기철 아내는 남편 표정이 순간적으로 잔뜩 굳어 있는 것을 보고 쌀쌀맞게 반문했다.

"내가 뭐로 보여?"

"사람이 사람으로 보이지……."

돈기철의 아내는 분위기 돌아가는 것을 보니 대낮의 정사는 물 건너갔다고 판단했다. 그녀는 잔뜩 실망한 얼굴로 '개돼지로 보이기도 한데?'라는 말은 차마 입 밖으로 내뱉지 못했다.

"이 돈기철이가 등신 같은 년한테 흑심이나 품고 있을 인간으로 보이냐, 이 말이여?"

"치, 난 또 뭔 말이라고."

돈기철이 금방이라도 뺨을 올려붙일 것처럼 두 눈을 부라렸으나 아내는 눈도 깜박거리지 않고 콧방귀를 뀌며 고개를 돌렸다.

"야, 이년아, 개 눈에는 똥밖에 안 보인다고 했어. 네 년이 틈만 나면 어떻게 남자 새끼 하나 꼬셔 볼까 하는 생각만 하고 있다는 걸 내가 모르고 있는 줄 알어?"

"흥! 누가 할 소릴 누가 하고 있는지 모르겠구먼."

"너 하늘같은 남편이 말하는데 자꾸 나불나불거릴래?"

돈기철은 오늘따라 계속 어깃장을 놓고 있는 아내를 더 바라볼 수가 없었다. 그는 아내 앞으로 바짝 다가가 앉으면서 불끈 쥔 주먹을 흔들어 보이며 험악하게 노려봤다.

"내가 두 눈이 벌게 가지고 남자 앞에서 꼬리 치는 걸 봤슈? 봤어?"

"야, 이년아! 척하면 삼척이라고 네 년이 옷 입고 다니는 꼬리를 봐도 알쪼지. 내가 그 정도로 모르는 바보인 줄 알았어?"

돈기철은 너무 화가 나서 견딜 수가 없었다. 그는 말을 하다 말고 접는 부채를 집어 들어 아내의 머리를 향해 냅다 갈겼다. 슬쩍 피하는 아내 얼굴이 조소로 엉켜 있는 것을 보니 더 화가 났다. 그는 아내 머리끄덩이를 움켜잡아 모판에서 모를 뽑듯 좌우로 마구잡이로 흔들다가 벽 쪽으로 홱 밀어붙였다.

"아이고! 점심때 삼계탕 해 처먹였더니 잘 처먹었다는 말은 안 하고 사람 잡네. 야! 인간아 내가 잘못한 기……."

"이 화냥년이 주둥이만 살아 가지고. 어따 대고!"

"그려. 죽여. 죽여라! 날 더운데 땀 흘려가며 비싼 닭 사다가 삼게……."

"그려, 시장통 사람들 다 불러 모아라. 날씨도 더운데 시장통 사람 죄다 보는 앞에서 화끈하게 굿판 한번 벌려 보자."

돈기철은 아내가 잘못했다고 빌기는커녕 바락바락 대들자 화가 머리 꼭대기까지 뻗쳐 버렸다.

자고로 여편네는 일주일 도리로 한 번씩 매타작을 해야 하는 법인데. 내가 너무 양반처럼 굴었구먼. 어디 오늘 오랜만에 맛 좀 봐라.

그는 아내에게 주먹으로 내려치고 발길질을 하다 보니 금방 얼굴이 땀으로 범벅이 됐다.

"죽여라! 어디 조강지처 때려죽이고 잘 사나 보자."

돈기철 아내는 바락바락 대들면서도 발길질을 피해 방구석으로 몸을 피했다. 돈기철은 그 사이에 몽둥이가 될 것을 찾아 방 안을 두리번거렸다. 방구석에 빗자루가 보였다. 그가 빗자루를 집으려고 허리를 돌릴 때였다. 그녀가 바람처럼 가게로 내려갔다. 양손으로 신발을 움켜잡고 밖으로 후다닥 도망을 가 버린 것이다.

"너 이년! 거기 안 서?"

돈기철은 빗자루를 거꾸로 움켜쥐고 고함을 지르기는 했지만 정육점 밖으로 뛰어나가지는 않았다. 그는 이마며 목에 흐르는 땀을 손바닥으로 문질러 대며 바라보는 마당에는 하얀 햇살이 어지럽게 내려앉고 있었다. 그동안 어디서 붙어 있던 쇠파리가 갑자기 요란스럽게 윙윙거리기 시작했다.

햇볕 쨍쨍한 날에

점심을 먹을 때만 해도 하늘에 구름 한 점 없었던 것 같았는데 서쪽 하늘에 새털구름이 깔려 있었다. 그러나 바람 한 점 없는 날씨는 어제와 다를 바 없이 무더웠다. 선풍기는 부지런히 돌아가고 있는데 미지근한 바람만 뿜어대고 있다.

이 여자가 세 시쯤에 수금 갈 것이라는 말을 잊어버린 것도 아닐 텐데 왜 안 와…….

진구는 점심을 먹으면서 아내에게 오후 3시쯤에 밥공기와 국밥그릇 각각 50개를 납품한 노인 회관에 수금을 갈 것이라는 말을 해 두었다. 아내 성격이면 벌써 가게에 도착했어야 할 시간에 모습을 드러내지 않는 것이 이상해서 밖으로 나갔다.

"더운데 왜 나와?"

변차수가 가게 앞에서 진구를 가로막았다.

"수금 갈 데가 있는데 애 엄마가 아직 안 오네요."

진구는 도로 가게 안으로 들어갔다.

"요새도 수금을 가야 돈을 주는 데가 있나? 요새는 죄다 통장 거래를 하잖아. 받는 쪽은 어차피 은행에 맡겨야 할 돈이니까 번거롭지 않아서 좋고."

변차수는 흰색 와이셔츠의 윗 단추를 따면서 의자에 앉아 가게를 둘러본다. 아차시장 안에는 그릇 전문점이 세 곳, 철물점을 겸한 곳이 한 곳이다. 그 중에서 진구의 가게인 옥천상회가 가장 잘되는 이유는 종류별로 크기별로 일요목연하게 정리를 해 둔 것 때문이다. 다른 가게는 손님들이 원하는 물건을 주인만 아는 곳에서 찾아내서 내밀지만 옥천상회는 그렇지가 않다. 편의점처럼 손님들이 원하는 물건을 한눈으로 볼 수가 있있다. 그만큼 손님들의 선택의 폭이 커서 다른 가게는 경쟁이 되지 못했다.

"노인들이라서 직접 돈을 내주고 영수증을 받아야 안심을 하는 거 같튜."

"요즘에는 노인회관에도 컴퓨터로 인터넷 하는 노인들이 많다고 하던데……."

진구는 변차수가 본론을 끄집어내기를 기다리며 방문턱에 걸터앉았다. 바깥에 가끔 바람이 부는지 가게 앞에 쳐 놓은 포장이 가볍게 몸을 떤다. 희망슈퍼 문은 오늘도 닫혀 있다. 생각 같아서는 오늘이라도 슈퍼 문을 열고 싶었다. 그러나 철준의 땀과 채취가 고스란히 묻어 있는 물건들을 봐야 한다는 것을 상상하면 인생사가 허무하기 짝이 없어서 얼른 내키지가 않았다.

"노인회관에서 얼마를 수금해야 하는지 모르지만 왜 하필이면 하루 중에 가장 더운 시간에 갈려고 하는 거여?"

"바쁘신 통장님이 가실 곳이 없어서 저희 가게에 오신 것은 아닐 테고 저한테 하실 말씀이 있어서 오신 것 같은데……."

이십 대 초반으로 보이는 남자와 머리를 노랗게 염색을 한 또래의 여자가 들어왔다. 남자는 가게 안에 들어와서도 선글라스를 벗지 않았다.

"밥그릇하고 냄비하고 수저나 젓가락 같은 걸 살려고 그러는데요."

남자는 가만히 서 있었고 여자가 밥그릇 코너 앞으로 가서 시선을 돌리지 않고 말했다.

"자취를 하려는 모양이지?"

"도…… 동생이 자취를 하는데 사다 주려고 그러는 거예요."

진구가 묻는 말에 남자는 바깥을 향해 돌아섰다. 여자가 더듬거리는 목소리로 대답을 하며 양은냄비 작은 것을 한 개 꺼냈다.

"동생이 누군지 모르지만 착한 언니를 둬서 좋겠네. 자취를 하려면 밥그릇과 냄비만 있어야 되는 것이 아니고 필요한 것이 여러 가지 있어. 칼이나 도마도 필요하고, 반찬그릇이며 주걱에 국자도 있어야 하니까 내가 알아서 준비해 줄까?"

"네."

시장통을 바라보고 있던 남자가 고개를 돌리지 않고 짤막하게 대답했다.

진구는 그럴 줄 알았다는 얼굴로 익숙하게 여기저기서 주방용품을 꺼내 챙기기 시작했다.

"요새는 마빡에 피도 안 마른 것들도 동거를 한다고 설치는 걸 보면 세상이 말세여. 저 나이에 동거를 하는데 어떤 부모가 찬성을 하겠어. 부모 몰래 불장난 하는 거지…… 저러다 애 낳으면 사네 못 사네 울고불고 난리치겠지."

변차수가 주방용품이 들어 있는 박스를 들고 나가는 남녀가 시야에서 사라지자 혀를 찼다.

"그래서 부모의 역할이 중요한 겁니다."

진구는 변차수의 눈치를 살피다 시장 쪽으로 시선을 돌렸다. 사람들이 한두 명씩 느릿하게 지나가고 있는 시장에 오후 햇살이 나른하게 주저앉고 있었다.

"특별하게 할 말이 있어서 찾아 온 것도 아니고 말이여. 에…… 철준이가 없어졌응께 통장을 새로 뽑아야 되는 거 아닌가. 그 문제 때문에 자네하고 상의 좀 할까 싶어서 찾아 왔네."

변차수는 다리를 꼬고 앉으며 심각한 얼굴로 본론을 꺼내 놓고 나서 입을 다물었다.

대가리에 든 거시 똥밖에 없는 놈이 감사면 죄다 평안감사고 현감이면 죄다 과천현감인 줄 아는게비지. 꼴난 동네 통장이 뭐가 대단하다고 사사건건 물고 늘어지는 거야.

아차동에서 11통만큼 통장질을 해먹기 어려운 동네도 없다. 동네 크기로 치자면 아차동 20개 통 중에 꼴찌에서 두 번 가라면 서러워

할 동네가 단합이 안 되기로 치자면 일등이다. 회의를 할라 치면 대청소하는 일을 논의하는데도 잘난 인간들이 많아서 우격다짐으로 나가지 않으면 삼박 사일을 끌어도 안 끝난다. 그렇게 비협조적이면서 화장실 개량 자금이나 주택 개량 자금이 단 며칠만 늦게 나와도 젊은 것들이나 늙은 것들 가릴 필요도 없이 도대체 통장이 하는 일이 뭐냐고 다그치기 일쑤고, 아이엠에프인가 하는 것 때문에 줄어든 일이지만 보증 안 서 주면 아주 잡아먹을 듯이 달려드는 인간들만 살고 있다.

초창기에는 더럽고 치사해서 '나도 할 만큼 했응께 새로 제비뽑기를 해야겠슈'라고 연말만 되면 노래를 불러도 누구 하나 귀담아 듣는 놈이 없었다. 누구 하나 신경 써 주는 사람이 없다고 해서 통장이 가지고 있어야 할 서류와 일 년에 한 번 써먹을까 말까 한 앰프 시설을 현이네 식당이나 번영회 사무실에 일방적으로 갖다 놓을 수도 없는 노릇. 울며 겨자 먹기로 세월을 보내다 보니, 치수가 작은 신발도 오래 신다 보면 발에 맞는다는 말처럼 통장직도 그런 대로 할만 했다.

지방자치제도가 정착하면서부터 시장이나 시의원들이 명절 때마다 인사치레로 과일 박스나 인삼차, 사과나 배 등을 보내기 시작했다. 동 대항 체육대회 때나 동사무소 주최로 경로잔치며 동네잔치를 할 때는 시장이 직접 악수를 청하며 정중하게 근황을 묻는 등 각별하게 대우를 해 준다. 덩달아서 동직원들이나 파출소 순경도 통장을 우습게보지 않는 것은 물론이고 신용조합 직원들도 길에서 마주치면 먼저 고개 숙여 인사를 한다.

선거 때가 되면 후보 사무장이니, 간부들이 깊은 밤에 집으로 찾아오거나 한적한 아차강변으로 불러내서 주머니에 찔러주는 돈 봉투도 쏠쏠하다. 지난 번 선거에 시의원으로 당선이 된 박진성은 자기를 밀어 주면 현금으로 천만 원을 주겠다고 노골적으로 약속을 했다. 말만 앞세운 것이 아니라 선금으로 5만 원짜리 한 뭉치인 오백만 원을 찔러줬다. 열심히 선거 운동을 해 줬더니 당선이 되고 난 후에는 덤으로 이백만 원을 붙여서 칠백만 원을 현금으로 가지고 왔다. 그것에 그치지 않고 길거리나 행사장에서 만나면 사윗감이 예비 장인 만난 것보다 더 반갑게 악수를 청하며 반가워한다.

그것뿐이 아니다. 2년제 전문대학, 그것도 서울이나 화양시에 있는 대학도 아니다. 지방에 있는 어느 대학을 졸업하고 일자리를 얻지 못해 주유소에서 아르바이트를 하고 있는 조카 녀석 이력서를 국회의원에게 건넸더니 턱 하니 자동차 회사 영업 사원으로 취직을 시켜 줬다. 조카가 첫 월급을 탔다고 양주 한 병을 사 가지고 온 날의 감격은 지금도 잊을 수가 없었다.

그 다음날은 마침 아버님 기일이었다.

아버님, 이 술이 뭔 술인 줄 아십니까? 제가 국회의원에게 빽을 써서 창섭이 놈 아들을 대기업에 취직시켜 줬더니 고맙다고 선물로 가져 온 술유. 동네 놈들이 빨갱이 자식이라고 침을 뱉든 이 자식이 드디어 세상에서 인정을 받기 시작했다, 이 말입니다요.

인공시절에 좌익 운동을 했다는 경력 때문에 죄가 없는데도 6·25

가 끝난 후 3년이나 수감 생활을 한 아버지다. 좌익의 꼬리는 3년여의 수감으로 탕감되지 않았다. 세상이 어지러울 때마다 경찰에 끌려가서 짧게는 한 달, 길게는 삼 개월씩 격리 수용되다 보니 취직은커녕, 영농자금도 한푼 받을 수 없어서 파락호로 살다 생을 마감한 아버지다.

그 아버지의 제사상에 술을 따라놓고 영전을 물끄러미 바라보고 있으려니 감격이 벅차올라 하마터면 눈물을 쏟을 뻔했다. 서울에서 개인용달차 운전을 하는 장남 우동이 놈이나 며느리가 그 자리에 없었더라면, 빨갱이 자식이라고 눈총 받으며 자란 어린 시절의 설움까지 되살아나서 통곡이라도 했을지 몰랐다.

변차수는 장성한 자식들 앞에서 눈물은 보이지 못하고 되뇌었다.

아버님, 더 이상 구천을 떠돌지 마시고 하늘나라로 가셔유. 이 차수도 옛날 차수가 아니라 제법 빽도 있는 이 동네 통장이란 말유. 더 이상은 아버님처럼 음지에서 살지 않고 햇볕 쨍쨍한 양지에서 큰소리치며 살아 갈 테니까 걱정하지 마셔유. 아버님을 멸시하고 아버지를 인간으로 치지도 않던 아차동 놈들을 손아귀에 쥐고 있는 소통령이나 마찬가지인 아들 변차수유. 이제부터라도 제가 아차동 통장이라는 점을 자랑스럽게 생각하시고 편히 계셔유.

아버님 제삿날 감격어린 목소리로 장담을 하고 3년도 지나지 않았다. 돈기철 놈이 뭔 놈의 억하심정인지 십 년이 넘었으니 통장자리를 다른 사람에게 넘겨줘야 한다며 바람을 잡고 다니기 시작했다. 결국 놈의 농간으로 통장 자리를 철준에게 넘겨주기로 약속한 날,

그렇게 가슴이 허허로울 수가 없었다.

하지만 철준은 떠났다. 철준이 떠났으니 통장 임기가 자동으로 연장되는 것은 당연하다. 그런 사실을 돈기철이 모를 리도 없는데 놈이 하고 다니는 꼴을 보면, 통장 자리를 기어코 제가 차지하고 말겠다는 욕심이 눈에 보이는 것 같아서 여간 고민이 되는 것이 아니다.

변차수가 심각하게 고민을 하고 있는 동안, 진구도 가끔 시간을 확인하며 고민 속에 빠져 들었다. 변차수의 눈치가 통장 자리를 맡아 달라고 온 것 같았다. 변차수 얼굴을 바라보니 꽤나 심각한 표정을 짓고 있다. 아주 오늘 결정을 내릴 생각인 것 같았다. 이럴 때는 가능한 말수를 줄이는 것이 유리하다는 생각에 그는 입을 꾹 다물고 목에 걸려 있는 수건으로 땀을 닦았다.

"그래서 하는 말인데 말이여."

변차수가 한참 만에 입을 열었다.

"통장님이 더 이상 말씀하시지 않아도 그 문제라면 저하고 상의를 할 문제가 아니라고 생각합니다."

진구는 변차수의 말을 들어 볼 필요도 없다는 얼굴로 잘라 말하고 나서 수건으로 연신 턱에 맺히는 땀을 닦았다.

"그게 뭔 소리여?"

"지금 저한테 통장직을 맡아 달라는 말씀을 하시려고 하는 것 같은데, 저는 돌아가신 아버님이 살아 오셔서 통장직을 맡으라고 하셔도 안 해유. 더구나 철준이도 허 의원 어른하고 기철이 형님이 반 윽박지르다시피 해서 억지로 허락을 했잖유. 그런 철준이가 없어졌으니까 내가 해야 된다는 말은 앞뒤가 맞지 않는 말이라고 생각합니다. 그러니 괜한 생각하시지 마시고 통장님이 계속 고생하셔야 할 겁니다. 제 생각만 그런 것이 아니고 동네 사람들도 모두 생각이 같을 거유."

진구는 괜히 뜸을 들였다가는 팔자에도 없는 통장직을 맡게 될지도 모른다는 생각에 굳은 목소리로 말했다.

"나야 그라고 싶지만 시비 거는 인간들이 많아서 관둬야겠네."

변차수는 진구의 말에 무더운 여름날 꼴을 베다 개박하 향을 맡았을 때처럼 가슴속이 환해지는 것을 느꼈다. 그러나 아직은 시기상조라는 생각에 본심은 드러내지 않고 점잖게 거절을 했다.

"지금까지 잘해 오셨는데 누가 시비를 거는 겁니까?"

"누구긴 누구여. 돈기철 그 작자지. 개새끼를 방에서 키운다고 인간 될까. 좌우지간 돈기철 그 인간 어릴 때부터 개망나니 짓은 혼자 다하고 댕기든 놈이잖아. 나이 처먹어서도 그 버릇 개 못 주고 잘난 척 꼴값을 떨고 있는 걸 보면 내가 이사를 가든지 그 인간이 이사를 가든지 해야 한다니까……"

변차수는 생각할수록 화가 난다는 얼굴로 빠르게 내뱉었다. 의식적이기는 했지만 돈기철에 대한 욕을 하고 나니 정말로 화가 났다. 화가 나서 그런지 목이 말랐다. 그는 진구에게 냉수가 있으면 한 잔 달라고 부탁하고 나서 시장통을 노려봤다.

"기철이 형님은 욕심이 많아서 먹고 남은 것도 쉬어 터져서 버리면 버렸지, 절대루 남 안 주는 승질이잖유. 공동 수도도 혼자 먹겠다고 나설 사람이잖아유. 욕심 많은 것을 떠나서 그 형님이 좀 배운 거는 사실이지만 통장할 인물은 못 되쥬. 당장 며칠 전의 오토바이 사건만 해도 그렇잖아유. 그날 아침에 분명히 오토바이는 회의를 해서 결정을 하자고 했는데 제 것인 양 끌고 갔잖유. 그 행동이 오죽 미웠으면 보증 서 준 사람들 중에 어느 누구 하나 그 형님 이름을 거론하지 않았겠슈. 그 형님에 비교하면 통장님은 지금까지 잘해 오셨잖아요. 그러니까 기철이 형님 때문에 더 이상 고민하실 필요는 없습슈…… 이 여자는 세 시까지 들어오라고 했는데 왜 아직 안 오는지 모르겠네……."

진구는 냉장고에 있는 보리차를 컵에 가득 따라서 변차수에게 주었다. 변차수는 일단 목을 축였다. 진구의 말이 궁금하다는 얼굴로 침을 삼켰다. 진구는 문 앞으로 가서 아내가 오는지 살펴 본 후에 차분한 목소리로 변차수를 두둔했다.

"내 생각도 자네하고 별반 다르진 않아. 그 인간이 통장질을 할 만한 인물이면 오늘이라도 넘겨주지. 허지만 자네도 알다시피 그 인간은 동네일이라면 제 가게 앞 청소하는 것도 바쁘다는 핑계로 발뺌하는 작자여. 우리 십일 통이 아무리 작은 동네라고 하지만 제 집 앞 청소도 안 하는 인간한테 어떻게 통장직을 맡기겠어. 자네가 통장직을 맡는다면 온 동네 사람들이 잔치라도 하면서 환영을 하겠지만 말여."

변차수는 진구 말이 너무 고마워서 손이라도 잡고 흔들어 주고 싶은 심정이었다. 그러나 진구 마음까지 다시 한 번 확실하게 떠본 후에 고맙다는 인사를 해도 늦지 않을 것 같았다. 슬쩍 진구를 부추겨 놓고 눈치를 살폈다.

"그 형님이 한 말은 이쪽 귀로 듣고, 이쪽 귀로 흘려 보내세유. 하루 이틀 겪어 온 사람도 아니니까 괜한 신경 쓰시다 보면 통장님만 불면증에 걸리지……."

"자네 생각이야 그럴지 몰라도 기철이 그 자식은 요즘 하고 다니는 낌새를 보면 제가 하겠다고 나설 모양 같아. 대가리 속에 든 것이 똥밖에 없는 놈이 말이여."

"기철이 형님이 경우 없이 행동하는 성질이기는 하지만, 그래도 그 연배에 전문학교 나온 양반은 그 형님밖에 없잖아유."

"전문학교를 진짜로 나왔는지 뒷구멍으로 다니는 시늉만 했는지 우리가 확인해 본 것은 아니잖아. 그 시절에는 청강생이며 가짜 대학생들이 많았잖아."

갑자기 돈기철을 대하는 진구의 태도가 돌아선 것을 느낀 변차수가 긴장한 얼굴로 까딱하면 큰일 나겠다는 얼굴로 말했다.

"제 말은 기철이 형님 성질이 아무리 더럽더라도 인정해야 할 건 인정해야 한다 그거지, 별 뜻은 없슈."

진구는 통장 자리를 변차수에게 떠맡긴 이상 더 이상 시간을 끌고 싶지 않았다. 이 여자가 어디서 참깨를 볶아 먹고 있길래 시간 가는 줄 모르는 거야? 그는 조급증이 일어나면서 땀이 더 난다. 수건으로 얼굴이며 턱의 땀을 닦으며 변차수가 일어서기를 기다렸다.

"그려. 그 말은 자네 말이 맞는다고 쳐. 하지만 그 인간이 통장을 하겠다고 설치면 전문학교 나왔다는 점 때문에 밀어 줄 수도 있다는 말로 해석해도 되겠는가? 지난 번 시의원 선거 때 떨어진 김칠성처럼 순전히 룸살롱이며 단란주점 같은 걸 하면서 여자 장사로 돈을 번 작자인데 박사 학위가 있으니까 밀어줘야 된다는 여론이 일어난 것처럼 말일세."

변차수는 진구 마음이 갑자기 변한 것 같아서 불안했다. 마지막으로 다시 한 번 확인해 보자는 생각으로 물었다.

"그래도 결국은 박진성 의원이 당선되었잖아유. 기철이 형님도 경우가 같다고 생각합니다. 아무리 많이 배우고 아차동에서 손꼽히는 부자라고 해도 동네 사람들이 싫다면 평생 통장 못해먹습니다. 날도 더운데 괜히 기운 빼지 마시고 어서 빨리 댁으로 가 보세요. 아줌마가 수박에 얼음이라도 채워 놓고 기다리고 계신지도 모르잖아유."

"수박이 아니라 냉장고에 들어 있는 오이도 안 깎아 주는 마누라에게 기대할 걸 기대해야지. 하여튼 자네가 그렇게 말해 주니께 힘이 들기는 하지만 새로운 각오로다 통장 자리를 책임질 수밖에 없을 것 같네."

진구는 변차수 말에는 대꾸도 하지 않았다. 밖에서 뭔 일이 있었는지는 모르지만 모닥불에 감자 구워 먹은 사람처럼 시뻘겋게 익은 얼굴로 가게에 들어서는 아내를 쏘아보았다.

"세 시쯤에 수금 간다는 말 잊어버린겨?"

"통장님 오셨구만유."

한걸음으로 가게 통로를 통과한 진구 아내는 신발을 벗어 던지며 가겟방으로 올라섰다. 그녀는 냉장고 앞으로 가다가 방문 앞에 있는 보리차가 든 페트병을 발견했다. 보리차를 컵에 따르지도 않고 숨이 차도록 빠르게 몇 모금 마신 그녀는 진구의 얼굴은 쳐다보지도 않고 변차수에게 굳은 표정으로 인사를 보냈다.

"막 일어설 참에 오셨구먼. 그려. 그럼 난 자네만 믿고 가 보겠네. 언제 시간 나면 만나서 쓴 소주라도 한잔 하자고."

"알았슈."

아내 얼굴이 심상치 않은 것을 느낀 진구는 밖으로 나가는 변차수는 바라보지 않고 아내에게서 시선을 옮기지 않았다. 고개를 팽 돌리고 앉아 있는 모습이 납처럼 무거워 보이면서 찬바람이 팽팽 불고 있었다.

"모처럼 오셨는데 시원한 것도 대접해 드리지 못하고 죄송해유."

진구 아내는 뒤를 향해 돌아앉은 자세로 마지못해 한 마디 하고 남편 얼굴을 흘끔 쳐다 본 후에 고개를 홱 돌렸다.

"밖에서 뭔 일이 있었는지는 모르겠지만 이따 이야기하기로 하고 나 지금 수금해 올 테니까 그렇게 알어."

진구는 아내가 화를 내고 있는 원인은 모르지만 시간이 없었다. 노인회관에 세 시까지 가기로 했는데 벌써 네 시에 가까워져 가고 있다. 그는 얼른 다녀와야겠다는 생각에 오토바이 키를 찾아 들고 헬멧을 썼다.

"노인회관에서 수금할 돈이 얼마라? 돈 천만 원이라도 되나"

가게 밖으로 나가려던 진구는 아내의 날선 목소리에 우뚝 걸음을 멈췄다. 오랜만에 비가 한 줄기 내리갈기려는지 새털구름이 자취를 감추어 버린 하늘은 잔뜩 흐리다.

"밖에서 뭔 일이 있었구먼."

진구는 뒤로 돌아서서 아내를 바라봤다. 보리차 병을 들고 있는 아내 얼굴은 화를 참지 못해 파르르 떨리고 있었다.

"나…… 난 너무 분하고 원통해서 가슴이 터져 나갈 것 같아서 말 못해. 그랑께 그렇게 궁금하면 선이네식당에서 맥주 마시고 있는 현대자원센터 사장한테 물어 보란 말야. 어이구 분해! 너무 분하고 치가 떨려 못 살겠네! 세상사람 죄다 믿을 수 없다고 해도 내 형제처럼 믿고 있었던 철준이 그놈이 우리를 이렇게 감쪽같이 속일 줄 누가 알았다. 어이고 어머니! 철준이 그놈을 어떻게 찾아내서 경찰서에 콩밥을 먹인대요. 어머니, 나 너무 분해서 못살겠슈."

진구 아내는 더 이상 말을 잇지 못하고 퍼질러 앉아 방바닥을 치면서 통곡을 하기 시작했다.

"조용하지 못하겠어? 대낮부터 뭔 우세여! 시장 사람들 구경났다고 몰려오기 전에 얼른 그치지 못해!"

"내가 지금 돈이 아까워서 이러고 있는 줄 알아? 다른 사람도 아니고 철준이 그놈에게 감쪽같이 속은 걸 생각하면 너무 분해서 속이 터져 나갈 것 같아서 이러는 거잖아! 이 어리석은 양반아!"

"참말로 계속 떠들래? 내가 나가서 알아 볼 모양이니까 입 다물고 앉아 있어."

진구는 나직하게 고함을 치기는 했지만 근원을 알 수 없는 불안감이 엄습해 오는 것을 느꼈다. 아내의 목소리가 밖에 새어나가지 않도록 가게 문을 닫는 손이 미세하게 떨렸다.

철준이가?

슈퍼 안에서 일을 하다가 음료수를 꺼내 권하며 웃는 철준의 얼굴이 떠올랐다. 절대 그럴 리가 없다는 생각에 고개를 흔드는 순간 철준의 얼굴이 거짓말처럼 사라졌다.

"입 다물라고? 지금 길바닥에 내앉게 생겼는데 입 다물라고?"

철준에게 보증을 서 주라고 남편에게 권유를 했던 진구 아내는 큰소리 칠 명분은 없었다. 오히려 남편에게 욕을 얻어먹어도 할 말이 없는 처지였다. 하지만 한 순간의 실수로 철준에게 보증을 서 준 사천만 원을 고스란히 물어 줘야 한다는 것을 생각하면 너무 분하고 억울해서 견딜 수가 없었다. 참고 있다가는 숨이 막혀 죽어 버릴 것 같아서 그녀는 입고 있는 블라우스를 찢어 버릴 것처럼 양손으로 마구 쥐어뜯었다.

그럴 리는 없어! 다른 사람도 아니고 철준이잖아…… 철준이.

진구는 아내가 쉽게 진정할 것 같지는 않다고 생각했다. 같이 있어 봤자 아내를 더 흥분시킬 것 같아서 밖으로 나갔다. 일단 늦었더라도 노인회관에 수금부터 다녀와야겠다는 생각에 오토바이에 올라탔다. 다리가 후들후들 떨려서 오토바이를 타고 갔다가는 사고가 날 것 같았다.

아닌 밤중에 홍두깨도 아니고 마른하늘에 날벼락도 아닌데…….

진구는 노인회관에 수금도 수금이지만 아내가 통곡을 하는 이유부터 알아야 된다는 생각에 선이네식당이 있는 길목으로 접어들었다.

삼십여 미터도 안 되는 거리가 오늘따라 너무 길어 보였다. 걸어갈수록 선이네식당 있는 쪽이 더 멀어지는 것 같아서 목이 말랐다. 아내가 왜 몸부림을 치며 통곡을 하고 있는 확실한 이유는 아직 알 수 없었다. 철준을 욕하는 걸 보면 보증에 관한 문제인 것만큼은 틀림없는 것 같았다.

이래서 부자지간하고 친구지간에는 돈 거래를 하는 것이 아니라고 했는데…….

그는 입 안이 바짝 말라서 침을 삼킬 때마다 목구멍이 아팠다. 보증은 이왕에 서 준 보증이고, 철준은 이미 떠났다. 철준이 배신을 했다면 연락도 오지 않을 것이다. 철준으로부터 먼저 연락이 오지 않는 이상 연락을 할 방법은 없다. 경찰서에 고소를 한다고 해야 운이 좋으면 철준을 붙잡을 수 있다는 생각이 들면서 몸이 부르르 떨렸다. 설령 철준이 전 재산을 우려먹고 도주를 했다고 치더라도 철준의 손목에 수갑을 채우게 할 수는 없다는 생각이 들면서 그는 보증을 서 주던 날이 떠올랐다.

눈앞이 보이지 않을 정도로 장대 같은 소나기가 줄기차게 쏟아지는 날이었다. 가랑비나 빗줄기가 가늘 때는 시장통을 오가는 사람들이 있지만 억수 같은 소나기는 시장통로를 물바다로 만들어서 시장을 찾는 사람들이 없었다.

진구의 아내는 거래처 회사에 상품 대금을 입금하러 신용조합에 갔다. 진구는 책상 앞에 앉아서 장대줄기처럼 내려앉는 빗줄기를 바라보다가 길게 하품을 하며 방으로 들어갔다. 때를 맞추어 천둥과 번개가 몰아쳤다.

"여보, 큰일 났어요. 돈, 돈이 없어졌어."

진구가 오랜만에 낮잠이나 자야겠다는 생각으로 대나무로 만든 베개를 끌어당겨 막 누웠을 때였다. 우산을 쓰고 나갔는데도 비를 흠뻑 맞은 아내가 뛰어 들어왔다.

"돈이 없어졌다니?"

진구 아내가 송금을 하기 위해 가지고 나간 돈은 현금으로 이백오십만 원이다. 진구는 잠이 확 달아나는 것을 느끼며 벌떡 일어나 앉았다.

"여…… 여기다 넣고 갔는데 중간 어디에서 흘린 모양이에요. 근데 아무리 찾아 봐도 없지 뭐에요."

"허!"

진구는 너무 기가 막혀서 말이 나오지 않았다. 아내가 들어 보인 것은 빗물에 젖어 찢어진 누런 종이봉투였다. 현금을 투명 비닐봉지에 싸서 겉에서 보이지 않도록 종이봉투에 넣고 갔는데 빗물에 젖어서 봉투가 터져 버린 것을, 억수 같이 쏟아지는 빗소리 때문에 모르고 신용조합까지 간 것 같았다.

"비가 너무 많이 와서 사람도 다니지 않던데 그새 누가 주워 갔는지 몇 번이나 오가면 봤는데 없슈, 이 일을 어떡하면 좋아유."

“그 비닐봉지 안에 돈만 들어 있었나?”

“통장도 들어 있슈. 하지만 신용조합에서 그러는데 통장은 지급정지를 시켜 놔서 문제가 없데요. 시장 상인들이 그 돈을 주웠으면 통장을 보고 그 돈이 우리 돈이라는 걸 알았을 텐데, 연락이 없는 걸 보면 딴 사람이 주워 간 것이 틀림없어요. 이 일을 어쩐데, 요즘처럼 불경기에 이백오십만 원을 벌어도 시원찮을 판에, 돈을 잃어버리다니…….”

진구는 더 이상 할 말이 없었다. 수표나 어음도 아닌 현금이다. 돈뭉치가 이미 다른 사람의 손에 넘어갔다면 잃어버린 것이나 같다. 눈물짓고 있는 아내를 탓해 봤자 다른 사람 손에 넘어간 돈이 되돌아 올 리는 없었다. 이럴 줄 알았으면 내가 신용조합에 다녀올 걸 하는 후회가 밀려왔으나 오래가지 않았다. 물에 빠진 생쥐 꼴로 소리 없이 흐느끼고 있는 아내를 바라보고 있자니 자신에게 화가 치밀어 몰랐다.

“액땜 했다고 치고 그만 잊어 버려. 시장 사람들도 옛날하고 틀려. 몇 십만 원도 아니고 이백오십만 원이라는 현금뭉치를 주웠는데 어느 바보가 돌려 줄 생각을 하겠어? 돈을 돌려 줄 생각이 있다면 벌써 돌아왔어야 하잖아. 누군지 모르지만, 어떤 놈인지 모르지만 횡재했군. 빗속에서 손끝 하나 놀리지 않고 이백오십만 원을 벌었으니까 지금쯤 어데서 거하게 한잔 하고 있는지 모르겠군.”

“미안해요. 당신이 비 그친 다음에 가라고 했을 때 말을 들었더라면 이런 일이 없었을 건데…….”

진구의 아내는 코맹맹이 소리로 말을 하고 나서 다시 소리 없이 눈물을 쏟으며 어깨를 들썩거렸다.

"버스 지나간 뒤에 손 흔들기지. 우리한테 더 나쁜 일이 생길 것을 액땜했다고 치면 가슴이 덜 아플 거여. 막말로 내가 오토바이 타고 배달을 가다가 큰 사고가 났어 봐. 그까짓 이백오십만 원이 문제여?"

"말은 고맙지만 이백오십만 원이 적은 돈은 아니잖유. 그 돈을 벌려면 손님들한테……."

진구 아내는 킁! 하고 코를 푸느라 잠시 말을 멈췄다. 누군가 우비를 쓰고 가게 안으로 들어오는 것이 보였다. 그녀는 손님에게 눈물을 보이지 않으려고 일어나 방구석으로 가다가 손님의 얼굴에서 시선이 멈췄다.

"자네가 웬일여. 비가 쏟아지니까 소주 한잔 생각나서 올 사람은 아닌데……."

우산을 쓰지 않고 우비를 뒤집어쓰고 들어온 사람은 손님이 아니라 철준이다. 진구는 아내에게 진정하라는 표정을 지어 보이고 나서 시치미를 뚝 떼고 말을 걸었다.

"이 집은 돈을 얼마나 벌었기에 길거리에 막 흘리고 다니는지 모르겠구먼."

"도…… 돈을 흘리고 다닌다뉴?"

진구는 철준의 말에 집히는 것이 있어서 말을 잃어버렸다. 진구 아내가 억지로 눈물을 참고 있다가 놀란 목소리로 물었다.

"아까 배달 가는 길에 빗물 속에서 시퍼런 것이 보이지 뭐야. 꼭 돈뭉치처럼 보여서 오토바이를 세우고 자세히 봤더니 이것이 있더군."

철준은 우비를 걷어 올리고 품 안에서 진구 아내가 흘린 돈이 들어 있는 비닐을 내밀었다.

"이…… 이게 꿈이여. 생시여!"

진구는 기적처럼 벌어진 일에 허참! 하고 혀를 차며 아내를 바라봤다. 진구 아내가 와락 달려들어서 돈뭉치를 받아 껴안으며 눈물을 쏟았다.

"그렇게 놀라는 것을 보니까 돈이 남아서 길바닥에 버린 것은 아닌 거 같구먼. 진작 왔어야 하는데 배달하는 것이 급해서 이제 온 점 미안하네. 날 이해해 줄 것으로 알고 난 그만 가 볼게."

"가긴 어딜 간다는 겨?"

진구가 어림도 없다는 표정으로 철준의 우비를 잡아당겼다.

"그래요. 슈퍼에는 경혜 엄마가 있으니까 잠시 앉았다 가셔도 되잖유. 우비 벗고 어서 방으로 들어와유."

진구 아내는 눈물을 흘리며 웃는 얼굴로 눈물을 닦고 맨발로 방에서 내려갔다. 그녀는 철준의 앞을 가로막고 우비를 벗기며 방 안으로 밀었다.

"참말로 고맙구먼. 진구가 아니었으면 큰일 날 뻔했네그려."

철준은 진구 아내 힘에 밀려서 쑥스럽게 웃으며 방 안에 앉아서 뒷머리를 긁었다. 진구는 철준의 손을 잡고 힘을 주면서 가슴 뿌듯한 표정을 지었다.

"자네가 내 돈을 주웠으면 안 돌려 줄 건가?"

"당연히 돌려 줘야지."

"그럼 그렇게 고마워 할 필요가 없잖아. 난 당연한 일을 했을 뿐이니까."

"듣고 보니 그러네. 하지만 비도 오고 하니까 소주 한잔 하자는 말은 거절하지 않겠지?"

"됐네. 이 사람아. 이까짓 일 갖고 술 얻어 마시면 두드러기 날껴."

"잃어버린 돈을 돌려준다고 술을 사는 것이 아니라, 순전히 비 때문에 술을 사는 걸세."

진구 아내는 어느 정도 정신이 돌아오자 내가 이러고 있을 때가 아니라는 얼굴로 우산을 들고 밖으로 나갔다. 철준은 하는 수 없다는 얼굴로 희망슈퍼에 전화를 해서 아내에게 진구 집에 있노라고 말을 하고 편하게 앉았다.

진구 아내는 빗속을 뛰어 다니며 술과 족발을 사 들고 왔다. 철준과 진구는 같은 시장 안에서 장사를 하고 있지만 특별한 날이 아니면 대낮에 술을 마시는 일이 드물었다. 밖에는 억수 같은 소나기가 쏟아지고 있겠다, 진구는 이백오십만 원이나 되는 적지 않은 돈을 되찾았겠다, 진구 아내가 가끔 거들었지만 둘은 금방 소주 세 병을 마셨다.

"요즘 혜성훼미리마트 때문에 많이 힘이 들지?"

거나하게 취한 진구와 철준은 한동안 말없이 술잔을 바라보고 있었다. 진구가 비가 쏟아지는 시장통을 바라보고 있던 시선을 거두며 갑자기 생각이 났다는 얼굴로 입을 열었다.

"혜성훼미리마트만 생각하면 밥맛이 없어 모래알을 씹는 것 같아서 요즈음은 사는 것이 사는 것이 아냐. 자식들 때문에 죽지 못해 버티고 있는 거지 뭐."

"우리나라 재벌들은 너무한 거 같아. 국수에서 두부까지 만들더니 지금은 염전업까지 진출을 했더군. 재벌기업은 재벌답게 외국에서 돈을 벌어들일 생각을 해야지, 죄 없는 국내 영세업자 밥그릇을 못 빼앗아서 아우성을 치다니 그게 말이나 되는 거야?"

진구는 철준의 심정을 충분히 이해한다는 얼굴로 말하며 술을 권했다.

"내 말이 바로 그 말이여. 슈퍼는 엄연히 자영업자들 몫이잖아. 재벌기업이 골목 상권까지 침투를 하면 우리 같은 놈은 아차강에 빠져 죽으라는 말하고 뭐가 틀려."

"정말 해도 해도 너무해요. 슈퍼만 장사가 안 되는 것이 아니고 우리도 혜성이 생기기 전하고 비교를 하면 매상이 팍 줄었다구요. 그나마 혜성보다 물건 가짓수가 많고 품목이 다양해서 버티고 있지. 우린 희망슈퍼보다 규모가 작아서 벌써 문을 닫았을규."

진구의 아내가 남의 일이 아니라는 얼굴로 철준을 한참 동안 바라보고 있다가 동정어린 목소리로 거들었다.

"슈퍼를 그만두자니 이십 년 동안 키워 온 자식 같은 놈을 버리는 것 같아서 잠이 안 오고, 혜성에게 단골을 빼앗기지 않으려면 우리도 최소한 정육코너와 해산물 코너를 증설하고 물건 배치도 혜성처럼 현대식으로 바꿔야 하는데 그놈의 돈이 없어서 잠이 안 오고……."

철준은 지금까지와 다르게 단숨에 술잔을 비워 버리고 쓸쓸하게 웃으며 진구에게 잔을 권했다.

"내 생각에도 희망슈퍼 인테리어만 새로 바꿔도 충분히 경쟁력이 있을 것 같네. 솔직히 혜성훼미리마트도 물건 가짓수만 많지, 가격은 희망슈퍼하고 별로 차이가 나지 않잖아."

"나도 혜성훼미리마트를 수십 번이나 가봤지만 가격은 우리 슈퍼하고 별로 차이가 나지 않아. 물건도 즉석식품 종류와 해산물하고 정육코너가 있다는 점인데, 한 오천만 원 정도가 있으면 얼마든지 살아남을 수 있다고."

"신용조합에서 돈을 대출받아 보는 건 어때? 내 생각에도 정육코너와 해산물 코너만 증설해도 충분히 경쟁력이 있을 거 같아. 자네 말대로 물건 가격이 비슷하다면 굳이 혜성훼미리마트까지 갈 필요는 없을 거잖아."

"한도가 꽉 차서 더 이상 대출은 힘들어. 보증을 서 줄 사람도 없고……."

철준이 족발을 맛없이 씹으면서 기운 없는 목소리로 중얼거렸다.

"경혜네만 어려운 것이 아니고 시장에서 장사하는 사람들 치고 빚 없는 사람이 어디 있슈. 어려울 때일수록 서로 돕고 살아야쥬. 전 경혜네가 충분히 살아남을 수 있다고 믿어요. 보증 서 줄 사람이 없다면 명수 아빠가 서 주면 되겠네요. 친구 좋다는 것이 뭐유. 어려울 때일수록 서로 돕고 사는 것이 진정한 친구지. 안 그래요, 여보?"

진구 아내가 좋은 방법을 찾았다는 얼굴로 눈빛을 반짝이며 진구를 바라봤다.

"으…… 응."

진구는 아내의 갑작스러운 말에 거절은 하지 못하고 어중간한 표정을 지었다.

"제수씨, 말은 고맙지만 그건 절대로 안 됩니다. 자고로 친구 지간에 돈 거래해서 오래가는 친구 못 봤슈."

철준이 고개를 저으며 잘게 웃었다.

"딴 사람들은 그런 일이 있을지 몰라도, 경혜 아빠하고 명수 아빠 사이는 절대 그런 일이 없을 것이라고 믿어요. 두 분은 고향도 같고 객지에서도 쭉 형제처럼 가깝게 지내고 있잖아유."

"그러니까 더욱 안 된다는 거유. 돈이 억만금이 있다고 하더라도 못 살 친구를 돈 때문에 잃어버린다면 인생 전체를 잃어버리는 것과 같습니다."

진구는 평소와 다르게 보증을 서 주라고 재촉하는 아내를 이해할 수 없다는 표정으로 바라보느라 말을 잃었다. 철준은 진구 아내의 말은 고맙지만 진구가 대답을 하지 않자 계속 고개를 흔들었다.

"명수 아빠가 현금을 주는 것이 아니고 보증만 서 주는 거잖아유. 경혜 아빠는 충분히 능력이 있으니까 기한 내에 돈을 갚으면 되는 것이고. 근데 그게 뭐가 어려워요. 여보, 제 말이 틀렸슈?"

하나를 보면 열은 안다고 했다. 진구 아내는 길바닥에서 주운 이백오십만 원이라는 돈을 들고 온 철준에 대한 믿음이 확고했다. 당장은 어렵지만 어느 정도 돈만 투자하면 충분히 대출을 변제할 수 있을 것이라는 생각에 얼굴을 붉히고 앉아 있는 진구에게 물었다.

"나도 친구를 믿어. 그러니까 이번 한 번만 명수 엄마 말대로 하게. 오천만 원 전부는 힘이 들지만 사천만 원 정도는 보증을 서 줄 수가 있구먼. 희망슈퍼를 새로 창업한다는 생각으로 열심히 하면 충분히 승산이 있을 거여."

진구는 그동안 철준과 지내온 정을 생각해서라도 계속 아내의 말을 모르는 척할 수가 없었다. 이왕 보증을 서 줄 바에는 웃으며 서 주는 것이 좋다는 생각에 철준의 손을 꽉 잡으며 진지하게 말했다.

귀신을 덮어 쓴 것이 아니면 뭔가 덮어쓴 거지. 그렇지 않고는 제가 먼저 보증을 서 주겠다고 앞장서서 날뛰지는 않았을껴. 아녀…… 아직 확실한 것도 아닌데, 지금 내가 뭔 생각을 하고 있는지 모르겠구먼. 다른 사람은 몰라도 철준이는 절대로 날 실망시킬 사람이 아녀. 뭔가 착오가 있는 것이 틀림없어.

진구는 선이네식당이 가까워질수록 가게에서부터 그림자처럼 따라붙던 원인을 알 수 없던 불안감이 그 실체를 드러내고 있는 것 같았다.

"대낮부터 술타령 하는 걸 보니 요즈음 장사가 잘되는 모양이네?"

선이네식당 앞의 비치파라솔 밑에는 노충식이 혼자 앉아서 맥주를 마시고 있었다. 진구가 걸음을 멈추고 지나가는 말처럼 물었다.

"오늘따라 시원한 맥주 맛이 꿀맛이구먼. 맥주 한잔 할터?"

노충식은 진구가 할 일 없이 선이네식당에 오지 않았다는 것을 알고 있었다. 철준의 슈퍼 문제로 왔을 거라고 짐작하면서도 능청을 떨었다.

"비싼 맥주는 먹을 처지가 못 되고 막걸리나 한잔 할까? 오늘 수금하러 갔더니 허탕만 치고 땀으로 목욕을 했더니 시원한 막걸리가 한잔 생각나네. 얼마나 장사가 잘됐기에 맥주가 술맛이 아니고 꿀맛이랴?"

현이네는 선이네식당 뒤에 있는 손바닥만 한 텃밭에라도 갔는지, 식재료를 사러 시장에 갔는지 보이지 않았다. 진구는 노충식의 말이 의미심장하게 들려서 입술이 마르는 것을 느끼며 선이네식당 안으로 들어갔다. 냉장고 안에 있는 막걸리 한 병을 꺼내 들었다.

"중고 물품이야 원래 최소한 마진이 오십 프로 이상은 돼야지 타산이 맞잖아?"

"하긴, 중고 선풍기를 만 원에 사서 우리처럼 만 삼천에 팔면 가게세도 나오기 힘들겠지. 최소한 이만 원이나 이만오천 원은 받아야 타산이 맞지."

"오늘은 혼자 조용히 자축을 해도 좋을 만큼 크게 한 건 했지."

"요새는 개업하고 폐업하는 데가 많아서 재미 좀 본다는 소문이 자자하던데, 오늘은 큰 업소가 폐업 물건을 인수했나?"

진구는 노충식 앞에서 흔들리는 모습을 보여주기가 싫었다. 노충식은 철준과 함께 야차시장에서 나이가 같다. 웬만하면 허물없이 지낼 수도 있지만 원래 성격이 청개구리 같아서 물과 기름처럼 서로 어울리지 않는 사이다. 진구는 자신이 철준이 때문에 흔들리는 모습을 보여 준다면 더 우습게 보일 것 같아서 짐짓 딴청을 부렸다.

"큰 업소라고 보면 큰 업소라고 할 수가 있지. 당장 물건을 내놓아도 몇 천만 원은 되니까."

노충식은 잘게 웃으며 천천히 맥주를 마셨다. 누구네 개인지 모르지만 누렁이 한 마리가 더위에 헐떡거리며 천천히 다가와서 식당 처마 그늘에 길게 눕는다.

"몇 천만 원짜리 물건을 인수했다면 마진이 일억 정도는 된다는 건가?"

"일억은 못 돼도 돈 천은 우습게 떨어질 걸? 시청 옆의 직행버스 정류장 안에서 슈퍼를 하는 배 사장이라는 사람을 아는지 모르겠어. 그 사람이 철준이가 두고 간 희망슈퍼의 권리를 인수했다더만."

노충식은 진구의 말에 화가 났으나 겉으로 드러내지 않았다. 테이블을 손가락으로 딱딱 소리가 나도록 두들기며 진구의 눈치를 살폈다.

"배 사장이 철준이 슈퍼를?"

"배 사장 말로는 철준이가 떠나기 하루 전인가 이틀 전에 슈퍼를 헐값에 인수해 달라며 사정을 해서 삼천오백만 원에 흥정을 하고 계약서를 썼다는구먼. 그 말 듣고 나도 깜짝 놀랐지 뭐여. 원래 철준이 슈퍼는 자네가 책임지는 걸로 알고 있었거든. 헌데 철준이 그 자식이 거짓말을 한 모양이지?"

"아! 난 또 뭐라고……."

진구는 잠자고 있던 불안감이 벌떡 일어서서 눈동자가 튀어나오도록 뒤통수를 힘껏 내갈기는 것 같은 충격에 사로 잡혔다. 이내 냉정을 되찾고 천천히 막걸리잔을 들었다. 그는 술을 마시면서 눈을 질끈 감았다.

"꼭 돌아올 거다. 그때가 언제가 될지는 모르지만 나 이대로 죽지는 않는다. 반드시 돌아올 테니까 믿고 기다려 줘. 뭔 일이 생기더라도 나를 원망하지 말고 믿고 기다려 줬으면 좋겠어."

그는 철준이 떠나던 날 울음을 삼킨 목소리로 속삭이던 말이 생각났다. 겨우 이거였냐? 이거 때문에 내 얼굴을 똑바로 바라보지도 못하고 서둘러 안녕을 고했나. 그래도 그렇지, 그까짓 돈은 다시 벌면 되잖아. 나한테 솔직히 털어놓는다고 내가 널 가지 못하게 붙잡기라도 할 것 같아서 나를 속였냐?

철준이 거짓말을 할 수밖에 없는 이유는 짐작이 갔다. 일가붙이 하나 없는 객지에서 둥지를 틀려면 적어도 사글세 방 한 칸은 얻을 수 있을 정도의 돈이 있어야 한다. 그 뿐만 아니다. 하루라도 빨리 아차시장으로 돌아오려면 천직인 장사를 하는 방법이 가장 빠르다. 그러려면 장사 밑천이라는 것이 필요할 것이다. 그렇지만 돈보다 중요한 신의(信義)라는 것이 있고 죽음을 대신할 수 있는 우정이라는 것이 있다. 철준이 놈이 식솔들만 데리고 떠난 것이 아니고 우정과 신의까지 끌고 갔구나 라는 생각이 들자 그는 마른 웃음이 나왔다.

"자네도 알고 있었던 것 같은 눈치구먼…… 하긴그려. 나야 자네들하고 가깝게 지내지 않았지만 자네하고 철준이는 여간 가깝게 지낸 것이 아니잖아. 근데 한 가지 이상한 점이 있구먼. 며칠 전에 철준이네 집에서는 분명히 자네가 철준이 슈퍼를 인수받았다고 하지 않았나?"

노충식은 진구가 겉으로는 여유를 부려도 속으로는 가슴이 바짝바짝 타고 있을 거라고 믿으면서도 아픈 곳을 사정없이 찔렀다.

"철준이가 떠난 다음날 나에게 미안하다는 내용의 전화가 왔었다는 것까지 자네에게 보고를 할 필요는 없다고 생각하는데?"

"내 말은 철준이 그 자식이 너무했다 이거여. 물론 객지에 나가서 살라면 돈이 필요하기는 하겠지. 하지만 그렇다고 해서 사내자식이 한 번 뱉은 말을 이랬다 저랬다 하면 안 되는 거 아녀? 아따! 오랜만에 크게 한 건 했더니 술이 막 땡기는구먼? 자네도 막걸리 한잔 더 할텨?"

노충식은 고개를 빙빙 돌리다가 슬쩍 진구를 쳐다보았다. 눈꼬리가 바들바들 떨리고 있는 것으로 보아서 화를 간신히 참고 있는 것 같았다. 내가 너무한 거 아닌가 모르겠구먼. 그는 슬쩍 미안한 생각이 들어서 화제를 바꾸며 일어섰다. 그는 선이네식당 안으로 들어가서 냉장고를 열고 차갑게 냉장이 된 맥주병을 꺼내며 비치파라솔 밑에 앉아 있는 진구를 바라보았다. 진구는 뭘 생각하고 있는지 모르지만 딱딱하게 굳은 얼굴로 정면을 응시하고 있었다.

꼴에 자존심은 있어서 내가 어떻게 슈퍼를 책임지게 되었느냐는 말은 물어보지 않을 테지.

노충식이 어제 서울에 갔다가 오는 길에 목이 말라서 정류장 안에 있는 슈퍼에 들어갔다가 음료수를 마시고 있는데, 배 사장이 그를 불렀다.

"자네 슈퍼 한번 안 해 볼라나?"

"저는 땡처리 하고는 거리가 멀다는 거 잘 알고 계시잖유. 슈퍼 폐업하는 곳이 나왔슈? 그럼 냉장고나 쇼케이스나 에어컨은 인수할 수 있지만 상품은 인수 못 해유."

배 사장은 정류장 안에서 슈퍼를 운영해서 버는 돈보다, 급전이 필요한 사람들에게 단기간 돈을 빌려주고 버는 수입이 더 많다. 그래서 화양시에서 장사를 하는 사람치고 배 사장의 본업을 모르는 사람이 드물다. 노충식도 인수해야 할 물건 가격이 많을 때는 가끔 이용을 하는 편이라서 배 사장을 잘 알고 있었다. 그는 뜬금없이 슈퍼 운영을 운운하는 말을 잘못 들었다는 생각에 고개를 흔들면서 웃었다.

"아차시장 안에 있는 희망슈퍼 알지?"

"나도 시장에서 장사를 하고 있는 사람인데 모를 리가 있슈? 슈퍼 사장이 야반도주한 것이 여기까지 소문이 날 리는 없을 건데?"

"나한테는 야반도주한 것이 아니지. 벌건 대낮에 와서 슈퍼를 나한테 인수하고 갔으니까."

"그게 정말유?"

"내가 언제 빈말 하는 거 봤나? 난 이자를 하루라도 늦게 주는 것처럼 빈 말은 안 하는 사람일세. 철준이가 야반도주하기 하룬가 이틀 전에 와서 나한테 슈퍼를 헐값에 인수하라고 해서 내가 직접 아차시장에 가서 현물을 확인했네. 슈퍼 건물 보증금이 이천오백이고, 물건 값을 천만 원 쳐서 삼천오백에 인수를 했지. 땡처리 할 생각은 추호도 없고, 월세를 놓을 생각이야. 월 삼백오십만 원만 받아도 괜찮은 장사잖아."

"월 삼백오십만 원이면 이자가 십 프로 아뉴?"

"철준이 말로는 슈퍼 하루 매상이 하루 평균 이백만 원은 넘는다고 하더군. 나도 슈퍼를 하고 있어서 철준이 말이 빈말이 아니라는 것 정도는 알고 있지. 하루 평균 이백이면 한 달에 육천만 원이 오른다는 말이잖아. 원래 슈퍼에서 파는 물건 마진이 이십에서 삼십 프로잖아. 이십 프로만 잡아서 천이백, 이런저런 경비를 빼도 육백은 떨어진다는 결론이지."

"사장님 계산이 맞는다고 칩시다. 육백에서 삼백오십을 빼면 이백오십 아뉴? 월급쟁이 이백오십은 괜찮은 금액이지만 명색이 슈퍼 사장 한 달 수입이 이백오십이라는 것이 말이나 됩니까?"

"단순계산하면 이백오십이지만 슈퍼하면서 쌀 사 먹는 사람 봤나? 라면 사 먹는 사람 봤어? 슈퍼에는 밥을 하는 솥부터 국을 끓이는 국거리까지 죄다 있어. 한 달 동안 먹고사는 데는 돈이 들어가지 않는다는 거지. 쉽게 말해서 주식비를 더하면 삼백오십 이상은 보장이 된다고 봐도 무리가 없지. 어때, 생각이 있나? 중고물품 하고 같이 해도 충분히 해나갈 수가 있잖아."

배 사장은 맹꽁이처럼 튀어 나온 배를 슬슬 문지르면서 소리를 내지 않고 갈갈 웃었다.

“삼천오백에 십 프로면 도둑놈 심뽀고, 이백오십이면 해볼 만하겠네. 그래도 급전이자 삼 부보다는 사 부가 더 많은 칠 부 아뉴? 보증금이 없어지는 것도 아니고, 물건 가격이 천만 원어치나 된다는 걸 보장받을 수 있는 것도 아니니까 이백오십이면 적당할 것 같네.”

“내가 그런 계산도 안 하고 삼천오백만 원이라는 돈을 현금으로 내줬는지 아나? 대충 계산해 봤는데 물건은 판매가로 치면 이천오백만 원은 넘어. 만약 그 이하면 내 손에 장을 지지지.”

“이백오십이면 마누라 시켜서 운영을 해 보고, 그 이상이면 생각 없슈. 중고 장사만 해도 먹고사는 데는 지장 없는데 한 달 동안 고생고생해서 사장님한테 몽땅 바치는 일은 하기 싫다는 거쥬.”

배 사장은 물색해 보면 슈퍼를 하겠다는 사람은 많다며 배짱을 부렸다. 그러나 누가 오던지 아차시장에서 장사하기는 힘이 들 것이다. 더구나 철준이와 아삼륙인 진구라는 친구가 아차시장에서 버티고 있다. 진구는 철준이 이상으로 아차시장에서 인간성 좋기로 소문난 친구다. 그런 진구가 버티고 있는 한 슈퍼는 한 달도 못 갈 것이라고 꼼수를 부렸다. 그랬더니 ‘동생 고집 참말로 못 당하겠구먼’이라고 말하며 못이기는 척하는 표정으로 승낙을 했다.

개리를 잡아라

아차동 사람들이 철준이네 개를 잡기로 한 날이다.

변차수의 살림집은 아파트 1층이다. 변차수는 새벽안개가 주저앉기를 기다렸다가 헛기침을 하며 주차장으로 나갔다. 새벽이슬이 축축하게 내려앉은 주차장에서 뒷짐을 지고 천천히 맴을 돌면서 하늘을 쳐다본다. 오늘따라 안개도 없는 하늘은 구름 한 점 없이 맑아서 어제 못지않게 땀깨나 흘릴 것 같았다.

어려? 엊저녁 아홉 시 뉴스에서는 분명히 오늘 비가 온다고 했는데…….

변차수는 고개를 갸웃거리며 아파트로 들어가서 전화기 앞에 앉았다. 벽에는 달력 뒷면을 이용해서 시장 안에서 장사를 하는 상인들이며 11통에 살면서 행사에 자주 참석을 하는 동민들의 전화번호부가 붙어 있다.

비싼 밥 처먹고 등신처럼 덜 떨어진 인간들에게 피박 뒤집어쓸 필요는 없지.

주차장에서 본 하늘은 비가 올 확률이 희박해 보였다. 그러나 일기예보를 믿지 않을 수는 없다. 판을 벌려 놨다가 비라도 내리면 술에 취한 젊은 것들이 가만히 있지 않을 것이다. 하루 앞은커녕 반나절 앞 일기도 모르는 통장이 하는 일이 뭐냐고, 오늘처럼 중요한 날 일기예보도 안 들었냐고, 삿대질을 하며 술주정을 할지도 모른다.

개가 무서워 피하는 것이 아니고 똥이 더러워 피한다고 젊은 놈들 술주정이야 못 들은 척 외면할 수도 있다. 문제는 돈기철 놈이 요즘 하고 다니는 짓이다. 놈은 아주 통장이 되기로 작심을 했는지 대놓고 철준이가 없으니 통장을 새로 뽑아야 한다고 떠들고 다니는 모양이다. 놈의 말에 귀 기울이는 사람은 없겠지만 가랑비에도 옷이 젖는 법이다. 그는 이럴 때일수록 처신을 잘해야 된다는 생각에 마을에서 제일 연장자인 황 씨 전화번호를 찾았다.

가만있자…… 가을 날씨 좋은 것과 늙은이 기운 좋은 것은 믿을 수 없다고 했겠다. 늙은이들이 날 잡아 놓고 죽는 것도 아니잖여. 황가보다는 허 의원의 말 도장을 찍어 두는 거시 났겠지…….

나이로 치자면 황 씨가 제일 연장자지만, 장터 장사치로 세월을 보낸 탓에 동네 사람들이 만만하게 보는 경향이 있다. 하지만 허 의원은 그렇지 않다. 허 의원 개인으로 보면 조상 팔아 뭐 한다고, 운 좋게 시의원을 한 퇴역 정치인에 불과하다. 그러나 아들이 화양시 우체국계장으로 있고 그의 말대로 화양시 우체국 국장으로 오기라도 한다면 이런저런 신세질 일이 생길지도 모른다. 이 험한 세상에서 살아나려면 서푼어치도 안 되는 도리보다는 실리가 낫다는 결론을 짓고 허 의원 전화번호를 눌렀다.

"큼!…… 식전부텀 웬일여?"

"주무시는데 깨웠는지 모르겠지만 꼭 상의를 드려야 할 일이 있어서 전화를 드렸슈."

수화기를 들자마자 가래 끓는 소리가 귓속으로 파고들었다. 변차수는 '식전부터 밥맛없이'라고 속으로 중얼거리며 얼굴을 찡그렸다.

"늙은이가 새벽잠이 있겠나. 뭔 일인데 꼭 상의를 해야겠다는 거여?"

"어지 저녁나절에 집집마다 공지를 한 사항이지만 오늘 철준이 개를 잡기로 한 날이잖유. 근데 오늘 비가 온다는 말이 있어서……."

요즘 칠십 대도 늙은이라는 말을 안 쓴다. 변차수는 허 의원이 겨우 육십 대 후반에 다 죽어가는 늙은이처럼 군다는 생각에 코를 찡그리며 혀를 찼다.

"큼!…… 방송국 필요 없이 지금 허리가 쿡쿡 쑤신 걸 봉께 오늘 틀림없이 비가 내릴 거여. 그렇게 알고 개는 담날에 잡는 것이 좋을 것 같텨. 그러니까……."

"어른 말 잘 알겠구만유. 허지만 오늘이 정기휴일인데다 다른 날은 말들이 많아서 날짜 잡기도 힘이 드니까 일단 다른 분들의 의견도 들어보고 결정을 내려야겠슈."

변차수는 이만하면 허 의원 체면은 세워 주었다고 생각했다. 그는 허 의원의 말이 끝나기도 전에 일방적으로 전화를 끊어 버렸다. 그는 수화기를 든 채 돈기철에게도 언질을 받아야 시끄러운 일이 안 생길 거라는 생각에 전화번호를 찾다 말고 담배부터 입에 물었다.

좌우지간 우리 동네서 멍석말이로 쫓아내야 할 인간을 순서대로 뽑는다면 돈기철 그 인간이 일 순위여. 생겨 처먹은 것은 멀쩡한 인간이 청개구리 조상을 둔 것도 아닐 텐데 하는 일마다 꼬투리를 붙잡고 늘어지는 통에 멀쩡한 사람 돌아버리겠다니까.

얼굴 보기 싫은 놈은 서울 가도 만나는 법이다. 목소리도 듣기 싫은 돈기철 전화번호는 마치 외워 두었던 것처럼 쉽게도 나타났다.

"중앙정육점인데요."

"너 누구냐?"

돈기철 집에 전화를 걸었더니 정육점 전화를 이층으로 연결시켜 놓았는지, 중학생인 듯한 소년의 목소리가 흘러 나왔다. 변차수는 일회용 라이터로 담뱃불을 붙이면서 점잖게 물었다.

"그러는 아저씨는 누구요?"

"이런 싸가지 없는 놈, 어른이 먼저 물었으면 저는 누굽니다 하고 공손히 대답을 해야지. 그러는 아저씨는 누구라니? 그래 나 통장이다 어쩔래?"

가만히 생각해 보니까 맹랑한 목소리로 식전부터 초를 치는 놈은 돈기철의 하나밖에 없는 자식인 태한이라는 놈 같았다. 변차수는 태한이가 눈앞에 있기라도 한 것처럼 주먹을 흔들어 보이며 호통을 쳤다.

"통장님이 먼저 너 누구냐고 물었잖아요. 그리고 우리 아빠 집에 없어요. 선이네식당에 해장술 마시러 갔어요…… 아! 지금 들어오네요. 잠깐만 기다려요."

"이…… 이런!"

두 눈을 부릅뜬 채 양 볼을 실룩거리며 태한이의 말이 끝나기만 기다렸던 변차수는 말이 나오지 않아 엉덩이를 들썩거리며 더듬거렸다.

"현 통장이 이 시간에 웬일이유?"

"자네!…… 아, 아닐세."

변차수는 홧김에 자네 아들 예절 교육 좀 잘 시키라고 한마디 하려다 입을 다물었다. 괜히 혀를 잘못 놀렸다가는 그 아들에 그 애비인 돈기철 입에서 더 험한 말이 나올 것 같아서였다.

"뭐가 아니라는 거유?"

"자네한테 하는 말이 아니니까 신경 쓸 거 없네. 그것보다 어지저녁나절에 공지를 한 것처럼 오늘 철준이 개를 잡기로 한 날이 아닌가?"

"그런데유?"

"어젯밤 아홉 시 뉴스를 봤는지 모르겠지만, 뉴스에서 오늘 비가 온다고 하지 않았나? 그것 때문에 전화를 했구먼."

"그러니까 비가 와도 개를 잡아야 하나, 비가 올 것 같으니까 개를 다음에 잡아야 하나, 그 문제를 지금 나에게 묻는 셈유?"

"크음!"

변차수는 마음속으로 '나라니…… 내가 네 친구여? 싸가지 없이 나에게가 뭐여 나에게가?'라고 쏘아붙이느라 대답은 못하고 헛기침을 했다.

"비가 오면 얼마나 오겠슈. 강변 버드나무 밑에 동네 사람들이 모두 들어갈 수는 없는 노릇. 어차피 강가 자갈밭에 천막은 쳐야 될 상황이니까 그냥 밀고 나가는 것이 좋은 것 같은데……."

"결론은 비가 오드라도 개를 잡자 이건가?"

"현 통장이 어련히 알아서 하겠지만 내 생각은 개를 잡는 기 좋을 거 같구먼유."

"혀…… 현 통장! 아…… 알겠네. 그렇게 알고 전화 끊겠네."

돈기철이 평소에 상대방을 무시하는 경향이 전혀 없던 것은 아니다. 하지만 이번 경우는 차원이 다르다.

뭐! 현 통장이 어련히 알아서 하겠지만 내 생각은 개를 잡는 기 좋을 거 같텨? 언제는 내가 구 통장이었나? 이건 분명히 나를 업신여기고 제 놈이 통장질을 해 처먹을라고 고단수 심리전을 피고 있능겨. 아나! 이 공산당 같은 놈아 이 변차수를 그렇게 호락호락한 놈이라고 생각하다가는 네 눔 명에 못 살 줄 알면 틀림없을 끼다.

눈을 감고 생각해 보니 자칫 방심을 하다가는 돈기철 심리전에 넘어갈지도 모를 일이다. 방심하지 말고 정신 바짝 차리고 있어야 된다고 생각하며 전화번호가 붙어 있는 벽 앞으로 당겨 앉았다. 마지막으로 삼십 대인 전병기 의견만 물어 보고 가부를 결정하리라 마음먹고 전화번호를 찾았다. 너무 화가 나서 그런지 목이 말랐다. 그는 전화를 걸기 전에 '어이! 시원한 얼음물 한 대접 가져와!'라고 아내에게 목청껏 호령을 했다.

"나 귀 안 먹었응께 조용조용 말해유. 단독주택도 아니고 아파트에 살면서 식전부터 옆집 우세스러워서 못 살겠슈……."

변차수 아내는 담배를 빽빽 소리가 나도록 빨고 있는 변차수 옆모습을 세모눈으로 노려보며 스테인리스 대접에 담긴 물을 떠다 바쳤다.

"아! 글쎄 돈기철 그 새끼하고 그 자식 놈이 번갈아 감서…… 아녀, 개를 따라가면 변소로 가는 법. 인간 같지도 않은 놈들하고 상종을 한 내가 등신이지. 입만 더럽게 구구절절 말할 필요도 없어."

변차수는 벌컥벌컥 소리가 나도록 물을 마셨다. 숨 쉴 틈도 없이 이가 갈리는 목소리로 말을 하다 이내 고개를 흔들었다.

"돈기철, 그 인간 같지도 않은 것이 당신한테 뭐라고 했슈?"

변차수 아내가 금방 표정을 바꾸고 두 눈을 동그랗게 뜨며 물었다.

"암것도 아녀."

"암것도 아니긴, 뭔 일이 있었던 것 같은데?"

"이놈의 여편네가 벌써 노망이 들었나. 바로 요 자리에서 금방 암것도 아니라고 한 말 못 들응 겨?"

"얼랠래! 지금 어떤 놈 뺨맞고 누구에게 분풀이 한다? 참말로 별일여."

두 눈을 동그랗게 뜨고 통장을 지켜보던 변차수 아내는 기가 막힌다는 표정으로 홱 돌아서서 주방 쪽으로 갔다.

"뭐! 이년 봐라. 야! 이년아, 너 지금 뭐라고 쪼잘댕겨? 얼랠래라고 했겄다!"

변차수는 피우던 담배를 떨어트릴 정도로 화가 머리 꼭대기까지 치솟아 올랐다. 빈 대접을 번쩍 치켜들면서 벌떡 일어서려다 엉거주춤한 자세로 멈췄다.

아녀, 주리를 틀어서 국을 끓여 먹어도 시원치 않을 인간들 때문에 식전부터 집구석 시끄럽게 하면 나만 손해여.

생각 같아서는 거실로 뛰어 나가서 아내 머리끄덩이를 움켜잡아 뒤흔들고 싶었다. 그러나 그렇게 해 봐야 결국은 자신만 손해라는 생각에 끙! 소리가 나도록 화를 참으며 방바닥에 앉았다. 재떨이에 있어야 할 담배가 보이지 않았다. 그는 앉은자리에서 뒤로 물러나 모노륨 장판을 그슬리고 있는 담배 위에 덜썩 주저앉아 주변을 두리번거렸다.

"앗 뜨거!"

그는 엉덩이가 뜨거워서 벌떡 일어나서 뒤로 물러앉았다. 다행히 바지를 태우지는 않았다. 그러나 담배가 떨어져 있던 모노륨장판에는 오십 원짜리 동전 크기로 시커멓게 타들어간 흔적이 선명했다. 손가락에 침을 묻혀 문질러 봐도 흔적이 지워지지 않았다.

염병! 내가 이 동네를 뜨던지, 돈기철 그 새끼를 내몰던지 해야지 화가 나서 살겄나.

그는 능글맞은 얼굴로 빙글빙글 웃고 있는 돈기철 얼굴이 떠올라서 눈앞이 뿌옇게 변하는 것 같았다. 그러나 화를 내 봐야 자신만 골병이 든다는 생각에 두 눈을 질끈 감았다가 뜨고 전병기 전화번호를 찾았다.

변차수는 새 담배에 불을 붙이고 전화를 했다. 지난밤에 술을 마셨는지 한참 만에 전화를 받은 전병기는 돈기철보다 한 수 위였다. 허 의원은 반대를 하고 돈기철은 찬성을 한다는 말을 하고 네 생각은 어떠냐고 물었더니 술이 덜 깬 목소리로 대뜸 입에 거품을 물고 허 의원을 성토했다.

"시팔. 내일 모레면 하늘나라에 나무하러 갈 양반이 별 주책은 다 떨고 앉아 있었구먼. 이래서 늙으면 뒈져야 한다니께. 아! 십리나 되는 강가로 가는 것도 아니고 엎드리면 코 닿을 데인 동네 앞 강가로 가는 건데 비 좀 오면 어뗘? 오히려 더운 날보다 비 내리는 날이 술맛도 좋은 법이잖여. 안 그려유?"

에이구! 앓느니 내가 죽고 말지. 나는 놈마다 꼴난 장군만 난다더니 우리 동네가 꼭 그 모양이네.

전병기의 입은 험하다 못해 온갖 더러운 구정물이 흘러가는 수채 구멍보다 더 더럽다는 건 동네 강아지도 다 알고 있는 사실이다. 변차수는 오늘따라 전병기의 악담에 오히려 화가 가라앉는 것 같은 기분으로 전화를 끊었다. 세 명 중에 두 명이 찬성했으므로 허 의원 말은 무시하기로 하고 곽차복의 전화번호를 꾹꾹 눌렀다.

전화를 받은 곽차복에게는 긴말을 하지 않았다. '아여! 오늘 술 많이 마시면 안 되는 거 알고 있지? 술을 마시고 싶어도 일단 개를 잡고 나서는 맘껏 마시란 말여. 알겄지?' 곽차복의 더듬거리는 대답을 들으려면 인내심이 필요해서 당부만 하고 전화를 끊었다.

대충 끝난 긴가? 이런 행사가 있을 때는 반장이 있어야 하는데 꼴나게 잘난 놈이 많이 사는 동네라 그런지 반장하겠다는 놈은 눈에 불을 켜고 다녀도 나타나지 않으니, 혼자 북치고 장구칠랑께 통장질해 처먹기도 심이 드는구먼.

변차수는 담뱃불을 붙여 입에 물고 검은색 표지의 노트를 펼쳤다. 허리를 비스듬하게 숙인 자세로 오늘 준비할 목록이 적혀 있는 페이지를 펼쳤다. 술이며 돼지고기, 생닭, 음료수 등은 아침을 먹은 다음에 젊은이들을 시키면 그만이다. 개를 끓일 솥이나 밥솥 그릇 등은 동네서 공동으로 사용하는 것들이 있어서 경로회관 창고에 있는 것을 꺼내 가기만 하면 된다. 남은 것은 노래방 기계를 가져올 큰길에 있는 경포대 나이트클럽 조 사장에게 확인 전화를 해 보는 것뿐이었다.

밤늦게까지 술장사를 하느라 아직 일어나지 않았겠지.

그동안 이러 저런 이유로 단합대회를 빙자한 동네잔치는 몇 번 있었다. 그러나 경로회관이나 선이네식당 앞에서 되는대로 치른 어설프기 짝이 없는 잔치였다. 하지만 이번에는 다르다. 동네 사람이 모두 강가에 모여서 맘먹고 치르는 잔치다. 내 돈이 들어가는 것도 아니다. 그는 오늘 잔뜩 선심을 베풀어 돈기철이 더 이상 선거 운운하지 못하도록 만들겠다며 작심하고 노래방 기계를 빌리기로 했다.

"누구슈!"

조 사장은 예상했던 것처럼 쉽게 전화를 받지 않았다. 전화와 휴대폰으로 번갈아 두 번씩 번호를 눌렀을 때서야 조 사장이 잠이 덜 깬 목소리로 전화를 받았다.

"나 아차동 십일 통 통장되는 변차순데…… 오늘 우리 동네 아차 강변에 열두 시까지 오는 거 잊어먹지 않았는지 모르겄구먼."

"그날이 오늘유?"

"그려! 내 이럴 줄 알았어. 전화를 했었기에 망정이지 마냥 믿고 있었으면 목이 빠지도록 기다리고 있을 뻔했구먼. 여하튼 여러 말 할 필요 없이 오늘 열두 시까지는 반드시 와야 헙니다."

변차수는 오늘 한 몇 통화 중에 조 사장에게 건 전화가 제일 보람이 있었다. 혀를 끌끌 차고 나서 '여하튼'이란 말과 '반드시'라는 말에 힘을 주어 말하고 나서 전화를 끊었다.

이만하면 중요한 데는 연락을 다 한 건가? 젠장, 중요하긴 뭐가 중요해. 똥이 더러워서 피한다고 새벽부터 개똥같은 놈들한테만 전화를 한 꼴이구먼.

통장직을 10년 동안 수행하는 동안, 늘은 것은 눈치가 9단이다. 그래도 혹시 모를 일이다. 꼭 전화를 했어야 하는 데를 빠트려서 이따 개를 잡을 때 불시에 개망신을 당할 수 있다는 생각에 벽에 붙어 있는 전화번호를 천천히 더듬기 시작했다.

그려, 진짜로 꼭 와야 할 분한테 전화를 못 했구먼.

변차수는 시의원 박진성란 이름 앞에서 시선이 멈췄다. 다른 이름과 다르게 쉽게 볼 수 있도록 큰 글씨로 써 놓았는데도 몇 번이나 그냥 지나치던 이름이었다.

"의원님, 너무 이른 아침에 전화를 드린 것은 아닌지 모르겠구먼유. 십일 통 통장 변차수입니다."

"아이고! 통장님도 별 말씀을 다 하십니다. 오늘 새벽에 약수터에서 노인분들이 모임이 있다고 해서 벌써 한탕 하고 오는 길입니다. 그렇지 않아도 십일 통 주민들을 위해 불철주야 고생을 하시는 통장님에게 언제 만나 약주 좀 대접해 드리려고 했는데 마침 전화 잘하셨습니다. 생각난 김에 오늘 점심때 어때요? 통장님 고기 좋아하시죠? 제가 근사한 데로 모시겠습니다. 그리고 어려운 일이 있으시면 꼭두새벽이 아니라 밤 열두 시에도 전화를 하십쇼. 다른 분은 몰라도 변 통장님 전화라면 열 번이면 열 번, 백번이면 백번 죄다 우리 장인어른 전화보다 더 정성껏 받겠습니다."

변차수의 전화를 받은 시의원 박진성은 전화를 건 변차수보다 더 반가워했다. 변차수가 다음 말을 할 틈도 주지 않았다. 그는 외워 두었던 내용을 암기하는 듯이, 변차수가 너무 좋아서 입이 귀까지 올라갈 정도로 반가운 말만 골라서 했다.

"허허! 박 의원님도 별 말씀을 다 하십니다. 다름이 아니라 오늘 우리 십일 통 주민들이 아차강가에서 단합대회를 하기로 하였습니다요. 시간이 허락하시면 그때 참석을 하셔서 좋은 말씀 좀 들려 달라고 해서 식전부터 전화를 드렸습니다요. 헤헤."

변차수는 박진성을 시의원으로 당선시킨 일등공신답게 위엄을 지켜야 된다고 생각했지만 마음과 뜻대로 말이 나오지 않았다. 그는 자신이 생각해도 민망해 할 정도로 간살스럽게 웃으며 허리까지 굽

실거렸다.

"그럼 제가 고깃근이나 끊어서 보내드려야겠군요. 하지만 그게 선거법에 걸리는 일이라서, 제가 통장님에게 돈을 드릴 테니 통장님께서 사시는 걸로……."

"아이고! 그런 말씀하지 마십쇼. 오늘 한 오십 근 나가는 개를 잡기로 했습니다. 닭도 십여 마리 사고 삼겹살도 수월찮게 끊어 가기로 했으니 몸만 오시면 되유. 그리고 이건 조용히 말씀을 드려야 하는 사항인데…… 저! 김칠성에게는 연락을 하지 않을 생각유. 괜히 좋은 잔치에 와서 분위기 흐려 놓을지도 모르잖유."

"하하! 저야 통장님만 믿겠습니다. 다음 선거도 통장님이 밀어 주시면 당선이 된 것이나 다름없습니다. 제 말 무슨 뜻인지 아시죠?"

"에이, 우리끼리 하는 말인데 무슨 뜻인지 모르면 제가 등신 같은 놈이 되는 거 아닙니까. 척하면 삼척이라고 다 알아들어유. 그럼 이따 강가 버드나무 밑에서 보겠습니다. 가능한 아침은 적게 드시고 나오십쇼. 개가 아주 튼실합니다요. 헤헤……."

변차수는 허 의원과 돈기철, 전병기에게서 받은 스트레스가 한꺼번에 풀리는 것을 느끼며 전화를 끊고도 혼자 해죽해죽 웃었다.

"예, 아차동 통장 변차수요."

또 전화할 데가 없는가 하고 전화기를 쳐다보고 있는데 벨이 요란하게 울렸다. 이 시간에 올 전화가 없었다. 그는 슬그머니 웃음을 감추고 얼른 수화기를 들었다. 도대체 이 시간에 전화를 한 사람이 누구냐는 생각에 창문을 멀뚱멀뚱 쳐다보았다.

"아버지, 저 우동이유. 그동안 별일 없었슈?"

"오냐, 너에게 전화가 안 오는데 별일이 생기겼냐?"

변차수는 올해 서른다섯 살인 장남 우동이 새벽부터 전화를 걸었을 때는 이유가 있을 거라고 생각했다. 개인용달차를 몰고 있는 우동은 잊을 만하면 한 번씩 전화를 해서 차 사고가 났다, 집주인이 전세를 올려 달란다, 차 보험료 때문에 그러니 백오십만 원만 부쳐 주면 말일 날 갚겠다, 라는 등 이런저런 핑계로 적게는 백만 원, 많게는 오백만 원이나 되는 돈을 빌려갔다.

돈을 빌려갈 때는 레퍼토리가 항상 비슷하다. 짧게는 일주일, 길어야 두 달 후에는 며느리 머리카락을 잘라 파는 한이 있더라도 갚겠다고 장담을 했으나 갚은 적은 단 한 번도 없었다.

이놈이 또 돈 부쳐 달라고 전화를 하는 건 아니겠지.

한 달 전에도 차 사고가 났는데 보험 처리를 하면 보험료가 할증돼서 합의를 해야겠다며 이백만 원을 빌려갔었다.

"아버지도 참, 별 말씀을 다 하시네유. 그냥 궁금해서 어떻게 지내시나 안부 전화 드링규."

"너도 안부 전화할 때가 있는 걸 봉께 더 이상 걱정 안 해도 되겠구나. 혜구, 혜미는 학교 잘 다니고 있지?"

변차수는 '이눔이 뒤늦게 철이 들었나' 하는 기특한 생각에 한결 부드러운 목소리로 손자들 안부를 물었다.

"그람유. 혜구는 이번에도 우등상을 타왔슈."

"애비보다 낫구먼. 우자하고 우병이는 자주 만나냐? 지난번에 우자에게 전화가 왔었는데, 다음 달에 아를 낳는다고 하더라…….”

우병이는 스물여덟 살 먹은 둘째아들이고 서른두 살 먹은 우자는 고명딸이다. 시집을 간 우자는 몰라도 중소기업에 다니고 있는 우병은 휴가 때면 내려올 것이라고 믿으며 딸의 안부부터 물었다.

“그렇지 않아도 혜구 엄마한테 아 날 때쯤에 한번 가 보라고 했슈. 참! 우병이 회사 옮긴 거 알고 계시죠? 지난 일일부터 태일금속이라고 자동차 부품 만드는 회사로 옮겼는데…….”

“전화가 왔었다. 과장대리로 갔다고 말여. 월급도 이십만 원 늘었다고 자랑을 하드만. 네 동생은 그래도 제 앞가림은 하고 있는데 넌 언지 돈 벌어서 집 살 생각이냐? 낼 모리면 마흔 줄에 접어들 놈이…….”

“집이야 아직 애들이 어리니까 찬찬히 사면 그만이지만, 집 주인이 또 전세를 올려 달라고 해서 큰일 났슈. 오백만 원을 더 내지 않으면 집을 빼라고 하는데 모아 놓은 돈은 삼백만 원밖에 없어서 말유…….”

“끙! 그놈의 집주인은 어째서 두 해 걸러 한 번씩 전세를 올린다냐. 난 요새 먹고 죽을래도 돈이 없응께 능력 없으면 이참에 적당한 집으로 이사를 해라.”

변차수는 그러면 그렇지 하는 얼굴로 땅이 꺼져라 한숨을 쉬고 담배를 찾아서 입에 물었다.

“이사를 가고 싶어도 애들 학교 때문에 이사를 못 가유. 엎드리면 코 닿을 때가 학교라서 교통사고 위험도 없고, 집이 가까웅께 걱정을 안 해도 되고 좋은 기 한두 가지가 아녀유. 그랑께 이백만 원만 송금해 주세요. 이번에는 어떤 일이 있더라도 팔월 십오일 광복절까지는 꼭 부쳐 줍니다."

"네 눔이 언제는 돈을 그냥 달라고 했냐! 좌우지간 난 모릉께 네 어머하고 상의해 봐라. 아여! 당신 잘난 장남에게 전화 왔응께 얼른 와서 전화 받아."

변차수는 또 돈타령을 하는 우동의 말에 골치가 지끈지끈거렸다. 그는 버럭 고함을 지르고 수화기를 던지듯 내려놓고 밖으로 나갔다

아차동 11통 사람들은 점심때를 맞춰서 한둘 씩 아차동 강변 쪽으로 향했다. 기상 관측관이 관측할 시간에 잠깐 졸았는지 비가 오겠다는 하늘은 여전히 구름 한 점 없이 맑기만 했다. 햇볕은 너무 강해 강둑길은 칡넝쿨 줄기를 삶는 가마솥처럼 뜨거운 열기를 뿜어냈다. 둑길을 경계로 해서 강가 쪽 자갈밭 여기저기 무더기로 자라고 있는 붉은색 역귀는 잎사귀와 줄기가 축축 늘어졌다.

도착한 곳은 둑길에서 강변 쪽으로 허리를 뻗고 서 있는 버드나무 밑이었다.

"지겟작대기로 냅다 얻어맞은 것처럼 허리가 쑤시는 걸 보면 분명히 비가 오긴 올 날씬데 하늘을 보면 비 오기는 틀린 날씨구먼."

"보신탕 먹고 싶어서 허리가 아픈 거시 아니고?"

허 의원과 황 씨도 두런두런 말을 주고받으며 수령이 백년은 됨직한 버드나무 그늘 밑으로 들어갔다. 시멘트로 만들어 놓은 평상 위에 앉으니 한결 시원했다. 황 씨는 이마에 맺힌 땀을 손바닥으로

씻어 내고 나서 깨끗하게 빨아 입은 반소매 와이셔츠 단추를 모두 열었다. 그는 러닝셔츠를 가슴팍까지 끌어 올렸다. 옆구리에 앙상하게 갈비뼈가 드러나지만 배는 맹꽁이처럼 볼록 튀어 나왔다. 그는 배를 슬슬 문지르며 강가 자갈밭 쪽으로 시선을 돌렸다.

강가 자갈밭에서는 변차수 지시에 따라서 몇몇 사람들이 햇볕 가리개용 천막을 치고 있었다. 젊은이들이 노충식 아내가 새 주인이 된 희망슈퍼에서 술과 음료수를 사 왔는가 하면, 돈기철의 중앙정육점에서 삼겹살을 10근을 끊어 오고, 안달호의 서울닭집에서 생닭 10마리를 사 왔다.

변차수는 젊은이들이 가지고 온 청구서를 박박 찢어 버리고 싶은 충동을 억지로 참느라 깊게 숨을 내쉬고는 훅! 소리가 나도록 내뱉었다.

장사꾼의 심리는 본전에 팔아도 경쟁 가게보다 많이 팔면 콧노래가 나온다. 그런데 노충식이며 돈기철이나 안달호는 코드가 다르다. 오늘처럼 동네 단합대회를 하는 날은 그동안 물건을 팔아 줘서 고맙다는 뜻으로 술이며 고기나 닭을 부조할 수도 있다. 그러나 부조는 커녕 평소처럼 제값만 받아도 다행이었다. 그들은 마치 시골에서 금방 올라 온 호구를 만나기라도 한 것처럼 약속이나 한 듯 평소 가격보다 높게 책정했고, 변차수는 그 청구서를 보기가 싫었다.

안달호는 평소와 다르게 오늘은 솔선수범하여 바쁘게 시간을 보냈다. 그는 강가에 도착하자마자 강물 안으로 들어갔다. 그는 햇살을 받아 은종이를 깔아 놓은 것처럼 반짝이며 흘러가는 강물 안에서 해장술에 얼굴이 시뻘겋게 달아오른 얼굴로 천막 끈을 잡아당겼다.

"달호 쪽이 기울잖아. 그랑께 병기 네가 더 잡아댕겨. 거기 그쪽의정부부대찌개 떼보 엄마, 양념꺼리 좀 저리로 가져 가. 거기 두면 사람들이 밟고 다니잖여. 어이! 거기, 그쪽에서 너무 땡기면 이쪽으로 기울잖여. 대전만두집은 웬만하면 술은 이따 마시고 그쪽에 있는 그릇들 좀 헹궈. 사용한 지 오래돼서 먼지투성이잖여. 대전만두집은 나이 들어서 늘은 것이 술밖에 없네."

하얀 바탕에 파란색으로 <아차동체육회>라는 글씨가 박혀 있는 모자를 쓴 변차수 왼손에는 까만색의 노트가 들려 있었다. 동네 행사나 대청소 등, 잡다한 일이 있을 때마다 들고 다니는 노트다. 동네 사람들은 변차수가 그 노트를 들고 있지 않은 모습을 본 적도 없었고, 어느 때에 노트를 사용하는지 묻는 사람들도 없었다.

"누가 날 해장부터 취하게 만들었는데, 오늘 우리 캐리가 저승 가는 날이잖여."

"그려, 그려. 내가 죽일 놈이구먼. 하지만 작작 마셔. 술은 얼마든지 있으니까. 어이! 그쪽에 천막 줄이 느슨하잖아. 더 당겨 봐."

노트를 옆구리에 끼고 있는 변차수는 다른 날보다 더 설쳤다. 천막 치는 일을 총괄하는 틈틈이 바쁘게 이것저것 지시를 하느라 입이 쉴 사이가 없었다.

"됐어. 아주 자알 됐어. 지금까지 내가 본 것 중에 제일 잘 친 거 같텨."

천막 하단에 쓰여 있는 <아차동사무소>라는 고딕체 글씨가 반듯해질 무렵, 천막 치기는 끝이 났다. 변차수는 만족한 웃음을 지으며 모자를 벗어 부채질을 하다 뒤에서 차가 오는 소리에 옆으로 물러나며 뒤돌아섰다. 진구가 운전하는 1톤 트럭이 자갈을 양옆으로 튀겨 내며 천막을 쳐 놓은 곳까지 와서 멈췄다.

"자네 식구는 왜 안 오능 겨?"

진구가 운전해 온 트럭 적재함에는 커다란 양은솥 두 개와 엘피지 가스통, 국과 밥그릇 등이 실려 있었다. 변차수가 적재함 안을 살펴보며 진구에게 물었다.

"아침 먹은 기 얹혔는지 속이 영 안 좋다네요."

"그래도 오늘 같은 날은 참석을 해야지. 더구나 개고기는 육질이 부드러워서 체할 리도 없을 낀데……."

"식구는 원래 개고기를 안 먹는 체질유."

진구는 어색하게 웃으며 적재함 뒤쪽 문을 열었다. 그는 배 사장이 희망슈퍼를 인수받았다는 말을 들은 날부터 오늘까지 꼬박 삼 일 동안 아내에게 으름장을 놓기도 하고 달래도 보고 얼러도 봤지만, 그녀는 화를 풀지 않았다.

고래 심줄도 그만큼 질기지는 않을 겨. 입이 닳도록 사정을 했으면 들어 줘야. 철준이가 눈앞에 있는 것도 아니고 어디 처박혀 있는지도 모르는데 날 보고 어떡하라는 거여?

아내 고집이 황소고집이라는 걸 모르는 것도 아니다. 하지만 철준의 문제는 고집으로 해결할 문제가 아니다.

"당신 고집 때문에 우리가 이만큼 살게 되었다는 것도 모르는 걸 아녀. 하지만 철준이 문제는 지금까지 수도 없이 말했지만 하늘의 운에 맡길 수밖에 없단 말여. 돈 사천만 원 때문에 우리가 죽기야 하겄어? 명수, 명희 공부를 못 갈칠 거도 아니니까 어서 나갈 준비를 햐."

오늘 아침에도 예외는 아니다. 설거지를 끝낸 아내는 방으로 들어와서 팔베개를 하고 아랫목에 누웠다. 통나무처럼 누워 있는 모습을 보고 있노라니 그는 슬그머니 화가 치밀어 올라왔으나 애써 참으며 부드럽게 달랬다.

"하늘! 그놈의 하늘만 믿고 있으면 어데서 사천만 원이 뚝 떨어져?"

누워 있던 아내가 벌떡 일어나 앉으며 금방이라도 삿대질을 할 것 같은 목소리로 대들었다.

"철준이가 눈앞에 있는 것도 아니고 연락처를 알고 있는 것도 아니니까 하늘만 믿고 있을 수밖에 더 있겠어? 이쯤에서 맘 돌려 먹고 강가로 나가 보자. 응? 동네 사람들 모두 내가 철준이 때문에 맘고생하고 있다는 거 다 알고 있잖아. 이 판국에 당신까지 안 나가 봐. 그렇지 않아도 말 많은 동네 여자들이 내 등 뒤에서 손가락질하며 소곤거릴 거잖아."

"당신이나 갔다 와유. 난 누워서 눈 감고 그 잘난 하늘하고 땅에게 돈 좀 갚아 달라고 기도나 할 테니까."

아내는 더 이상 말도 하기 싫다는 얼굴로 도로 팔베개를 하고 아랫목에 누워 버렸다. 그는 그 옆에 앉아서 '제발 좀 사람 좀 살게 해 달라. 사람 나고 돈 났지, 돈 나고 사람 났냐. 언제는 우리가 빚 걱정 없이 살았냐. 월말이면 신용조합이니 은행이나 저축은행 이자 때문에 허덕이다가도 가끔 가족끼리 나가서 횟고기도 먹으면서 그렇게 사는 거 아니냐' 하고 갖가지 말로 설득을 해 봤지만 아내는 들은 척도 안 했다. 그는 결국은 '에이, 기분도 더럽고 하니까 술이나 왕창 마셔 버리고 와야겠다'라고 이가 갈리는 목소리로 내뱉고 나왔더니 기분이 우울하기만 했다.

"개고기를 안 먹는 체질이라면 닭도 있고 삼겹살도 끊어 왔잖아. 그러니까 집으로 핸드폰 쳐서 얼른 나오시라고 하게."

변차수는 진구 아내가 안 나온 이유를 알 것 같았다. 철준의 슈퍼 문제로 앓아누웠을 거라고 추측을 하면서도 의식적으로 친근하게 말했다.

"어제 저녁에 뭘 잘못 먹었는지 모르지만 아침에도 숟가락을 안 들더라구요."

아낙네들 몇 명이 진구의 트럭 적재함이 있는 양은솥이며 그릇 등을 내리기 시작했다. 진구는 덩치가 크고 무거운 엘피지 가스통을 내려놓고 주머니에 있는 휴대폰을 꺼냈다.

방귀 끼고 화내는 것도 유분수지. 내가 보증을 서 주라고 재촉했으면 당장 이혼장에 도장 찍자고 설칠 여자여.

강둑 쪽에는 아카시아 나무 숲 앞에 가슴까지 닿을 정도의 작은 버드나무들이 우거져 있었다. 원론적으로 따지자면 아내 잘못이 크다. 그러나 상대가 철준이라 '당신이 보증을 서 주라고 설치지 않았으면 이런 일이 왜 생기겠냐'라고 따질 수도 없는 상황이라 가슴이 답답하기만 했다. 그는 키 작은 버드나무 한 가지를 비틀어 꺾으며 휴대폰으로 집 전화번호를 눌렀다.

먼 서쪽 하늘은 구름이 깔려 있었다. 문득 오늘 비가 올 거라는 일기예보를 들은 것이 떠올랐다.

젠장, 오려면 아침부터 내릴 일이지.

신호가 한참 동안 갔으나 집에 있을 아내는 전화를 받지 않았다. 아내가 전화를 받지 않으면 방학인 명수나 명희라도 제 방에서 쫓아와 전화를 받을 것이다. 그러나 명수와 명희도 전화를 받지 않고 있는 것을 보니, 누워 있던 아내가 일어나 앉아 전화기를 노려보고 있는 것이다.

한참 동안 신호가 가도 전화를 받지 않아 다시 번호를 눌렀다. 이번에는 금방 전화를 받았다.

"옥천상횝니다."

아내의 기운 없는 목소리가 흘러 나왔다.

"당신여?"

먼 하늘을 보던 시선을 거두고 휴대폰을 들지 않은 손으로 버드나무 가지로 어깨를 치면서 부드럽게 물었다. 아내는 그의 목소리를 확인하고 나서 이렇다 저렇다 말도 없이 전화를 끊었다. 그는 순간 화가 치솟아 올라왔다. 그러나 이내 '내가 성질을 낼 입장은 못 되지'라고 중얼거리며 힘없이 휴대폰을 껐다.

늙은 버드나무 밑 그늘에는 비교적 나이가 든 사람들이 앉아서 담배 연기를 날리며 강변의 자갈밭을 바라보고 있었다. 천막이 쳐져 있는 자갈밭에 있는 사람들은 부산하게 움직였다. 아궁이에 양은솥을 걸어 놓고 가스를 설치하는 사람이 있는가 하면, 아낙네 서너 명은 강가에 쪼그려 앉아서 깻잎이며 상추, 파, 풋고추 등을 씻고 있고, 안달호는 천막 밑에 돗자리를 깔기 위해 큰 돌을 골라냈다.

"뭔 놈의 술을 이렇게 많이 사 왔어?"

"요새는 할 일이 없어서 둘만 모였다 하면 술타령이면서 양심들도 없나 보구먼."

아낙네 두 명이 천막 밑에 쌓여 있는 소주와 맥주 박스를 보고 혀를 찼다. 그러나 결코 싫은 얼굴은 아니었다.

"아줌마, 우신 목부터 축이고 시작하지."

오늘이 오길 손꼽아 기다렸던 돈기철은 일찌감치 도착했다. 뒤늦은 감이 있긴 하지만 오늘부터라도 동네 사람들의 환심을 사 두어야 한다는 생각에 그는 술병과 일회용 컵을 들고 부지런히 술을 권하고 다녔다.

"어머머! 누구 쫓겨나는 꼴 볼라고 초장부터 술을 준데요? 아직 판도 안 벌렸는데……."

그는 그릇을 정리하고 있는 내중섭 아내에게도 술을 권했다. 내중섭 아내는 겉으로는 기겁을 하면서도 망설이지 않고 돈기철이 건네주는 종이컵을 받았다.

"아따 오늘같은 날 술 마신다고 해서 뭐라고 할 속 좁은 형님이 아니잖여. 만약 형님이 뭐라고 혼을 내면 나한테 야기햐. 내가 책임지고 말려 줄 팅께."

돈기철은 자신이 오늘 잔치의 주체라도 되는 것 같은 표정으로 넉살을 떨면서 술을 권했다.

"참말로 태한이 아버지가 책임지는 거지?"

"아! 오늘같은 날은 허가받은 날이잖여. 그랑께 형님 눈치 볼 것도 없이 맘껏 마셔. 그라면 밤일도 잘 될껴. 흐흐흐. 차복이 식구는 오늘따라 훤해 보이는 구먼? 술 마시면 더 예뻐지는 법이니까 일루 와서 한잔햐."

내중섭 아내에게 소주를 따라 준 돈기철은 천막 밑에 퍼질러 앉아 깎지도 않은 오이를 먹고 있는 곽차복 아내를 향해 손가락을 까닥거려 보였다. 곽차복 아내는 오늘따라 딴에는 외출을 한다고 무릎 밑까지 오는 푸른색 치마에 블라우스를 입었다. 그 모습은 촌티가 줄줄 흘러 보이기는 했지만 팡팡하게 솟아오른 젖가슴에서 시선을 쉽게 옮길 수가 없었다.

"괜찮응께 일루 와서 한잔햐. 술을 영 못 마시는 것도 아니잖여."

내중섭 아내가 소주를 홀짝 마셔 버리고 나서 손으로 입술을 닦으면서 거들었다.

"그건 모르는 소리여. 곽차복 아내 술 먹고 비틀거리는 거 본 사람 있어? 저래 봬도 말술여. 말술."

돈기철은 가깝게 다가오는 곽차복 아내의 얼굴을 가만히 바라봤다. 생머리를 얌전하게 묶은 것은 좋았다. 히죽히죽 웃으며 오이를 씹는 모습을 보니까 사람은 눈이 구십이고 몸이 십이라는 말이 틀린 말이 아니었다. 초점이 없어 보이는 눈빛만 아니라면 더 이상 흠잡을 곳 없는 여자라는 생각에 그는 혀를 차면서 소주를 따라 주었다.

"오늘 달호가 일을 젤 많이 하는 거 같텨. 술 한잔하고 햐."

"혼자 술병 들고 설치는 걸 봉께 오늘 형님 집 잔치하는 거 같튜."

돗자리를 깔고 나서 화덕을 설치하고 있던 안달호는 돈기철의 말에 허리를 폈다. 허리춤에 걸어 두었던 타월로 얼굴의 땀을 닦으며 싫지 않다는 표정으로 종이컵을 받았다.

"오늘 잔치가 몇 년 만이냐. 정식으로 동네잔치를 치른 지가 몇 년은 됐을 걸. 오늘을 기회로 동네가 일심단결을 하려면 화끈하게 놀아야 하잖여. 하지만 아무리 화끈하게 놀고 싶어도 장구재비가 없으면 흥이 나지 않는 법이잖아. 죄다 먹는데 정신이 팔려 있는 판국에 누가 장구재비를 하겠냐. 나잇살이나 먹고 세상 돌아가는 이치를 알고 있는 나 같은 사람이 해야지. 안 그려?"

"허! 일심단결이라니? 형님, 오늘 아침에 뭘 잘못 먹었슈?"

"내가 틀린 말했냐?"

"생전 안 하든 말을 항께 묻는 말이잖유."

"달호야! 재봉이는 워딨냐?"

돈기철은 안달호에게 잘못 물리면 초장부터 망신을 당할지도 모른다는 생각에 말을 끊어 버리고 주변을 두리번거렸다.

"좌우지간 형님이 일심단결을 주장하니까 보기는 좋네유. 작심삼일이 될지는 모르지만유. 재봉이 형은 저쪽에 있구먼유."

"작심삼일인지 아닌지는 두고 볼 일이지."

돈기철은 안달호 앞을 벗어나서 천막 밑으로 갔다. 물통에 담아 온 물을 양동이에 붓고 있는 표재봉 앞으로 갔다.

"딴 사람들은 죄다 놀고 있는데 재봉이 혼자 젤로 애쓰고 있구먼. 맥주 한잔 하고 좀 쉬어가면서 햐."

표재봉은 나름대로는 생각을 깊게 하고 신중하게 행동을 한다고는 하지만, 귀가 종이처럼 얇아 쉽게 흥분하고 쉽게 가라앉는 편이다. 그런데다 아내가 가출한 상황이라 아낙네들의 동정을 받고 있는 중이다. 돈기철은 표재봉이 앞장서서 통장을 새로 뽑아야 한다고 선동을 하면 제법 설득력이 있을 것 같다는 판단에, 그에게 부드럽게 말을 걸며 종이컵을 내밀었다.

"네미, 오늘 같은 날 술 안 마시면 죄받을 끼구먼."

표재봉은 물이 든 양동이를 옮기려다 말고 돈기철이 내미는 종이컵을 받았다. 그는 얼굴의 땀을 쓱 문지르고 나서 돈기철이 넘치도록 따라준 맥주를 꿀꺽꿀꺽 마셨다.

"제수씨는 아직 소식이 없나 보지?"

돈기철은 빈 맥주병을 내려놓고 나서 담뱃갑을 꺼냈다. 먼저 표재봉에게 한 개비 권한 후에 담배를 입에 물며 걱정하는 투로 물었다.

"소식을 알면 내가 이라고 있겄슈? 제 발로 끄질러 오길 기다리는 건 애당초 물 건너간 거 같고, 뒈졌는지 살았는지 그거나 알았으면 소원이 없겄슈."

"그렇게 답답하면 용한 점쟁이한테 점을 한번 쳐 보지 그러나?"

"츠! 점쟁이나 철학관 지갑에 들어간 돈만 해도 수억은 못 돼도 오륙백만 원은 될거유."

표재봉 얼굴은 홍시처럼 시뻘겋게 달아올라 있었다. 꺼칠꺼칠한 입술은 끼니는 제대로 챙기지 않고 술만 마신 탓에 시커멓게 탔다. 그는 시커먼 입술을 오므려 담배 연기를 내뿜고 나서 피식 웃었다.

"선무당이 사람 잡는다는 말도 못 들어 봤는 모양이구먼. 집구석에 대나무 세워 놓고 빨갛고 파란 깃발이나 걸어 놓았다고 해서 죄다 점쟁인가? 점쟁이도 점쟁이 나름이지."

돈기철은 허무한 바람이 일렁거리고 있는 표재봉 얼굴에서 돈 냄새가 물씬 풍기는 것을 느꼈다. 이런 경우를 도랑 치고 가재 잡는다고 하던가. 아니면 마당 쓸고 동전 줍기라고 하던가. 꼴 같지 않은 통장 선거도 엄연히 선거는 선거다. 평소에 베푼 것이 없는 그는 통장에 당선되려면 선거자금이라는 것이 필요했다. 그는 표재봉을 잘만 요리하면 선거 자금을 뜯어내는 것은 물론이고, 참모로도 이용할 수 있다는 계산에 슬쩍 낚싯줄을 늘어트렸다.

"내 귀에는 형님이 족집게 무당이라도 알고 있다는 걸로 들리느만."

"허! 자네도 사람 우습게 보는 경향이 있는 줄 몰랐구먼. 이 돈기철이 그까짓 무당 집이나 들락거리는 위인으로 보이나?"

"그람 신통방통한 도사라도 알고 있단 말유?"

"도사? 도사라면 도사라고 할 수 있겠지. 정초사 주지인 일엽스님은 삼라만상이 돌아가는 이치는 물론이고 과거부터 미래까지 꿰뚫어 보고 있는 분이라구."

철수가 개를 잡으면 털을 그슬리는데 사용할 짚단을 한아름 안고 와서 어디다 둘까 두리번거렸다. 대전만두집이 다가가서 버드나무 밑의 그늘을 손가락으로 가리켰다. 돈기철은 철수가 버드나무 쪽으로 가는 것을 지켜보다 목을 좌우로 빙빙 돌리며 거드름을 피웠다.

"정초사라는 절이 어디 있는 절유?"

"절이라고까지는 할 거 없고 안남면 월곡산에 있는 작은 암자여."

"월곡산에 정초사라는 절이 있슈?"

표재봉은 아차동과 경계를 이루고 있는 안남면 사정은 대충은 알고 있었다. 안남면도 포도를 주농(主農)으로 하고 있기 때문에 밭떼기를 하러 해마다 찾는 편이다. 안남면에 월곡산이 있다는 것 정도는 알고 있었다. 그러나 월곡산에 정초사라는 절이 있다는 말은 금시초문이라서 다시 물었다.

"몇 번이나 말해야겠어? 절은 절이지만 오막살이 암자라고 말여."

"그 절의 스님이 과거부터 미래까지 한눈에 꿰뚫어 보고 있다는 말은 참말유?"

"이 사람이 속아만 살아왔나. 자네한테 거짓말 한다고 해서 일원짜리 한 장 생기는 것도 없는데 미쳤다고 없는 말을 꾸며서 하겠나?"

"형님도 형수님이 집을 나갔다고 생각해 봐유. 세상에 믿을 년놈이 있나. 죄다 사기꾼 도둑놈으로 보이지. 하지만 형님 말은 진짜 같구먼. 이왕 말 나온 김에 언지 시간 있으면. 아니, 그럴 것이 아니라 당장 내일이라도 시간 좀 내슈."

"시간 내는 거야 어려울 거 없지. 하지만 자네한테는 소개해 주고 싶은 생각이 없구먼. 정초에 토정비결을 보러 가는 것도 아니고, 집 나간 마누라 때문에 가는 건데 안 좋은 운수가 나오기라도 하면 죄 없는 나만 원망할 거 아닝가?"

돈기철은 '이놈이 드디어 낚시 바늘을 물었구먼. 하지만 낚시 바늘을 물었다고 해서 내 고기는 아녀. 어망에 집어넣어야 내 고기지'라는 생각에 곤란하다는 표정을 지으며 강물 쪽으로 슬슬 걸어갔다.

"아따, 내가 점 한두 번 쳐 본 것도 아니고 그런 일에 왜 형님을 원망하겄슈."

어느 사이에 동네 사람들이 거의 모인 것 같았다. 그러나 아직 캐리를 몰고 올 곽차복의 모습은 보이지 않았다. 곽차복이 도착을 하고 나서 잡은 개를 양은솥에 안쳐 놓은 다음에야 슬슬 잔치 분위기가 살아날 것이다. 아직 흥이 나는 분위기는 아니었다. 그냥 맹하니 앉아 있는 사람, 일찌감치 술을 마신 탓에 붉으죽죽한 얼굴로 합죽합죽 웃으며 유유히 흐르는 강물을 바라보고 있는 사람, 담배 연기를 폴폴 날리며 사색에 잠긴 얼굴로 먼 하늘을 바라보고 있는 사람, 버드나무 그늘 밑에서 조용조용 대화를 나누고 있는 노인들하며 모두 각각 놀고 있었다. 표재봉은 주변을 빠르게 두리번거리고 난 후에 돈기철 옆에 따라붙으며 팔을 잡았다.

"자네는 쉽게 생각하고 있겠지만 쉽지가 않아. 아! 쉽게 말해서 스님한테 사주팔자를 봐도 그냥 보는 것이 아니잖여. 스님도 부처님을 모시려면 돈이 드니까 얼마라도 부처님 앞에 시주를 해야 할 거 아녀. 하지만 말여. 시주를 하고 나서 좋은 말을 들어야 하는데 그 반대라고 생각해 봐. 그렇지 않아도 자네 맘이 편치 않은 낀데 자네 성질에 가만히 있겠어? 법당 안으로 뛰어 들어가서 죄 없는 부처님을 엎어 버릴지도 모를 일이잖여."

"형님이야 말로 답답하네유. 꼭 스님한테 사주팔자를 보지 않고 절 구경만 하고도 시주는 할 수 있는 거 아뉴?"

"자네야말로 앞뒤가 가뭄 때 모내기 논 물꼬 막히듯 꽉 막혔구먼. 아! 절 구경하고 내는 시주야 돈 천 원을 내든 만 원을 내든 자네 자유겠지만 말여. 명색이 절 주지라는 사람에게 마누라 찾아 달라고 점괘를 보고 시주를 달랑 만 원만 할 수 있겠어? 아니면 이만 원을 하겠어. 양심이라는 놈이 시퍼렇게 살아 있다면 섭섭하지 않게 성의 표시는 해야지."

돈기철은 슬쩍 뒤를 돌아다보았다. 각양각색의 표정으로 앉아 있거나 서 있는 마을 사람들 중에 표재봉과 자신에게 신경을 쓰는 사람은 아무도 없었다. 그러나 낮에는 눈이 있고 밤에는 귀가 있는 법이다. 잘만 엮으면 많게는 백만 원, 적으면 오십만 원 정도가 우습게 떨어지는 일이 소문나서 좋을 것이 없다. 만약을 위해서도 당사자들끼리만 알고 있어야 뒤탈도 없다. 그는 강물 앞에 슬그머니 주저앉으며 작은 목소리로 꾸중을 하듯 말했다.

"형님, 이 표재봉 성질 모르고 하는 말유? 이 표재봉 화끈한 놈이라는 거 아차시장에서 모르는 사람은 간첩유. 이 표재봉, 몇 만원 갖고 쩨쩨하게 주접떠는 놈 아뉴. 그러니까 어떤 스님인지 소개나 좀 해 봐유. 나도 점 같은 거 안 믿는 성질인데 오죽 답답했으면 아버지 산소를 이장까지 다 했겄슈. 똥고집 하나로 이날 이때까지 살아온 놈이 점쟁이 말만 믿고 이장을 했다면 내 자존심도 그 뭐시냐? 크…… 클라이맥스라는 거 아니겄슈?"

돈기철이 배짱을 부릴수록 표재봉은 애가 탔다. 그는 돈기철 옆에 바짝 붙어 앉아서 무심한 척하느라 손가락으로 물방울을 튀기면서도 간곡한 목소리로 말했다.

"동생이 그렇게까지 말하는데 모르는 척할 수도 없고 사람 환장하겠구먼. 그람 언지 시간 내서 정초사 주지스님을 한번 만나 볼까?"

"내일은 안 되겄슈?"

"워낙 바쁘신 분이라 일단 전화를 넣어 보고 가야 하니까 그렇지."

"전화하는 거시 뭐가 어렵다고 그려유. 지금이라도 내 핸드폰으로 해 봐유."

표재봉은 마음이 급했다. 돈기철 말을 들어보니 우선 격이 다르다. 지금까지 겪어 왔거나 점괘를 봤던 여느 보살이나 점쟁이들하고는 차원이 다른 절 주지스님이다. 그 주지스님을 만나보면 아내가 언제 집에 들어올 것인지는 물론이고, 지금 어디 있다는 것도 말해 줄 것 같았다. 그는 마른침을 꿀꺽 삼키고 나서 휴대폰을 꺼내 폴더를 열어 돈기철 앞으로 내밀었다.

“아따 이 사람, 그렇게 급하면 진작에 날 찾아와서 상의를 하지…… 근데, 지금 계신가 모르겠네. 한 달 중에 스무 날은 서울에 계시는 분이라서…….”

돈기철은 표재봉이 내미는 휴대폰을 받아서 정초사 전화번호를 눌렀다. 신호가 떨어지고 나서 끊어질 찰나에 ‘정초산데유’ 하는 여자의 느린 목소리가 흘러 나왔다.

“공양주 보살님인게비구나. 여기 아차동인데 스님 좀 바꿔 줘유. 아차시장 중앙정육점 돈 처사님이라고 하면 알뀨. 뭐라고? 행사 나갔다 이 말이여? 그람 언지 돌아오시는데…… 알겠슈. 아차시장 돈 처사님에게서 전화 왔었다고 전해 주면 고맙겠슈.”

“지금 스님이 절에 안 계시다는 거유?”

표재봉은 평소 같았으면 돈기철이 자신의 칭호에 꼭꼭 ‘님’ 자를 붙이는 것을 보고 ‘꼴값하고 있구먼’이라며 속으로 비웃었을 것이다. 그러나 지금은 비웃을 상황이 아니다. 그는 전화 거는 돈기철의 모습을 긴장한 얼굴로 쳐다보며 힘없이 중얼거렸다.

“저녁에라도 스님이 우리 집으로 전화 오면 동생에게 연락해 줄 모양잉께 너무 실망하지 마. 그라고 동생에게 뭐 한 가지 물어 볼 말이 있구먼.”

“나에게 물어 볼 말이 있다니…….”

“내가 동생을 믿고 있으니까 하는 말이지만 말여…… 동생은 변차수 저 인간을 어떻게 생각하고 있는지 모르겠구먼.”

“어떻게 생각하긴 어떻게 생각해유. 우리 동네 통장으로 생각하고 있지."

"사람 참 답답하기는…… 차복이도 변차수만 보면 통장님, 통장님 하고 꼬박 위하는데, 저 인간이 우리 동네 통장이라는 걸 모르는 사람이 어데 있어. 내 말은 저 인간이 통장질 좀 해먹고 있다고 지 분수도 모르고 아차시장 유지인 척하고 다니는 꼴을 어떻게 생각하고 있냐, 이거야."

돈기철은 말을 하기 전에 주변을 두리번거렸다. 이쪽으로 신경 쓰는 사람들이 없는 것을 확인한 후에 은근한 목소리로 말하면서 둑길에 서 있는 변차수를 바라본다. 모자를 턱 쓰고 노트로 부채질을 하고 있는 변차수의 모습이 가관이다.

호구조사 나온 동사무소 직원이나, 에너지 절약 홍보를 하는 에너지공단 직원쯤이라도 되면 눈꼴이 시려서 아주 바라보지도 못하겠구먼.

변차수는 버드나무 그늘 밑으로 들어가서 허 의원에게 귓속말로 뭐라고 속삭이고 있다. 허 의원에게 무슨 말을 속삭이고 있는지는 모르지만 쥐뿔도 없는 것이 동네 유지 행세를 하고 있는 양을 그냥 보고만 있으려니 욕이 튀어나올 것 같았다.

"난 또 뭔 말이라고, 철준이 형님이 증발해 버렸으니까. 형님이 통장을 하고 싶다, 이 말유?"

표재봉은 주변 눈치를 살펴 가면서 은근한 목소리로 속삭인 돈기철과 대조적으로 누가 들어도 상관없다는 얼굴로 크게 말했다.

"꼭 그렇다는 말은 아니지만 말여. 내가 알기로는 다른 동네 통장은 십 년 이상 해먹는 동네는 없는 걸로 알고 있거든."

돈기철은 낯간지러워서 통장을 하고 싶다고 대놓고 말하기는 좀 쑥스러웠다. 그렇다고 정색을 하고 그런 생각은 없다고 말할 수도 없는 노릇. 그는 은근한 목소리로 얼버무리고 나서 표재봉 눈치를 살폈다.

"허! 난 도무지 형님 맘을 모르겠구먼. 욕심낼 것이 따로 있지. 한 달에 월급을 돈 백만 원이나 준다면 몰라도 뭔 지랄한다고 통장을 해유?"

"통장도 어떤 마음 자세로 통장을 하느냐에 따라서 통장 나름이겠지 뭐. 변차수 같은 인간이야 쥐뿔도 없는 인간이니까. 한 달에 이십만 원씩 나오는 통장 월급 바라보고 통장질 하느라 체면 차릴 틈도 없이 쫄랑거리고 다니는 통에 다른 동네 통장들이 으습게 보겠지. 허지만 나처럼 처신만 잘하면 당장 동직원들도 우습게 보지는 못할 겨. 자연스럽게 동네에도 많은 도움이 될 거고."

"츠! 인지 봉께 아주 통장을 해먹을 라고 작정을 하셨구먼. 허긴 우리 동네서 형님만큼 배운 사람도 없으니 통장질을 해먹을 만도 하지."

표재봉은 말을 하기 전에 먼저 버드나무 쪽으로 고개를 돌렸다. 그는 '꿈 깨셔, 이 양반아. 차라리 곽차복을 통장 시키는 한이 있어도 당신은 못 시켜'라는 말을 꾹 눌러 참으며 점잖게 말했다.

"새 통장을 선출하려면 우선 선거를 하는 것이 순서겠지?"

"시장을 뽑는 것도 아니고 시의원을 뽑는 것도 아닌데 뭔 선거유?

그냥 형님이 한다고 나서면 그만이지."

"흐흐…… 그래도 민주주의 사회에서 적법한 절차라는 것이 있잖아. 선거를 안 하면 쥐뿔도 없는 인간들이 사람 보는 눈까지 없어서 무조건 진구나 변차수 같은 놈을 추천할 거잖아. 안 그려?"

돈기철은 표재봉 말에 잘게 웃으면서 뒤를 돌아다 봤다. 개는 아직 도착하지 않았다. 버드나무 밑이며 천막 밑에 앉아서 개가 오길 기다리고 있는 사람들은 모두 소풍을 온 아이들처럼 즐거워하고 있었다.

재봉이 같은 놈만 있다면 통장 선거고 나발이고 필요 없을 건데, 누가 장사꾼들 아니라고 할까 봐 주둥이만 살아 가지고 저 잘난 척하며 사는 꼴을 보면 한심하지. 한심혀.

그는 속으로 동네 사람들을 마음껏 비웃고 나서 엉덩이에 묻은 모래를 털며 일어섰다.

"말이야 바른 말이지만 우리 동네에서는 통장 깜을 뽑으라면 진구 형님이 대박이지. 하지만 그 형님은 원체 앞에 나서는 걸 싫어하는 형편이잖우."

"동네 사람들은 진구를 시키고 싶어 할 거라 이거여. 그래서 선거는 꼭 해야 한다는 거지. 선거를 하게 돼야 나 같은 사람한테도 동네를 위해 봉사할 기회가 주어질 거잖아."

표재봉은 돈기철 말에 고개를 돌렸다.

뭐! 동네를 위해 봉사할 기회를 달라고? 더위를 처먹은 거는 아닐테고 지나가는 똥개가 웃을 일이구먼.

이런 생각에 웃음을 참느라 표재봉은 제법 무거워 보이는 돌을 양손으로 불끈 들어 올려 강물로 던졌다. 햇볕에 붕어 비늘처럼 반짝반짝 빛을 내며 흐르던 강물이 물이 일 미터 정도 솟구쳐 올랐다가 파편처럼 퍼져 나갔다.

"이 사람이 갑자기 미쳤나!"

그는 놀란 얼굴로 뒷걸음을 치는 돈기철을 바라보며 삐질삐질 웃었다.

"내 말이 우습게 들리는 모양이지?"

돈기철이 얼굴이며 옷에 튀긴 물을 닦아 내며 화가 난 얼굴로 물었다.

"아뉴. 형님 말을 들어 봉께 손바닥만 한 동네서 통장 선거를 한다는 소문이 나면 딴 동네 놈들이 우릴 엿같이 보기는 하겠지만 선거는 꼭 해야 할 거 같튜."

"그야 해석하기 나름이겠지. 민주주의 방식으로 통장을 뽑았다는 소문이 날 수도 있을 테니께. 그리고 선거를 하려면 누군가 나서서 다음 통장은 선거로 뽑자고 건의를 해야 하잖아. 안 그려?"

"겨우 그 부탁을 하려고 아까부터 지금까지 뜸을 들였슈? 알았슈. 내가 이따 아니면 난중에라도 분위기를 봐서 다음 통장은 공평하게 민주주의 방식을 도입하여 선거로 뽑자고 건의를 할 테니 마음 놓으슈. 그 대신 내일이라도 정초사인가 하는 절에는 가야 합니다."

"그 점은 걱정하지 마. 스님하고 연락만 되면 내일 아침이라도 가지 뭐."

돈기철은 표재봉 어깨를 툭툭 치면서 돌아섰다. 다음 순서는 전병기다.

개장사가 헛소리를 지껄이면 말짱 도루묵이지.

그는 전병기를 찾아 두리번거렸다. 여자들이 쳐다보든 말든 티셔츠를 가슴팍까지 끌어올린 전병기는 안달호와 천막 밑에 앉아서 술을 마시고 있었다.

버드나무 밑의 시멘트 평상 위에는 동네에서 제법 나이가 먹었다는 측들이 차지했다. 황 씨를 비롯해서 허 의원, 내중섭 등은 양반다리를 하고 앉아 있고, 내중섭을 경계로 해서 그보다 젊은 층이나 나이 든 아낙네들은 평상에 엉덩이만 걸치고 앉아서 마른 입맛을 다시며 자갈밭을 쳐다보고 있다.

"강가에 온 동네 사람이 모이기는 십 수 년만인 것 같구먼."

"옛날에는 못 먹고 못 살았어도 동네 사람들끼리 가을에 중 돼지 한 마리씩은 잡아먹었는데, 요새는 먹고살기는 그전보다 훨씬 수월해졌는데 돼지는커녕 닭 한 마리 잡자고 앞장 서는 위인이 없으니……."

황 씨의 말에 팔자수염을 쓰다듬고 있던 허 의원이 고개를 천천히 끄덕거리며 옛날에 좋았다는 얼굴로 말했다.

"돼지뿐인가. 그 시절에는 못 먹고 못 살았어도 이웃 간에 우애가 얼마나 좋았어. 병기하고 달호 자도 나이가 어리긴 어렸지만 밤낮으로 일만 할 줄 알았지 순둥이들처럼 순해 터졌잖여. 기철이 그놈만 어렸을 때부터 돈 좀 있다는 유세를 부리느라 별나게 굴었지."

"그라고 보니. 병기랑 달호도 한참 장사 배울 때는 지금처럼 개망나니 짓은 안 한 것 같구먼."

"십여 년 전에만 해도 우리 아차시장에 사람들이 바글바글 했잖아. 요즘이야 인건비 건지면 장사 잘했다고 하지만 그때는 상인들도 돈을 많이 버니까 장사 끝나면 여기저기서 술 마시고 노느라 흥청망청 했잖아."

"지금은 없어진 경주옥 색시들하며, 다른 도시에서 원정 온 노름꾼들에게 장사 밑천을 죄다 뺏기고 빈손으로 집구석에 들어가서 마누라하고 박 터지도록 쌈밖에 더 했슈?"

땡볕 아래서 이것저것 지시를 하다 버드나무 밑으로 들어와 평상에 걸터앉은 변차수가 황 씨의 말꼬리를 잡고 늘어졌다.

"화투짝에 주색잡기라면 돌아가신 자네 부친도 아차동에서 둘째가라면 서운하던 양반인데, 자네 지금 뭔 야기를 하고 있는지 모르겠구먼."

황 씨가 기분 나쁘다는 얼굴로 입을 삐죽거렸다.

"그래도 그 시절에 이 동네서 대학물을 먹은 양반은 그 양반 밖에 없었잖여."

팔자수염을 문지르고 있던 허 의원이 양손으로 양쪽 무릎을 잡고 상체를 앞뒤로 천천히 몸을 흔들며 점잖게 말했다.

"백번이라도 대학 나오면 뭐햐. 빨갱이 짓을 해서 그 시절에는 그 흔한 공무원도 못 해먹고 죽을 때까지 날건달로 지냈는네."

"난 황 씨 어른을 그런 데로 똑똑한 양반으로 봤는데 답답한 구석도 있네. 아! 내 말의 골자는 누가 주색잡기로 이름을 날렸느냐 하는 이야기가 아니고, 지금은 세상이 변했다, 이 말을 할려고 하는 겁니다. 솔직히 제가 통장을 맡기 전에만 해도 골목마다 쓰레기 냄새 때문에 코를 막고 다녔잖유. 골목 안에 있는 가로등도 열 개 중에 일곱 개는 연중행사로 깨지기 일쑤였슈. 그래서 골목 안에 사는 여자들은 핸드백에 손전등도 필수품으로 가지고 다녔고, 담벼락이며 전봇대마다 쓸데없는 광고가 도배를 해도 어느 누구 하나 신경 쓰는 사람 있었슈? 있었으면 이름을 대 봐유. 만약 그런 이가 있었다면 내가 변차수가 아니고 돈차수라고 불러도 찍소리 안 할 팅게."

변차수는 고인이 된 아버지를 들먹거리는 황 씨에게 '늙은 것이 귓구멍이 처먹었나. 뭔 헛소리여?' 하고 쏘아붙이고 싶었지만 때가 때이니 만큼 참을 수밖에 없었다. 그는 가볍게 흘겨보는 것으로 끝을 내고 침을 튀겨 가며 연설 아닌 연설을 했다.

"철준이가 이 동네를 떠나기 전까지는 기철이도 보증 빚이 없었는지는 모르지. 허지만 철준이 보증을 서 줬다고 오토바이를 끌고 갔으니 기철이도 빚이 있는 거나 마찬가지 아닝감?"

허 의원이 양쪽 무릎을 잡고 상체를 앞뒤로 흔들며 번치수의 말을 막았다. 그는 헛기침을 하고 황 씨에게 고개를 돌리고 물었다.

"개나 도나 한끝 차이잖여. 돈을 빌린 철준이가 증발을 했응께 보증을 서 준 기철이도 빚이 있는 거나 마찬가지지 뭐. 그건 그렇고 기철이 저놈이 참말로 철준이 보증을 섰을까? 난 암만 생각해도 미심쩍네. 진구가 보증을 섰다면 몰라도 저놈은 설날 명절 상에 올려

놓았던 가오리와 피등어를 싸 뒀다가 지 아버지 제사상에 다시 올려 놓는 놈 아녀. 저런 놈이 뭔 맘을 먹고 보증을 섰을까?"

주는 것이 없어도 괜히 미운 사람이 있다. 황 씨는 천막 밑에 전병기와 함께 앉아 있는 돈기철을 흘겨보며 이해할 수 없다는 표정으로 속삭였다.

"먼 일이 있는지 몰라도 보증을 서 준 것만큼은 확실한 거 같튜."

따분하다는 얼굴로 바람에 물결을 치고 있는 포도밭을 바라보던 내중섭이 제법 엄숙한 얼굴로 단정을 짓듯 말했다.

"확실한 거 같다면? 얼마를 섰는지 금액도 알고 있남?"

허 의원이 두 눈을 반짝이며 물었다.

"금액은 모르겠지만 보증 서 준 것만큼은 확실해유. 제가 확인을 해 봤응께."

내중섭은 장한 일이라도 하고 온 사람처럼 어깨를 으쓱 세우고 나서 엄숙한 목소리로 말했다.

"확실하니까 오토바이를 몰고 갔겠쥬."

변차수는 돈기철을 찾아보았다. 돈기철은 천막 밑에서 전병기와 술을 마시고 있다. 평소와 다르게 친형님이나 되는 것처럼 전병기 어깨를 다독거려 가며 술을 마시고 있는 기철의 모습이 꼴사납게 보여서 팽하니 고개를 돌렸다.

"허! 통장은 기철이를 그렇게 겪어 봤음서 아직 그 속을 모르는 모양이구먼. 아! 저놈은 동네 사람들끼리 돈을 모아서 산, 저 솥단지도 지가 샀다고 우기고도 남을 놈여. 내가 요 앞전에 철준이가 나간 날 신용조합 김 부장에게 전화를 넣어 보기는 했는데 말여. 내가 참말이냐고 따져 물으니까 놈이 벽장에 있는 꿀 훔쳐 먹은 놈처럼 지대로 말은 못하고 우물쭈물 하더라 이거여. 그랑께 언제 시간 있으면 조합에 가서 조용히 알아 봐. 설령 보증을 섰다 하드라도 얼마를 섰는지 알아보란 말여. 내 말 무슨 뜻인지 잘 알겄지? 흠!"

허 의원은 매우 중요한 사실을 특별히 변차수에게만 알려주는 듯한 표정으로 말하고 나서, 아무 말도 안 했다는 얼굴로 입을 꾹 다물고 먼 시선으로 강물을 바라본다.

"알겠슈."

변차수는 대답과 다르게 허 의원 말을 한 귀로 흘려보내고 자리를 떴다.

"요새 것들은 젊은 것들이나 나이 든 것들이나 통틀어서 싸가지라고는 돈 주고 사 먹을래도 없어."

황 씨가 가만히 생각해 보니 분해 죽겠다는 얼굴로 변차수 등을 노려보며 중얼거렸다.

"젊은 것들 싸가지 없다고 탓하기 전에 부모부터 반성을 해야 혀. 우리 육촌 이들이 서울에 있는 함기훈 변호사 사무실에 사무장으로 있잖아. 함기훈 변호사가 뉜 줄 알아? 어저께 아홉 시 뉴스 시간에도 얼굴이 나왔지만 전두환이가 대통령할 때부터 김영삼이가 대통령 질을 할 때까지 네 번씩이나 국회의원을 해먹은 유명한 사람여. 그 사람 밑에서 사무장으로 있응께 보통 실력은 넘다고 봐야지……."

"전두환이가 대통령 질을 하고 나서는 노태우가 해먹었잖아. 그

담이 김영삼 아녀? 대통령은 세 명인데 어떻게 국회의원 질은 네 번씩이나 해먹었다는 겨? 거짓말을 해도 이치에 닿게 거짓말을 해야지. 이거야 원, 차복이를 앉혀 놓고 공갈치는 것도 아니고."

황 씨는 허 의원이 아들이며 친척 자랑을 할 때마다 배가 아플 정도가 아니라 목에 가시가 걸리는 것 같았다. 그는 핏기가 없어서 명태처럼 번쩍번쩍 빛이 나는 손바닥을 펴서 손가락을 한 개씩 접어 가며 말을 하고는 한심하다는 얼굴로 허 의원을 꼬나보았다.

"알기는 오뉴월 똥파리 같구먼. 국회의원 임기가 대통령 임기하고 같텨? 국회의원 임기는 사 년이고 대통령은 오 년이라 요짝조짝 걸려서 네 번씩이나 국회의원을 해먹었다는 거지. 세 번 하느라 애썼다고 개평으로 한 번 더 해먹으라고 해서 네 번 해먹은 기 아니란 말여."

"개를 인제서야 끌고 오는구먼."

황 씨는 자신이 언제 손가락을 접어 가며 따졌냐는 듯이 얼굴색 하나 변하지 않고 화제를 돌렸다.

"저 늙은이는 궁지에 몰리면 꼭 딴 소리 하더라…… 차복이 걸어오는 품새를 봉께 해장부터 너끈하게 마신 것 같구먼."

황 씨를 흘겨보고 난 허 의원은 담배를 입에 물며 둑길로 시선을 돌렸다. 아지랑이가 아물아물 피어오르는 강둑길 저쪽에서 개를 끌고 오는 곽차복 모습은 가관이다. 그렇지 않아도 한쪽 다리가 짧은 탓에 걸을 때마다 어깨가 좌우로 파도를 치고 있다. 오늘은 술까지 마셨는지 똑바로 걸어오지 않고 갈지자걸음까지 하고 있어서 끌려

오는 개도 오른쪽, 왼쪽으로 오가느라 바쁘다. 아지랑이 때문에 그런지 그 광경이 마치 정지해 있는 것처럼 보이는가 하면, 갑자기 앞으로다가 오기도 해서 눈을 비비며 쳐다봐야 할 지경이었다.

"저 인간 오늘도 보나마나 개만 잡아 놓고 고기 한 점 못 처먹겠구먼."

"누가 아니랴. 개 삶을 동안 소주만 펴 마시고 개고기 익을 때쯤에는 뻗어 버리겄지."

"빈속에 그렇게 소주를 퍼부어도 내일 새벽이면 영락없이 선이네 식당에 나타날 테지."

"암만, 눈 하나 안 찡그리고 아침밥을 고봉으로 한 그릇 뚝딱 해치울 걸……."

황 씨 말에 맞장구를 치던 허 의원은 술 쟁반을 들고 오는 돈기철을 쳐다보며 말꼬리를 슬며시 흐렸다.

"허! 저 인간이 왜 안 하던 짓을 하지?"

허 의원을 따라 시선을 옮긴 황 씨가 돈기철이 술 쟁반을 들고 가까이 오는 모습을 지켜보며 별일도 다 있다는 얼굴로 속삭였다.

"글쎄 뒈질 때가 되면 사람 맘이 변한다고 하든데…… 우리는 안주 없으면 술을 안 마시는 성질인데……."

허 의원은 돈기철을 이죽거릴 때와 다르게 그가 가깝게 다가오자 슬그머니 말을 바꾸고 마른 입맛을 다셨다.

"개고기 드시려면 아직 멀었응께 우선 목이나 축이셔유."

술 쟁반을 내려놓은 돈기철은 멋쩍게 웃으며 황 씨 잔과 허 의원 잔에 술을 따랐다.

"자네도 한잔햐."

"저는 많이 마셨슈. 언지 시간 내서 한번 모셔야겠구먼유. 소방서 근처에 찜질방이 새로 생겼는데 그 뭐여, 좋은 약초를 열 가지 이상이나 태워서 그런지 몰라도 나이 드신 분들이 많이 온다구 하대유. 그람 천천히들 드셔유."

내중섭 잔까지 얌전하게 채운 돈기철은 봄바람이 살랑살랑 부는 것 같은 목소리로 말을 하고 나서 홀연히 돌아섰다.

"저 화상이 돈기철 맞긴 맞는 거여?"

"글세, 네 눈이 이상이 없다면 틀림없이 기철이 그놈인데."

"왜 그런 표정들을 짓고 계시대유?"

허 의원과 황 씨가 술잔을 든 채 자신들의 눈과 귀를 믿지 못하겠다는 얼굴로 한 마디씩 하고 났을 때였다. 참외를 깎아 얹은 접시를 들고 다가간 진구가 무엇 때문에 그러느냐는 얼굴로 물으며 평상에 한쪽 다리를 얹고 걸터앉았다.

"아! 글쎄……."

황 씨가 아무리 생각해 봐도 이해가 되지 않는다는 얼굴로 입을 열려고 할 때였다. 시내 찜질방에 한번 데리고 가겠다는 돈기철의 말이 진한 여운으로 남아 있는 허 의원이 얼른 황 씨 입을 막았다.

"아…… 암것도 아녀. 철준이 슈퍼는 충식이가 하고 있다면서?"

"그려. 나도 자넬 만나면 한번 물어 볼라고 했는데 그 말이 참말인가?"

허 의원 눈짓을 받은 황 씨도 능청스러운 얼굴로 덩달아서 진구에게 물었다.

"뭐가 참말유?"

"철준이가 슈퍼를 정류장 배 사장에게 넘겼다는 말 말여?"

"그럴 만한 사정이 있었슈."

진구는 쓴웃음을 지으며 둑길 쪽으로 시선을 돌렸다.

"그럴 만한 사정이 있었다니?"

허 의원은 소주를 마시기 전에 오이를 된장에 푹 찍어서 우적우적 씹으며 진구를 바라본다.

"철준이가 집을 나간 다음날 그 집 마당에서는 자네가 슈퍼를 인수하기로 했다고 말했었잖여. 내 귀가 잘못되지 않았다면 나는 그렇게 들은 걸로 기억하는데?"

허 의원과 반대로 소주잔부터 쭉 소리가 비우고 난 황 씨가 풋고추를 된장에 찍으며 물었다.

"여기서 말씀을 드릴 수는 없지만 그럴 만한 일이 생겼슈."

진구는 기억하기 싫은 아픈 과거를 밝히는 것 같은 기분으로 대답하며 뒷머리를 긁었다.

"그 말이 참말인 모양이구먼. 말 못할 사정이 있었는지는 몰라도 철준이가 자네에게 그라면 안 되지."

"허! 난 그 말이 긴가민가했더니 진짜구먼. 열 길 물속은 알아도 한 치도 안 되는 사람 맘은 모른다고 하드니, 그 말이 틀린 말이 아니구먼."

"옛말 틀린 거 봤어? 개가 주인 무는 경우는 드물지만, 은혜를 원수로 갚은 경우는 많잖아."

"그만들 하세요. 철준이도 옥천에서 태어나기는 했지만 아차동에서 20년 이상 살아서 제 이의 고향이나 마찬가집니다. 좋은 일로 고향을 등진 것이 아니라는 걸 아시는 분들이 자꾸 그러시면……."

"철준이가 여기 살 때는 진구, 너하고는 목숨까지 내놓을 것처럼 굴었응께 하는 말 아녀."

"내 말이 바로 그 말여. 말이야 바른 말이지만……."

진구는 다른 곳으로 자리를 옮기고 싶었다. 그러나 자리를 옮겼다가는 허 의원과 황 씨 입에서 더 험한 말이 나올 것 같았다. 그는 그들이 주고받는 말을 못 들은 척하며 고개를 돌렸다. 해장술에다 햇볕에 시커멓게 그을려 얼굴이 주황색으로 변한 곽차복이 절룩거리는 걸음으로 캐리를 끌고 다가오고 있었다. 진구는 곽차복에게서 시선을 옮기지 않고 허 의원 입을 막을 요량으로 슬쩍 화제를 돌렸다.

"허 의원 어른은 개고기 안 드시쥬?"

"누가 그랴?"

허 의원은 깜짝 놀라는 얼굴로 반문하며 캐리를 바라봤다. 혓바닥을 길게 늘어트리고 거친 숨을 내쉬며 헐떡거리는 놈은 덩치나 살집으로 보아도 뼈와 내장은 추려 내고도 고기만 오십 근은 넘게 나올 것처럼 보였다. '오랜만에 개고기를 포식하겠구먼'이라는 생각이 들면서 저절로 군침이 돌았다.

"자네는 모르고 있었구먼. 이 사람은 개고기라고 하면 환장을 하는 사람여."

같은 뜻을 가진 말이라도 아 다르고 어 다르다. 허 의원은 환장을 한다는 말에 기분이 상했다. 황 씨는 중국산을 본격적으로 취급하기 전에는 고추며 마늘을 농촌에서 싸게 받아다 팔았다. 그가 한번은 고추 삼십 근을 들고 보신탕집에 들어갔다. 실내가 좁아서 입구에 고추자루를 놓아 주고 보신탕을 먹는 사이에, 자루에 담긴 고추 삼십 근을 도둑맞은 적이 있었다. 그때를 떠올리며 샐쭉 웃었다.

"우리 나이 치고 개고기 싫어하는 사람이 없어. 하지만 보신탕이 아무리 좋다고 해도 이십여 년 전에 고추 삼십 근을 주고, 보신탕 사 먹는 사람은 아차동이 아니라 우리나라 통틀어 찾아봐도 없을껴."

"쥐약 처먹고 뒈진 개를 뒷산에 파묻었는데 그 개를 한밤중에 몰래 파다가 끓여 먹은 작자가 우리 동네에 살고 있다는데 누군지 몰라. 개고기에 얼마나 환장을 했으면 쥐약 처먹고 뒈진, 그것도 토끼만 한 강아지를 파내서 처먹었을까. 맞아! 차복이가 그 강아지 배를 갈랐다고 했지. 어이! 차복이."

캐리 목을 맬 적당한 나무 가지를 찾고 있던 곽차복은 황 씨가 부르는 소리에 대답은 하지 않고 히죽히죽 웃으며 고개를 돌렸다.

"암것도 아녀, 점심때 다 되어 강께 얼릉 개나 잡아."

욕을 되로 주고 말로 얻어먹는다면 바로 이런 경우였다. 허 의원은 얼굴이 화끈화끈거렸다. 그는 황 씨가 부르는 소리에 얼굴을 돌리는 곽차복에게 급하게 손을 내저어 보였다.

"철준이가 개 한 마리는 착실하게 길렀구먼."

어림잡아 한 시간만 있으면 된장에 폭 삶은 개고기를 먹을 판이다. 황 씨도 오늘 같은 날 허 의원과 말다툼은 하기 싫다는 얼굴로 말을 돌렸다. 검은색 자가용 한 대가 햇볕에 앞 유리창을 반짝이며 둑길을 달려오는 것이 보였다.

"누구지?"

"자가용을 타고 달려오는 모양새가 우리 동네 사람은 아닌 거 같은데?"

황 씨와 허 의원뿐만 아니라 동네 사람들은 일제히 검은색 자가용을 바라봤다. 자가용은 버드나무 가까이 와서 속도를 줄이고 천천히 다가왔다.

"박진성 시의원이잖아."

"시의원이 개 잡는데 웬일이지?"

"여기 모인 사람이 줄잡아 칠십 명은 될 거잖아. 시의원이나 시장이 하는 주 업무가 사람 많이 모여 있는데 찾아다니면서 악수하는 일이잖아."

"하긴 투표할 때 빼 놓고 시의원이 뭘 하는지 본 적이 한 번도 없는 걸 보면, 그 말이 틀린 말은 아니구먼."

사람들은 누가 시키지도 않았는데 승용차에서 내린 박진성을 향하여 천천히 다가갔다. 박진성이 활짝 웃는 얼굴로 일일이 안부를 물으며 악수를 하기 시작했다. 변차수는 크음! 가볍게 기침을 하며 버드나무 그늘 밑에서 버텼다.

저 인간이 여길 어떻게 알고 왔다?

전병기와 술을 마시고 있던 돈기철은 양미간을 찡그리며 박진성을 향해 다가가다가 걸음을 멈췄다. 변차수가 어디 있는지 찾아 봤더니 버드나무 그늘 밑에 서 있었다. 박진성을 바라보고 있는 변차수의 얼굴에 잔잔한 웃음이 퍼져 있다.

저 인간이 불렀구먼. 근데 왜 불렀지?

돈기철은 박진성의 출현이 왠지 불안했다. 그는 변차수가 무슨 농간을 꾸미고 박진성을 출현시킨 것 같은 기분을 버릴 수가 없어서 꺼림칙한 얼굴로 변차수를 노려보던 시선을 거두었다.

"어이구, 돈 사장님, 요즘 휴가철이라서 고기 많이 팔리죠?"

돈기철은 박진성의 출현이 기분이 나쁘지만 인상을 쓰고 있어서는 안 된다고 생각했다. 그는 십 년 만에 사위집에 온 장모를 반기는 얼굴로 활짝 웃으며 박진성 앞에 섰다. 박진성도 돈기철처럼 활짝 웃는 얼굴로 손을 내밀었다.

"의원님, 요즘 잘나간다는 소문이 자자하던데, 신수가 훤하십니다."

돈기철은 변차수의 꿍꿍이셈을 모르고 있는 상황이라서 박진성을 정중하게 대해야 한다고 생각했지만 말은 비틀리게 나왔다.

"하하! 돈 사장님이 열심히 격려를 해주시는 덕분 아닙니까. 아이구, 통장님 오랜만입니다."

박진성의 눈에는 버드나무 주변에 서 있는 사람들이 모두 표로 보였다. 돈기철은 시장에서 신임을 잃어서 표를 모아 줄 능력도 없다. 하지만 변차수는 최소한 오백 표 이상을 긁어모을 수 있는 능력을 입증한, 은행의 고객으로 치면 골드카드 고객이다. 그는 돈기철이 꽉 잡은 손을 힘주어 빼고 변차수 앞으로 다가갔다.

"그렇지 않아도 바쁘신 의원님에게 괜히 전화를 했나 벼."

변차수는 박진성의 손을 양손으로 잡고 흔들면서 어깨 너머로 돈기철을 바라봤다. 놈의 얼굴은 복숭아 먹다 벌레 씹은 얼굴이다.

"아이구, 절대로 그렇지 않습니다. 이렇게 큰 행사를 하면서 전화를 하지 않았다면 저 서운했을 겁니다. 그리고 통장님의 능력이 대단하시니까 이런 행사도 하는 것 아닙니까. 제가 다음에 지역신문 기자들을 만나면 아차동 십일 통 통장님의 헌신적인 주민 사랑에 대해서 대문짝만하게 취재 좀 해 달라고 말해야겠습니다."

"말씀만 들어도 황송하구만유. 이왕 오셨으니까 술이라도 한잔 하면서 기다렸다가 개고기 좀 포식하고 가셔유."

"저도 그러고 싶지만 황금동 노인복지회관 건립식이 있어서 거길 가 봐야 합니다. 사실 황금동에는 이번에 노인복지회관을 건립할 순서가 아니거든요. 하지만 제 지역구라서 힘 좀 썼습니다. 통장님도 뭐 어려운 일이 있으시면 언제든 전화하십쇼. 다른 분 부탁을 미루더라도 통장님이 부탁하시는 것은 만사를 재껴 두고 해결해 드리겠습니다."

박진성은 변차수에게 은근한 목소리로 말을 하고 나서 아주 가까운 사이처럼 눈을 찡긋해 보이고 다른 사람 앞으로 갔다.

그려, 이런 걸 두고 공생공사한다고 하드만.

변차수는 박진성의 말에 가슴이 시원해지는 것을 느꼈다. 그는 자신도 모르게 돈기철을 찾았다. 돈기철은 전병기와 술을 마시고 있었다. 텔레파시라도 통했는지 돈기철이 갑자기 고개를 돌려 시선이 마주쳤다. 그는 순간 싱긋 웃어주며 손을 흔들어 보였다. 돈기철이 화가 나서 견딜 수가 없다는 얼굴로 벌떡 일어섰다. 그러나 무슨 생각이 들었는지 그는 이내 억지로 화를 참는 얼굴로 주저앉았다.

박진성이 검은색 자가용을 타고 사라진 후에 곽차복은 캐리의 목끈을 지상으로 노출된 버드나무 뿌리에 묶었다. 여기저기 흩어졌던 사람들이 버드나무 앞으로 천천히 모여들었다. 곽차복은 그들을 향하여 씩 웃어 보인 다음에 올가미를 만든 밧줄 끝에 주먹 크기의 돌멩이를 묶었다.

"난 개고기를 먹는 사람들을 이해할 수 없더라."

"그래도 남정네들은 저걸 먹어야 심을 쓴다."

"뭔 심을 쓰는데?"

"후훗! 다 알면서 능청을 떠네. 태한이 아버지는 개고기를 먹은 날도 그냥 자능가 보지?"

"흥, 미영이 아버지는 어떤지 모르겠지만 우리 집 양반은 불만 끄면 곯아떨어지는 양반여. 그런 양반이 개고기가 아니라 사슴피를 먹었다고 해서 뭐가 달라지겠어?"

"저 미친년이 지금 뭐라?"

돈기철은 자신의 아내가 노충식 아내와 소곤거리는 소리를 한 사람 걸러서 엿듣고 눈알을 부라리며 낮은 목소리로 씹어 뱉었다. 그러나 그뿐이었다. 오늘이 어떤 날인가. 변차수가 시의원 박진성과 무슨 모사를 부리고 있는지는 모르지만 통장 후보로 출사표를 던져야 할 날이다. 그뿐만 아니다. 표재봉 일만 잘 성사가 된다면 작게 잡아도 오십만 원 이상은 수중에 떨어지게 만든 날이다. 이렇게 좋은 날 화를 내면 개고기가 얹힐지도 모른다는 생각에 아내를 노려보던 눈빛을 이내 거두었다.

"차복이 오늘 큰일 하는구먼."

"뭔 말을 그렇게 성의 없이 하능 겨? 우리 동네 큰일은 죄다 곽차복이가 한다는 건 동네 개들도 알고 있는데."

"그람 통장을 곽차복으로 세우면 되겄구먼."

"히히……."

돈기철이 변차수를 흘낏 쳐다보며 비웃는 말에 곽차복은 왼쪽 다리 뒤꿈치를 들고 돌멩이를 묶은 줄을 버드나무 가지에 걸기 위해 빙빙 돌리다 멈추었다. 자신을 비웃는 말인지도 모르고 오른쪽에서 왼쪽으로 경사가 진 어깨를 좌우로 시소처럼 흔들며 자랑스럽게 웃었다.

"어여 던져!"

꼴값을 하고 있다는 표정으로 바라보던 변차수의 말이 끝나기도 전에 차복은 줄을 휙 던졌다.

"차복! 곽차복아! 오늘 참말로 끝내주게 잘하는구나!"

평상에 앉아 구경을 하고 있던 내중섭이 한잔 마신 걸걸한 목소리로 판소리에 추임새를 넣듯 가락 섞인 목소리로 말했다.

"내 귀에는 현 통장이 곽차복보다 못하는 말로 들리는……."

돈기철이 이때를 기다렸노라 하는 얼굴로 실쭉 웃으면서 큰 소리로 덧붙여 말했다.

"아여! 뭐 하능 겨. 개 한 마리 잡는데 몇 시간씩 걸리기라도 하능 겨?"

돈기철 말이 끝나기도 전이었다. 변차수가 방심하다가는 웃음거리가 될지도 모른다는 생각에 더 큰 목소리로 돈기철의 말을 묻어버렸다.

네 놈이 백날 지껄여 봐라. 콩으로 메주를 쓴다고 해도 믿는 사람들이 없을 테니까.

예상은 들어맞았다. 돈기철의 말에 웃는 사람은 하나도 없었다. 오히려 그의 아내가, '저 인간 아까부터 술병 들고 다닐 때부터 수상하다 했더니 벌써 취했구먼' 하는 시선으로 째려보는 모습에 흡족해 하며 한 걸음 앞으로 나갔다. 그는 빨리 캐리의 목에 올가미를 걸으라고 곽차복을 득달했다.

"나…… 나를 워…… 원망하지 말고 처…… 철준이를 원망햐. 아…… 알겄지?"

곽차복은 마치 사람에게 속삭이는 듯한 표정으로 말을 하며 올가미를 들고 절룩거리는 걸음으로 다가갔다. 버드나무 가지를 휘감아 길게 늘어진 올가미를 본 캐리가 그때서야 자신의 운명이 바람 앞의 촛불과 같은 신세라는 것을 아는 것처럼 꼬리를 뒷다리 사이에 감추고 뒷걸음을 쳤다.

"아여! 개 잡으려면 용을 써야 하니까 한 잔 마시고 햐."

변차수에게 무안을 당한 돈기철이 재빠르게 소주병과 일회용 컵을 들고 왔다. 변차수가 보라는 듯 의식적으로 싱긋싱긋 웃으면서 안주도 없이 컵 가득히 소주를 따라 주었다.

"수…… 수…… 술 많이 마…… 마셨다."

올가미의 끝줄을 손등에 한 바퀴 감은 다음에 잡아당기기 위하여 절룩절룩 뒷걸음치던 곽차복은 말과 다르게 사양하지 않고 술을 받았다. 그는 냉수를 마시듯 벌컥벌컥 술을 마신 다음, 하얗게 웃으며 입술을 닦았다.

"술 좀 작작 마셔. 이따 고기 한 점도 못 얻어먹고 뻗어 버리지 말고."

"내장은 곽 씨 거니까 고기 안 먹어도 그만여."

전병기와 안달호가 번갈아 가며 한 마디씩 했다.

"내일 내…… 내…… 내장 싸…… 싸…… 쌂아서 거하게 하…… 하…… 한 잔씩 하자. 응?"

곽차복은 자신보다 열두어 살씩 어린 그들의 말을 웃음으로 날려 보냈다. 그는 엉덩이를 힘 있게 뒤로 빼며 엉거주춤 주저앉았다. 왼쪽이 약간 기울기는 했지만 누가 봐도 완벽한 자세였다. 깽! 하는 비명 소리와 함께 캐리가 공중으로 솟구쳐 올라갔다.

"차복이가 개고기를 많이 먹어서 마누라 얼굴이 갈수록 좋아지는가?"

"오죽하면 큰길가 길 다방 정 양도 곽차복을 좋아한다는 소문이 나돌까."

"다방 조합장 자리를 차복이에게 양보했나 부지?"

"나야 우체국 그만두면서 은퇴했지."

내중섭과 갈종근은 속없는 말을 주고받으면서 공중에서 버둥거리며 몸부림을 치는 캐리를 바라보았다.

"좌우지간 우리 동네서 차복이 없으면 되는 일이 없을껴."

캐리가 축 늘어지는 모습을 바라보던 황 씨는 캐리가 이제야 저승 문이 눈앞에 있다는 것을 알아차렸다고 생각하며 혼잣말로 중얼거렸다.

"누가 아니랴. 궂은일은 차복이가 죄다 도맡아 하고 있잖여. 그런 걸 생각하면 심일 통 사람들끼리 돈을 걷어서 공로패라도 하나 만들어 줘야 하는 건데."

황 씨 잔에 소주를 따라주고 난 허 의원은 캐리가 비명을 지르는 소리에 고개를 돌렸다. 축 늘어졌던 캐리가 마지막 발악이라도 하듯 팽팽하게 댕기던 고무줄을 놓았을 때처럼 몸을 타원형으로 비틀며 솟구쳐 올라갔다가 축 늘어졌다. 그 광경을 쳐다보고 있던 곽차복은 다 됐다는 얼굴로 잡아당기고 있던 줄을, 땅 위로 돌출된 버드나무 뿌리에 묶고 나서 이마의 땀을 닦았다.

"단단히 묶었겠지? 줄이 끊어지거나 풀리는 날이면 보신탕이고 뭐고 날 새니께."

옆구리에 끼고 있던 노트로 부채질을 하고 있던 변차수가 곽차복 앞으로 한 걸음 다가서며 주의를 줬다.

"히히히! 자…… 자…… 장사 하…… 한두 번 해유?"

다른 일이라면 몰라도 동네에서 돼지를 잡거나 개를 잡는 날은 신이 나는 곽차복이다. 돈기철이야 도살장에서 잡아 온 돼지를 부위별로 작업하는 것이 업이니까 프로라 할 수 있다. 곽차복은 아마추어지만 돈기철과 다르게 살아 있는 돼지를 삶아서 털을 벗기고 부위별로 갈라내는 것까지 완벽하게 해내니 아마추어면서 프로 못지않다고 볼 수 있다. 오늘이야 말로 감추어 두었던 자신의 솜씨를 보여주는 날이라는 생각에 곽차복은 어깨를 으쓱거리며 자랑스럽게 웃었다.

"철준이가 개는 실하게 키웠구먼."

"왜 아녀, 못 돼도 오십 근은 넘겠구먼."

혀를 쭉 늘어트리고 축 늘어졌던 캐리가 정신이 드는지 다시 몸부림을 치면서 비명을 질렀다. 바람 한 점 없는 강가 자갈밭에는 햇살이 따갑게 내려앉고 있었다. 대부분의 사람들은 버드나무 밑이나 개울가에 친 천막 그늘에서 죽어가는 캐리를 구경하면서 침을 삼켰다. 강 건너편 산에서 뻐꾸기가 뻐꾸뻐꾸 울어댔고 버드나무 가지에 앉은 매미는 늬랑뉘랑 울어댔으나 어느 누구 하나 귀 기울여 듣지 않았다.

"차복이! 마냥 구경만 하고 있지 말고 뒈진 거 같응께 어여 끄슬려."

변차수 말에 곽차복은 나무뿌리에 묶여 있던 끈을 풀러 캐리를 천천히 끌어 내렸다. 땅바닥에 축 늘어진 캐리는 혀를 길게 내민 채 미동도 하지 않았다.

"개는 짚으로 끄슬려야 지맛이 나는 법인데 짚단 누가 챙겨 왔나?"

"제가 챙겨 왔구먼유."

캐리가 죽는 모습을 지켜보지 않고 있던 철수가 자작으로 소주를 따라 마시다가 돌아서며 대답했다. 그는 풋고추를 의식적으로 와작와작 씹으며 짚단을 한아름 안아다가 곽차복 옆에 내려놓았다.

"이쪽으로 연기 오니까 저쪽에서 끄슬려."

평상에 앉아 있던 허 의원이 짚단에 아직 불도 붙이지 않았는데 팔로 연기를 가리는 흉내를 내며 말했다.

"어머머, 저 물건 좀 봐. 개는 죽었는데도 물건은 아직 탱탱하네."

"킬킬, 그래서 남자들이 저것이라면 환장을 하잖여."

새벽부터 마신 소주에 얼굴이 빨갛게 달아오른 곽차복이 제법 심각한 얼굴로 입술을 꾹 다물고 짚단에 불을 붙이고 있을 때였다. 아낙네들 중에서 음탕한 목소리가 새어 나왔다. 그 소리에 남자들은 일제히 킬킬거리며 소리 나는 쪽으로 시선을 돌렸다. 돈기철 아내가 몇 잔 술에 귀밑까지 빨갛게 물든 얼굴로 시치미를 떼느라 괜히 이곳저곳을 두리번거리는 척하고 있었다.

저년 저 지랄로 입방정을 떨다가는 언젠가는 내 손에 작살나는 날이 있을껴.

다른 사람들 귀는 속일 수 있을지 몰라도 한 이불을 덮고 자는 남편 귀까지 속일 수는 없었다. 목소리 주인이 아내라는 것을 안 돈기철이 말은 못하고 짤막하게 아내를 노려보았다.

"빨리 끄슬러. 이러다가 날 새겠어."

"내…… 내가…… 다…… 다 알아서 하…… 할 팅게 가…… 가만히 계슈."

평소 같았으면 변차수 말에 찍소리도 못하던 곽차복이다. 그러나 오늘은 다르다. 마을 사람을 대표해서 개를 잡는다는 우월감에 젖은 차복은 상관하지 말라는 얼굴로 더듬거리고 나서 불이 붙은 짚단을 들었다. 짚단에서 노란 불꽃이 파르르 피어오르는가 했더니 매캐한 냄새를 풍기며 연기가 피어올랐다. 돈기철 아내의 음탕한 농담에 소리 죽여 웃던 사람들도 번뜩이는 눈빛으로 곽차복을 지켜보았다.

"캥!"

죽은 줄 알았던 캐리에게 불이 붙은 짚단을 갖다 대는 순간이었다. 개털이 타는 노리끼리한 냄새가 코를 자극하는가 싶더니 캐리가 벌떡 일어섰다. 깜짝 놀란 곽차복이 들고 있던 짚단을 떨어트렸다. 그것을 구경하고 있던 동네 사람들은 너무나 황당한 광경에 말을 잃고 서로를 쳐다보며 두 눈을 동그랗게 떴다.

"저…… 저런 설 죽였어!"

머리를 중심으로 오른쪽은 멀쩡하고 왼쪽 털을 그슬린 캐리 역시 자신이 살아 있다는 것이 믿어지지 않는 눈빛이다. 캐리는 몸을 부르르 떨면서 사방을 두리번거렸다. 겁먹은 눈빛으로 너무 놀란 나머지 정지되어 있는 듯한 사람들의 표정을 천천히 살피며 비틀거렸다.

"허!"

그것도 잠깐, 황 씨가 혀를 차는 소리를 신호로 정신이 번쩍 들었는지 캐리는 꼬리를 뒷다리 가랑이 사이로 착 말아 올리고 냅다 달리기 시작했다.

"워! 멋들 하능 겨! 저…… 점심이 도망가는데?"

순식간에 버드나무 밑을 뛰쳐나간 캐리는 일단 둑 위에서 멈췄다. 허리며 엉덩이 쪽과 목 쪽에는 불에 그슬린 자국이 시커멓게 드러났다. 어느 곳으로 도망을 가야 할지 모르는 몸짓으로 사방을 두리번거리는 캐리를 쳐다보고 있던 변차수가 고함을 지르며 발을 굴렀다.

"잡아라!"

"앞을 막아, 앞을 막아!"

"피하지마! 피하면 보신탕은 말짱 황이라구! 이 등신들아!"

잠시 동안 넋을 잃고 있던 사람들은 변차수 고함소리에 정신이 든 얼굴로 일제히 캐리를 향해 뛰어갔다. 캐리는 멈칫거리는가 싶더니 강둑으로 올라서서 질주를 하기 시작했다. 캐리를 쫓던 사람들도 강둑으로 뛰어 올라 고함을 지르며 따라갔다. 십여 년 만에 시작한 동네잔치다. 오랜만에 여는 동네잔치라고 소주며 맥주를 풍족하게 사 온 탓에 술 좋아하는 사람들은 누가 권하지 않아도 찾아 마시고, 그렇지 않은 사람들은 분위기에 젖어 한두 잔씩 한 뒤였다. 게다가 구름이 꼈어도 무더운 날씨여서 모두들 알딸딸하게 취기가 올랐다. 그런 몸으로 캐리를 쫓아가다 보니 이십 여 미터도 못 가서 숨이 턱을 후려갈기기 시작했다. 상대적으로 죽음의 문턱을 두들겼던 캐리는 필사의 힘을 다하여 내달리는 탓에 도저히 따라갈 수가 없었다.

"워! 어디로 강겨?"

"저쪽 갈대밭으로 도망간 거 같텨!"

"안 보이는데?"

아카시아 숲 앞에 있는 갈대는 자랄 대로 자라서 키를 넘었다. 캐리를 뒤따르는 사람들은 살랑살랑 강바람에 파도를 타고 있는 짙푸른 갈대숲으로 뛰어 들었다. 모두들 갓 삶아 놓은 오징어처럼 붉으죽죽한 얼굴로 거친 숨을 내쉬며 사방을 두리번거렸으나 캐리의 모습은 보이지 않았다.

"뭔 놈의 개새끼가 그렇게 빠르댜. 눈 깜짝할 새에 도망가 버렸구먼."

"사람보다 빠르니까 개지, 오리 새낀 줄 알았나벼?"

"죽일라면 확실하게 죽였어야지."

"차복이가 하는 일이 그렇지 뭐."

사람들은 너도나도 가쁜 숨을 내쉬며 허탈한 표정으로 버드나무 밑으로 돌아왔다. 캐리를 설 죽인 장본인인 곽차복은 나름대로 힘을 다하여 개를 따라갔다. 본인은 젖 먹던 힘까지 다하여 개를 따라갔다고 생각하고 있다. 그러나 다른 사람들이 보기에는 왼쪽 다리와 오른쪽 다리가 길이가 맞지 않아서 배추벌레가 바쁘게 움직이는 흉내를 낸 것 이상으로 보지 않았다.

곽차복은 지은 죄가 있어서 모든 사람들의 눈총을 받으며 햇볕 밑에서 죄인처럼 서 있어야 했다. 덩달아 곽차복 아내도 슬그머니 남편 곁으로 가서 손목을 붙잡고 고개를 숙였다. 그 모습은 부부가 오랜만에 교외로 놀러 나왔다가 처음으로 사진기 앞에 서 있는 것처럼 어색하고 불안해 보이기 짝이 없었다. 그래도 누구 하나 버드나무 그늘 밑으로 들어오라고 말 한마디 하지 않았다.

"오랜만에 제대로 운동을 했더니 더워 죽겠네. 시팔!"

"그 짝은 운동을 했나 벼. 나는 젖 먹던 힘까지 다 빼버렸더니 온 삭신이 노골노골해서 저승 문 앞에 서 있는 기분인데……."

개를 잡을 때만 해도 동네 일꾼이라고 추켜세우던 사람들은 땡볕에 서 있는 곽차복 부부를 바라보면서 딴소리만 늘어놓았다.

"차복이 형, 왜 거기 서 있는 거여? 더운데 일루 들어와."

보다 못한 진구가 햇볕 속으로 파고들어서 죄인처럼 서 있는 곽차복과 아내 등을 밀어서 버드나무 그늘 밑으로 갔다.

"곽 씨가 영 등신은 아닝게벼. 저 잘못한 줄 아는 걸 봉게."

"무서운 소릴 하능 거여? 곽 씨가 뭔 잘못이 있다고."

비록 곽차복이 지체장애인이기는 하지만 나이로 치면 열두 살이나 많다. 타지에서 만난 사람도 십 년 터울이 넘으면 형님 대접을 하는 것이 당연하다. 그럼에도 불구하고 아낙네들이 주고받는 말이 끝나기 무섭게 전병기가 볼멘 목소리로 쏘아 붙였다.

"잘못이 없긴 뭐가 없어. 저! 등신 같은 새끼 때문에 이기 뭔 지랄하는 거여."

"병기야, 너 말이 너무 심하지 않냐?"

전병기 말에 흠칫 놀라는 곽차복 표정을 본 진구가 어이가 없는 얼굴로 전병기를 나무랐다.

"내가 틀린 말했나 뭐…… 운동회 때 달리기를 하면 상이나 받지.

뒈져 가는 개새끼하고 달리기를 했더니 생기는 것은 하나도 없고 덥기는 허벌나게 덥네. 십팔.”

전병기는 주먹으로는 진구를 이길 자신이 있었다. 그러나 진구는 다른 사람들과 다르게 도리에 어긋나는 행동은 하지 않는다. 말술을 마셔도 갈지자걸음으로 걷는 일도 없고 말실수를 하는 일도 없다. 취중에서도 한 치 어긋나는 일없이 장사를 하는가 하면, 동네에서 무슨 일이 일어나면 눈치 보지 않고 솔선수범 하는 성격이다. 그래서 그런지 모르지만 큰형님 같은 느낌이 들 때가 많았다. 다른 사람이 그런 식으로 말을 했다면 나이 불문하고 쌍욕으로 대들거나 주먹을 날리겠지만 진구에게는 차마 그럴 수 없었다. 그렇다고 성질을 죽일 수도 없었다. 병기는 혼잣말로 투덜거리며 웃통을 훌훌 벗어 들고 강물 앞으로 갔다.

“허! 그라고 보니 물을 코앞에 두고 수건이 닳도록 땀을 닦고 있었네.”

”보신탕 먹기는 틀린 거 같고. 머리나 감고 가야겠구먼.”

전병기를 따라 남정네들은 여자들이 쳐다보든지 말든지 웃통을 훌훌 벗어 던지고 강물을 끼얹었다. 상위를 벗어 재낄 수가 없는 아낙네들은 바지를 동동 걷거나 치마를 끌어 올려 허벅지 사이에 끼우고 수건을 물을 흠뻑 적셔서 얼굴이며 목의 땀을 닦는 것으로 만족할 수밖에 없었다.

“아여! 통장! 그렇게 멍청하게 서 있기만 할 건가? 개새끼를 붙잡아 오기는 날 샌 거 같응께 통장이 뭔가 대책을 세워야 할 거 아녀?"

점심때 개고기를 한 점이라도 더 먹을 욕심으로 아침도 먹는 둥 마는 둥 대충 흉내만 내고 나온 허 의원이다. 캐리가 도망간 것이 변차수 탓이라도 되는 것처럼 삿대질을 하며 화를 냈다.

"대책이라니? 지금 북한 놈들이 쳐들어오는 것도 아닌데 뭔 대책을 세우라는 건지 모르겄구먼?"

욕을 먹어야 할 당사자를 찾는다면 당연히 캐리를 덜 죽인 곽차복이다. 그럼에도 불구하고 통장이란 직분 때문에 체면 불구하고 갈대밭까지 뛰어 갔다 온 변차수는 왜 자기한테 화풀이를 하느냐는 얼굴로 투덜거렸다.

"개가 없어졌응께 하는 말 아녀?"

"그걸 지한테 물으면 어떡해유. 아여! 개가 어디 있는지 아는 사람 있으면 손들어 봐."

"허! 그럼 누구에게 물을까? 차복이가 개를 설 죽였으니 차복이에게 물어? 아니면 야반도주를 한 철준이를 찾아가서 왜 개새끼를 그렇게 독하게 키웠냐고 따질까?"

"현재로서는 개새끼 대신 닭이라도 삶을 수밖에 없슈."

허 의원이 빈정거리는 말에 변차수는 '지금 불난 집에 부채질하자는 거여 뭐여?'라고 쏘아붙일 뻔했다. 그러나 '아녀, 이럴 때일수록 내가 참아야 햐. 아니면 일은 일대로 하고 욕은 욕대로 얻어 처먹고 말지'라는 생각에 마음을 고쳐먹었다. 팔그는 자에 없는 뜀박질을 한 것도 부족해서 화를 눌러 참느라 고추장 단지에 얼굴을 박았다

뺀 사람들처럼 시뻘건 얼굴로 소주 박스가 있는 곳으로 갔다. 그는 새 소주 한 병을 꺼내 안주도 없이 한 잔을 마시고 아낙네들을 불렀다.

"그냥 집에 갈 생각 없으면 닭이라도 삶고 돼지고기 굽는 냄새라도 풍겨야 할 거 아녀."

그는 신경질 섞인 목소리로 지시를 했다.

"꿩 대신 닭이란 말은 들어 봤어도 개새끼 대신 닭이라는 말은 처음 들어보는 말이구먼."

"내 말이 바로 그 말이여. 그러니까 통장에게 말해서 개고기라도 몇 근 끊어 오는 것이 어뗘? 병기 너희 집에 개고기 떨어졌나?"

"요즘 같은 여름철에 개고기가 떨어지면 굶어죽을라고 작정한 것이나 마찬가지잖아."

"솔직히 말해서 닭 열 마리에 삼겹살 열 근으로 누구 코에 묻혀. 네가 통장에게 건의해 봐. 아녀, 내가 가서 말할 테니까 넌 여기 앉아 있어."

반바지에 러닝셔츠 차림으로 물속에 들어갔다가 나온 차림으로 전병기와 소주잔을 주고받던 안달호는 이렇게 끝날 것이 아니라고 생각했다. 그는 머리카락에서 뚝뚝 떨어지는 물기를 닦으며 일어섰다. 하늘은 흐린데 날씨는 우라지게 더웠다. 조금 전에 시원한 강물 속에 몸을 담그고 나왔는데도 땀이 났다. 변차수는 진구와 무슨 말인가를 주고받으며 서 있었다.

"통장님. 우리 이럴 것이 아니라 병기네 가게에서 개고기 열댓 근이라도 끊어 와야 되는 거 아뉴? 통장님이 보다시피 여기 모인 사람이 몇 명유? 차복이 마누라까지 왔으니까 십일 통 사람들 중에서 올 만한 사람은 죄다 왔슈. 사람은 이렇게 많은데 삼겹살 열 근에 닭 열 마리라면 누구 코에 붙이라는 거유?"

"아여 달호! 달호 말은 엄청 건설적이구먼. 하지만 말여. 요새 개고기가 얼마나 비싼 줄 알기나 아는지 모르겠구먼. 내가 알기로는 근에 만오천 원인가 하는 걸로 알고 있어. 그라고 돼지고기라면 몰라도 개고기는 앉은자리에서 한 사람이 두서너 근은 우습게 해치우잖아. 그런 점은 제쳐놓더라도 개고기 냄새라도 맡으려면 못 사도 서른 근은 사야 할 거 아녀? 서른 근이면 삼십만 원 하고, 삼오 십오 사십오만 원이구먼."

변차수는 때가 때인만큼 안달호를 부드럽게 대하고 싶었다. 그러나 이제 겨우 서른 중반에 접어든 놈이 맞먹자는 것도 아니고 같이 놀자는 것도 아니면서 우리 운운하는 말에 화가 났다. 그는 화를 참으며 억지로 부드럽게 말하려니 목소리가 천 갈래 만 갈래로 갈라져 나왔다.

"돈이 모자라면 여기 온 사람들한테 돈 만 원씩 더 걷으면 되겠구먼. 형님 내 말이 틀렸슈? 어디 기철이 형님이 대답해 봐유."

안달호가 표재봉과 함께 다가온 돈기철에게 시선을 옮기고 물었다.

"자네 생각은 어뗘?"

돈기철은 취기에 시뻘겋게 달아오른 얼굴로 표재봉에게 전병기의 질문을 돌렸다.

"개고기를 사 오든 돼지고기를 더 사 오든 통장이 책임지고 해야 할 일 같은데."

통장 선거를 하자는 명분을 찾느라 골몰해 있던 표재봉이 무언가 희미한 실마리가 보이는 것 같은 기분으로 안달호에게 말했다.

"뭐여!…… 통장이?"

"재봉이 네 말대로 하는 것이 원칙이겠지만 죽을 때까지 통장을 하는 것도 아니잖아. 임기가 한 달 남은 것도 아니고 스무 날도 안 남았는데 재봉이 너라면 책임을 지겠어? 나라도 책임 못 지지."

"통장님 막판에 개피 보능 거 아닌지 모르겄네."

돈기철 말이 끝나자마자 안달호가 뱅글뱅글 웃는 얼굴로 돈기철의 말을 거들었다.

"이…… 이놈들이."

그렇지 않아도 안달호가 우리 운운하는 말을 간신히 참아 넘긴 변차수다. 숨 돌릴 틈도 없이 재차 공격성 발언을 하는 돈기철 말에 그는 참고 있었던 화가 폭발했다. 그렇다고 주먹을 놀리거나 쌍욕을 할 수는 없었다. 그랬다가는 돈기철도 문제지만 아이 어른도 몰라보는 안달호에게 개망신 당하기 십상이라서 발을 동동 구르면서 어쩔 줄 몰라 했다.

"통장님, 왜 이렇게 흥분한다?"

"혹시 통장 자리를 내놓지 않으려고 꽁수를 부리는 건 아닌지 모르겄네."

"툭하면 통장 자리 더러워서 못 해먹겠다고 노래를 불렀응게 인제 와서 못 내놓겠다고 하지는 않겠지."

"통장 자리를 안 내놓고 싶다고 해서 안 내놓을 수가 있나? 담부터는 선거로 해서 당선된 사람이 통장이 될 건데."

"그려, 우리 동네도 선거로 통장을 뽑아야 혀. 그래야 뒤탈이 없어."

"선거라니? 국회의원 선거를 말하는 건감?"

표재봉과 안달호가 주고받는 말을 가만히 듣고 있던 변차수는 실실 웃고 있는 돈기철을 바라보았다.

주! 죽일 놈. 개차반 같은 안달호를 앞세워 모략을 하는 모양이 꼭 공산당이 하는 짓과 틀림없구먼.

시선을 피하지 않고 실실 쪼개고 있는 놈의 표정을 보니까 뒤에서 선거로 통장을 뽑아야 한다고 조종을 한 것이 분명했다. 하지만 노골적으로 따져 물을 수는 없는 노릇. 그는 자세히 듣지 못했다는 얼굴로 딴전을 피웠다.

"국회의원 선거가 아니고 우리 동네 통장 선거를 말하는 거 같은데?"

"통장님이 아직 이해를 못하는 모양 같은데?"

"어이구! 그려! 선거를 하던 투표를 하던 자네들 좋은 데로 햐. 난 암것도 모르는 등신 식충잉께."

돈기철과 안달호 표재봉이 번갈아 가며 비웃는 말에 변차수는 화를 내다 못해 완전히 전의를 상실해 버렸다. 이 자리에 계속 있다가는 개망신을 당하는 정도에서 끝나는 것이 아니라 통장 자리도 위험할 것 같았다. 차라리 자리를 피하는 것이 좋을 것 같다는 생각에 혀를 내두르며 평상이 있는 곳으로 슬금슬금 걸어갔다.

"또 돈기철이 통장 염장 지르는 소리를 했는게비구먼."

변차수가 진땀을 찔찔 흘리며 평상에 앉아서 노트로 바쁘게 부채질 하는 모습을 지켜보던 황 씨가 말 안 해도 알 만하다는 얼굴로 한 마디 했다.

"달호하고 재봉이까지 끼어들은 거 같은데?"

"뭐가 또 불만이라능 겨?"

허 의원 말에 이어서 전병기에게 몇 번 당한 경험이 있는 황 씨가 눈치 빠르게 물었다.

"아 글쎄! 시퍼렇게 젊은 것들이 통장 자리를 내놓으라고 협박을 하는 것도 아니고, 선거를 해서 통장을 뽑아야 한다고…… 하여튼 귀신은 저 싸가지 없는 것들을 안 데리고 가고 뭐 하는지 모르겄슈."

흥분한 끝에 혀가 돌아가는 대로 떠들던 변차수는 아차! 싶었다. 돈기철이 주장하는 선거 운운하는 말을 퍼트려서 좋을 것이 없었다. 그랬다가는 돈기철 농간에 넘어가고 만다는 생각에 그는 침을 꿀꺽 삼키고 나서 슬쩍 말을 바꿨다.

"워녕 그려. 난 기철이가 술 쟁반을 가지고 올 때 뭔 일이 있어도 있을 거라고 생각하고 있었더니 통장이 되고 싶은 속셈이 있었나벼. 철준이가 없어져서 차기 통장은 천상 자네가 하는 걸로 생각하고 있었는데, 돈기철이가 지금부터 설쳐 대는 걸 보니 당분간 동네 좀 시끄럽겠구먼."

"기철이가 선거로 통장을 뽑자고 설치면 선거를 하는 수밖에 없겠구먼."

"그 수밖에 없지. 뭔 수로 기철이 성질을 막겠어."

"허! 쥐꼬리만 한 동네에서 통장 선거를 해 봐유. 다른 동네 사람들이 뭐라고 하겠슈. 그렇지 않아도 잘난 사람들이 많아서 판사, 검사, 변호사는 다 모여 있는 동네라고 비웃고 있는 판인데."

진땀을 흘리며 허 의원과 황 씨가 주고받는 말을 듣고 있던 변차수가 미친개를 피해 왔더니 호랑이 굴로 들어왔다는 얼굴로 말했다.

"통장 말도 틀린 말은 아녀. 우리 십일 통보다 큰 동네도 선거를 안 하고 서로 상의를 해서 통장을 시킨다. 그런데도 우리 동네서 통장 선거를 한다는 소문이 나면 손가락질 받게 되어 있긴 하지."

"그건 다른 동네 사정이고 우리 동네는 기철이 같은 별종이 있는 한 선거를 해야 햐. 그렇지 않고 옛날처럼 추천으로 통장이 되면 자네도 통장 해먹기도 힘들 껴. 이런 경우는 똥이 더러워서 피하는 것이 아니라, 더러운 똥은 치워야 냄새가 안 난다는 생각으로 대들어야 한다구. 솔직히 선거를 한다고 해도 기철이 뽑을 인간들이 몇 이나 되겄어? 내가 알기로는 제 표하고 마누라 표하고 두 표에다 한 표가 더 나온다면 기철이도 이 동네서 산 보람 있다고 보네."

"그 말씀이 틀린 말씀은 아니지만 성질 더러운 개가 집구석 놔두고 들판에 가서 짖는다는 말처럼, 변차수는 통장으로서 자질이 없네,

변차수 때문에 우리 동네가 발전이 안 되네, 라고 짖고 다니면 어떡해유?"

"그 말도 기우는 아니겄지만 설마 나라를 팔아먹은 이완용이처럼 이 동네를 팔아 처먹기야 하겠나? 동네 사람들은 죄다 속으로 갈갈거리며 웃고 있는 것도 모르고, 제우 당신이 통장질을 계속하면 우리 동네 큰일 난다고 동네방네 나팔이나 불고 다니겠지."

허 의원은 변차수 말을 일축해 버리고 나서 돈기철을 지그시 노려본다. 놈이 왜 이제 와서 통장을 해먹겠다고 설치는지 이유는 알 도리가 없다. 그러나 돈기철이 설치는 만큼 변차수 표는 흩어지게 마련이고, 잘만 하면 공술 깨나 얻어먹을 기회가 올 것 같다는 생각에 소리 없이 웃었다.

닭이 익는 동안 아낙네들은 돈기철 아내의 선동으로 준비해 온 철망을 돌멩이 위에 걸쳐놓고 삼겹살을 굽기 시작했다. 몇 명은 철망을 둘러싸고 앉았다. 철망을 둘러싸고 앉아 있는 여자들 등 뒤에 서 있는 여자들은 고기가 익기를 기다려 나무젓가락으로 집어먹었다. 몇몇은 서 있는 여자들의 다리를 밀어내고 그 사이로 파고들어서 설익은 고기라도 집히는 대로 집어서 상추에 싸 맛있게 먹었다. 그러는 사이에 소주며 맥주병도 부지런히 이 손에서 저 손으로 돌아다녔다.

"젠장, 여편네들이 돼지고기에 환장을 했나 벼. 다른 동네 사람들이 저 꼴을 보면 뭐라고 하겠어. 십일 통 여자들은 요새 같은 세상에도 생전 고기 한 점 못 처먹고 사는지 알 거 아녀."

"내비 둬. 지들도 양심이 있으면 닭고기는 처먹지 않겠지."

강물 냄새를 품은 바람에 돼지고기 굽는 냄새는 잘도 뛰어 다녔다. 허탈한 기분으로 여기저기 앉아 있는 남정네들은 마냥 구경만 하고 있을 수가 없었다. 깔깔거리며 고기를 먹고 있는 아낙네들을 흘겨보며 된장에 풋고추나 오이를 안주 삼아 소주를 마셨다.

처음에는 사람이 술을 마시지만, 나중에는 술이 술을 마신다. 그 다음에는 술을 마시는 것이 아니고 물을 마시는 것처럼 그냥 마시게 된다. 그때쯤이면 이미 꼭지가 돌 정도로 취했다는 증거다. 부실한 안주에 쉽게 취한 사람들은 버드나무 그늘 평상이나 땅바닥에 쓰러져 잠이 들었다.

아낙네들이 닭고기로 닭개장을 만들기 위해 익은 닭을 건져서 잘게 찢고 있는 사이에 전병기를 비롯한 젊은 층들은 참지 않았다. 닭개장을 만들기 위해 잘게 찢어 놓은 고기를 손으로 국그릇에 수북이 담아서 술안주 삼아 고추장에 찍어 먹었다. 술 취한 아낙네들도 그냥 구경만 하지 않았다. 닭 한 마리에 다리가 오징어처럼 10개씩 달려 있지 않다. 10마리를 모두 합쳐봐야 닭다리는 20개일 뿐이다. 먼저 술을 마실수록 얼굴이 하얗게 변해 가는 대전만두집이 핏기 하나 없어 보이는 얼굴로 아직 찢지 않은 통닭에서 닭다리 한 개를 뜯었다. 그녀는 그것을 다시 잘게 찢을 거라고 생각하는 아낙네들의 기대를 무참하게 짓밟아 버리고 뜯어먹기 시작했다.

"대전만두집도 아침을 안 먹은 모양이지?"

돈기철 아내가 두 번째 타자로 나섰다. 그녀는 대전만두집을 흘겨

보고 나서 제법 커 보이는 통닭에서 다리 하나를 쭉 찢어 냈다. 다리보다 가슴살이 더 많이 붙었으나 개의치 않고 한입 덥석 물었다. 그 모습을 지켜보던 아낙네들이 와르르 달려들어서 날갯죽지든 가슴살이든 집어 갔다.

"저…… 저 여편네들 하는 꼴 좀 보라지. 여편네들이 저 지랄병으로 처먹는 것에만 눈깔들이 뒤집혀 있으니 동네가 잘될 리가 있나?"

"고기를 못 처먹어서 아주 환장을 했구먼, 환장을 했어."

평상에는 남정네 대여섯 명이 통나무를 이리저리 던져 놓은 것처럼 서로 얽혀서 잠을 자고 있었다. 한쪽 귀퉁이로 밀려나 앉아 있던 허 의원과 황 씨는 아낙네들이 삼겹살을 구울 때부터 회가 동하도록 냄새만 풍기고 고기 한 점 맛을 보이지 않아 주먹을 떨었다. 그러나 갈수록 산이라고 했던가. 삼겹살이야 억울하게 끝났다 치지만 닭개장만큼은 어른 대접을 받겠지 하는 기대감에 천천히 소주잔을 기울이고 있던 중이다. 더운 김을 뿜어내고 있는 양은솥에 들어가야 할 닭고기를 아낙네들이 작살내는 광경을 보자 너무 분해서 목이 멜 지경이었다. 허 의원은 주먹을 떨다 못해 강소주를 홀짝 비우고 파리가 앉아 있는 된장에 풋고추를 푹 찍어 먹으며 눈물을 찔끔 흘렸다.

"봉고차가 여기로 왜 오는 거지? 통장님, 혹시 기관장들도 초대를 했슈?"

판은 끝난 판이다. 멀국에 소주를 마셔 봤자 결국 개판으로 끝나는 꼴밖에 보지 못할 것 같았다. 집에 가서 오이냉국에 찬밥이라도 말아먹든지 라면을 끓여 먹는 것이 훨씬 낫다는 생각에 트럭이 있는 곳으로 가던 진구가 변차수에게 물었다.

"뭐 자랑할 거 있다고 기관장들을 초대한댜……."

"기관장들이 추접스럽게 봉고차를 타고 오겠어? 아까 왔다간 박진성이처럼 자가용을 타고 오겠지."

"그람 누가 여기까지 오는 거지?"

변차수는 진구 말에 봉고차가 오는 방향으로 고개를 돌렸다. 괜히 가슴이 찌릿하게 저려 오는 것을 느끼며 한 발 앞으로 나갔다.

"염병할! 노래방 기계 오는 거 같은데."

봉고차 운전사가 시야에 사로잡힐 정도로 가깝게 다가왔다. 그는 두 눈을 끔뻑끔뻑거리며 운전사 얼굴을 확인했다. 경포대 나이트클럽 조 사장이 확실하다는 판단이 서는 순간 온몸의 힘이 쭉 빠져나가는 것 같았다.

신고산타령

점심을 거르고 아차동을 빠져 나간 돈기철과 표재봉은 안남면 소재지에 있는 중국 음식점으로 들어갔다. 그들은 짜장면 곱빼기 한 그릇씩으로 배를 채우고 이를 쑤시며 음식점을 나왔다.

아차동과 경계를 이루고 있는 안남면도 화양시다. 그런데도 시골 면소재지에 와 있는 것처럼 농협이며, 이발소, 농약사, 다방, 슈퍼 등이 한가롭게 펼쳐지는 거리 풍경이 한산하기만 하다. 날씨까지 더워서 아지랑이가 모락모락 피어오르고 있는 아스팔트는 텅 비어 있다.

"갑시다. 빨리 갔다가 와서 시원한 맥주라도 몇 캔 합시다."

오랜만에 교외로 바람 쐬러 나온 돈기철과 다르게 표재봉은 마음이 급했다. 음식점 처마 밑에 턱 버티고 서서 이를 쑤시고 있는 돈기철을 재촉해서 트럭에 올라탔다.

면소재지에서 삼십 분 정도 달려 월곡산 안으로 들어섰을 때는 하늘은 금방이라도 비를 뿌려 댈 것처럼 우중충했다.

"뭔 날이 이렇게 덥다? 성질 급한 놈은 화딱지가 나서 열 발자국도 못 걷고 주저앉겠네."

트럭 안에서는 에어컨 바람 때문에 더운 줄은 몰랐다. 차에서 내리니 갑자기 한증탕에 들어선 것처럼 숨이 콱콱 막혔다. 돈기철은 하늘색 여름 점퍼를 벗어 어깨에 걸치고 주변을 두리번거리며 짜증난 목소리로 중얼거렸다.

"아따! 덥기는 뭐가 덥다고 엄살요? 그냥 참을 만하구먼. 여기서 얼마나 더 가야 정초사라는 절이 나오는 거유?"

표재봉은 삼 년 전 누이동생 결혼을 할 때 맞춰 입은 춘추복에 넥타이를 매고 구두까지 신은 차림이다. 덥기로 치자면 돈기철과는 비교가 안 될 정도로 땀복을 입은 것 같지만 아무렇지도 않다는 얼굴로 대꾸하며 계곡 옆으로 이어진 산길을 바라본다. 실낱같은 물이 졸졸졸 흐르고 있는 계곡 옆의 산길은 모퉁이로 이어지고 있었다.

"이 길로 쭉 올라가면 한 오백 미터 될라나?"

"그럼 빨리 출발합시다."

"다 왔으니 잠깐 땀 좀 말리고 가세."

"산바람이라서 걸어가며 땀을 말려도 되겠구먼."

"젠장, 여기 도착할 때까지만 해도 괜히 헛걸음질하는 건 아닌지 모르겠다고 노래를 부르더니, 막상 코앞에 도착하니까 몸이 달대로 달았나 보군."

돈기철은 러닝셔츠를 가슴팍까지 끌어올리고 산길을 타기 시작했다. 바람 한 줄기가 스쳐 지나갈 때는 한결 시원하다. 그러나 바람이 잦으면 풀숲에서 막 끓기 시작하는 쇠죽솥처럼 뜨거운 열기가 훅훅 피어올랐다.

"생과부 혼자 강가에서 엉덩이를 들썩거리면서 빨래를 하는 것도 아닌데 왜 몸이 달아유."

"그람 왜 그렇게 서두는 거여?"

"하늘을 봉께 금방이라도 한 줄기 할 것 같잖유."

돈기철보다 두 걸음 정도 뒤쳐져 걷는 표재봉은 땀이 줄줄 흘렀다. 그는 손수건이 물걸레가 되도록 땀을 훔쳐내며 땡볕에서 교미를 하는 수캐처럼 거친 숨을 내쉬면서도 양복 상위는 벗지 않았다.

"비가 와도 금방 올 날씨는 아닌데 뭘."

돈기철은 너무 더워서 도저히 갈 수가 없었다. 길에서 숲 쪽으로 오 미터 정도 떨어진 거리에 한아름은 족히 될 것 같은 굴참나무를 발견하고 풀숲을 해치며 그쪽으로 들어갔다.

"젠장! 요즈음은 할 일도 없고 가게 선풍기 앞에 앉아서 부채질이나 하면서 편안 세월 보내야 할 판국에, 여편네 잘못 만나서 내가 지금 뭔 고생을 하고 있는지 모르겄구먼."

돈기철이 손수건으로 얼굴을 닦으며 앉을 자리를 찾아 맴을 도는 사이에 표재봉이 술을 마신 것처럼 시뻘겋게 달아오른 얼굴로 투덜거렸다.

"대추나무 밑에서 감 떨어지길 기다리는 바보가 아닌 이상, 뭐든지 그냥 얻어지는 것은 없다는 걸 알아야지. 더구나 마누라를 찾냐, 못 찾느냐 하는 기로에서 이까짓 거를 고생이라고 할 수 있나."

돈기철은 웃통을 거의 벗다시피 한 차림으로 산길을 올라왔더니 억새며 참나무 가지 풀잎 등이 스쳐간 상체에 채찍질을 당한 것처럼 생채기가 났다. 입안에서는 단내가 푹푹 풍기는 것 같아서 마른침을 꿀꺽 삼켰다. 지금쯤 정초사 주지 일엽이 눈이 빠지게 기다릴 것을 생각하면 앉아서 쉴 여유가 없다. 그러나 몸이 말을 들어 주지 않는다.

시나브로 그는 새벽에 공복 해장을 즐겨 마시기 시작하면서부터 아침을 부실하게 먹을 때가 많았다. 그 탓인지 몰라도 마음과 몸이 뜻대로 움직여 주지 않았다.

말을 들어보나 마나 대충 어르고 나서 천도젠가 뭔가 하는 것을 지내야 한다고 겁을 줄 테지…… 천도제 비용으로 한 삼백만 원 우려내면 못 줘도 오십만 원은 소개비로 내놀 테지. 그 돈을 받으면 삼십만 원은 선거 비용으로 쓰고 이십만 원은 따로 떼어 놨다가 시내 북경 한의원에서 보약이나 한 첩 지어먹어야겠구먼. 몸 허해질 때 뭐니 뭐니 해도 녹용인삼이 최고지. 돈을 받는 즉시 두 눈 딱 감고 한 첩 지어먹어야지. 가만 있자…… 요새 중국산 녹용이 많이 나온다고 하는데 북경한의원에서 가짜 녹용으로 복용을 지어 주면 어쩌지? 옳지! 내가 왜 그 수를 몰랐을까. 최금준 매제가 시골에서 사슴을 기른다고 했잖아. 그쪽에서 녹용을 사면 진짜배기겠구먼.

돈기철은 보약을 한 첩 지어서 먹을 생각을 하니 한결 힘이 났다. 땀도 대충 마른 것 같아서 양쪽 다리에 힘을 잔뜩 주고 불끈 일어섰다.

"신고산이…… 우루…… 루…… 함흥차 떠나는 소…… 리이에…… 에……."

"허! 불난 집에 부채질 하는 것도 아니고. 남은 가슴이 바짝바짝 타고 있는데 형님은 이 판에 노래가 나와유? 성질나는데 다 때려치우고 그냥 뒤돌아 가? 씨팔."

돈기철이 잘만 엮으면 공돈 오십만 원 이상이 떨어진다는 생각에 자신도 모르게 신고산타령을 흥얼거렸을 때였다. 뒤따라 가던 표재봉이 걸음을 멈추고 화가 잔뜩 난 목소리로 내뱉었다.

"자네는 사람을 어떻게 보고 내가 노래를 부른다고 생각하나? 난 자네 얼굴이 참나무 토막처럼 굳어 보여서 기분을 풀어 줄라고 객쩍은 소리 한 마디 한 것뿐인데."

돈기철은 아차 하는 생각에 걸음을 멈추었다. 그러나 사과는 하지 않았다. 오히려 고개를 홱 돌리고 화를 버럭 냈다.

"그래도 내 귀에는 노래 소리로 들렸단 말유……."

"내가 지금 할 일이 없어서 이 더위를 무릅쓰고 여까지 온 것으로 생각하는 모양인데. 좋아! 내 말이 말 같지 않게 들린다면 이 자리에서 집으로 되돌아가자고. 내 참! 오래 안 살아도 별 엿 같은 경우를 다 보겠네. 초상집 화투판에서 쓰리고에 광박 피박 씌우고 노래 부른다는 말은 들어 봤어도, 동생뻘 되는 놈 마누라 찾으러 가는 질에 노래를 부른다는 말은 첨 들어보는구먼."

"아따! 형님 날씨가 더워서 잠깐 착각한 걸 가지고 뭘 그렇게 서운해 하슈? 서운했다면 맘 풀고 어여 갑시다. 스님 뵙고 나서 기분 좋으면 한잔 걸쭉하게 살 모양이니까."

칼자루를 쥔 돈기철이 강하게 나오자 표재봉은 고개를 숙일 수밖에 없었다. 마음속으로는 '이 미친놈이 내가 곽차복인 줄 아나. 아주 사람을 죽였다 살렸다 하는구먼'이라면서도 겉으로는 억지웃음을 지으며 돈기철의 등을 떠밀었다.

"아무리 착각을 해도 그렇지. 바보가 아닌 이상 어떻게 그런 것까지 착각을 하나?"

어차피 되돌아 갈 생각이 없던 돈기철은 표재봉을 큰 소리로 꾸짖고 나서 못 이기는 척 발걸음을 옮겼다.

"형님, 통장 선거가 며칠이나 남았슈?"

표재봉이 앞서 가는 돈기철 등 뒤로 주먹을 흔들며, '더러운 놈 날 아주 바보 천치로 보는구먼. 에이! 상종 못할 놈'이라고 마음속으로 욕을 내뱉고 나서, 저도 할 말 있다는 얼굴로 물었다.

"광복절 쉬는 날 선거를 하기로 했잖아. 오늘이 초이틀이니까 딱 열사흘 남았네."

돈기철은 통장 선거라는 말에 정신이 번쩍 든 얼굴로 갑자기 목소리를 낮추고 굳은 목소리로 대답했다.

"왜 갑자기 목소리에 쥐가 났슈? 선거를 하면 통장 자리는 형님 것이나 마찬가진데."

"다른 사람도 아니고 자네니까 솔직히 톡 까놓고 말하면 말여……."

"톡 까놓고 말하면?"

"나야, 원리원칙대로 민주주의 선거 방식에 따라서 깨끗한 선거를 하려고 노력을 하고 있지만 변차수 그 인간이 백년 묵은 능구렁이하고 형님 아우하는 사이 아녀. 그것이 바로 문제란 말여. 그렇다고 그 잘난 통장 자리를 차지할 속셈으로 덩달아서 나까지 야비하게 행동할 수는 없고……."

"표가 부족한 것 아니고, 변차수 인격이 문제라 이거유?"

표재봉은 냉소를 지으며 오솔길 쪽으로 뻗은 억새를 쭉 뽑았다. 그는 풋내가 물씬 풍기는 억새줄기를 이로 잘근잘근 씹으면서 돈기철 등을 바라본다. 어깨를 축 늘어트리고 걷은 모습에서 조금 전에 신고산 타령을 부를 때의 돈기철 모습은 흔적도 찾아 볼 수가 없다.

"변차수 그 인간 얼굴만 생각하면 골치가 지끈지끈 아픈 것이 삼 년 전에 먹은 짜장면 가닥이 넘어 올 지경이라구. 선거 야기는 이따 내려가서 시원한 맥주라도 마시면서 초근이 입을 맞춰 보자고."

돈기철은 속을 들켜 버린 것 같아서 더 이상 거론을 하고 싶지가 않았다. 지금은 표재봉이 자신을 비웃지만 일단 일엽스님과 조우를 하게 되면 확실하게 자기 편이 될 것이다. 그 이후에 대화를 나누는 것이 득이 될 거라는 생각에 어설픈 변명을 끝으로 입을 다물었다.

참말로 딱 열사흘 남았구먼…….

강가에서 동네잔치가 있던 날 변차수는 이렇다 할 대답을 하지 않았지만 대체적인 여론은 통장을 선거로 선출하자는 쪽으로 기울었다. 그때만 해도 그는 통장에 당선이나 된 것처럼 기분이 좋았다. 기분이 좋아서 술을 얼마나 마셨는지, 어떻게 집에 왔는지 기억조차 나지 않았다. 첫새벽에 일어나 냉장고 안에 들어 있는 보리차를 연거푸 두 컵이나 마시고 나니 속이 쓰린 것은 어느 정도 사라졌는데 잠이 오지 않았다. 잠이 오지 않아서 컴컴한 천장을 멀뚱멀뚱 바라보며 생각을 해 보니 선거를 하는 것은 좋은데 그래 봤자 승산은 없었다. 오히려 변차수의 위상만 높여 주는 것이 아닌가 하는 우려감이 슬그머니 고개를 들었다.

비싼 밥 처먹고 선거로 통장을 선출해야 한다고 설쳐 놓고 나서, 무식한 것들한테 개망신 당하는 건 아닌지 모르겄구먼…… 아녀, 내가 누군데.

그는 선거에서 변차수에게 패하여 개망신을 당할지도 모른다고 생각하니 슬그머니 오기가 치솟아 올랐다.

내가 아무리 동네에서 인심을 잃었다 해도 명색이 전문학교까지 나온 놈이 제우 초등학교 나온 변차수에게 진다는 것이 말이나 되는겨? 한 명, 한 명 차근차근 표를 긁어모으면 충분히 당선될 수 있을껴.

시장이나 시의원을 뽑는 선거도 아니다. 그 선거도 30%를 간신히 웃도는 형편이다. 동장도 아닌 통장을 뽑는 선거다. 더구나 아파트나 연립주택이며 빌라에 사는 사람들은 누가 통장을 하는지 신경도 쓰지 않는다. 20% 정도가 선거에 참여를 한다고 예상을 하면 될 것 같았다. 그 20%의 구성원은 거의 시장통에서 장사를 하는 상인이나, 선이네식당이 있는 골목에 있는 사람들일 것이다. 당연히 시장 상인들의 표를 어떻게 끌어들이냐가 당선여부를 결정한다는 분석이 나왔다.

돈기철은 마음을 다부지게 고쳐먹고 화양신문사에서 나누어 준

동별 전화번호부를 펼쳤다. 아차동 전체 전화번호가 나와 있는 전화번호부 뒤쪽에는 여백이 여러 장 붙어 있었다. 그는 볼펜을 찾아 들고 기꺼이 표를 던져 줄 사람들의 이름을 적어 나갔다.

가만있어 보자…… 우신 차복이 놈하고 그 여편네는 선거 전날 이홉들이 소주 한 병에 고기 한 근만 끊어 주면 내 표가 될 것이고, 충식이 그놈은 평소 변차수하고 사이가 안 좋응께 말만 잘하면 내 표가 될 것이고, 황 씨는 담배 한 보루면 고맙습니다 하고 며느리까지 표를 거둬 올 것이고…… 지금까지 일곱 표구먼. 또 누가 없나? 옳지, 전병기하고 안달호 그놈들은 생각 없이 사는 놈들이니까 도우미들 있는 노래방 한 번 데리고 가면 여편네들 표까지 더해서 네 표가 더 오능 긴가. 여기까지 열한 표에, 선이네식당 현이네는 내가 요새 식전마다 해장술 팔아 주고 있으니 말할 필요도 없이 한 표를 더해 줄 테고, 재봉이 그놈은 당연히 내 손을 들어 줄 거고, 여기다 태한이 어머 표를 더하면 총 열네 표가. 휴! 젠장, 선거를 한다고 방송을 하거나 통지를 하면 최소한 예순가구 백이십 명 이상은 투표를 할 거잖여. 최소한 팔십 표를 확보해 놔야 결정적인 순간에 떨어져 나가는 놈들 열 놈 정도 쳐도, 당선권에 드는데 스무 표도 안 되는군. 하지만 돈밖에 모르는 무식한 것들에게 술 한잔씩 사면 생각들이 바뀌겠지. 암 바뀌고 말고…….

그는 이름을 적는 틈틈이 고개를 갸웃거리기도 하고 멀뚱히 천장을 쳐다보기도 하면서 명단을 작성해 놓고 보니 한숨이 저절로 터져 나왔다. 그러나 아직 시간은 있다. 변차수 모르게 한 명 한 명 일대

일 작전으로 요리를 하면 충분히 당선이 될 가능성이 있을 것이다.

"아직 멀었슈?"

"다 왔어. 저 모퉁이만 돌아서면 절이 보일 거여."

"젠장, 다 왔어. 다 왔어라는 말을 열 번 이상은 들은 것 같은데. 이번에는 공갈 아니쥬?"

"다 왔다니까 자꾸 젖 달라는 어린애처럼 보채네.

돈기철은 숨찬 목소리로 묻는 표재봉 말에 자신도 모르게 부드럽게 대답을 했다. 땀에 흠뻑 젖어 축축한 손수건으로 목이며 턱 밑의 땀을 닦았다.

"저기 보이능 기 절유?"

산모퉁이만 돌면 된다는 말에 돈기철보다 앞장서서 걸어간 표재봉은 가쁜 숨을 내쉬며 조팝나무가 우거진 모퉁이를 돌아섰다. 오십 미터쯤 전방에 소나무와 잡목이 빽빽하게 서 있는 산 중턱에 집 두 채가 보였다. 한 채는 기와를 얹은 집이고 다른 한 채는 슬레이트 지붕 같은데 두 채 모두 초라하기 짝이 없다.

"좋게 말하면 절이고, 우습게 말하면 암자지."

"절도 좋고 암자도 좋으니까 빨리나 가 봅시다."

표재봉은 한시가 급했다. 그는 팥죽 같은 진땀을 흘리고 있는 돈기철을 재촉하여 바쁜 걸음으로 오솔길을 걸어갔다.

정초사는 멀리서 볼 때는 별다른 특징 없는 산채처럼 보였으나 가깝게 가서 보니 제법 절 흉내를 내고 있었다. 절 마당 입구에는 상사화가 한 무더기 피어 있었다. 상사화 곁을 지나서 마당 안으로 들어서니 향냄새가 바람결에 코끝을 스쳐 갔다. 절 뒷산에서 뻐꾸기 울음소리가 단조롭게 들려 왔다. 절 마당은 방바닥처럼 깨끗하게 비질이 되어 있었고 대웅전으로 올라가는 계단 양쪽에는 잎사귀가 핏빛으로 물든 적단풍이 보초처럼 한 그루씩 서 있었다.

"대웅전에는 안 계신 것 갈구먼."

표재봉은 맞선이라도 보러 온 사람처럼 넥타이를 어루만지며 긴장한 얼굴로 마당 한가운데서 멈췄다. 돈기철은 표재봉을 힐끗 쳐다보고 나서 대웅전 옆에 있는 요사 앞으로 갔다. 대웅전과 다르게 슬레이트 지붕을 한 요사 마루 앞에는 검은색 하이힐과 흰색 고무신이 흑백으로 묘한 조화를 이루며 나란히 놓여 있었다.

"스님!"

돈기철은 '이 땡중이 손님 데리고 오는 줄 뻔히 알면서도 대낮부터 낮거리를 하고 있나' 하는 생각에 표재봉 눈치를 살폈다. 표재봉은 절을 처음 오는 것도 아닐 텐데 잔뜩 긴장한 얼굴로 주변을 살피고 있었다. 그는 마루 앞으로 가깝게 다가가서 작은 목소리로 일엽을 부르고 난 후에 에헴! 하고 헛기침을 했다.

"뉘쇼!"

돈기철의 헛기침 소리가 끝나는 것과 함께 요사 안에서 남자 목소리가 흘러 나왔다. 그러나 금방 모습을 내보이지 않았다.

니미럴! 더러워서 더 이상 거래 못하겠구먼. 나는 땀으로 멱을 감으면서 간신히 올라 왔는데. 어떤 놈은 젊은 년하고 대낮부터 그 짓으로 땀 흘리고…….

돈기철은 다시 한 번 목청을 높여 일엽을 불러 볼까 하다가 표재봉 눈치도 있고 해서 부르지 않았다. 땀에 흥건하게 젖어서 쉰 냄새가 나는 손수건으로 다시 턱밑의 땀을 훔쳐내며 방 안의 동정을 엿들었다.

"허허! 오늘 서쪽에서 손님이 올 거라고 생각하고 있었는데 바로 그 손님이 돈 처사님이구먼. 어서 오슈."

방문이 열리는가 했더니 사십 대는 안 되고 삼십 대는 넘어 보이는 여자가 고개를 숙인 채 나왔다. 울긋불긋한 원피스를 입은 그녀는 빨갛게 물들인 얼굴로 신발을 신는 둥 마는 둥 옆으로 물러섰다. 흰색 러닝셔츠에 잿물을 들인 승복 바지를 입은 일엽은 마루 끝까지 나와서 점잖게 웃는 목소리로 돈기철을 반겼다.

"스님 그럼 저는 이만……."

"내가 시킨 대로 하면 되실거네. 일이 잘 풀리면 일간 한번 들리시든지 전화를 하시게."

"아…… 알겠어요."

여자는 돈기철의 시선을 피하며 기어 들어가는 목소리로 대답을 하고 뒷걸음쳐서 요사 부엌으로 바람처럼 스며들이갔다.

"뉩니까?"

돈기철이 긴장한 얼굴로 헛기침을 하고 있는 표재봉에게 가까이 오라는 눈짓을 보낸 후에 일엽에게 나지막한 목소리로 물었다.

"청주서 온 여잔데 남편이 바람을 피운다는구먼…… 날씨가 더운데 오시느라 수고가 많았소. 부처님께 인사는 드렸겠지요?"

일엽은 '서방이 바람난 것이 아니고 여편네가 스님한테 반한 거 아뉴?'라고 묻는 듯한 돈기철 표정을 외면했다. 그는 표재봉에게 얼굴 가득 미소를 지어 보이며 대웅전을 턱으로 가리켰다.

"혀…… 형님."

잔뜩 긴장한 얼굴로 서 있던 표재봉은 소년처럼 얼굴을 붉히고 돈기철의 옆구리를 찌르며 돌아섰다.

"왜?"

"부처님에게 그냥 절만 하면 되는 거유? 아니면 그 뭐여. 시주라는 걸 해야 되능규?"

"이왕이면 다홍치마라고 시주를 하면 부처님도 좋아하시겠지?"

"얼마를 하면 되는 거유?"

"부처님 돈 싫다는 거 봤남? 많을수록 좋아하시겠지…… 허지만, 스님이 따라가서 검사하고 도장 찍어 주는 것도 아니니까 적당히 성의껏 하면 될껴."

돈기철은 아무 생각 없이 말을 하다 보니 실언을 했다는 생각이 들었다. 부처님 앞에 시주하는 돈은 일엽에게 생색을 내지 못한다. 결론적으로는 일엽의 차지가 될 돈이기는 하지만, 직접 손에 쥐어줘야 나중에 큰소리를 칠 수 있다는 생각에 재빠르게 말을 돌렸다.

"알았슈. 같이 가서 인사드립시다."

"그러지 뭐."

돈기철은 고개를 돌려 일엽에게 눈짓을 해 보이고 나서 대웅전 앞으로 갔다.

"절은 세 번 하는 거 알지?"

"그 정도는 알고 있슈."

대웅전 안으로 들어간 표재봉은 돈기철 말을 뒤로 하고 시주함 앞으로 갔다. 지갑을 꺼내 들고 얼마를 할까 하고 잠깐 망설이다가 만 원짜리 한 장을 꺼내서 돈기철에게 흔들어 보였다. 돈기철이 그 정도면 된다는 얼굴로 고개를 끄덕거렸다.

부처님에게 삼배를 한 돈기철은 요사로 갔다. 제 방에 들어온 것처럼 거리낌 없는 표정으로 냉기가 서늘하게 묻어 있는 방바닥에 앉으며 방 안을 살펴본다. 아랫목 한쪽에 책상 대용으로 쓰는 커다란 밥상이 있었다. 밥상 위에는 사주를 볼 때나 부적을 그릴 때 펼쳐 보는 책 몇 권과 A4용지가 노트 두께 정도로 두툼하게 쌓여 있다. 윗목에는 냉장고를 비롯하여 한 칸짜리 책장이 있고 텔레비전, 소형 카세트 레코더를 얹은 장식장이 있다. 책장에는 책 몇 권과 중국 난(蘭) 화분, 호피석으로 보이는 돌덩이가 자리를 차지하고 있는 등, 특별하게 변한 것이 없었다.

"절간이라 변변하게 대접할 거시 있어야지…… 보살님이 가지고 온 사이다가 있는데 드실려우?"

"난 사이다는 마실 때 뿐이니까 시원한 보리차나 한 잔 주쇼."

"지도 보리차를 줘유."

표재봉은 괜히 어깨를 으쓱거리며 대답하고 나서 밥상 앞으로 갔다. 그는 무릎을 꿇고 앉을까 하다가 양반 다리를 하고 앉아 있는 돈기철을 바라보고 나서 편하게 앉았다. 냉장고 문을 열고 보리차가 들어 있는 물병을 꺼내는 일엽을 잠시 바라보다가 고개를 돌렸다. 아랫목 벽에 턱 붙어 있는 달마 도사 그림이 한눈에 들어왔다.

"그래, 가내는 두루 편안하시고?"

일엽이 쟁반도 없이 보리차를 든 컵을 양손으로 들고 와서 표재봉에게 건네준 뒤에 돈기철에게 권하며 물었다.

"스님 덕택에 우리 집이야 편하지 않을 이유가 없쥬."

"내 기억으로는 올해 재산이 늘어날 사주가 나온 걸로 알고 있는데?"

"오…… 올해가 다 간 건 아니라서 뭐라고 대답을 해야 되는지 모르겠구먼유."

돈기철은 일엽의 기억력에 저윽이 놀라며 낯간지러운 표정으로 대답했다.

"그 말을 듣고 보니 내가 너무 성급한 질문을 한 거 같구먼. 헌데 이쪽 처사님은 얼굴에 근심 걱정이 잔뜩 묻어 있는 걸 보니 맘고생이 심하겠소."

일엽은 자연스럽게 표재봉에게 말을 걸면서 뒷문을 열었다. 월곡산 산봉우리가 흐린 하늘 밑에 완만한 곡선을 그리며 다가섰다. 그는 마치 월곡산 산봉우리를 처음 보는 사람처럼 어깨를 낮추고 봉우리를 잠시 쳐다보고 난 후에 표재봉과 밥상을 사이에 두고 앉았다. 붓처럼 글씨가 써지는 펜과 A4용지를 반듯하게 펼쳤다. 그는 자세를 반듯이 잡고 표재봉의 얼굴을 응시한다.

"제가 뭐 때문에 여길 온 거 같튜?"

표재봉은 보리차 한 컵을 단번에 마셔 버리고 일엽의 얼굴을 똑바로 쳐다본다. 중은 머리를 깎고 같은 옷을 입어서 그런지 다 똑같이 보인다. 일엽도 턱이 축 늘어지도록 살이 쪘다는 것을 제외하고는 별 특징이 없어 보였다.

멀쩡하게 앉아서 등신 소릴 들을 필요는 없지. 관상쟁이나 점쟁이 유도 심문에 넘어가면 곽차복이보다 못한 놈이다.

표재봉은 먼저 선수를 쳐서 영험이 있는지 없는지 알아보는 것이 중요하다는 생각에 침을 꿀꺽 삼키며 다짜고짜 물었다.

"허! 돈 처사님한테 뭔 말씀을 들었는지는 모르겠지만 난 점쟁이나 무당이 아뉴. 암것도 모르고 얼굴만 보고 척척 알아맞히는 사람이 세상이 있는지 없는지는 모르겠지만 날 점쟁이로 생각하고 찾아왔다면 괜한 걸음을 한 것 같소. 이왕 왔으니 땀이나 말리시고 그냥 가슈…… 허나, 성씨가 어떻게 되는 대주인지는 모르겠지만, 대주한테 문제가 있는 것이 아니고 안사람한테 문제가 있는 것만큼은 틀림없는 것 같소."

일엽은 돈기철 입을 통해 표재봉이 왜 찾아 왔는지는 알고 있었다. 섣불리 본색을 드러냈다가는 땡중 소리 듣기 딱 좋았기에 뒤로 슬쩍 물러앉았다. 그는 잠깐 동안 뜸을 들인 후에 도저히 되묻지 않고는 견디지 못할 만큼 확실한 미끼를 던지고 나서 붓펜을 들었다.

"집에서 멀쩡한 몸으로 살림만 잘하고 있는 마누라가 뭔 문제가 있다는 거유?"

안사람이라면 당연히 아내를 말한다. 표재봉은 자신이 언제 선수를 치겠다고 벼렸냐는 듯이 내심 깜짝 놀랐다. 그러나 겉으로는 '놀고 앉아 있구먼'이라는 표정으로 물었다.

"스님, 이 사람 식구는 일도 잘해유."

담뱃불을 붙이던 돈기철이 마음속으로는 갈갈 웃으면서도 표재봉을 거드는 척했다.

"그럴 리가?"

일엽은 점괘를 불신하던 사람일수록 한번 맛을 들이면 더 깊게 빠진다는 점을 잘 알고 있었다. 표재봉도 별수 없이 엎드려 빌 수밖에 없을 거라고 생각하면서도 고개를 갸웃거리며 심각한 표정을 지었다.

"암만해도 스님이 잘못 짚으신 거 같은데. 난 다른 일로 왔슈……."

표재봉은 일엽의 심각한 표정에 감탄한 나머지, 하마터면 '그람 마누라가 어데 있는지. 언제쯤 집에 들어오는지도 알고 있슈?'라고 물을 뻔했다. 그러나 확실하게 떠봐서 손해 볼 것은 없다. 그는 아랫배에 힘을 단단히 주고 돈기철을 향해 비스듬하게 돌아앉았다. 제가 부처님이라도 되는 것처럼 양반다리를 하고 앉아 손가락 끝으로 무릎을 톡톡 치고 있던 돈기철이 잘하고 있다는 표정으로 왼쪽 눈을 찡긋거렸다.

"이상하구먼…… 이상해?…… 좋소! 그람 어디 성씨하고 사는 곳을 말해 보슈."

일엽은 심각한 얼굴로 연신 고개를 갸웃갸웃거리고 있다가 비장

한 결심이라도 한 얼굴로 붓펜을 고쳐 들었다.

"성은 표가고 사는 곳은 화양시 아차동에 살고 있슈."

돈기철을 향해 돌아앉은 표재봉은 고개만 돌려 대답을 하고 나서 뒷마당으로 시선을 옮겼다. 뒷마당 음지에는 머위가 무성하게 자라고 있었다. 그 뒤 축대를 쌓은 텃밭에는 토마토며 가지, 오이 등이 X자 형으로 세워 놓은 대나무 지지대를 감싸고 있다. 짐짓 관상 같은 것하고는 관심 없다는 표정으로 '아따! 가지가 수세미만하구먼'이라고 중얼거렸다.

"성은 표씨고 화양시 아차동 사는 대주라…… 나이가 어떻게 되슈?"

"올게 서른일곱유."

"올게 서른일곱이면 정미년 양띠로구먼. 생월은?"

일엽은 고개를 비스듬하게 숙인 채 엄지손가락으로 약지부터 손가락 마디를 집어 가면서 차례로 질문을 해 갔다.

"사월 생유."

"정미년 양띠에 사월 생이라…… 초년 시절에 고생께나 했구먼. 게다가 공부 운도 없어서 겨우 중학교를 졸업했구먼. 객지에 나갔더라면 쇠를 만질 팔잔데 지금은 농산물을 만지고 있구먼. 허어, 재물 운은 그런 대로 있지만 결혼 운은 없구먼. 결혼을 했다면 남들보다 늦은 나이에 했겠어. 내자하고 나이 차이도 많고 말여. 열 살은 못돼도 네다섯 살은 차이가 나겠구먼."

표재봉은 상체를 좌우로 흔들면서 A4용지에 글자를 쓰고 있는 일엽이 거대한 거인처럼 보였다. 그러나 어디 끝까지 두고 보자는 얼굴로 침을 꼴깍 삼키면서도 질문을 하지 않았다.

"내자는 착한데…… 더 없이 착하고 궁합도 그만하면 괜찮은 편인데…… 허어! 얼굴도 도회지 사는 여자들 못지않게 예쁘구먼."

일엽은 눈을 지그시 감고 중얼거렸다. 표재봉은 일엽이 말을 할 때마다 웃고, 울고, 쾌락에 떨던 아내 모습이 눈앞에서 빠르게 스쳐갔다.

독한 년! 나야 그렇다 치지만 하나도 아니고 둘씩이나 되는 자식들을 어떻게 두고 갈 수 있어?

그는 아내에 대한 분노와 자식들에 대한 연민이 섞여 가슴속을 꽉 채우고 있던 바위가 쩍쩍 갈라지는 것 같아서 입을 꾹 다물고 시선을 뒷마당 쪽으로 돌렸다. 멀리 산봉우리는 비가 오려는지 먹구름 속에 파묻혀 있다.

"허! 이를 어쩌나. 얼굴이 예쁘면 뭐하고 착하면 뭐하겠는가. 맘이야 서방 옆에서 붙어 있을지 모르지만 육신은 천리타향 객지에서 떠돌고 있는데…… 가만. 혹시 조상 중에 이장한 거 있는가?"

표재봉이 빨려 들었다고 판단한 일엽은 더 이상 어정쩡한 존칭을 사용하지 않았다. 그는 표재봉의 얼굴을 노려보다시피 하는 표정으로 물었다.

"그…… 그게 문제가 돼서?"

일엽에게 압도당한 표재봉은 일엽의 얼굴을 똑바로 쳐다볼 수가 없었다. 일엽을 바라보고 있던 시선을 돈기철에게 빠르게 옮기며 물었다.

"내 생각이 틀림없구먼. 그라고 이장을 한 장소도 거기가 거기구먼. 즉, 한 동네라는 말일세. 이장한 장소도 전보다 나쁘지는 않구먼."

"나쁘지 않다면 왜?"

표재봉은 일엽이 언제부터 반말로 묻기 시작했는지 개의치도 않았다. 그는 자신도 모르게 무릎을 꿇고 앉았다. 두 손을 무릎 위에 반듯하게 얹은 그는 손바닥에 고이는 땀을 무릎에 연신 닦으면서 바짝 긴장한 목소리로 물었다.

"이장은 잘했는데 안사람이 왜 집을 나갔느냐, 그 말을 묻고 싶다 이건가?"

일엽은 붓펜을 내려놓고 14주짜리 염주를 끌어당겼다. 그는 눈을 지그시 감고 염주를 천천히 돌리면서도 날카롭게 물었다.

"어…… 어떻게 알았슈?"

뒷산에서는 솔개 울음소리가 들려 왔다. 솔개가 울면 비가 온다고 한다더니 바람 소리가 한결 무거웠다. 바람에 숲이 몸을 비트는 소리가 들려 올 뿐 조용한 산사였다. 면접관 앞에 앉은 얼굴로 일엽을 바라보고 있던 표재봉은 일엽이 갑자기 날카롭게 묻는 말에 하마터면 뒤로 벌떡 물러나 앉을 뻔했다.

"어떻게 알았다니? 자네 지금 그걸 질문이라고 하는 건가? 산중에 사는 수도승이라고 세상 돌아가는 이치를 모를까. 세상 돌아가는 이치가 별건가? 나뭇잎에서 떨어진 이슬이 모여 계곡 물이 되고, 그

물이 냇물로 흐르고, 냇물이 모여 강이 되고 강물이 흘러 바다가 되는 것이 세상사는 이치지. 장삼을 입지 않고 러닝셔츠 한 장만 걸치고 있다 하여 나를 하찮은 중이라고 생각하고 있는 모양인데, 나를 우습게 아는 중생하고는 더 이상 인연을 쌓고 싶지 않으니 그만 내려가시게."

"그…… 그게 아니고."

일엽의 서릿발 같은 목소리에 바짝 졸아든 표재봉이 어찌할 줄 모르는 얼굴로 돈기철에게 구원의 시선을 보냈다.

"스님, 이 동생이 뭘 모르고 하는 말인데, 아무것도 모르는 중생이 무식해서 실수한 걸 가지고 노여워하시면 어떡해유. 내 체면을 생각해서라도 이번 한 번만 눈감아 주시고 잘 좀 이끌어 줘유."

매미가 짱짱 울어대는 한낮에 혼자서 원두막을 지키는 노인처럼 권태가 물씬 묻어 있는 얼굴로 텃밭을 바라보고 있던 돈기철이 천천히 고개를 돌렸다.

천생 중질이나 해 처먹을 팔자구먼. 어떡하면 저 지랄로 눈도 뻥긋 안 하고 능청을 떨 수 있다? 하긴 직업인데 저 만큼도 못하면 이 산중에서 나물만 뜯어 처먹다 황달에 걸려 북망산천으로 가는 수밖에 없겠지.

그는 마음속으로는 감탄 반, 비웃음 반이 섞인 조소를 보내면서도 겉으로는 간절하게 부탁했다.

"맞아유. 형님 말처럼 스님이 뭔가 오해하고 기시는 것 같은데 제 말은……."

"나무아비타불 관세음보살. 부처가 아닌 사람이니까 실수를 할 수도 있겠지. 다른 사람 같았으면 말도 섞고 싶지 않지만 돈 처사님 체면을 봐서 없던 걸로 하겠네. 그렇게 알고 내 말 똑똑히 새겨듣게. 다시 한 번 말하자면 이장은 그런 대로 잘했네. 헌데 모든 일에는 순서가 있는 법인데, 그 순서를 지키지 않아서 탈이 났다고 알면 되네."

"순서가 어떻게 틀렸남유?"

"관세음보살 나무아미타불…… 이렇게 답답하니까 내자가 집을 나가지. 집을 나가도 그냥 나간 것이 아니고 돈이 될 만한 것까지 갖고 나갔구먼."

"스님, 지발 마누라 좀 찾아 줘유. 마누라만 집에 돌아오게 해 주신다면 그 은혜는 죽을 때까지 잊지 않겠슈."

돈이 될 만한 것이란 저금통장이다. 표재봉은 아내가 돈이 될 만한 것을 가지고 나갔다는 말에 숨이 멎는 듯한 전율에 사로잡혔다. 그는 두 손을 모아 쥐고 덜덜 떨며 울상을 지었다.

"허허! 이 사람 아직까지 날 중생들이나 등쳐먹는 땡중으로 생각하고 있구먼. 야! 이 사람아, 자네 눈에는 내가 뭔가 대가를 바라고 이러는 줄 아나?"

"스님, 이 동생은 마누라가 계속 안 들어오면 죽은 목숨이나 마찬가지유. 그래서 하는 말이니까 죽어 가는 사람 살리는 셈 치시고 어서 비방 좀 처방해 주슈. 안 그라면 진짜로 청산가리라도 먹고 한 많은 이 세상 하직할지도 몰라유."

애가 타는지 연신 입술에 침을 바르고 있는 표재봉의 옆모습을 훔쳐보고 있던 돈기철이 밥상 앞으로 바짝 다가가 앉았다. 슬슬 매듭을 지을 단계가 왔다고 생각하며 초를 쳤다.

"죽은 조상이 자네 식구에게 붙어서 떨어져 나갈 생각을 안 하고 있구먼."

일엽은 자신만만한 목소리로 말을 하고 눈을 감았다. 염주를 천천히 돌리며 나무아비타불 관세음보살이라고 표재봉 귀에 들릴 듯 말 듯한 목소리로 중얼거렸다.

"죽은 조상이 식구에게 붙었다니유?"

"보기에는 똑똑하게 생겼는데 말귀가 어둡구먼. 자네 조상 중에 젊은 청춘에 돌아가신 분이 없는가?"

"작은할아버지 뻘 되시는 본이 스무 살이 못 돼서 추석을 이틀인가 삼일인가 앞두고 대추나무에서 떨어져 돌아가셨다는 말을 들은 적이 있는 것 같은데. 그…… 그 일을 두고 하시는 말씀이신가유?"

어느 집 어느 가문이나 일찍 생을 마친 조상이 있기 마련이다. 일엽의 말에 혼까지 빼앗겨 버린 표재봉은 이성적으로 생각하면 지극히 보편적인 일인데도 전율을 느낄 정도로 놀란 얼굴로 반문했다.

"원래 혼령이 사는 세계는 음(陰)의 세계이고 인간이 사는 세계는 양(陽)의 세계라고 하지. 음과 양의 기운이 서로 맞지 않으면 뭔 일이 벌어지겠는가. 극이 맞지 않으면 파장이 일어날 수밖에 더 있겠어? 그 파장이 뭐냐 하면 여러 가지 안 좋은 일이란 말일시. 자네 조부도 바로 이 경우에 해당하는 걸세. 장가도 못간 청춘이 대추나무에서 떨어져 즉사를 했는데 얼마나 황당하고 원통하겠어. 그래서 이승을 떠나지 못하고 생전에 살던 데를 맴도는 거여."

"아니, 아버지 형제분이 오 형제에다 우리 아버지는 장손도 아녀유. 그런데 왜 하필이면 제 식구에게 붙었대유? 순리적으로 따지나 상식적으로 따져도 붙으려면 절에 열심히 다닌다는 크…… 큰집 형수님한테 붙어야지…… 안 그래유, 형님?"

일엽에게 절을 하듯 양손으로 바닥을 짚고 있던 표재봉이 고개를 바짝 세우고 이렇게 억울할 수가 있느냐는 표정으로 따졌다. 그러나 그는 이내 일엽과 시선이 마주치는 순간 슬며시 말을 흐리며 돈기철을 바라보았다.

"허! 스님 말씀은 그런 뜻이 아녀. 내가 알기로는 귀신은 아무에게나 붙는 것이 아녀. 촌수 따라붙는 것도 아니고 나이순으로 붙는 것도 아니고 화투판 끗수 따라붙는 것도 아녀. 오로지 저한테 젤 잘해 줄 거라고 믿는 사람에게 붙는다는 겨."

일엽이 뭐라고 말을 하기 전에 돈기철이 나도 한몫은 해야 나중에 분배받을 때 큰소리 칠 수 있을 거라는 계산을 염두에 두고 끼어들었다.

"형님 말도 이해할 수가 없구먼. 잘해 주는 사람에게는 오히려 붙지 말아야 하능거 아녀?"

"그 반대로 생각해봐. 왜냐하면 살아 있는 후손하고 죽은 조상이나 남이 아니고 한 핏줄이잖아. 아무리 죽은 조상이라지만 제 후손한테 해코지 하려고 붙겠어?"

"그럴 리야 없겠지, 팔은 안으로 굽고 게도 가재 편이라는데……"

"내 말이 바로 그 말여. 자고로 갑자기 죽은 처녀나 총각은 너무 원통하고 한이 맺혀 저승에 가지를 못하고 이승에서 떠도는 법일세. 그러자면 누군가 영혼결혼식을 시켜 주든지 좋은 곳으로 천도를 시켜 주든지 해서 원통한 한을 풀어 줘야 하는데, 귀신하고 담쌓고 사는 교인(敎人) 자손에게 붙을 수는 없잖여. 부처님은 믿지만 지 가족만 생각하고 조상을 개떡같이 여기는 자손도 도움이 안 되고, 돈만 알고 조상 고마운 줄도 모르는 자손에게 붙어 봐야 말짱 황이고, 조상 위하는 맴이야 하늘같지만 똥구멍이 찢어지도록 가난한 자손에게 붙어 봐야 쉬어 터진 찬밥 한술 못 얻어먹을 거잖아. 그래서 적당하게 조건이 맞는 자손에게 붙어서 한을 풀어 달라고 자꾸 흔드는 거여. 이만하면 무슨 말인지 확실하게 알아듣겠는가?"

"대충 이해를 하겠는데……."

돈기철이 말을 하는 동안 미지근한 표정을 짓고 있던 표재봉이 아직 이해가 안 되는 부분이 있다는 얼굴로 대답했다.

"대충 이해하다니?"

점잖게 눈을 감고 있던 일엽이 눈을 번쩍 뜨며 반문했다.

"스님 말씀이 맞는다면 할아버지가 구천을 떠도는 이유가 장가를 못간 원한 때문인 것 같은데 인제 와서 어떡합니까. 그 뭐요? 살아 있는 나이로 치자면 백 살도 넘은 양반을 인제서 스님이 말씀하신 데로 영혼결혼식인가 하는 걸로 한을 풀어 줄 수도 없는 노릇 아니겼슈?"

"영혼결혼식은 생전 나이로 쳐서 올리는 식이니 전혀 방법이 없다고 볼 수는 없겠지. 허지만 문제는 결혼식을 혼자 올릴 수는 없다는 점여. 무슨 말인고 하니 신붓감이 있어야 하는데, 찾아보면 찾아볼 수가 있겠지만 어느 세월까지 기다려야 되는지 정답이 없다는 거지. 그래서 요즈음은 대세가 좋은 곳으로 가셔서 편하게 사시라고 천도를 시켜주는 집안이 많지."

"형님, 천도를 시켜야 된다는 말이 뭔 말유."

"천도제를 지내 줘야 된다는 말이구먼. 자네 천도제가 뭔 말인지 알지?"

돈기철이 슬며시 고개를 돌리고 충실하게 바람잡이 역할을 했다.

"천도제란 말은 많이 들어 봤어도 그 말이 뭔 뜻인지는 확실하게 모르겠슈."

"아까 스님이 말씀하실 때는 화장실에 갔다 왔는가 보구먼? 원통하게 죽은 영혼을 좋은 곳으로 인도시켜 주는 제가 바로 천도제여."

"'제' 자라는 말이 들어가는 걸 봉께 일종의 제사라 이 말이구먼. 제사를 지내 주는 것이 좋다면 그렇게 하지 뭐. 제사 한 번 지내는데 비용이 들어가면 얼마나 들어가겠어. 떡을 말로 한다 해도 기십만 원이면 제사상 다리가 부러지도록 푸짐할 텐데."

"음식만 준비하면 되는 집 제사하고는 틀려. 이것저것 정성을 들여 준비하는 것이 수십 가지여. 제도 스님 혼자 지내는 것도 아니고 다른 스님도 모셔 와야 하고 하니까 경비가 수월찮게 들어갈 걸?"

"사흘 전에 서울에서 큰 식당을 하는 보살께서는 이천만 원을 들여서 제를 지냈네. 그러나 그 정도 금액은 집안에서 정성을 들인 것이고 보통 천만 원을 잡으면 딱 좋네. 하지만 가만히 보니 돈 처사하고 형님 아우하며 우애 좋게 지내는 처사이고 하니, 절반을 뚝 잘라서 오백만 원 정도로 천만 원 들인 것 못지않게 정성을 들여서 지내 주지."

두 눈을 지그시 감고 나무아미아미타불 관세음보살이라고 읊조리며 염주를 돌리고 있던 일엽이 눈을 뜨지 않고 상체를 앞뒤로 허리를 흔들며 말했다.

"뭐여?"

이런저런 경비를 포함해야 돈 백만 원 정도를 생각하고 있던 표재봉 입이 떡 벌어졌다.

"스님!"

돈기철도 어이가 없는 얼굴로 일엽을 불렀다. 삼백만 원 정도면 적당하다 생각했는데 오백만 원을 요구한다는 말을 듣고 나니 칼만 안 들었지, 순 날강도라는 생각이 들었다.

"왜 그렇게 놀라시나?"

"오…… 오백만 원이 뉘 집 강아지 이름도 아니고……."

"스님, 날 봐서라도 좀 깎아 줘유. 제가 이 동생 사정을 잘 알고 있는데, 이 동생은 초가을에 포도밭을 밭떼기로 사서 포도를 팔아야 목돈을 만져유. 요새는 그냥 시장 안에서 과일만 팔고 있어서 먹고 사는 것이 그저 그런 판국에 오백만 원은 큰 돈유."

"허허! 난 돈 처사 그렇게 안 봤는데 이상하군. 참말로 이해할 수가 없네. 지금 내가 목탁을 팔자는 건가? 아니면 절 땅이라도 내놓고 흥정을 하고 있는 건가?"

"물론 도리에는 안 맞쥬. 하지만 제 말이 백 번 안 맞는다고 해도 불쌍한 저 동생 사정도 헤아려 줘야 하잖유. 안 그려유?"

돈기철은 표재봉을 동정해서가 아니라 금액이 너무 큰 것이 걸렸다. 괜히 잘못했다가는 사기죄에 걸리는 것은 물론이고 표재봉에게 늘씬하게 얻어맞을 수도 있다. 이럴 때는 냉정해야 한다는 생각에 노골적으로 반대를 하며 은근한 눈빛으로 일엽을 노려보았다.

저 자식이 아주 사람을 갖고 놀고 있구먼. 땡중 주제에…….

일엽의 얼굴에 체념의 빛이 스쳐 가는 것을 확인하고 나서야 그는 회심의 미소를 지으며 텃밭으로 시선을 돌렸다.

비가 오려나?

갑자기 시야가 어두워지는가 싶더니 밭이랑에 빗방울이 내리꽂히며 마른 먼지가 풀썩거렸다. 이어서 앞이 보이지 않을 정도로 장대 같은 비가 내려 갈기기 시작했다.

소나기는 소등을 다툰다고 했다. 안남면에는 앞을 가릴 수 없을 정도로 폭우가 쏟아지고 있는데 아차동은 그렇지가 않았다. 영원히 비는 안 내릴 것처럼 숨이 턱턱 막히는 듯한 열기가 아스팔트를 점령하고 있었다.

신용조합에서 나온 진구는 오토바이에 올라탔다. 그냥 가게로 갈 것인지, 아차강으로 가서 콱 막힌 가슴을 좀 풀어 버리고 가게로 갈 것인지 얼른 결정이 나지 않았다. 목에 맺히는 땀방울을 손바닥으로 쓰다듬어 아스팔트에 뿌리며 고개를 뒤로 돌렸다. 삼 층 건물인 신용조합 건물이 의용도 당당하게 턱 버티고 서 있다.

재주는 곰이 부리고 돈은 떼놈이 번다고 하더니 꼭 그 짝이군…….

눈이 시리도록 푸른 하늘 밑에 턱 버티고 서 있는 신용조합 건물을 가만히 쳐다보고 있자니 잠시 잊고 있었던 분노가 치밀어 올랐다. 삼 층짜리 건물을 지을 때만 해도 이 층에는 조합원들 편익을 위해 무료 예식장으로 사용하고 삼 층은, 조합원들의 친목단체가 회의를 할 때나, 조합원들의 문화수준을 높이기 위하여 노래교실이며, 요리교실, 독서교실 등을 운영하겠다고 발표를 했었다. 그러던 것이 이 층에는 직원 체력 단련을 위한 탁구대와 당구대가 들어서고 삼 층은 창고로 사용하고 있다는 소문이 돈 지가 어제오늘 일이 아니고 준공식이 끝난 이듬해의 일이다.

잘난 놈들이니까 에어컨 팍팍 돌아가는 사무실에서 탁구나 치고 있겠지. 나 같은 놈은 시장통에서 죽어라 장사나 하면서 어려운 사람 보증 서 준 죄로 돈이나 물어주면서 살아가라는 팔자고…….

철판처럼 달아오른 아스팔트 언저리에서 현기증이 나도록 신용조합 건물을 노려보던 진구는 오토바이에 올라탔다. 낯선 간판을 보는 듯한 표정으로 길 건너의 제일수족관 옆에 있는 의정부부대찌개라고 쓰여 있는 간판을 응시했다.

이 시간에 강가에 앉아 있는다고 마음이 편해질 리는 없고, 오히려 사람만 더 처량해 보이겠지…….

진구는 가슴속에 들불이 난 것처럼 목구멍으로 뜨거운 기운이 훅훅 풍기는 것 같았다. 이런 기분으로 가게에 돌아갔다가는 숨이 막혀 질식사를 할 것 같았다. 아차강의 조용한 곳에 가서 시원한 강바람을 맞아도 소용이 없을 것 같아서 오토바이를 천천히 몰아 길을 건너갔다.

젠장! 언제는 술친구 찾아서 술 마셨나……

오늘 같은 날은 이름 석 자만 알고 있는 사람이라도 만나면 기꺼이 술을 사고 싶었다. 그러나 알고 지내는 사람은커녕, 이름은 몰라도 눈에 익은 사람도 보이지 않았다. 그는 쓸쓸한 미소를 입술 가에 머금고 의정부부대찌개 앞으로 갔다. 의정부부대찌개 문은 열려 있었다. 그는 까만 플라스틱 구슬을 꿰어 늘어트려 놓은 커튼을 벌리고 안으로 들어갔다.

벽에 걸려 있는 선풍기는 열심히 돌아가고 있는데 주인 얼굴은 보이지 않았다. 그는 문 앞에 있는 의자에 다리를 꼬고 앉아서 밖을 향해 고개를 돌렸다.

가게에 앉아 있을 아내의 얼굴이 떠올랐다. 철준의 슈퍼 사건 때문에 속이 상한 나머지 거의 보름 이상을 건성으로 가게와 집을 오가던 아내다.

"갈가리 찢어 생간을 삼켜도 시원찮을 놈이 잘 살면 얼마나 잘 사는지 두고 볼끼구먼."

오늘 아침을 먹고 나서는 마음을 비우기로 하였는지 아내는 철준에게 저주를 퍼붓고 나서 앞장서서 가게로 나갔다.

가게에 들어간 아내는 가만히 있으면 울화통이 터져서 견디지 못하겠다는 얼굴로 그릇에 앉아 있는 먼지를 닦고, 손님들이 보고 나서 다른 곳에 둔 물건들을 찾아 제자리에 가져다 놓는다. 그리고 한동안 되는 대로 받아 구석에 쌓아 두었던 물건들을 정리하고 바닥에 물걸레질을 한다. 유리창도 닦느라 아내는 오전 내내 선풍기 앞에 앉아 보지를 않았다.

"집에 가 봐야, 반찬도 없는데 오랜만에 순댓국이나 시켜 먹을까?"

"순댓국?"

아내는 소나기가 억수같이 쏟아지는 날에도 집에 가서 점심을 준비해서 싸 가지고 왔다. 그것도 어려우면 가겟방에서 라면을 끓여 먹지 않으면 빵과 우유로 때웠다. 그녀답지 않게 외식을 하자는 말이 믿어지지 않아서 자신도 모르게 반문했다.

"아무리 돈을 벌려고 아등바등 살아도 돈이 따라와야 부자가 되는 거 같애. 우리도 부자는 나중에 되고 먹고 싶은 건 먹으면서 살아. 내가 전화할까?"

아내는 짐짓 웃는 얼굴로 순댓국집에 전화를 했다.

그가 점심을 먹고 낮잠이나 자 둘 생각으로 선풍기 스위치를 누르려는 순간, 신용조합 김 부장으로부터 전화가 왔다. 김 부장 목소리가 굳어 있는 것으로 보아 철준의 채무 때문일 거라고 짐작했다. 오랜만에 기분이 돌아온 아내에게 철준의 채무 이야기를 했다가는 또 화병이 도질 것 같았다. 그래서 변차수와 만나기로 약속이 되어 있다는 핑계를 대고 오토바이를 탔다.

“너무 오랫동안 연체가 돼 놔서 늦어도 구월 말까지는 변제를 하셔야 합니다. 안 그러면 보증을 선 사장님한테 미안하기는 하지만, 집 앞으로 압류가 들어갈 수밖에 없습니다.”

김 부장이 전화를 한 이유는 짐작했던 것처럼 철준의 채무 때문이었다. 철준의 채무는 상상했던 것보다 심각했다. 거의 3억 원에 가까운 금액이었다. 김 부장은 철준이 야반도주 건이라서 빠른 시일 내에 부채를 해결해야 뒷말이 없을 것이라고 믿는 눈치였다.

“쥐새끼도 도망갈 구멍을 보고 쫓으라는 말이 있잖아요. 당장 내가 쓴 삼천만 원 이자도 매월 겨우 갚아 가고 있는 형편이라는 건 김 부장님이 잘 알고 있는 사실 아닙니까. 죽을 사람 살리는 셈치고 일단 물건이 있으니까 원금은 제 앞으로 돌리고 연체이자만 끄게 해 줘유. 솔직히 내가 쓴 돈도 아니고 순전히 보증 잘못 서서 물어내는 셈인데 그 정도 편리도 못 봐 준다면 나 보고 죽으라는 말하고 뭐가 달라요?”

“허허! 사장님 어려운 사정을 모르는 것 아니지만 채무자가 야반도주한 사건이 아닙니까. 위에서는 구월 달까지 갈 필요도 없이 당장 변제 조치를 하라는 거유. 그걸 제가 사정사정해서 구월까지 연기를 했다고 했잖아요. 사정이 딱하기는 하지만 구월까지는 해결을 해야 합니다.”

봐 달라, 못 봐주겠다 라는 말로 시작한 말씨름은 세 시간이 넘어도 끝나지 않았다. 결국은 김 부장이 윗선에 다시 보고를 해서 연장을 하는 쪽으로 알아보겠노라는 대답을 듣기는 했지만 기분은 시원하지가 않았다. 가슴속에 진흙을 잔뜩 이겨 넣은 것 같은 답답증에 그는 자기도 철준이처럼 어디론가 흔적도 모르게 증발해 버리고 싶은 충동이 들었다.

“어머! 그릇집 사장님이 우리 집에 웬일이데요?”

한가한 표정으로 식당 안에 들어선 주인 떼보 엄마가 깜짝 놀란 얼굴로 물었다.

“장사 때려칠 참여? 언지 오긴 언지 와. 기다린 지가 한 시간은 넘는 거 같은데.”

“순영이 엄마가 수박 한 쪼가리 먹으라고 해서 나간 지가 십 분도 안 되는데 뭔 소리를 하고 있는지 모르겠구먼. 그릇집 사장님이 이 시간에 웬일이다. 통장 선거 운동하러 왔을 리는 만무하고.”

“소주 한잔 할라고 왔구먼.”

“어머머! 그 말이 참말이여?”

“허! 떼보 엄마는 내가 언제 신소리 하는 거 봤어? 지금 속에서 열불 나서 죽겠어. 어서 에어컨 좀 틀어 보고 시아시 바짝된 소주나 한 병 내나 봐.”

“소주 한 병 팔아서 얼마나 남는다고 전기세 비싼 에어컨을 틀어. 안주는?”

떼보 엄마가 진구가 열불 나는 것과 자기와는 상관없다는 얼굴로 짤막하게 물었다.

“염병! 여기서도 사람 차별하는구먼. 안주 못 팔아서 죽은 구신이 있나? 그 뭐여. 닭발 한 접시 줘."

평소답지 않게 말을 씹어 뱉어낸 진구는 양손으로 깍지를 껴서 무릎을 잡고 밖으로 시선을 돌렸다. 아직 저녁 장사 시간이 아니라서 시장통은 한산했다. 시장통을 오가는 사람들의 표정은 하나 같이 더위에 지쳐 있는 얼굴이다. 음료수며 소주와 맥주를 실은 트럭이 지나가는 광경을 물끄러미 바라보고 있으니 철준의 얼굴이 떠올랐다. 이처럼 환한 대낮에 떠났다면 만사를 제쳐 두고 찾아 나섰을지도 모른다. 하지만 부엉이도 졸고 있을 한밤중에 떠나던 모습이 가슴에 음영으로 남아 있어서 야속하기는 하지만 참고 견뎌낼 수밖에 없었다.

해도 너무했지. 보증이야 그렇다 쳐. 슈퍼를 배 사장에게 넘겨 버릴 것이 뭐여.

철준이 1톤짜리 포터 더블캡 차에 오를 때만 해도 이처럼 야속한 기분은 들지 않았다. 사랑하는 여인을 떠내 보내는 기분으로 바라보는 밤하늘의 별들은 왜 그렇게 많은지. 바람이라도 불면 가을에 대추나무 털듯 별이 떨어질 것 같았다. 행여 차 엔진 소리가 동네 사람들의 귀를 깨울까 봐 소리 죽여 운전하는 철준의 차를 따라서 동사무소 앞마당까지 나갔을 때는 뿌연 안개가 하늘을 가리고 있었다.

"뭔가 모르지만 엄청나게 속상한 일이 있는 거 같텨?"

떼보 엄마는 대낮부터 술을 찾는 진구를 이해할 수가 있었다. 그렇다고 철준이 때문에 속이 상해서 술을 찾는 거냐고 물을 수는 없다. 닭발 접시를 테이블 위에 내려놓으면서 조심스럽게 물었다.

"크음! 속상한 일이 어떻게 생겨 처먹었는지는 모르겠지만 한번 맛이라도 봤으면 좋겠구먼."

"얼굴에는 나 엄청 속상해, 라고 써 있는데?"

떼보 엄마는 진구 앞 테이블에 앉았다. 이 자리에서 십 년이 넘게 장사를 해 왔지만 진구 혼자 낮술 마시는 적을 본 적도 없었다. 철준이 때문에 속이 상해도 대단히 속상한 일이 있을 거라고 생각하며 소주병 뚜껑을 열었다.

떼보 엄마 말을 한 귀로 흘려보낸 진구는 그녀가 따라준 첫 잔을 들고 망연한 표정으로 바라보았다. 철이 들 무렵부터 바라보는 세상은 가난 그 자체였다. 그나마 철준의 설득을 받고 얼마 되지 않는 논과 밭을 팔아서 아차시장에 정착하지 않았다면 고향을 지키고 있는 친구들처럼 하루하루를 희망 없이 살아가고 있을 것이다. 그토록 고마운 철준이 배신을 한 것은 현실이다. 당장 한 시간 전에 철준이 때문에 김 부장과 힘든 씨름을 하고 나온 것도 현실이다. 그런데도 현실 같지가 않고 꿈을 꾸는 것 같으면서 속이 텅 비어 버린 것 같은 기분으로 술잔을 물끄러미 바라봤다. 눈물이 빙그르 도는 것 같아서 두 눈을 깜박거리며 턱을 치켜 올렸다.

변차수는 주인이 없는 동장실에서 지역신문인 화양신문을 들척거렸다. 실내는 에어컨을 틀어 놓아서 얼음 창고 안에 앉아 있는 것처럼 시원했다. 여직원이 커피를 들고 왔다. 냉커피다.

요즘 공무원 팔자가 개팔자지.

공무원은 정부로부터 월급을 받는다. 정부는 공무원에게 월급을 지급하기 위해서는 국민들에게 세금을 받는다. 결국 공무원들에게 세금을 주는 것은 정부가 아니고 국민들이다. 시의원이나 시장 선거를 할 때마다 귀가 따갑도록 듣던 말들이 생각났다. 그들의 말대로라면 공무원들이 에어컨을 틀려면 국민들에게 허락을 받아야 한다. 하지만 공무원들은 항상 국민의 상전이면 상전이지, 심부름꾼 역할은 하지 않는다. 그걸 보면 시의원이나 시장의 말이 맞는 것 같지가 않았다.

골치 아프구먼.

변차수는 머리를 흔들고 나서 냉커피를 마셨다. 속까지 시원해서 돈기철 때문에 상했던 기분이 한결 풀어졌다.

"어이구! 죄송합니다. 시청에서 회의가 늦어지는 통에 좀 늦었습니다."

변차수가 냉커피 잔에 들어 있는 얼음까지 녹여 먹었을 즈음에, 문이 열리며 아차동 동장 오만복이 들어왔다.

"저도 금방 왔습니다."

변차수는 얼른 일어서서 오만복이 내미는 손을 힘주어 잡고 흔들었다.

"날도 더운데 이런저런 잡무를 하시느라 힘드시죠. 냉커피 한 잔 더 드시겠습니까?"

오만복이 소파 상석에 앉아서 인터폰을 들고 말했다.

"아…… 아닙니다. 동장님이 여러 가지로 보살펴 주셔서 더운 줄도 모르고 지내고 있습니다. 동장님이야 말로 아차동을 위해 일하시느라 여간 힘드신 것이 아닌 걸로 알고 있습니다."

"아, 아닙니다. 변 통장님 같으신 분이 턱 버티고 계시니까 저는 날로 먹는 것 같아서 늘 송구스럽기만 합니다."

오만복은 말을 하고 나서 인터폰으로 인삼차를 한 잔 가지고 오라는 지시를 했다.

"우리 십일 통이야 가구도 적고 주민수도 적으니까 통장 일이라고 해 봤자, 크게 어려운 일은 없습니다. 주민들도 잘 협조를 해 주는 편이고……."

"무슨 고민이 있나요?"

변차수의 얼굴이 갑자기 어두워지는 것을 느낀 오만복이 맹꽁이처럼 튀어 나온 배를 쓰다듬다 물었다.

"아! 글쎄, 제가 올해로 딱 십 년째 통장 일을 하고 있지만 이번처럼 황당한 일은 처음입니다."

"십일 통 주민들은 그동안 별다른 민원 없이 지내온 걸로 알고 있는데……."

변차수에게 냉커피를 타다 준 여직원이 인삼차를 들고 왔다. 오만복은 뜨거운 인삼차를 마시려다 너무 뜨거워서 후후 불다가 그냥 내려놓았다.

"딱 한 명이 제 속을 완전히 뒤집어 놓고 있어서 요즘에는 잠이 안 와유."

"어떤 동네든지 통장이 하는 일이 사사건건 물고 늘어지며 괴롭히는 주민이 있게 마련입니다. 하지만 십일 통은 지금까지 그런 사람이 없었지 않습니까?"

"동장님도 아실런지 모르겠슈. 아차시장에서 중앙정육점을 하고 있는 돈기철이라고."

"아! 그분이라면 알고 있습니다. 제가 알고 있기로는 그분이 아차시장이 아니라 아차동에서 제일 부자라고 하던데, 돈 많으신 분이 뭐가 답답해서 이처럼 훌륭하신 통장님을 괴롭히실까?"

"부자면 뭐 합니까? 인간성이 똥덩어리 같은 놈인데."

"똥덩어리?"

오만복은 변차수의 말이 우습다는 얼굴로 인삼차 잔을 들었다.

"글쎄 그놈이 통장을 선거로 뽑자고 난리를 치고 있지 뭐유? 도대체 시의원도 아니고 그 잘난 통장을 선거로 뽑자는 것이 말이나 됩니까?"

흥분한 변차수가 빈 냉커피 잔을 번쩍 들어서 응접 테이블을 내려칠 기세로 입술에 거품을 물었다.

"통장을 선거로?"

오만복은 뜨거운 인삼차를 마시려고 입술에 댔다가 통장 선거라는 말에 꿀꺽 마시고 말았다. 한 모금 살짝 마신 것도 아니다. 물속에 있는 잉어가 낚싯밥을 덥석 무는 것처럼, 인삼차 잔을 덥석 물 정도로 마셨더니 식도가 불에 타 버리는 것 같았다. 그가 너무 뜨거워서 들고 있던 인삼차를 놓치는 순간, 뜨거운 인삼차가 허벅지를 적셔 버렸다.

"아! 뜨뜨뜨……."

오만복이 펄쩍 뛰면서 비명을 질렀다.

"도…… 동장님!"

돈기철 때문에 화가 나 있던 변차수는 팔짝 뛰어 오르는 맹꽁이처럼 소파를 뛰어 올라서 펄쩍펄쩍 뛰며 괴로워하는 오반복의 모습에 덩달아 팔짝팔짝 뛰었다.

동장실 문이 열리며 총무계장과 여직원이 뛰어 들어왔다. 동장은 혀를 길게 늘어트리고 후화! 후화! 하는 한편, 무언가에 축축하게 젖어 있는 허벅지를 손가락으로 가리키며 눈물을 글썽글썽거렸다.

"소주, 소주 좀 없슈? 물에 덴 데는 소주를 발라야 한다고 하든데."

변차수의 말에 총무계장이 바깥으로 뛰어 나갔다. 여직원은 오만복 책상 위에 있던 화장지를 몇 장이고 북북 빼내서 들고 인삼차에 젖어 있는 바짓가랑이를 닦았다.

"앗! 따, 따가워."

오만복은 여직원을 확 밀어 버리고 나서 허겁지겁 바지 혁대를 풀었다. 오만복의 팬티를 보고 민망한 여직원이 얼굴을 가리고 밖으로 나갔다. 이어서 총무계장이 반쯤 마신 소주병을 들고 헐레벌떡 뛰어 들어왔다. 변차수는 얼른 소주병을 받아서 빨갛게 부어 오른 허벅지에 부어 버렸다.

"병원에 안 가 봐도 되겠습니까?"

총무계장이 이마의 땀을 닦으며 물었다.

"괜찮아, 난 괜찮으니까 자네 저기 좀 앉아 봐."

오만복은 빨갛게 부어 오른 상처에 손으로 부채질을 하며 소파 상석에 앉았다.

총무계장이 밖으로 나가서 부채를 가지고 왔다. 그의 옆에 앉아서 부채질을 하며 뒤늦게 변차수에게 꾸벅 인사를 해 보인다.

"그러니까 십일 통 통장을 선거로 뽑겠다고 하는 문제는 주민들과 결정을 한 것이라 이 말씀이시죠"

오만복은 상처가 쓰라려서 부채질에 만족을 하지 않고 입으로 호호 불다 말고 고개를 들었다.

"주민들이 결정한 것이라고 보기보다는 돈기철 그놈이 하도 설쳐대니까, 그놈 성질을 아는 동네 사람들이 마지못해 찬성한 것으로 보는 것이 옳을 거유."

"그럼 통장님은 반대를 하신다?"

"제가 뭐 좋다고 찬성을 하남유. 지금까지도 통장직을 열심히 수행해 왔고, 앞으로도 지금처럼 열심히 수행을 하면 되는데……."

변차수가 오만복을 찾아 온 이유는 동장의 직권으로 11통 통장을 임명해 달라는 부탁을 하기 위해서다. 오만복이 인삼차에 허벅지를 델 때만 해도 그 정도 부탁은 충분히 들어 줄 만한 분위기였다. 그러나 오만복이 인삼차에 데고 나서 충격을 받았는지 마음이 갑자기 바뀌었는지, 분위기가 안 좋은 쪽으로 흘러가는 것을 느끼며 고개를 옆으로 눕히고 오만복을 바라봤다.

"통장님, 지금부터 제 말씀 잘 들어 보십시오. 돈기철 그 사람이 선거를 해야 한다고 설칠 때는 자기가 통장을 하고 싶다는 뜻이 숨어 있을 겁니다. 제 말이 틀렸습니까?"

"그놈은 저한테 이득이 없으면 옆집에 불이 나도 부채 들고 와서 삼겹살 구워 먹자고 할 놈입니다."

"그럼 선거를 하십시오. 선거를 해 봤자 통장님이 당선되시는 건 불에 물을 보듯 뻔한 이치 아닙니까?"

"그래도 선거를 안 하고 연임을 하는 것이 좋지, 그놈하고 눈싸움하며 선거해서 당선되면 임기 내내 물고 늘어질 것 같아서……."

"제게 좋은 방법이 있습니다. 이봐, 총무계장 당장 보도자료를 써서 각 언론사에 배포를 하게. 화양시 아차동 주민들은 우리나라 헌정사상 처음으로 통장을 민주적인 방방으로 선거를 해서 선출한다고 말야."

"동장님, 이건 정말 획기적인 뉴스가 될 것 같습니다. 대구 어딘가는 시험을 봐서 통장을 본다는 것 가지고 히트를 치지 않았습니까? 풀뿌리 민주주의에 걸맞게 통장도 주민선거로 선출한다고 하면 언론사에서 백 프로 기사화 해 줄 것입니다."

"보도자료에다 아차동 십일 통 변차수 통장님의 제안으로 민주주의 방식을 도입해 선거를 하기로 했다는 말은 꼭 집어넣게. 그래야 우리 변 통장님의 얼굴이 화양시는 물론이고 전국방방곡곡으로 알려지지 않겠나."

"제 얼굴이 신문에?"

변차수는 오만복의 깊은 뜻을 이제야 알았다는 얼굴로 총무계장이 들고 있는 부채를 얼른 빼앗았다. 신문에 난다는 것은 생각만 해도 심장이 벌렁벌렁 뛰어서 그는 부채질을 마구 해대며 방긋방긋 웃었다.

노을은 붉게 타오르고

부동산 사무실은 퇴근 시간이 따로 없고 캄캄해지면 문을 닫는다.

변차수는 퇴근 시간이 지났는데도 책상 앞에 앉아 있었다. 큰길가에서 사 온 중앙일간지며, 화양시에서 발행이 되는 주간지가 어지럽게 널려 있었다.

중앙일간지 사회면에는 삼단 기사 혹은 박스 기사로 '민주주의 방식으로 통장을 선출하는 아차동', '통장도 지방자치 시대에 걸맞게', '전국 최초로 통장선거 투표로'라며 통장을 주민선거로 뽑는다는 기사가 났다. 어떤 신문에는 아차동 동장인 오만복의 얼굴이 나와 있고, 어떤 신문에는 오만복 사진은 나와 있지 않았다, 그러나 요즈음은 통장도 인기가 있어 서로 통장을 하려고 해서 오만복 동장의 제안으로 주민투표에 붙여졌다는 내용을 골자로 한 기사 내용은 비슷했다.

유일하게 변차수의 얼굴이 나와 있는 신문은 화양시에서 일주일에 한 번씩 발행을 하는 주간신문이다. 화양신문의 사회면에는 비교적 자세하게 변차수 통장의 제안으로 민주적인 투표를 하게 되었고, 오만복 동장도 이를 적극적으로 환영한다고 나와 있었다. 마지막 부분에는 변차수 통장은 십 년 동안 통장직을 평생 직업으로 생각할 만큼 충실하게 수행해 온 보기 드문 주민의 심부름꾼 역할을 하고 있다고 덧붙였다.

변차수는 중앙일간지에서 기사를 읽을 때만 해도 화를 참느라 씩씩거리며 읽었다. 당장 달려가서 맹꽁이처럼 튀어 나온 배를 슬슬 문지르며 웃는 오만복의 따귀를 갈기고 싶을 정도였다.

그려, 동장님은 전국적으로 놀고 난 화양시에서 놀아도 그게 어디여.

화가 슬그머니 가라앉은 것은 화양신문을 읽고 난 후였다. 자기 이름 석 자와 아차동의 심부름꾼 역할을 충실히 하고 있다는 부분을 읽으면서 자신도 모르게 천장을 바라보며 소리 없어 허허 웃었다.

부동산 사무실 문이 거칠게 열린 것은 변차수가 화양신문에 난 기사를 가위로 오려서 백지에 붙이고 난 후였다. 변차수는 신문 기사를 복사하여 시장 상인들에게 나누어 줄 생각을 하며, 기사를 액자에 넣어서 사무실에도 사람들이 잘 보이는 곳에 걸어 놓으리라 생각했다. 흐뭇하게 웃던 그가 문이 거칠게 열리는 소리에 고개를 들었다.

돈기철이 문 앞에서 턱 버티고 서서 양손을 허리에 얹었다. 급하게 마신 소주의 취기가 한꺼번에 치밀어 오르면서 얼굴이 화끈화끈거렸다. 대전만두집이 화양신문을 가져다주지 않았으면 변차수 이름 석 자가 신문에 난 사실을 몰랐을 것이다.

오늘 너 죽고 나 죽는 날로 알고 있으면 틀림없을 꺼다.

변차수가 책상 앞에 앉은 자세로 일어서지도 않고 눈을 가늘게 뜨고 바라보고 있었다. 책상 위에는 신문이 몇 장 쌓여 있었다. 가위로 오려 낸 신문이 있는 것을 보니 화양신문 기사를 오려 낸 것이 분명하다. 돈기철은 온몸이 부들부들 떨리는 것을 느끼며 천천히 책상 앞으로 다가갔다.

"이 시간에 집을 내놓겠다고 온 것은 아닐 테고, 뭐 때문에 왔는지 모르지만 말을 해야 내가 알아듣지, 동생뻘 되는 놈하고 쌈박질하다 얻어맞고 집에 와서 분풀이하는 애들처럼 그렇게 서 있으면 나더러 어떡하라고?"

변차수는 돈기철이 총에 설맞은 멧돼지처럼 씩씩거리는 이유를 알고 있었다. 그는 놈이 화가 나서 설칠 때일수록 이성을 잃지 말아야 이길 수 있다는 생각에 빙긋빙긋 웃었다.

"뭐! 동생뻘 되는 놈한테 얻어맞고?"

돈기철은 더 이상 참을 수가 없어서 변차수의 책상 앞까지 다가갔다.

"내 말은 자네가 이 사무실에 올 때는 그만한 이유가 있을 거라는 점여. 도대체 이 시간에 뭔 볼일 때문에 온 겨?"

"내가 왜 왔는지 참말로 모르고 있단 말이지?"

"내가 자네 마누라 마음속에 들어가 보지 않아서 잘 모르지만 말여. 자네 마누라도 자네 맘을 잘 모르는 것 같더만. 자네 마누라도 모르는 자네 속을 내가 어떻게 알겠나."

"지금 내 복창을 뒤집어서 주먹을 날리게 하려고 작정을 한 것 같은데. 그 약아빠진 모략에 넘어가면 내가 돈기철이 아니지. 이봐, 내 말 똑똑이 들어. 내일 당장 화양신문에 전화를 걸어서 통장을 투표로 뽑자고 말한 사람은 변차수가 아니고 여기 서 있는 돈기철이라고 전화를 해서 수정 기사를 내라고 햐. 만약 안 그러면……."

"안 그러면?"

"내 손에 죽어날 줄 알아."

"죽어?"

변차수는 가소롭다는 얼굴로 반문하며 피식 웃었다.

"야, 이 자식아! 너 참말로 내 손에 맞아 봐야 정신을 차리겠냐? 너 같은 놈 하나는 죽여 버리고 갯값으로 물어주면 끝나 임마!"

돈기철은 더 이상 참을 수가 없었다. 그는 변차수가 피식 웃는 통에 술이 확 치밀어 오르는 것을 느끼며 달려들어서 변차수의 멱살을 움켜잡아 당겼다.

"지…… 지금 뭐 하는 짓여?"

변차수 아내가 활짝 열려 있는 부동산 사무실 안으로 들어서서 놀란 목소리로 소리쳤다. 그녀는 시장을 본 후, 변차수와 같이 집에 들어가려고 부동산 사무실로 왔다. 그녀는 시장에서 구입한 가지와 오이, 상추가 들어 있는 검은색 봉지를 바닥에 떨어트리며 돈기철에게 달려들었다.

"아이고! 이놈이 사람 친다!"

변차수 아내가 흥분한 얼굴로 돈기철의 뒷덜미를 잡아당기며 등짝을 마구 두들길 때였다. 돈기철에게 멱살을 잡혔던 변차수가 비명을 내지르며 가슴을 움켜잡았다.

"내…… 내가 언제 변 통장을……."

돈기철은 변차수의 황당한 비명에 멱살을 잡고 있던 손을 놓았다. 그와 동시에 변차수는 '아이고 가슴이야!'라고 소리치며 가슴을 움켜잡고 바닥에 벌렁 누웠다.

"너…… 이놈! 이 짐승만도 못한 놈아!"

변차수 아내는 남편이 쓰러지는 것을 보고 눈이 뒤집혀 버렸다. 그녀는 돈기철의 등짝을 두들기다가 따귀를 짝 소리가 나도록 갈겨 버렸다.

"악!"

"야, 이놈아! 돈 좀 있다고 사람이 사람으로 안 보이는 모양이지? 아이구! 이 일을 어쩐다! 동네 사람들! 여기 좀 와 봐요. 돈기철이가 사람을 때려잡고 있어요!"

"이거 놔! 내가 언제 사람을 때렸다고 그러능 겨! 이거 놓으라고!"

돈기철은 이날 이때까지 누구에게 따귀를 얻어맞은 적이 없었다. 난생처음으로 여자한테, 그것도 변차수 아내한테 느닷없이 따귀를 얻어맞고는 정신이 번쩍 들었다. 잘못하다가는 변차수 부부에게 옴팡 당하겠다는 생각이 불쑥 들었다. 그는 일단 이 사무실을 벗어나는 것이 문제라는 생각에 허리띠를 콱 움켜잡고 있는 변차수 아내를 밀어 버렸다.

"아이쿠머니나!"

변차수 아내는 돈기철의 힘에 두 팔을 허우적거리며 두어 걸음 뒤로 밀려나다가 소파 모퉁이에 걸려서 반원을 그리며 옆으로 벌렁 넘어지고 말았다.

"너 이놈! 나를 치는 것도 부족해서 우동이 엄마까지 잡고 있네. 어이구, 여보 괜찮아?

변차수가 가슴의 통증을 억지로 참는 얼굴로 일어나 앉으며 휴대폰을 꺼냈다. 112를 눌러서 고통스러운 표정으로 다시 입을 열었다.

"겨…… 경찰유? 여…… 여기 아차시장 안에 있는 제일부동산유. 근데 웬 젊은 놈이 힘없는 우리 부부를 개 패듯 패고 있어유! 아이구, 가슴이야, 나 죽네! 네! 아차동 아차시장 안에 있는 제일부동산유……."

변차수는 112담당자가 십 분 이내로 경찰들이 도착할 것이라는 말을 듣자마자 다시 벌렁 누워 버렸다.

"어쭈! 이 연놈들이 짜고 날 아주 호구로 만들고 있어. 내가 너희들을 언제 때렸어? 난 손끝도 안 댔다구, 내가 만약 네 연놈들한테 주먹질을 했다면 돈기철이 아니고 변기철이다……."

돈기철은 황당하다 못해 꿈을 꾸는 기분이다. 혹 떼러 갔다가 혹을 붙여도 어느 정도가 있다. 부동산 사무실에 달려 올 때만 해도 변차수의 코를 납작하게 만들어 놓겠다며 이를 갈았다. 그러나 코를 납작하게 만들기는커녕 난생처음으로 따귀까지 맞고 나니 더럭 겁이 났다. 여기서 계속 다투고 있다가는 두 연놈에게 옴팡 두들겨 맞고 동네 사람들에게 개망신을 당할 것 같았다. 그는 일단 여기를 떠나는 것이 현명하다는 생각에 주먹을 흔들어 보이며 뒷걸음을 쳤다.

"어…… 어딜 도망가? 이놈아!"

조금 전까지만 가슴을 부여잡고 고통을 호소하던 변차수가 토끼처럼 껑충 뛰어서 변차수의 다리를 와락 껴안고 늘어졌다.

"이거 놔!"

"못 논다, 이놈아. 그까짓 돈 좀 있다고 우리 부부를 개 잡듯 패고 도망가게 놔 둘 줄 아느냐?"

"생사람 잡지 마! 내가 언제 너희 부부를……."

돈기철은 등 뒤의 느낌이 이상해서 말을 하다 말고 고개를 돌렸다. 거의 삽시간에 구경꾼들 수십 명이 출입문을 에워싸고 하나같이 놀란 표정을 짓고 있었다.

"어이구! 가슴이야. 이놈이 사람 잡네!"

변차수도 마음속으로 깜짝 놀랐다. 구경꾼들이 하나둘 모여든 것이 아니라, 시장통 어디서 모여 있다가 한꺼번에 몰려 온 것처럼 출입문을 에워싸고 있었다. 이제 증인이 있으니 돈기철이 도망가 봤자, 소용이 없다는 판단에 다리를 놓았다. 그는 다시 양손으로 가슴을 움켜잡으며 의자에 앉아서 고통스러워했다.

"중앙정육점 사장 아녀?"

"왜 아녀. 그이지."

"무슨 일이 있었는지 모르지만 제일부동산 사장님 부부를 쥐 잡듯 해 놨구먼."

"허! 요새처럼 밝은 세상에 저러고도 무사할지 몰라."

"제일부동산 사장님이 이 동네 통장님이잖여. 통장님 부부를 저 지경 만들어 놨으니 무사하지는 못할 껴."

"오라! 이제 감이 잡히네. 중앙정육점 돈 사장이 통장 선거에 나온다고 하더니, 그것 땜시 나이 든 사람들을 저 지경으로 만들어 놨는개벼."

동네 사람들이 수군거리는 말에 변차수는 마음속으로 흐흐흐 웃었다.

"아이고! 허리야! 나 죽네! 나 죽어! 저, 저놈이 돈 좀 있다고 우리 부부를 아작내놨어요! 아이고 허리야! 동네 사람들 저놈이 도망 못 가게 문 좀 꼭 지켜줘유. 아이고 나 죽네!"

변차수 아내도 할 말은 다 하면서 끙끙 앓았다.

돈기철은 미치고 팔짝 뛸 지경이었다. 따귀를 얻어맞은 놈은 난데, 내가 왜 죽일 놈이 되야 하능 겨, 라는 생각에 너무나 어이가 없고 황당해서 말이 나오지 않았다. 그는 오히려 도둑질 하다 들킨 사람처럼 깜짝 놀란 얼굴로 두 눈을 동그랗게 뜨고 동네 사람들을 바라봤다.

"아이고! 인간아, 그 성질을 바깥에서까지 부리면 어쩌자는 거여!"

돈기철이 마음을 가다듬고 '이 사람들이 지금 생쑈를 하고 있다!' 라고 고함을 막 지르려는 참이었다. 그 사이에 누가 연통을 했는지 구경꾼들 틈을 헤집고 돈기철 아내가 사무실 안으로 뛰어 들어왔다.

그녀는 멍청하게 서 있는 돈기철의 멱살을 쥐고 흔들다가 번쩍 고개를 돌리고 변차수 아내를 바라봤다. 새파랗게 질린 얼굴로 누워서 눈을 까뒤집고 있는 모습을 보니까 보통일이 아니다.

"누가 일일구에 연락 좀 해 줘유. 사모님, 괜찮아유! 사모님."

돈기철 아내는 끙끙 앓고 있는 변차수 아내에게 와락 달려들었다. 손을 잡고 흔들면서 애가 타는 목소리로 물었다.

"그려, 핸드폰 가지고 있는 사람이 있으면 어서 일일구에 전화 좀 햐!"

"일일구에 전화를 하긴, 이 사람들 죄다 꾀병을 부리는 거유. 통장님, 내가 언제 가슴을 때렸다고 이러는 거유, 우리 아버지 이름을 걸고 맹세하는데 나는 통장님 멱살은 잡았지만……."

"멱살을 움켜잡고 사정없이 가슴을 때렸나 보네. 그렇지 않으면 통장님이 가슴을 부여잡고 저렇게 고통스러워하지는 않을 거잖여."

돈기철의 말이 끝나기도 전에 돈기철 아내와 함께 달려온 대전만두집이 돈기철의 말을 끊어 버렸다.

"이 인간아! 요새가 어떤 세상이라고 나이 든 사람들을 저 지경으로 만들어 놔? 집에서 새는 바가지 밖에 나가면 안 새는 거 봤어? 평소에 제 마누라를 빨래처럼 두들겨 패더니, 밖에 나와서까지 나이 드신 분들을 저 모양으로 만들어 놓으면 어쩌자는 거여! 빨리 잘못했다고 빌어! 무릎 꿇고 싹싹 빌란 말여."

돈기철 아내는 변차수 아내가 손끝도 못 만지게 하자 벌떡 일어섰다. 그녀는 돈기철의 가슴팍을 두들기며 울부짖었다.

"이런 쌍! 제 남편 말은 한 마디도 들어 보지 않고, 지금 누구 편을 드는 거야!"

돈기철은 아내까지 자신을 폭행범으로 몰아가자 성질이 나서 견딜 수가 없었다. 그는 울부짖고 있는 아내의 뺨을 딱! 소리가 나도록 휘갈겼다.

"저! 저것 좀 봐. 제정신이 아니구먼."

"내 말이 그 말여. 제 마누라를 저 지경으로 패는 사람이니까 통장님 부부쯤은 사람으로 여기지도 않겠지."

"누가 빨리 경찰에 신고를 햐. 잘못하다가는 사람 몇 잡겠어."

"그래야겠구먼. 무서워라! 중앙정육점 돈 사장 그렇게 안 봤는데 술만 마셨다 하면 눈에 뵈는 것이 없는 사람인개벼."

"우우우!"

돈기철은 동네 사람들이 주고받는 말이 너무 황당해서 온몸의 피가 거꾸로 역류를 하는 것 같았다. 이성적으로 앉아서 전은 이렇고 후는 이렇다고 차근차근 해명을 할 분위기는 아니다. 완전히 아차시장에서 자신을 미친개로 몰아가고 있는 분위기를 반전을 시켜야 하는데 도통 생각이 나지 않았다. 거기다 보기 좋게 뺨을 얻어맞은 아내까지 마누라를 개 패듯 패는 놈은 나라도 구제를 못한다며 쏘아붙이고 도망을 가 버렸다. 그는 이대로 있다가는 미쳐 버릴 것 같아서 자신의 가슴을 마구 두들기며 괴성을 질러댔다.

"일일이에 신고를 한 데가 여깁니까?"

"저 사람이 이 사람들을 폭행했나 보군."

"잠깐 아차동지구대까지 갑시다."

변차수의 신고를 받은 정복 경찰 네 명이 부동산 사무실 안으로 들이닥쳤다. 그들은 바닥에 누워 있는 변차수의 아내와, 의자에 앉아서 고통스럽게 가슴을 문지르고 있는 변차수와 다르게 괴성을 지르고 있는 돈기철을 에워싸며 험악한 목소리로 동행을 요청했다.

노을은 시장통을 노랗게 물들이다가 제풀에 지쳐서 어둑하게 땅바닥으로 내려앉았다.

시장에서 땅거미가 질 무렵은 바쁜 시간이다. 회사에서 퇴근을 하며 늦은 저녁 찬거리를 사는 사람이며, 근처 직장에서 퇴근을 해 저렴한 가격으로 술을 마시려는 사람들, 열대야를 이웃끼리 술잔치로 이기려고 술안주를 사러 온 사람 등이 후끈후끈한 열기를 뿜어내고 있는 시장통을 찜통으로 만들고 있었다.

전병기는 오늘도 철장이 적재되어 있는 1톤 트럭을 몰고 200킬로 이상을 운행했다. 똥개라 부르는 토종견을 다섯 마리나 구입해서 개수집상에게 넘겨주고 가게에 도착하니까 몸은 파김치가 된 것처럼 축축 늘어졌다.

"내일도 더럽게 덥겠군."

저녁 준비를 해야 할 아내는 집으로 보냈다. 가게 안은 피비린내가 물씬물씬 풍겼지만 그는 만성이 돼서 아무런 냄새도 나지 않았다. 그는 가게 문을 닫고 호스가 매달려 있는 수도꼭지를 틀었다. 팬티바람으로 온몸을 비누칠을 한 후에 샤워를 했다. 샴푸로 머리까지 감고 나니 피곤이 좀 풀리는 것 같았다. 그는 옷을 입고 가게 문을 다시 열었다. 의자에 앉아서 선풍기를 틀고 가게 밖으로 하늘을 바라본다. 하늘이 컴컴했지만 바람은 눅눅했다.

밥맛도 없는데 달호나 불러서 삼겹살이나 먹으러 갈까?

그는 오늘 종일 땀을 너무 흘려서 그런지 밥이 입에 들어갈 것 같지가 않았다. 그렇다고 굶을 수는 없다. 술이나 한잔 해야겠다는 생각으로 안달호의 휴대폰 번호를 눌렀다.

"지금 어디여? 제수씨가 여기로 오라는 말 안 하?"

"뭔 말인지는 모르겠지만 저녁 안 먹었으면 삼겹살에 소주나 한잔 하자."

안달호는 금방 전화를 받았다. 전병기는 선풍기를 강으로 틀고 고정을 시켜 놨더니 눈이 따가웠다. 그는 스위치를 회전시켜 놓으면서 밖을 내다봤다. 안면이 있는 상인이 손을 들어 보이며 샐쭉 웃어 준다. 그는 고개를 끄덕거려 주고 나서 새끼손가락으로 귀를 후벼 파며 말했다.

"삼겹살집으로 갈 필요 없이 통장님네 집으로 와라. 지금 철수하고 재봉이 형님도 와 있응께 빨리 와라."

"통장님이라면 차수네 집을 말하는 거냐?"

전병기는 나이로 치자면 아버지뻘 되는 변차수가 마치 친구라도 되는 것처럼 자연스럽게 물었다.

"히히. 그렇다니까."

"네가 이 시간에 그 인간 집엔 왜 가 있냐?"

안달호 웃음소리가 낯간지럽게 들리는 것을 보니 옆에 변차수가 있는 것 같았으나 조금도 개의치 않고 같은 톤으로 물었다.

"나도 통장님이 삼계탕에 술 한잔 준다는 말밖에 모르고 왔어. 잔말 말고 가게 문 닫고 곧장 일루 와라…… 예, 맞아요. 병기한테 온 전화유. 지금 막 가게에 도착했는가뷰. 가게 문 닫고 바로 이리로 오라고 했으니까 금방 올겨…… 병기야! 그렇게 알고 끊는다."

안달호는 변차수가 묻는 말에 꼬박꼬박 대답을 하고 나서 일방적으로 전화를 끊었다.

차수 그 인간이 뭔 일로 철수며 재봉이 형까지 불렀지?

전병기는 오래 안 살아도 별일 다 있다는 얼굴로 아내에게 전화를 했다. 저녁 먹은 후에 가게에 나와 있으라는 말을 하고 나서 밖으로 나갔다. 그는 간단하게 샤워를 한 후에 산책이라도 가듯 반바지에 양말도 신지 않은 차림으로 슬리퍼를 질질 끌며 변차수의 집으로 갔다.

아파트 1층에 있는 변차수의 집으로 들어가니 거실에 모두들 앉아 있다. 변차수의 아내는 막 삼계탕을 밥상 위에 내놓고 있는 중이었다.

"그렇지 않아도 기다렸네. 어여 와."

변차수는 양반다리를 하고 앉아 있다가 반쯤은 엉덩이를 세우며 오랜만에 다니러 온 사위를 반기는 얼굴로 전병기를 반겼다.

"오늘 통장님 생신유?"

전병기는 빈자리를 찾아서 두리번거렸다. 안달호 옆자리가 비어 있었다. 그는 안달호 옆자리에 털썩 주저앉으면서 변차수 얼굴을 바라보지도 않고 퉁명스럽게 물었다.

"큼! 이…… 이 사람아, 한동네 살면서 뭔 말을 그렇게 섭섭하게 하나? 꼭 생일이나 무슨 특별한 날에만 저녁 대접을 하라는 법이 있는 건 아니잖아."

변차수는 입 밖으로 튀어나오려는 '싸가지 없는 놈!'이라는 말을 삼키느라 헛기침을 하고 나서야 점잖게 말했다.

공산당 놈들은 불평이 많다고 하드니 꼭 그 짝이구먼. 내가 제 집 구석에 가서 얻어먹겠다는 것도 아니고 대접을 하겠다는데도 색안경을 쓰고 쳐다보는 걸 봉께. 저놈도 벌써 빨갛게 물들었구먼.

변차수는 전병기나 안달호가 하는 꼬락서니를 보자면 삼계탕은커녕 라면이 아니라 컵라면 한 개도 대접하기 싫었다. 길에서 만나도 고개를 돌리고 싶을 정도로 꼴도 보기 싫은 놈들이지만 통장 선거가 끝나기까지는 참을 수밖에 없었다.

소문에 의하면 돈기철 놈은 통장질을 해서 뭔 떼돈을 벌려고 하는지는 모르지만 대놓고 술을 사 주거나 음식을 대접한다는 소문이다. 놈이 비겁하게 나오는 데도 뒷짐 지고 양반 행세만 하고 있을 수는 없다. 그랬다가는 보기 좋게 뒤통수를 맞기 좋을 기라는 생각에 그도 맞불 작전으로 나가기로 했다.

그 첫 번째로 이틀 전에 비교적 나이가 많은 층에 속하는 허 의원과 황 씨, 내중섭, 최금준 갈종근에게 닭볶음탕과 소주를 대접했었다. 오늘은 젊은 층에 속하는 표재봉, 철수, 안달호, 전병기를 초청하여 같은 닭볶음탕에 소주를 내리라 계획했었다. 그러나 곰곰이 생각을 해 보니까 철수며 표재봉이야 그렇다 치지만 공산당 앞잡이나 마찬가지인 안달호와 전병기를 회유하는 데는 닭볶음탕 정도로는 안 될 것 같았다. 텔레비전에서 방영되는 남북회담도 보면 공산당 놈들은 사소한 것도 꼬투리를 잡아서 제멋대로 회담을 연기하는가 하면 삿대질을 해대기도 한다. 안달호와 전병기도 그에 다를 바가 없다. 흔해 빠진 닭볶음탕을 준비해 놓고 우릴 불러서 지금 장난치는 거냐고 늘어지기라도 한다면 대접을 하지 않은 것만도 못하다. 그래서 큰맘 먹고 아내를 시켜서 삼계탕을 준비하게 했다.

"분에 넘치게 삼계탕을 주시니까 묻는 말이잖유."

"아따, 옛날에야 말복이나 중복에 한번 씩 먹을까 말까 하는 귀한 음식이지만 요새는 어디 그려? 당장 의정부부대찌개 간판을 내건 데 보네도 삼계탕을 팔잖여. 그러니까 부담 갖지 말고 많이 먹게."

"간이 입에 맞을런가 모르겄구먼."

변차수 아내가 쟁반에 삼계탕을 두 그릇 가져 왔다. 그 중 한 그릇을 전병기 앞에 내려놓고 다른 그릇은 철수 앞에 내려놓으며 말했다.

"짜고 싱거운 것이 문젠가. 한동네 사람들끼리 모여서 먹는다는 거시 중요한 거지. 안 그려?"

변차수는 알맞게 익은 열무김치 그릇을 전병기 앞으로 밀면서 눈치를 살폈다. 그는 수저를 들기는 했지만 여전히 이해가 되지 않는다는 얼굴이다.

처먹어라! 쥐약 넣은 거 아닝께 처먹으란 말여.

변차수는 내 집에서 내 음식을 대접하면서도 이렇게 비굴하게 굴어야 하느냐는 생각이 갑자기 들어서 서글펐다. 마음속으로는 전병기의 머리를 쥐어박으면서도 부드럽게 물었다.

"그래도 부담이 가는 데유."

"통장님이 우리 십일 통에도 조기축구회나, 등산회 같은 것이 필요하다는 점을 깨달으신 것 같텨. 그 일도 상의할 겸, 겸사겸사 저녁을 내시기로 한 모양이여."

전병기나 안달호와는 다르게 비교적 말수가 적고 제 할 일만 묵묵히 하는 성격인 철수가 말했다.

"지금 생각해 낸 것이 아녀. 요 앞전에도 선이네식당에서 황 씨하고 허 의원에게도 상의를 했지만 하나같이 식전부터 운동을 하면 골병든다, 등산은 무슨 등산이냐. 차라리 아침마다 시장바닥을 청소하는 청소모임을 만드는 것이 이익이 아니냐, 라고 엉뚱한 말만 늘어놔서. 오늘은 비교적 젊은 사람들만 부른 겨."

변차수는 망설이지도 않고 미리 생각해 두었던 핑계를 대며 수저를 들었다.

"그런 일이라면 철준이 형님이나 진구 형님을 오라고 해서 상의할 일이지 우리가 뭘 안다고?"

"철준이를 데리고 올 수 있으면 데리고 와 봐. 데리고 오기만 한다면 내가 삼계탕이 아니라 아파트를 파는 한이 있더라도 더한 것도 해 줄 팅께."

제 위에 사람이 없는 것처럼 마음대로 찧고 까부는 모습을 보다 못한 변차수가 표재봉이 따라주는 인삼주를 받으며 이죽거렸다.

"철준이 형님이야 삼십육계를 놨다 치지만 아직 진구 형님이 남아 있잖유. 야! 삼계탕 참말로 맛있게 끓였다. 통장님 잘 먹겠슈."

"그…… 그려, 중요한 야기는 이따가 하기로 하고 식기 전에 어여 먹어들."

새파랗게 젊은 놈이 나이 많은 사람을 데리고 놀아도 정도가 있다. 변차수는 안하무인 격으로 입을 놀리는 전병기의 말에 화가 난 나머지 목까지 빨갛게 물들었다. 그러나 선거를 위해서는 참을 수밖에 없어서 억지웃음을 지으며 권했다.

"병기 너 말이 너무 심한 거 아니냐? 철준이 형님이 몇몇 사람들한테 피해를 주긴 했지만 내가 알기로는 너한테는 일원 한 장 피해 준 거 없는 걸로 알고 있는데."

"아! 철수가 있었구나. 철수야 미안하다. 너도 나 성질 더러운 거 알고 있잖아. 잠깐 내가 개소리한 것 같으니까 이해해 줘라."

전병기는 닭다리를 건져서 빈 접시에 내려놓으며 망설이지도 않고 철수에게 사과를 했다. 전병기의 개 같은 성질을 잘 알고 있는 철수는 잠시 째려보는 것으로 끝내고 시선을 내렸다.

"내가 알기로는 이 방에 있는 사람 중에 철준이 형님에게 물린 사람은 통장님밖에 없는 걸로 알고 있는데."

표재봉은 변차수가 불러서 오긴 했지만 입맛을 잃은 지 오래여서 삼계탕을 먹고 싶은 생각이 별로 없었다. 국물만 떠먹는 것으로 먹는 시늉을 하다가 좌중을 둘러보았다. 어느 누구 하나 반론을 제기

하는 사람이 없다는 것을 확인하고 다시 입을 열었다.

"통장님에게는 미안한 말씀이 되겠지만 솔직히 난 철준이 형님 원망하고 싶은 생각은 추호도 없다. 오히려 떠날 수 있는 용기를 존경할 정도여. 말이야 바른 말이지만 이 동네서 제 이의 제 삼의 철준이 형님이 될 사람이 한둘이냐? 내가 알기로는 아차시장 안에서 기철이 형님만 빼놓고 죄다 야반도주할 사람들이여. 우리 시장만 그런 것이 아니고 기업형 슈퍼마켓이 들어간 전통시장은 죄다 죽을 쑤고 있잖아. 아차시장이라고 별 수 있어? 혜성훼미리마트가 들어오고 나서 매상이 팍팍 줄고 있잖아."

"이 방에서야 나 하나뿐이지만 동네 전체로 보면 여럿 걸렸잖아. 그 사람들을 생각해서라도 속이 쓰리긴 하지만 어쩌겠어. 조용히 물어낼 수밖에 없지, 뭐. 허지만 기철이 그 인간은 오토바이를 끌고 갔응께 반 본전은 못 하드라도 다른 사람들처럼 속이 쓰리진 않을 겨. 말이야 바른 말이지만 그 자식이 오토바이를 끌고 가지 않았으면 보증 서 준 사람들이 다만 얼마씩이라도 나눠 가졌을 껴. 그런데 그 자식이 오토바이를 끌고 가는 통에 일이 어떻게 됐는지 알어? 대책회의고 뭐고 다 깨졌어. 보증을 서 준 사람이나 안 서 준 사람이나 너도나도 가재도구며 부엌 살림살이를 갖고 가는 바람에 대책회의는 말짱 헛일이 되어 버렸잖아."

표재봉이 하는 말을 가만히 듣고 있던 변차수는 기회는 이때다 하는 얼굴로 은근슬쩍 돈기철을 도마 위에 올려놓았다.

"그런 걸 보면 통장님은 참말로 맘도 좋아. 만약 내가 통장인데 그런 일이 벌어졌었다면, 지난 번 경찰서에 끌려갔을 때 확 고소를 해 버렸을 거여. 돈기철 같은 놈은 몇 년 동안 콩나물시루 같은 감옥에서 겨울에는 동상으로 온몸을 도배하고, 여름에는 땀띠로 잔치를 하면서 살아 봐야, 돈보다 사람이 귀하다는 것을 알거여."

전병기가 인삼주 한 잔을 달게 마시고 나서 이를 갈았다.

"통장님, 소문에 위하면 그때 지구대에서 돈기철이 두 손 모아 싹싹 빌었다던데, 도대체 어떻게 된 거유? 돈기철한테 물어 보니까 그냥 조용히 끝났다고 하던데……."

안병기가 갑자기 생각났다는 얼굴로 물었다.

"조용히 끝나긴 조용히 끝났지. 돈기철이 변차수 형님에게 무조건 잘못했다, 이 시간 이후 통장 선거 건에 관해서는 일체 떠들고 다니지 않을 것을 맹세한다, 만약 또 오늘처럼 불미스러운 일이 일어나면, 오늘 일어난 폭행 사건에 대하여 치료비와 위자료를 지불하는 것은 물론이고 형사적인 처벌도 감수하겠다. 라고 쓴 각서 한 장 받고 조용히 끝냈지."

변차수는 지금도 그날을 생각하면 잠을 자다가도 웃음이 나온다. 각서는 수십 번은 더 읽어 봐서 눈을 감고 있어도 달달 외울 지경이다. 그는 터져 나오려는 웃음을 꾹꾹 눌러 참으며 점잖게 말했다.

"그래도 우동이 애비나 하니까 참고 넘어갔지. 다른 이들 같았으면 치료비는 물론이고 합의금까지 달라고 손을 내밀거유. 그 인간 참말로 운 좋았지."

주방 싱크대 앞에 앉아 있던 변차수 아내가 티셔츠를 끌어 올려서 파스를 붙인 허리를 내보이며 거들었다.

"그 형님이 그래서 조용히 끝냈다고 하는 말이구먼."

표재봉이 대충 이해가 간다는 얼굴로 말했다.

"돈기철 그 새끼는 우리 동네뿐만 아니라 아차동 전체에서도 알아주는 부자잖여. 그만큼 먹고 살만 하면 못사는 이웃을 도와주지는 못할망정 없는 사람에게 피해는 주지 말아야 할 거 아녀. 솔직히 말이 나온 김에 한마디 더 하자면 이 동네서 차복이를 제 집 머슴처럼 부려먹는 사람이 뉘여. 돈기철 그 새끼잖여. 그 새끼는 어떻게 생겨처먹은 놈이 돼지 들어오는 날 차복이를 제 직원처럼 온종일 부려먹고도 이홉들이도 아니고 막소주 한 대포로 끝내기가 보통이다면 더 이상 입 아프게 말할 필요도 없지 뭐."

아차동 사람들 중에서 돈기철에게 좋은 감정을 가지고 있는 사람은 없었다. 그런데다 입이 걸기로는 전병기와 쌍벽을 이루고 있는 안달호다. 그는 돈기철에게 기억에 남을 만큼 당하거나 손해 본 것도 없으면서 침을 튀기며 말했다.

"기철이 형님 재산이 십억은 넘을 걸? 그 많은 돈을 뒈질 때 싸가지고 갈 것도 아닌데 왜 그렇게 지독하게 사는지 모르겠어."

"십억? 큰길가에 있는 평화주유소 뒤에 있는 천 평짜리 땅만 해도 삼십억 원이랴. 거기다가 아차강 쪽에 있는 백평짜리 고추밭도 당장 내놓으면 이억은 받을 수 있다더만. 게다가 신용조합에 저금해 놓은 돈이 아차동에서 젤 많댜. 조합에만 저금을 해 놓은 기 아니고, 언진가 얼핏 들어 봉께 시내 국민은행에 정기예금 해 놓은 것이 오억은 넘다고 하던 거 같텨."

철수의 말에 표재봉이 덧붙여 말하고 난 후다. 잠자코 닭고기를 뜯던 전병기가 뼈를 접시에 내던지며 아니꼽다는 얼굴로 내뱉었다.

"십팔, 그람 대충 계산해도 사십억 원이 넘다는 얘기 아녀? 난 재산 톡톡 털어 결산해 보면 빚이 오천만 원이 넘는데, 그 인간은 사십억 원이 넘다면 미쳤다고 시장바닥에서 장사를 하고 자빠졌어. 자식새끼들이 흥부처럼 줄줄이 매달린 것도 아니잖아. 자식이라고는 태한이 달랑 하나니까 비싼 차나 한 대 빼서 팔도 유람이나 하면서 살지. 하긴, 그 짠돌이가 팔도 유람을 할 정도면 차복이가 세계 일주를 하고도 남을껴."

"병기 자네는 하나만 알고 둘은 모르고 있구먼. 문제는 양심이라고는 털끝만큼도 없는 놈이 통장을 하겠다고 나서는 것이 큰 문제여. 지금도 동네 사람들 알기를 다 떨어진 고무신짝보다 못하게 여기는 작자가 통장이 되면 두 눈뜨고 못 볼껴. 아마 공산당처럼 온 동네 사람을 제 수족 부려먹듯이 부려먹을지도 모르지."

"언제부터 이 동네는 통장을 하고 싶으면 지 맘대로 했대유? 내가 알기로는 제정신 가지고 있는 사람은 돈기철한테 표를 줄 사람은 없을꺄. 아마, 제 마누라도 통장님을 찍으면 찍었지, 기철이 그 새끼한테 찍지는 않을꺄. 안 그러냐, 달호야?"

"그래도 요새하고 다니는 폼이 담에는 어떤 일이 있어도 통장을 하고 말겠다는 거 같던데. 어제만 해도 선이네식당에서 허 주사하고 황 씨한테 골뱅이 안주에 맥주를 사 주더라. 덕택에 나도 두 잔 얻어 마셨지만 말여."

"아니, 그 말이 참말이여? 돈기철 그 작자가 황 씨하고 허 의원에게 맥주를 샀단 말이지? 그것이 사실이면 이건 엄연히 불법 선거 운동여. 평소에 어른 대접을 자주했다면 몰라도 생전 쓴 소주 한 잔 사는 일 없는 작자가 그 비싼 맥주를 샀다는 것이 말이나 되능 겨?"

허 의원과 황 씨를 불러 닭볶음탕을 대접한 것이 일주일 전도 아니고 삼일 전도 아니다. 바로 이틀 전에 이 자리에서 '돈기철 놈은 선거가 끝나면 피눈물을 흘리며 반성할 것이라고, 제 놈이 돈이 많으면 얼마나 많냐. 요새 사람 돈 많은 놈 부러워하지 않는다'라고 조잘대던 늙은이들이, 어제 돈기철에게 맥주를 얻어 마셨다는 말을 들으니 변차수는 분해서 견딜 수가 없었다. 그는 엉덩이를 들썩거리면서 자신도 모르게 본색을 드러내고 말았다.

"그라고 보니 조기회 축구니 등산회 만들자는 말은 명분이고……."

"재…… 재봉이 자네는 뭔 말을 그렇게 섭하게 하나. 그 말은 밥상을 물리고 나서 해야지. 밥상을 앞에 두고 할 말은 아니잖여. 안 그런가?"

"아! 톡 까놓고 선거 운동했다고 해서 법에 걸리는 거 없잖유. 시장이나 시의원을 뽑는 것도 아닌데, 삼계탕 한 그릇씩 대접했다고 해서 경찰이 수갑 채워 끌고 가겄슈?"

"흐흐흐. 병기 말이 맞아유. 강가에서 선거로 통장을 뽑자고 할 때 그냥 선거로 뽑자고만 했지. 선거 운동을 해서는 안 된다고 못 박은 것도 없잖유. 그러니까 톡 까놓고 선거운동을 해도 상관없슈.

돈이 좀 깨지는 거시 문제이긴 하지만.”

성질 급하고 욕 잘하는 사람 치고 단순하지 않은 사람은 없다. 변차수 말을 곧이곧대로 믿고 있었던 안달호는 뒤늦게 변차수가 삼계탕을 대접하는 속뜻을 알아차리고 잘게 웃었다.

“상관없다고 쳐도 통장님이 기철이 형님 욕을 하면 안 된다는 생각이 드는 데유? 선거운동을 하던 안 하든 한솥밥 먹고 사는 것이나 마찬가지인 시장통 사람들끼리 까놓고 욕을 한다는 것은 통장님 체면에도 좀…….”

돈기철 소개로 정초사 일엽에게 거금 삼백만 원을 들여서 천도제를 지낸 표재봉은 아내가 제 발로 돌아올 것이라는 9월만 손꼽아 기다리고 있는 중이었다. 그때까지는 돈기철과의 관계를 친밀하게 유지해야 된다는 생각에 그는 변차수 말꼬리를 잡고 늘어졌다.

“허! 자네는 내가 그까짓 통장 자리가 아까워서 선거운동을 하는 걸로 보이능가? 그럴 리야 없겠지만 행여 만에 하나라도 그렇게 봤다면 지금부터라도 맘 고쳐먹게. 이! 변차수, 통장 자리에 그렇게 연연하고 싶지는 않은 사람여. 그라고 이 변차수는 누가 뭐라고 해도 우리 동네 사람들을 사랑하네. 내가 동네 사람들을 사랑하고 있는 만큼, 동네 사람들도 누구처럼 막돼먹지는 않고 무척 현명하다는 걸 잘 알고 있단 말일시.”

“히히! 나이 잡수신 분이 낯간지럽게 사랑 타령 그만하시고 어여 술잔이나 비우셔유. 이 방에서 선거운동 했다고 해서 돈기철 그 인간에게 말 전할 사람 없고, 돈기철에게 술 얻어 처먹었다고 해서 표

찍어 줄 사람 한 명도 없을 겅께."

가장 먼저 삼계탕 그릇을 비운 안달호가 인삼주가 담긴 주전자를 들고 웃기지 말라는 표정으로 말했다.

"사람도 참. 나이 먹은 사람은 사랑도 안 하는 줄 아는가? 외려 나이를 먹을수록 외로움도 더 타고 사랑도 더 하고 싶은 것이 인간의 본성이여. 그렇지 않다면 그게 인간인가. 노루나 족제비 같은 미물이지."

변차수는 안달호의 말이 귀에 거슬리는 점이 있기는 하지만 기분은 좋았다. 그는 안달호 같은 개차반이 일단 편을 들어준다면, 돈기철 같은 인간은 단 세 표도 얻기 힘들다는 생각에 이에 낀 닭고기 찌꺼기를 빼내며 히힝! 웃었다.

인삼주를 안주 삼아 배부르게 삼계탕을 먹은 전병기와 안달호는 맥주로 입가심이나 하자는 생각에 선이네식당으로 갔다.

"하! 요새 형님 로또 복권이 됐나? 매일 맥주하고 친구하는 걸 보니 공돈이 생겨도 많이 생겼나?"

선이네식당 마당에 있는 비치파라솔 밑 테이블에는 진구와 돈기철이 마주 앉아서 맥주를 마시고 있었다. 그 광경을 먼저 본 전병기가 안달호 옆구리를 쿡 찌르며 너스레를 떨었다.

"더워서 그런지 잠이 안 와서 기철이 형님하고 한잔하고 있는 중이여. 생각 있으면 같이 한 잔씩 햐."

돈기철은 전병기가 하는 말뜻을 이해할 수가 없었다. 그는 진구를 바라보며 지금 병기가 한 말이 무슨 뜻이냐는 표정을 지어 보였다.

그러나 진구는 돈기철 표정에는 대답을 하지 않고 전병기와 안달호에게 마른 웃음을 지어 보였다.

"그람, 이 술을 기철이 형님이 사는 것이 아니고 진구 형님이 사능 거유?"

"왜? 나는 맥주 한 잔 살 돈도 없는 놈으로 보이냐?"

진구는 신용조합 김 부장을 만날 날부터 저녁마다 술을 마시지 않으면 잠을 이루지 못했다. 그런 자신을 전병기가 비웃는 것 같아서 인상을 썼다.

"그런 뜻으로 하는 말이 아니고 기철이 형님이 사람 차별하는 것 같아서 묻는 말유?"

평소와 다르게 진구 목소리에 힘이 들어가 있는 것을 느낀 전병기는 뒷머리를 긁으면서 돈기철을 바라보았다.

"허! 사람 차별이라니? 내가 언제 사람을 차별했냐?"

"아! 이 자리에서 그 뭐여, 허 의원하고 황 씨에게는 골뱅이 안주에 맥주를 사 줬으면서, 진구 형님에게는 얻어 마시니까 하는 말이쥬."

안달호는 테이블 위에 있는 오징어 다리를 한 개 집어 들었다. 그는 실실 웃는 얼굴로 오징어 다리를 질겅질겅 씹으며 선이네식당 안으로 들어갔다.

"그게 그 말이구먼. 알았어. 오늘 술값은 내가 낼 모양이니까 앉아서 한 잔씩 하자고. 그럼 됐지?"

돈기철은 이미 취한 것으로 보이는 전병기와 안달호가 마시면 얼마나 마시겠냐는 생각으로 호기를 부렸다.

"누구는 삼계탕을 주는데 형님은 겨우 병맥주 몇 병으로 때울 생각유?"

선이네식당 안에는 날벌레나 모기가 모여들까 봐 전등을 켜 놓지 않았다. 그 대신 공터에 가로등이 환하게 켜져 있었다. 가로등에는 불빛을 찾아 모여든 하루살이나 모기며 매미, 풍뎅이들이 뒤섞여 빠르게 맴을 돌았다. 어둑한 선이네식당 안으로 들어간 안달호가 의자 두 개를 밖으로 가지고 나왔다.

"현이네! 여기 맥주 컵 두 개 가져와야겠는 걸?"

돈기철은 큰 소리로 현이네를 부르고 나서 맥주잔을 비웠다. 그는 빈 잔을 안달호에게 권하며 지금 한 말이 무슨 말이냐고 물었다.

"병기야. 말할까 말까? 히히."

"우리가 죄 지은 것도 아니니까 말 못할 것도 없지. 우리가 지금 어데서 오냐 하면, 변차수네 집에서 오는 길이다 이거유."

변차수 앞에서는 통장님, 통장님 하던 안달호는 아주 자연스럽게 변차수가 자신의 친구나 되는 것처럼 이름을 들먹였다.

"지금 통장네 집에서 삼계탕을 먹고 왔다고 하는 말여? 아니면 삼계탕은 딴 데서 먹고 통장네 집에 들렀다가 온다는 말여?"

현이네가 한 손에는 부채를 들고 맥주 컵 두 개를 가지고 와서 돈기철 앞에 내려놓았다. 돈기철은 일단 안달호에게 맥주를 따라주고 나서 전병기에게 시선을 돌리고 물었다.

"낮에 통장님이 조기축구회나 등산회를 만들려면 젊은 사람들과 밥이나 한끼 먹어야 한다고 하시더니 삼계탕을 대접했나 보구먼."

진구가 무슨 말인지 알만 하다는 얼굴로 끼어들었다.

"나이나 많으면 노망 걸렸다고나 하지. 나이도 별로 안 처먹은 것이 아주 사람을 갖고 놀라고 작정을 했나 보구먼. 아! 조기축구회나 등산회를 만든다고 해도 가입할 사람이 없겠지만 말여. 그런 생각이 있었으면 동네 사람들을 죄다 모아 놓고 상의를 해야 원칙 아녀? 그도 아니면 최소한도로 시장번영회 회원들한테라도 연락을 해야 할 거 아녀. 그것도 아니고 그저께는 황 영감이랑 허 의원을 불러서 닭볶음탕을 내놓더니 오늘은 너희들에게 삼계탕을 줬다 이거지? 그 잘난 통장질 한 번 더 해먹을 욕심으로 동네 사람들을 모조리 불러서 닭 잔치를 할 모양이구먼. 선거운동을 해도 지저분하게 하니까 너무 더러워서 더 이상 말이 안 나오네. 말이 안 나와. 퉤! 네 놈이 그렇게 야비하게 나오면 나도 생각이 있응께 각오하고 있어라."

돈기철은 한 시간이 넘게 맥주를 잘록잘록 마신 탓에 얼큰하게 취했다. 얼굴이 벌게지도록 변차수를 성토하고 나서 땅바닥에 침을 뱉었다. 그는 그래도 분이 안 풀려서 변차수의 집이 있는 방향으로 돌아앉았다.

"야, 이놈아! 무식하기로 치자면 멧돼지가 형님, 형님 할 놈이 꼴에 통장질을 더 해먹겠다고 주접까지 떨고 있는 걸 보니 뒈질 때가……."

변차수가 사는 아파트 쪽으로 가는 길에는 가로등이 있다. 돈기철이 그쪽을 바라보며 고함을 지르다 슬그머니 입을 다물었다. 누군가 총총걸음으로 걸어 나오는 모습이 보인다.

"저기 오는 사람이 우동이 어머 아녀?"

어둠 속에서 가로등 불빛 안으로 모습을 드러낸 사람은 변차수의 아내다. 그녀를 먼저 알아 본 전병기가 기묘하게 웃으며 한 마디하고 난 후였다.

"킬킬…… 욕은 변차수한테 했는데, 듣기는 마누라가 들었는 모양이구먼."

안달호가 돈기철을 바라보면서 앞으로 재미있는 일이 벌어질 거라는 표정으로 손뼉을 쳤다.

"내가 못할 말은 한 것도 없어. 저 인간이 야비하게 굴지만 않았으면 내가 왜 그런 말을 하겠어? 저 인간들은 멀쩡한 놈을 아주 미친놈으로 만들어 버리는데 선수라니까. 자네들도 안 당해 봐서 모르지만 한번 당해봐. 아주 미치고 팔짝 뛴다니까. 내가 요즈음 저 인간들 때문에 밤잠을 못자고 있다구. 자! 저쪽은 쳐다보지 말고 맥주나 마셔. 건배!"

돈기철은 변차수 아내를 짤막하게 노려보고 나서 맥주잔을 들었다. 그는 변차수 아내를 바라보며 웃고 있는 안달호 어깨를 툭 치며 눈짓을 보냈다.

"밤도 늦었으니 다들 입조심햐. 우동이 어머 입에서 큰 소리 나오게 하지들 말고."

진구가 맥주잔을 들어 전병기 맥주잔과 가볍게 부딪치고 안달호도 들으라는 얼굴로 속삭였다.

돈기철이 변차수 아내가 행여 자신이 욕하는 소리를 들었을지 모른다는 생각에 맥주를 마시는 척하며 촉각을 세우고 있을 때였다. 변차수의 아내가 돈기철의 뒤에서 걸음을 멈추고 맥주 마시는 모습을 노려보았다.

"이 시간에 먼 일이대유?"

진구가 술을 마시다 말고 아는 척을 했다.

"흥! 태한이 아버지는 좋겠네. 유식해서."

변차수 아내는 입을 삐죽거리고 나서 차갑게 내뱉으며 선이네식당 안으로 들어갔다.

"푸! 하하하! 기철이 형님은 좋겄슈. 우동이 어머니가 칭찬을 해줘서."

"흐흐흐! 밤말은 쥐가 듣는다더니 우동이 어머니도 들었는개비구먼."

전병기와 안달호가 땅을 차며 웃는 소리가 눅눅한 밤바람을 깨트리고 하늘로 퍼져 나갔다.

"츠! 내가 유식하다는 걸 첨 알았나 보구먼."

돈기철은 평생 잊지 못할 정도로 돈기철 아내에게 따귀를 얻어맞았는가 하면, 아차동 지구대에 끌려가서는 손이 발이 되도록 싹싹 빌었던 치 떨리는 기억을 안고 있었다. 그는 변차수 아내가 무슨 말을 하더라도 입을 꾹 다물고 있어야지, 라고 다짐을 했다. 하지만 전병기와 안달호가 웃는 소리에 자신도 모르게 대꾸를 하고 말았다.

"현이네, 나 이홉들이 소주 한 병만 줘. 유식해도 유식한 나름이지. 요즘은 아무 집 자식이나 대학을 간다고 하지만, 그 시절에 전문 학교까지 졸업한 사람이 우리들처럼 겨우 시장 안에서 돼지고기나 썰어 팔고 있는 것도 부족해서, 식전마다 곽 씨 친구 삼아 해장이나 마시는 주제에, 똑똑한 척해 봐야 알아주는 사람이 어디 있겄어? 허긴 곽 씨도 모르지. 속내는 그렇지 않는데 공술 얻어 마시는 재미에 중앙정육점 돈 사장이 세상에서 제일 유식한 사람이라고 부추겨 주는지."

변차수 아내가 팔짱을 끼고 현이네가 냉장고 안에서 이홉들이 소주를 꺼내는 모습을 지켜보면서 주제 파악이나 하라는 목소리로 비꼬았다.

"아니, 듣자듣자 하니까 너무하네, 참말로. 농담 비슷하게 한 말을 가지고 한마디 했으면 그만이지. 지금 나하고 싸우자는 거여. 뭐여!"

"형님, 참아유. 솔직히 형님이 너무한 건 사실 아뉴."

돈기철이 어디 한번 해 보자는 얼굴로 맥주병을 들었다가 놓으며 쏘아 붙였다. 다리를 꼬고 앉아서 변차수 아내가 하는 말을 듣고 있던 진구가 작은 목소리로 돈기철을 말렸다.

"허! 니무하다니, 내가 뭘 니무했는데?"

돈기철은 찔끔한 얼굴로 서 있는 변차수 아내를 노려보다가 진구에게 시선을 돌렸다. 진구가 귀중한 한 표를 가지고 올지도 모른다는 생각에 화는 내지 못하고 한결 목소리를 낮춰 물었다.

"아! 통장님이 달호하고 병기한테 삼계탕 한 그릇씩 대접을 할 수도 있잖유. 그런 걸 가지고 선거 운동이니 뭐니 하면서 없는 사람

욕을 한 거는 잘못한 거 아뉴?”

“우리만 먹은 것이 아니고 태봉이 형하고 철수도 같이 얻어먹었슈.”

“뭐! 태봉이 그 자식도 삼계탕을 얻어 처먹었단 말여?”

돈기철은 전병기나 안달호, 철수가 삼계탕을 먹었다는 점은 이해를 할 수 있었다. 그러나 틀림없는 내 표라고 이름 석 자에 동그라미를 쳐 놓았던 표재봉까지 같이 있었다는 말을 듣고 나니 눈알이 홱 도는 것 같았다. 그는 당장 뛰어가서 표재봉의 멱살이라도 움켜잡고 말겠다는 기세로 벌떡 일어나며 이를 갈았다.

“흥! 삼계탕 두 번만 대접했다면 아주 동네 사람들 씨를 말리겠다는 기세구먼. 평소 동네 사람들하고 그 흔한 돼지비계라도 삶아 먹었으면 말이나 안 하지. 돼지비계는커녕 돼지 뼈다귀라도 가지고 가서 삶아 먹으라는 말도 안 하는 사람이 선거운동 운운하는 걸 봉께 암캐가 송아지를 낳겠구먼.”

진구 말에 힘을 얻은 변차수 아내는 선이네식당 문턱 앞에 턱 버티고 섰다. 돈기철의 얼굴을 향해 콧방귀를 뀌고 나서 고개를 옆으로 홱 돌리고 하루살이가 춤을 추고 있는 가로등을 바라보며 싸늘하게 웃었다.

“그만햐! 그만하고 어서 집에 들어가유. 통장님이 눈 빠지게 기다리시겠구먼.”

돈기철이 너무 기가 막혀 말이 안 나온다는 듯이 붉으락푸르락하는 얼굴로 눈만 깜박깜박거리고 있을 때였다. 깨소금을 머금은 얼굴로 돈기철을 쳐다보고 있던 현이네가 변차수 아내의 등을 밀며 속삭였다.

한편 돈기철 아내는 잠은 오지 않고 선풍기 앞에서 텔레비전을 보다가 부채를 들고 슬슬 밖으로 나갔다. 바람도 쐴 겸 돈기철이 얼마나 술을 마시고 있는지 동정도 살필 겸해서 컴컴한 시장통을 걸었다. 밤이 깊어도 더위는 꺾일 줄을 몰랐다. 시장 안은 어둠 속에 함몰되어 있어서 캄캄했다. 드문드문 서 있는 가로등 불빛 밑으로 보이는 포장이 창백하게 엎드려 있었다. 슬슬 선이네식당이 있는 골목 안으로 접어들었다.

저 여자, 우동이 엄마 아녀?

선이네식당 앞 비치파라솔 밑에는 몇몇의 남자들이 술을 마시고 있었다. 웬 여자가 남편 등 뒤에서 뭐라고 손짓을 하고 있는데 가까이 가서 보니 변차수의 아내였다.

"형님! 나 좀 봐. 지금 태한이 아버지한테 뭐라고 항 겨?"

돈기철 아내가 들어보니까 이건 가당치도 않았다. 남편이 뭘 잘못했는지는 모르겠지만 변차수 아내가 덜떨어진 머슴 꾸짖는 것처럼 막말을 하고 있었다. 그녀는 부동산사무실 사건이 떠올라 대뜸 두 눈에 핏발을 세우며 대들었다.

"왜, 그걸 나에게 물어 봐? 유식한 남편 바로 코앞에 앉아 있는데."

"어허! 제발 그만 둬유. 그만 둬! 이러다 참말로 큰 쌈 나겄슈."

예전 같았으면 억지로라도 뜯어 말렸을 진구는 짜증난다는 표정으로 한 마디하고 나서 더 이상 어쩌지 않고 말없이 맥주를 마셨다.
"이 대 일로 싸우면 우동이 어머니가 불리할 건데."
전병기는 진구를 바라봤다.
저 형님이 집에 뭔 일이 있나? 싸움 말릴 생각은 안 하고 왜 저렇게 얼굴이 죽을 상여?
그는 진구가 적극적으로 나서 싸움을 말리지 않는 모습이 이상하긴 했지만 골치 아프게 깊이 생각하고 싶지는 않았다. 그보다는 새로운 양상으로 변해가는 싸움이 재미있어서 의자를 돌려놓고 비스듬히 앉았다.
"어이구! 체면상 나이 처먹은 여자하고 싸울 수도 없고, 참자니 성질나서 미치겠구먼."
"흥! 체면 차리는 걸 보니 이제야 철이 들었나 보구먼."
돈기철이야 분통이 터진다는 얼굴로 의자를 번쩍 들어 올렸다 내려놓든 말든, 변차수 아내는 혀가 돌아가는 대로 내뱉었다.
"인제서 철이 들었다니? 나이 좀 처먹었다고 형님, 형님 해 줬더니 눈깔에 뵈는 것이 없나? 어린애도 아니고 나이 오십 줄에 접어드는 사람에게 인제서 철이 든다니? 네가 그렇게 잘 났냐? 그렇게 잘난 여자가 왜 날이면 날마다 돈 때문에 허우적거리며 사냐? 어디 찢어진 것이 입이라면 한번 말해 봐."
돈기철 아내는 부동산사무실에서 그 사건이 있었던 날을 생각하면 이가 갈리도록 화가 났다. 지구대에서 집으로 온 남편은 얼마나 억울했는지 소주를 병째 마시고 나서 엉엉 소리가 나도록 울었다.

처음에는 어디서 뺨맞고, 어디 와서 통곡이냐는 생각에 우는 모습이 한심했다. 그러게, 주먹을 아무데서 써서 경찰서까지 끌려가는 개망신을 당하냐고 쏘아 붙였다. 그랬더니 벌떡 일어난 돈기철이 미친개처럼 침을 질질 흘리며 소주병을 거꾸로 치켜들고 죽여 버리겠다고 달려들었다. 마침 태한이가 들어오지 않았다면 온몸이 멍이 들도록 얻어맞을 뻔했다. 그녀가 변차수 아내를 씹어 먹고 싶도록 더 분한 것은 이튿날 술이 깬 남편한테 자초지종을 물어 봤더니, 연놈이 완전히 생쇼를 했다는 것이다. 그녀는 원수는 외나무다리에서 만난다고 '너 오늘 나한테 죽어 봐라' 하는 목소리로 쏘아 붙였다.

"그려, 우리 허구한 날 돈 때문에 허우적거리며 살아. 우리뿐만 아니라 이 동네 사는 사람들 중에서 태한네 빼놓고 돈 걱정 없이 사는 사람 있으면 나와 보라고 햐. 하지만 이 동네서 태한네 부러워하면서 사는 사람은 눈을 씻고 찾아 봐도 단 한 사람도 없을 껴. 돈이 뭐여? 쓰라고 생긴 돈이잖아. 쓰라고 생긴 돈을 쓰지도 않고 장아찌만 담가 두면 뭔 소용이 있어. 저승갈 때 싸 가지고 갈 돈도 아니면서 밥 한번 사는 법 없고, 애비는 메이커 옷만 입고 다니면서 하나밖에 없는 애새끼는 맨날 꾀죄죄한 몰골로 거지 사촌처럼 댕기는데."

"저! 저년이 지금 뭐랴. 찢어진 것이 아가리라고……."

"뭐! 이런 여자가 다 있어? 야, 이년아! 우리 태한이가 언제 거지 사촌처럼 하고 다니더냐. 네 눈으로 볼 때는 나이키나 케…… 케이투가 싸구려 옷으로 보이냐? 난 이날 이쩍까지 우리 태한이 옷을 장터나 난장에서 사 본 역사가 없다. 오라! 허긴 평생 메이커 옷을 단

한 번이라도 입어 봤어야 어떤 옷이 메이커라는 걸 알겠지.”

돈기철의 말이 채 끝나기도 전이다. 돈기철 아내가 변차수 아내 얼굴에 삿대질을 하며 큰 소리로 빠르게 퍼부었다.

“누가 이 밤중에 싸우는 겨?”

“통장 안식구하고 태한이 어머 같은데?”

돈기철 아내의 큰 목소리에 더운 날씨 때문에 잠을 이루지 못하고 있던 사람들이 한두 명씩 모여들었다. 그 중에는 오랜만에 재미있는 구경거리가 생겼다는 얼굴로 집으로 달려가서 텔레비전 앞에 있는 남편까지 불러오는 여자도 있었다. 삽시간에 십여 명의 사람들이 가로등 알전등 불빛에 모여드는 날벌레들처럼 선이네식당 공터에 모여 들었다.

“그만햐. 상대 해 봤자. 당신 입만 더러워져. 그만하고 집구석으로 들어가.”

사람들이 모여드는 것을 본 돈기철은 난처했다. 통장에 당선된 다음에는 아내가 변차수 아내 머리카락을 쥐어뜯든, 옷을 다 잡아 뜯든 상관이 없다. 그러나 지금은 이미지 관리에 촉각을 곤두세워야 할 때다. 그렇지 않아도 부동산사무실에서 있었던 사건 때문에 땅바닥으로 떨어진 체면을 복구하느라 적지 않게 술값이 들어가고 있는 중이다. 잘못한 걸로 따지면 백여우 같은 변차수 아내가 백 번 잘못했지만 고함을 지르며 싸워 봤자 그 나물에 그 밥이라고 싸잡아서 욕을 먹을 우려가 있었다. 그는 화가 나긴 하지만 참을 수밖에 없다고 생각하며 아내의 어깨를 잡아당겼다.

"허! 인지 아주 년놈이 쌍으로 덤비는구먼. 오냐! 어디 한번 부잣집 것들에게 맞아 보자. 이것들이 사람이 한번 좋으면 평생 좋은 걸로 착각하고 있구먼. 지난번에도 고소장을 제출해서 콩밥 먹이고 싶었는데, 우동이 아버지가 눈만 뜨면 보는 사람을 감옥에 집어넣어서 뭣하냐. 우리가 억울하고 분통이 터지더라도 참자, 라고 사정을 하는 통에 가만히 있었더니, 이것들이 엄한 사람들 잡는데 아주 재미가 붙었구먼?"

"뭐…… 뭐라고?"

돈기철은 너무 기가 막히고 원통해서 숨이 턱턱 막혔다.

"어이구, 내 속이야! 어이고 엄니 나 분통 터져서 오늘 죽어요. 아이구, 어머니! 아이구, 어머니!"

돈기철 아내는 눈물이 글썽거릴 정도로 황당해서 말은 못하고 자신의 가슴을 치면서 좌우를 두리번거렸다.

"연놈들이 아주 꼴값을 하고 있구먼. 금방까지만 해도 사람을 아주 개잡듯 설치더니 동네 사람들 나옹께 왜 가만히 있는 거여. 양심이라고는 좁쌀만큼도 없는 인간들이 양심 있는 척하느라 연극을 하고 있는 모양을 몇 명만 보고 있을랑께 참말로 아깝구먼. 아여! 동네 사람들 이 밤중에 바쁜 일도 없을 팅께 어여 선이네식당 마당으로 나와요. 생전에 한 번 볼까말까 한 쇼가 벌어지고 있으니까 어여 구경들 나와요."

변차수 아내는 돈기철 부부가 왜 말을 못하고 멧돼지처럼 씩씩거리는지 이유를 알 것 같았다. 이럴 때일수록 앞으로 찍소리도 못하게 눌러 놔야 한다. 그녀는 입에 거품을 물고 돈기철과 그의 아내를 번갈아 노려보며 고함을 질렀다.

"염병! 참말로 시끄러워서 죽겠네. 아! 이 동네는 술도 맘대로 못 마시나?"

진구가 낮은 목소리로 내뱉으며 빈 잔을 깨 버릴 것처럼 불끈 들어올렸다. 그는 차마 깨지는 못하고 부들부들 떨며 변차수 아내와 돈기철 아내를 차례로 노려보았다.

"형님, 형님답지 않게 뭔 말을 그렇게 해유?"

다른 사람들은 변차수 아내와 돈기철 부부에게 정신이 팔려 있어서 진구의 말을 듣지 못했다. 그러나 옆에 앉아 있는 전병기의 귀에는 또렷하게 들렸다. 그는 자신의 귀를 의심하며 진구를 바라보았다. 진구 눈빛에 광기가 서려 있는 것을 보고 긴장한 얼굴로 물었다.

"나는 그런 말을 하면 안 되는 법이라도 있는 거냐?"

"그…… 그렇지는 않지만 조금 이상하게 보이는 건 사실유."

착한 사람이 화를 내면 더 무서운 법이다. 진구가 차갑게 웃으며 반문하는 말에 전병기는 가슴이 철렁 내려앉았다. 자신도 모르게 어깨를 움찔거리면서 침을 꿀꺽 삼켰다.

"인간 치고 안 이상한 놈이 있으면 그놈이 정상이 아니라는 것만 알아 둬라."

진구는 전병기가 의외로 순수한 면이 있다는 생각에 풀풀 웃으며 들고 있던 술잔을 슬며시 내려놓았다.

"뭔 일이 있었는지는 모르지만 그런 말은 형님에게는 안 어울려유.”

전병기는 진구가 내려놓은 빈 잔에 재빨리 맥주를 채웠다. 진구가 쓸쓸하게 웃으며 술을 마시는 모습을 지켜보다 변차수 아내와 돈기철 부부 쪽으로 고개를 돌렸다. 서로 으르렁거리며 노려만 볼뿐 별다른 진전이 없었다. 왜 저러고 있느냐는 표정으로 달호를 바라봤다.

“일 회전 끝났는 개벼.”

“시간도 없는데 빨리 이 회전 시작하지. 그 뭐냐, 라운드 걸이 없어서 저러고 있는 거냐?”

전병기는 다시 진구를 바라본다. 진구는 쓸쓸한가 하면 우울하고, 우울한가 하면 혼란스러워 보이는 얼굴로 의자에 등을 기대고 맥없이 돈기철을 바라보고 있다.

“왜 저러고 있는 겨?”

“모르겠어. 나도 지금 왔거든.”

“오랜만에 제대로 구경 좀 하나 했더니 이대로 끝낼 참인가?”

“그렇지는 않을 걸.”

구경꾼들은 상대방 얼굴을 바라보며 눈웃음을 교환했다. 유지라고 인정을 헤 주는 사람이 한 명도 없는데도 스스로 동네 유지라고 믿는 돈기철이다. 아내는 너무나 육감적이라서 다분히 바람기가 있어 보이는 몸짓으로 남정네들의 시선을 끌어당기기 일쑤다. 그 부부가 합동으로 변차수 아내와 벌이고 있는 싸움은 술에 취한 안달호가 곽차복을 개 패듯 팰 때와는 다르다.

허 의원이 늙은 아내를 쥐 잡듯 패는 광경보다도 다르고, 전병기가 할아버지뻘 되는 황 씨 면전에 삿대질을 하며 갖은 욕을 퍼붓다 눈빛이 돌아간 광하에게 포장 지주대로 죽지 않을 만큼 맞을 때보다 가슴을 조이게 한다. 그런가 하면 외상값 오백 원을 갚았다, 안 갚았다 다투다 언니 동생하며 친자매처럼 지내든 대전만두집과 현이네가 허연 젖가슴이 드러나도록 죽기 아니면 살기로 싸우던 때보다 짜릿함이 있다. 그 짜릿함 속에는 돈기철 부부에 대한 고소함과 변차수 아내에 대한 건방진 느낌이 뒤섞여 있어서, 흐르는 시간을 움켜잡고 싶은 기분이었다.

"어느 쪽이 잘했든 잘못했든 이쯤에서 서로 사과를 하고 그만 둬유. 평생 안 볼 사람도 아니고 손바닥만 한 동네서 문 밖에만 나오면 서로 눈을 마주치는 사이에 민망해서 어쩌려고 그래유."

선이네식당 주인인 현이네는 형식적으로 한마디하고 나서 자기도 본격적으로 구경이나 해야겠다는 얼굴로 슬금슬금 밖으로 나갔다.

"도대체 뭐 땜에 그라능 겨?"

"우동이 엄마가 설치는 걸 봉께 뭔가 모르지만 태한이 엄마하고 아버지가 잘못했나 보구먼."

"난 깜박 잠이 들었었는데 누가 이 밤중에 괌을 지르나 하고 나와 봤더니 태한이 어머 목소리 였능게구먼. 언제부터 저러고 있었능 겨?"

현이네가 구경꾼 틈에 합세하자 기다렸다는 듯이 아낙네들의 질문이 쏟아졌다. 하나같이 호기심이 진득하게 배어 있는 목소리였다.

"나도 방에 있어서 잘 몰라유."

"에이, 방에 있었다고 해도 코앞에서 벌어지는 일을 모른다는 기 말이나 되는 거여, 언제부터 시작한 거여?"

"텔레비전을 틀어 놓고 있어서 참말로 몰라유."

현이네는 입으로는 모른다고 시치미를 딱 떼면서도 얼굴 표정은 그렇지 않았다. 몇 번만 더 애가 타는 표정으로 물어 보면 싸움의 전말을 소상하게 알려줄 수도 있다는 표정으로 웃음을 깨물었다.

"허! 너무 기가 막혀서 말이 안 나오네. 야! 이년아, 너 지금 말 다 항 겨?"

돈기철은 참아야 된다고 생각하면서도 부부를 싸잡아 욕하는 통에 가만히 있을 수가 없었다. 전병기와 안달호의 비웃음 소리가 뒤통수에 와 닿는 것을 느끼면서 변차수 아내 앞으로 다가갔다. 금방이라도 후려갈길 듯이 주먹을 흔들기는 했지만 손을 뻗으면 닿을 만한 거리까지는 접근하지 않았다. 아무리 증인이 많다고 하더라도 그녀는 손만 닿았다 하면, 픽 쓰러져서 회초리로 얻어맞은 개구리처럼 발발 떨 위인이다.

"저년이 아주 미쳤구먼. 미쳐도 단단히 미쳤어. 언지 우리가 돈 많다고 유세를 부렸냐? 우리가 유세를 부리는 걸 네 년이 보기나 했어? 그리고 우리가 부자 되는데 네 년이 돈 한푼 보태 준 적이 있냐? 아니면 바쁜 명절 대목 때 잔심부름이라도 해 준 적이 있냐? 우리가 부지런해서 부자가 된 걸 가지고 지 년이 도와줘서 부자 된 것처럼 설치고 있구먼. 너 같은 년은 한동네 사는 덕에 말을 섞어주는 것만 해도 고마운 줄 알아야 해. 딴 동네 살았다면 쳐다보기도 싫어. 이년야!"

돈기철 아내는 일단 돈기철 앞을 가로막았다. 까닥 잘못하면 부동산사무실 같은 사건이 재연될 수 있다. 그녀는 돈기철을 엉덩이로 뒤로 밀면서도 삿대질을 해댔다.

"어이구! 고기 집에서 돼지고기나 썰어 파는 년이 술집 여자처럼 쥐 잡아 먹은 낯짝으로 다니는 주제에 꼴값을 하고 있네, 꼴값을 하고 있어. 동네 사람들 저년 낯짝 좀 쳐다봐유. 저년이 바로 요 자리에서 내가 언지 돈 많다고 유세부렸냐고 방송한 년이잖유. 그런 년이 한 발짝도 움직이지 않고 주둥이에 침도 안 바르고 아가리 놀리는 것 좀 봐유. 에라이! 죽일 년아, 하늘이 보고 있고 땅이 보고 있고 동네 사람들이 죄다 보고 있어. 인간의 탈을 썼으면 주둥이에 침이나 바르고 거짓말을 햐."

"참말로 시끄러워서 술 못 마시겠구먼. 제발 좀 그만해유. 그렇지 않아도 열불 나 죽겠는데 자꾸 이라면 뭐든지 눈에 보이는 대로 확 불살라 버리고 말 테니까."

진구가 또 고함을 지르며 벌떡 일어섰다. 진구의 고함소리에 구경꾼들은 깜짝 놀라며 뒤로 몇 걸음 물러섰다. 그 사이에 진구는 뚜벅뚜벅 걸어서 변차수 아내 앞으로 갔다. 우악스럽게 변차수 아내 손목을 잡아끌고 공터를 벗어나 어둠 속으로 들어갔다.

"허! 저…… 저년 살아 있는 기 주둥이라고 지 맘대로 떠들고 있네. 내가 언제 쥐 잡아 먹은 꼴로……."

"됐어! 됐응께 어서 집으로 들어가자고."

돈기철은 단숨에 뛰어가서 진구가 손목을 끌고 가는 변차수 아내 머리채를 휘어감아 땅바닥에 내치고 싶었다. 그러나 그랬다가는 지난 번 사건과 덧붙여져서 상습폭행죄로 꼼짝 없이 교도소 신세를 져야 한다. 더구나 통장 선거도 얼마 남지 않았다. 그는 원통하고 분하다 못해 땅을 치며 통곡을 하고 싶을 정도로 가슴이 아프다. 그는 분을 참지 못해 벌벌 떨고 있는 아내 손목을 잡아끌었다.

시도 때도 없이 달려드는 모기와 싸우며 잔뜩 기대를 걸고 있던 구경꾼들이 실망한 얼굴로 '에이, 잠만 설쳤어. 이럴 줄 알았으면 텔레비나 볼 걸. 태한이 아버지도 성질 다 죽었구먼. 그런데 명수 아버지는 오늘 왜 저런댜, 꼭 술 취한 사람 같던데. 철준이 보증 서 준거 때문에 요새 맨날 술에 쩔어 살잖여. 어이구, 그놈이 돈이 뭔지 원수가 따로 없어'라고 중얼거리며 흩어졌다.

비와 술잔 사이

통장 선거가 일주일 밖에 남지 않았다. 돈기철은 원래 새벽잠이 별로 없는 편이다. 그러던 중에 변차수 아내에게 두 번씩이나 완패를 당하고 나니 새벽잠은 완전히 없어져 버렸다. 새벽잠만 없어진 것이 아니다. 잠에서 깨면 어김없이 따귀를 갈길 때의 변차수 아내 얼굴이 떠올랐다. 따귀를 갈길 때처럼 화가 난 얼굴로 아니고 실실 웃는 얼굴인가 하면, 신기에 오른 무당처럼 샐쭉한 눈빛으로 노려보는 얼굴이 떠오를 때마다 그는 잠이 확 달아나는 것을 느끼며 벌떡 일어나 앉기 일쑤였다.

그 연놈들이 저승으로 가던지 해야지. 이러다 내 명에 못 살지.

다른 사람도 아니고 변차수 부부 때문에 잠이 달아나고 나면 아무리 자려고 노력을 해도, 변차수 부부의 얼굴만 빙빙 돌 뿐 잠이 오지 않았다. 그는 큰대자로 누워서 세상모르게 잠들어 있는 아내의 얼굴을 어렴풋한 어둠 속에서 노려보며 트레이닝복으로 갈아입었다.

시장은 잠을 자고 있었다. 철준이 슈퍼를 할 때는 희미하게나마 슈퍼 앞을 밝히는 불빛이 있었는데, 표재봉이 인수하고 나서는 그 불빛마저 꺼 버렸다. 하지만 현이네식당은 문을 열어 놨을 것이다.

현이네는 잔기침을 하며 식당 안으로 들어서는 돈기철을 보고 말도 없이 돼지뼈다귀에 콩나물과 우거지를 넣어서 끓인 해장국을 내놨다.

"현이네도 해장 한잔 할텨?"

해장국에 송송 썬 청양고추를 넣었더니 술국으로는 아주 그만이다. 돈기철은 속이 쓰윽 풀리는 것을 느끼며 현이네를 바라봤다.

"혼자 마시다 남기면 남겼지, 생전 술 한잔 같이 하자고 하지 않는 분이 어쩐 일이다?"

식당이 좁아서 살림방 앞에 부엌이며 주방이다. 현이네는 프라이팬에 멸치를 볶으며 피식 웃었다.

"내가 언제 그랬나? 어여 와서 한잔 햐."

"말은 고맙지만 사양하겠슈. 식전부터 술 마셨다가는 우리 현이한테 쫓겨나유. 그렇지 않아도 요즈음 저녁마다 술 마신다고 집을 나가겠니, 뭐니 해 쌌는데."

"현이는 남자 친구 없나? 시집 갈 때가 된 거 같은데."

"오늘 태한이 아빠가 별일이네. 우리 현이 걱정까지 다 하고. 남자야 있지만 돈이 있어야 시집을 보내죠. 그놈의 돈이 뭔지……."

"현이네는 시장통에서 나를 제일 많이 지켜보는 걸로 알고 있는데. 내 본심을 아직까지 모르고 있다니 서운하네."

현이네는 프라이팬에 볶은 멸치를 접시에 담다가 말고 시선을 돌렸다. 돈기철이 제법 우울한 표정으로 소주잔을 기울이고 있었다. 오늘은 곽차복이 동무를 해 주지 않아서 저러나? 하는 생각이 잠깐 들었다.

"집에 뭔 일이 있슈?"

"왜? 태한이 엄마가 또 사고 쳤나?"

"남들이 들으면 태한이 엄마가 사고만 치고 다니는 여자인 줄 알겠네. 태한이 아빠 얼굴 표정이 꼭 집안에 뭔 일이 있어서 고민고민하고 있는 사람처럼 보이니까 묻는 말이지."

"집안에 뭔 일이 있을 리가 있나. 내가 동네를 위해서 통장 한번 해보겠다고 하니까 눈을 아래위로 치켜뜨며 반대하는 사람들이 너무 많아서 속이 상해 그렇지."

돈기철은 이제나 저제나 동네 여론 물어 볼 기회를 찾고 있다가 기회는 왔다는 생각에 우울한 표정으로 말했다.

"태한이 아빠가 딴 사람도 아니고 아침마다 우리 집에 와서 개시를 해 주는 분이라 하는 말인데, 통장에 대한 미련은 버리는 것이 현명해유. 지난번에 부동산사무실에서 그 야단이 있고 난 후에 동네 여론이 어떤지 알아유?"

현이네가 주걱을 들고 돈기철 앞으로 왔다. 의자에 앉아서 진지한 표정으로 하는 말에 돈기철의 눈꼬리가 추켜올라갔다.

"부동산사무실이라니?"

"아! 통장님하고 그 집 아줌마를 태한이 아빠가 개잡듯 패서 지구대에 끌려가고 그랬잖아요. 죄 없는 태한이 엄마 눈까지 밤탱이 눈으로 만들어 놨다는 걸 이 동네 사람치고 모르는 사람이 없잖유."

"내가…… 내가 죽고 말지."

돈기철은 할 말이 없었다. 그는 소주병을 들고는 절반 정도 남아 있는 소주를 쿨쿨 비워 버리고 일어섰다.

"내 말을 흘려듣고 통장 선거 나갔다가는 개망신 당해유."

현이네가 불난 집에 부채질 하는 식으로 소리쳤으나 돈기철은 대꾸를 하지 않고 집으로 향했다.

돈기철은 중앙정육점 앞에 도착했다. 제일부동산이 있는 쪽을 향해 섰다. 시장통은 깊은 잠속에서 깨어나고 있는 중이다. 멀리 제일부동산 간판이 보인다. 이 시간에 변차수는 집에 있어서 사무실 문은 닫혀 있을 것이다. 확 뛰어가서 부동산사무실을 불 질러 버리면 속이 시원해질 것 같았다.

아녀! 대를 위해서는 소가 희생을 할 수밖에 없는 겨…… 아니지, 왜 내가 소가 되어야 하는 겨. 변차수 같은 놈의 농간에 억울하게 희생을 당해야 하는 거냔 말여.

너무 분해서 눈물이 찔끔 났다. 그는 아차동지구대에서 피눈물 나는 각서를 써 준 날이 생각났다.

돈기철 부부가 생떼를 써도 한계가 있는 법이다. 변차수는 피해자 신분이라는 이유로 지구대에 끌려가지 않고 곧장 병원으로 갔다. 변차수 아내는 슬쩍 밀었는데 허리를 다쳤다며 한술 더 떠서 병원 응급실 침대에 누워 버렸다.

"내 말 좀 들어 봐유. 난 진짜로 그 사람들을 때리지 않았슈. 변차수 그 인간은 나한테 가슴을 맞았다고 하는데 멱살을 잡은 것은 사실이지만 가슴 근처는 입으로 불어 보지도 않았슈. 그 인간 마누라도 먼저 내 뺨을 갈겨 버리길래 나도 모르게 밀었슈. 오히려 내가 그 여편네한테 얻어 터졌단 말유. 내가 만약 단 한 마디라도 거짓말을 했다면 당장 수갑을 채워 화양경찰서로 넘겨 버려도 할 말이 없슈."

그는 변차수가 없는 틈을 이용해서 경찰들에게 하소연을 했다. 그러나 경찰들은 그의 하소연을 들어 주지 않았다. '일단 피해자들이 와 봐야 누가 잘잘못을 했는지 결정이 납니다. 그때까지 저기 의자에 앉아 계십쇼'라는 말만 앵무새처럼 되풀이할 뿐이었다.

가슴을 맞았다는 놈이 발목을 삔 놈처럼 절뚝절뚝거리며 나타났다. 변차수 혼자 나타난 것이 아니다. 언제 연락을 했는지 시의원인 박진성과 아차동 동장인 오만복을 변호사처럼 양쪽에 대동했다.

"돈 사장, 아무리 술을 마셨다고 하지만 어떡하다 그런 실수를……."

오만복은 아예 상대도 하기 싫다는 얼굴로 쳐다보지도 않았다. 그는 지구대장이 얼른 뛰어 나와서 청하는 악수를 하고 나서 카운터 안으로 들어가 버렸다. 박진성이 지구대장과 건성으로 악수를 하고 나서 선생이 학생 꾸짖는 표정으로 그를 바라봤다.

"실수를 하다뉴?"

"병원에서 변 통장한테 다 들었습니다. 변 통장이 서로 모르는 처지도 아니고 하니까 점잖게 말로 하자며 커피를 권했다고 하더군요. 근데 무작정 주먹을 휘둘렀다지요. 그것도 너 같은 놈은 통장질 할 자격도 없다, 너 같은 놈이 통장질을 하니까 우리 동네가 발전을 못 한다, 너 같은 놈은 죽여 버려도 갯값만 물어 준다 하며 별의별 욕을 다 했다면서요?"

"돈 사장 이번에 제대로 한 건 했군요. 협박에다 폭행, 지금 통장님 사모님은 병원에 입원을 하셨으니까 최소한 삼 주 이상은 나올 겁니다. 통장님이 이 주짜리 진단서를 가져 왔습니다. 이 주짜리야 합의를 하면 그만이지만 삼 주짜리는 검찰에 올라가면 합의를 하더라도 형사 처분감입니다."

박진성의 말이 끝나자마자 옆에서 실실 웃고 있던 지구대장이 점잖게 염장을 질러댔다.

"거…… 거짓말 탐지기! 거짓말 탐지기가 있는 데로 갑시다. 거기 가서 변차수 저 인간이 거짓말을 하고 있나, 내가 거짓말을 하고 있나 측정을 해 보자 이거유!"

지구대장은 법을 집행하는 경찰로 중립적인 위치에 서 있어야 한다. 그런데도 그는 시의원이나 동장 오만복을 의식하고 있어서인지 노골적으로 변차수 편을 들었다.

"허어! 돈 사장님, 아직 세상물정을 모르시구먼. 설령 변 통장님이 거짓말을 했다고 칩시다. 그래도 법정에서는 변 통장님 손을 들어 주게 되어 있습니다. 민주주의에서는 어떠한 경우에도 폭력은 불법으로 인정을 하고 있습니다."

지구대장의 말은 백번 옳은 말이다. 거짓말 탐지기를 백 대 갖다 놓는다 해도 꼼짝없이 당할 수밖에 없다는 생각이 들면서 그는 너무 억울하고 원통해서 눈물이 나올 지경이었다.

"잠깐 나 좀 봅시다."

박진성이 이제 막 경찰이 된 신입 여경찰에게 커피를 두 잔 타오라고 했다. 그는 여경찰이 종이컵에 타 온 커피를 권하며 다정하게 그의 어깨를 잡고 밖으로 나갔다.

"지난 번 선거 때 돈 사장님이 많이 도와주셔서 당선이 됐습니다. 해서 하는 말인데 말입니다. 제 말대로 하십시오."

밖에는 밤이 꽤 깊었는지 바람이 제법 서늘했다. 그들은 지구대 옆 캄캄한 곳으로 가서 비밀스러운 말이라도 하는 것처럼 은밀하게 속삭였다.

"저는 솔직히 억울합니다. 만약 제 가슴에 지퍼가 있어서 활짝 열어 보일 수 있다면 좋겠슈.. 하느님만 제가 억울하다는 것을 알고 있을 거유."

"나도 돈 사장님 심정을 잘 압니다. 하지만 아무리 억울해도 법은 냉정합니다. 그러니 제 말대로 하십시오. 제가 변 통장님을 잘 설득할 테니까 각서나 한 장 써 주십쇼."

"각서라니요? 제가 뭘 잘못했다고."

"허어, 난 돈 사장님이 현명하신 분인 줄 알았더니…… 지금 감정에 치우칠 때가 아닙니다. 지금 똥고집을 피우면 통장이고 뭐고 다 헛일이 되고 감옥에 가게 됩니다. 요즘 가뜩이나 폭력범 소탕기간이라서 검찰에 올라가기만 하면 재깍 구속영장이 청구될 것입니다. 초범이라서 집행유예로 나올 수 있다고 치더라도 최소한 열흘 이상은 유치장에서 주는 밥을 먹어야 합니다."

박진성은 천천히 커피를 마시면서 어둠 속에서 하늘을 쳐다봤다. 어떤 표정을 짓고 있는지 모르지만 꽤 고민을 하는 것처럼 보였다.

"도대체 각서를 뭐라고 써 줘야 한다는 거유?"

집행유예에 열흘 이상 유치장 생활을 한다면 박진성의 말이 아니더라도 통장 자리는 꿩새 운 것이나 마찬가지다. 억울하기로 치자면 땅을 치고 통곡을 하는 것도 부족해서, 일본 야쿠자들처럼 할복을 하고 싶었다. 하지만 이럴 때일수록 냉정해져야 나중에 변차수에게 복수를 할 수 있다는 생각에 그는 고개를 숙일 수밖에 없었다.

"밥 안 먹을 생각유?"

돈기철은 이 층에서 내려 온 아내가 부르는 말에 눈을 껌벅거렸다. 순간 눈물 한 방울이 툭 떨어지는 것을 느꼈다.

아무래도 특단의 조치를 취해야겠어.

돈기철은 아침을 먹지 않았다. 냉장고 있는 캔맥주를 꺼내 들고 거실로 갔다. 그는 텔레비전을 틀어 놓고 맥주 한 모금을 찔끔 마셨다.

"오늘 돼지 들어오는 날이잖유. 아침도 먹지 않고 식전부터 술만 마시면 돼지 작업은 누가 한데유?"

"지금 돼지 작업이 문제가 아녀."

"돼지 작업이 문제가 아니라면 정육점 문 닫자는 말유?"

"이 썅!"

돈기철 아내는 돈기철이 캔맥주를 금방이라도 던져 버릴 것처럼 번쩍 치켜드는 것을 보고 얼른 태한이 방으로 뛰어 들어갔다.

좌우지간 저 여자 때문에 되는 것이 하나도 없어. 그날도 저년이 그 지랄을 하지 않았어도 동네 사람들이 그 지경으로 돌아서지는 않았을 겨.

텔레비전에서는 국회의원이 나와서 지역 발전에 대한 대담을 하고 있었다. 이름과 얼굴을 알고 있는 국회의원은 삼 선 의원이다. 선거 때마다 유권자들한테 돈 봉투를 돌려서 당선이 됐다는 말을 들었지만 구속이 된 적은 없었다.

박진성도 시의원 선거 때 돈을 풀었다는 소문이 자자했잖아…….

돈기철은 맥주를 홀짝홀짝 마시다가 박진성의 얼굴이 떠오르는 순간 무릎을 탁 소리가 나도록 쳤다.

그래, 내가 왜 그 생각을 못했을까.

지난 번 선거 때 아차시장 상인들은 물론이고 11통에 사는 주민들은 거의 박진성에게 표를 던졌다. 바꾸어 말하면 11통 주민들은 최소한 박진성에게 호감을 가지고 있다는 뜻이다. 어쩌면 11통 내에 박진성의 조직이 있을지도 모를 일이다. 그런 박진성이 통장 선거 때 돈기철에게 표를 주라고 하면 그 파급 효과는 당선과 연결이 될 것이라는 생각이 들었다.

돈기철은 갑자기 밥맛이 살아났다. 그러나 돈기철 아내는 밥상을 이미 치운 뒤였다. 그녀는 돈기철이 식탁 앞에 앉는 것을 보고 마음속으로 '요즘 여러 가지로 속을 썩인다'라고 투덜거리며 다시 밥상을 차려 줬다.

그는 아침을 먹자마자 전화로 곽차복을 10시까지 틀림없이 정육점으로 오라며 지시했다. 그리고는 정육점으로 내려가서 책상 서랍 안을 뒤져 시의원인 박진성의 명함을 찾아냈다. 그는 회심의 미소를 지으며 망설이지 않고 박진성에게 전화를 했다.

"중앙정육점 돈기철이라고 합니다. 지구대에서 여러 가지로 도움을 받고 식사라도 대접하는 것이 도리라고 생각했는데, 이제야 전화를 했습니다. 오늘 시간이 있으시면……."

박진성은 마침 집에 있었다. 그는 마치 박진성이 눈앞에라도 있는 것처럼 활짝 웃는 얼굴로 꾸벅 인사를 하고 나서 조심스럽게 입을 열었다.

박진성은 자기가 식사를 대접하는 것이 옳다며, 만약 돈기철이 식사 대접을 하면 만나지 않겠다고 버텼다. 돈기철은 '어휴, 그러면 밥을 얻어먹을라고 전화를 한 것은 아닌데……'라고 민망해 하면서도 소리 없이 히히 웃었다.

돈기철의 아내는 연신 전화 두 통을 하고 난 돈기철이 휘파람을 불면서 아래층으로 내려가는 모습을 바라보며 고개를 흔들었다. 요즘 통장 선거 때문에 밤잠을 못 잘 정도로 스트레스를 받더니 머리가 좀 이상해진 것 같다는 생각이 들었다.

돈기철은 큰길가에 있는 찜질방으로 갔다. 사우나에 들어가서 식전에 마신 소주와 맥주 기운을 땀과 함께 배출시켰다. 그는 두 시간 동안 찜질방에 있었더니 술기운이 말갛게 달아나 버렸다.

곽차복이 다리를 절룩거리며 정육점에 도착한 시간에 맞춰 도살장에서 출발한 통돼지도 도착을 했다. 곽차복은 다리가 불편한데도 능숙하게 통돼지를 어깨에 메고 정육점 안으로 들어가서 S자로 된 쇠갈고리에 걸었다.

돈기철은 본격적으로 분리작업을 하기 전에 곽차복에게 소주부터 권했다. 그는 맥주 컵 가득 소주를 따라주고 안주는 돼지 생간을 듬뿍듬뿍 썰어 줬다. 곽차복은 젓가락 대신 손으로 생간을 왕소금에 듬뿍 찍어서 우적우적 씹었다.

화양시청 근처에 있는 일식집 '아다미'는 점심시간인데도 조용했다. 돈기철은 카운터에서 박진성 의원과 약속이 되어 있다고 말하며 실내를 돌아다 봤다. 여느 식당처럼 홀이 없고 모두 룸으로 되어 있어서 복도에는 허벅지가 훤히 드러나는 일본풍의 유니폼을 입은 종업원들만 오가고 있었다.

"이거…… 제가 식사 대접을 하려고 전화를 드렸는데……."

박진성은 먼저 도착해 있었다. 돈기철은 민망한 얼굴로 뒷머리를 긁으며 자리에 앉았다. 테이블 위에는 이십여 가지 음식들이 널려 있었다.

"아닙니다. 신세를 진 제가 대접을 해야죠."

박진성은 양복 상위를 벗어 버리고 와이셔츠 차림으로 웃으면서 손을 내밀었다. 그는 돈기철의 손을 힘껏 잡아주고 나서 점잖게 앉았다.

돈기철이 먼저 박진성에게 맥주를 권했으나, 박진성은 그건 예의가 아니라는 얼굴로 한사코 거절을 했다. 그것을 시작으로 그들은 음식을 먹기 시작했다. 박진성은 오후의 스케줄을 핑계로 맥주를 마시는 척만 했고, 돈기철만 넙죽넙죽 받아 마시는 식의 식사였다.

"요즘 휴가철이라 장사는 잘 되죠? 솔직히 고기는 백화점에서 사는 것보다 시장에서 사는 것이 훨씬 이익 아닙니까? 돈 사장님은 기억하실지 모르지만 제 와이프도 중앙정육점 단골입니다."

"아이구, 고맙습니다. 담에는 저한테 의원님 사모님이라고 귀띔 좀 하라고 하십시요. 그럼 제가 쇠고기 부위 중에서 가장 좋은 걸로 듬뿍 서비스해 드리쥬."

"허허, 그러실 것 같아서 신분을 밝히지 말라고 했습니다."

"저런, 진짜로 의원님 같으신 분이 시의회 의장님이 되셔야 하는데 참말로 안타깝네유."

"저는 우리 주민들이 건강하시고 장사하시는 분은 장사가 잘 되면 그것으로 만족합니다."

"저도 의원님이 염려해 주시는 덕분에 장사는 그런 대로 되는 편유. 하지만 요즈음은 장사만 잘된다고 해서 만사형통은 아닌 것 같다는 생각이 자꾸 드네유."

"혹시, 지난 번 변 통장 사건 때문에 아직도?"

박진성은 돈기철에게 전화가 오지 않아도 언제 한번 만나서 식사를 같이 하고 싶었다. 돈기철의 표가 필요해서는 아니다. 돈기철이 선거에 도움을 줄 것이라는 기대감 때문도 아니다. 그날 정황은 돈기철은 매우 억울해 하고 있었다. 정육점은 동네 사람들이 자주 이용하는 업종이다. 돈기철의 억울함을 달래주지 않았다가는, 그가 고기를 썰어 팔면서 박진성은 변차수와 같은 급수라고 험담을 할 수도 있다. 그걸 막으려면 만나서 회유를 해야 했다. 돈기철을 만날 명분이 없어서 하루하루 시간만 보내고 있다가, 돈기철 스스로가 전화가 와서 그는 고급 일식집으로 초대를 했다. 식사를 하면서 분위기를 보니 통장 선거와 관련해서 전화를 한 것 같았다. 그는 시의원 체면에 먼저 물어 볼 수가 없어서 돈기철의 눈치만 살피고 있는 중이었다. 그는 돈기철의 말이 떨어지자마자 은근한 목소리로 물었다.

"저도 사나이유. 각서에 한번 썼으면 그만 아닙니까. 중요한 것은 그날 사건 때문에 제가 동네에서 운신의 폭이 좁아졌다는 겁니다. 그래서 어떡하면 주민들이 품고 있는 오해를 없앨 수 있을까, 그 방법을 물어 보려고 의원님께 어려운 전화를 했슈."

돈기철은 각서에 각자만 생각해도 울컥 화가 치밀어 올랐다. 대를 위해 소가 참아야 된다고 생각하면서도 화를 참느라 목이 잔뜩 마른 목소리로 말했다.

"돈 사장님, 행복한 고민을 하고 계시는군요. 요즘은 돈이 최고인 세상입니다. 먹고 살만큼 재산이 있으면 되는 거 아닙니까. 막말로 돈 사장님이 부도가 났다고 칩시다. 동네 사람들이나 시장 상인들이 십시일반으로 도움이라도 줄 거 같습니까? 아니잖아요. 오히려 재산이 있으면 그 앞에서 고개를 숙이고 다녀야 하는 것이 요즘 현실입니다."

박진성은 돈기철의 의중을 꿰뚫고 있으면서도 슬쩍 낚싯줄을 당겨 보았다.

"답답하시네. 의원님 말씀대로 먹고 살만큼 돈을 벌었슈. 돈도 있고 하니까 동네를 위해서 봉사 좀 하고 싶다는 것이 제 소망이라 이거유."

"진작 처음부터 톡 까놓고 말씀하시지. 통장을 하고 싶으신데 여론이 안 좋다 이겁니까?"

"톡 까놓고 말씀드리자면 여론이 개판이라 이겁니다."

"하긴 요즘 통장은 예전 통장하고 격이 틀립니다. 더구나 십일 통 같은 경우는 앞으로 재개발도 이루어질 예정이고. 재개발 조합이 설립되면 통장의 역할도 만만치 않을 겁니다."

"의원님은 그걸 어떻게 아셨슈? 솔직히 그런 점도 없진 않아 있습니다. 그런데 지난 번 그 사고 때문에 여론이 땅바닥에서 빌빌 싸고 있슈. 의원님은 선거를 해 보셨으니까 이 동네 민심을 잘 아시잖아유. 제가 통장에 당선되기만 하면 수단과 방법을 가리지 않고 십일 통 표는 몰표를 만들어서 의원님한테 드릴 테니까 기가 막힌 처방 좀 해 주셔유."

돈기철은 박진성이 뜸을 들이지 않고 노골적으로 말을 하니 오히려 마음이 편했다. 그는 맥주병을 들어 봤다. 술병이 비었다는 것을 알고 이어폰을 눌러 맥주가 아닌 양주를 가져오라며 주문했다.

"오후에 행사가 있어서 양주를 마시면 안 되는데……."

"아따! 딱 한 잔만 하시면 됩니다. 이래봬도 제가 술 좀 마십니다. 나머지는 제가 다 소화시킬 모양이니 걱정 마시고 오늘 만남을 기념으로 딱 한 잔만 하십쇼. 그리고 제 속이 시원하게 뚫릴만한 처방전만 내려 주십쇼."

문이 열리고 양주가 들어 왔다. 돈기철은 양주를 주문한 이상, 식사대까지 자신이 부담을 해야 한다는 것이 생각났으나 개의치 않았다. 통장에 당선되면 이까짓 양주에 횟값이 전부냐는 얼굴로 양주병 뚜껑을 열었다.

“좋습니다. 돈 사장님 성격이 화끈한 것 같으니까 저도 본론부터 말씀을 드리겠습니다. 여자들을 집중적으로 공략하십시오.”

박진성은 말과 다르게 돈기철이 따라준 양주를 홀짝 비워 버렸다. 돈기철이 기다렸다는 듯이 다시 잔을 채워 주어도 거절하지 않았다. 그는 허리를 숙여 돈기철의 눈을 노려보면서 필살기를 전수하는 스승 같은 얼굴로 말했다.

“오히려 남자들을 공략해야 하는 거 아닙니까? 우리 동네는 남자들 말에 여자들은 찍 소리도 못하는데…….”

“돈 사장님은 아직 이불속 송사라는 것을 모르시나 봅니다. 남자는 아무리 강해도 여자의 몸에서 태어난 존재입니다. 그리고 남자가 왜 강해지려고 하는지 압니까? 모든 동물의 습성처럼 암컷, 즉 여자 앞에서 잘 보이기 위해서입니다. 그러니까 제가 드리는 말씀대로, 당장 오늘 저녁부터 여자들을 공략해서 표를 확보하면 당선이 되실 겁니다.”

박진성은 목이 마르다는 얼굴로 양주잔을 홀짝 비웠다. 그는 입가심용으로 들어온 생고구마를 와작와작 씹어 먹으면서 돈기철의 눈을 노려본다. 그는 돈기철이 통장 선거에서 당선이 될 가능성은 희박하다고 판단했다. 그가 통장 선거에서 떨어져도 불만이 없도록 만

들어 줘야 나중에 험담을 하고 다니지 않을 것이라는 생각에 자신이 써 먹은 비법을 전수해 주리라 생각했다.

"여편네들한테 돈 봉투를 나누어 줄까요? 한 이만 원씩 넣어서? 시장에서 장사하는 것들은 돈 천 원에도 목숨을 겁니다."

돈기철의 눈이 반짝반짝 빛나기 시작했다.

"노오! 그 방법은 조직이 탄탄할 때 써 먹는 방법입니다."

"그럼 관광버스를 불러서 부산 거가대교 같은 것을 보여주고 생선회를 왕창 먹여?"

"노오! 단번에 소문이 날 겁니다. 그러면 변 통장도 빚을 내서라도 일박이일 코스로 여행을 보내 줄지도 모릅니다."

"돈도 안 된다, 관광도 안 된다, 일대일로 만나서 나이트클럽에라도 데리고 가서 빵빵이라도 돌리라는 거유?"

"여자 심리는 여자가 잘 압니다. 사모님을 앞세워서 자연스럽게 모임을 가지라고 하십쇼. 그리고 노래방이나 단란주점으로……."

"오케, 오케이! 더 이상 말씀하지 않으셔도 됩니다. 그거라면 우리 마누라가 주특기니까 자신 있습니다."

돈기철은 귀를 쫑긋 세우고 박진성의 말을 듣고 있다가 갑자기 가슴이 확 뚫리는 것을 느끼며 흥흥흥 웃었다.

이튿날이다.

돈기철은 점심 장사가 끝나고 한가한 틈에 아내를 가겟방으로 불렀다. 돈기철 아내는 곽차복 아내 때문에 가겟방으로 불려 들어갔다가 된통 얻어터진 기억을 떠올리며 조심스럽게 방으로 들어갔다.

"자! 삼십만 원이다."

돈기철은 미리 준비해 두었던 돈을 아내 앞으로 내밀며 엄숙한 표정을 지었다.

"신용조합에 입금하라고요?"

돈기철 아내는 돈을 흘끗 쳐다만 볼뿐 가져오지는 않았다.

"오늘 저녁에 여자들하고 어디 가서 고기 좀 먹고, 내친 김에 노래방에 가서 스트레스 좀 풀고 오라고 주는 돈여."

"점심 먹은 것이 잘못 됐나? 당신 지금 제정신유?"

"제정신이니까 딱 맞게 삼십만 원 주는 거여. 그러니까 얼싸 좋다 하고 홀랑 써 버리지 말고 아껴 써."

돈기철의 표정은 어리둥절한 아내와 다르게 심각하고 사뭇 비장하기까지 했다.

"이유! 돈을 주는 이유를 알아야 아껴 쓰던지, 홀랑 써 버리든지 할 거 아녀유…… 가만! 설마, 이 돈 들고 집을 나가라는 말은 아니겠쥬?"

"내 말 똑똑히 들어. 오늘은 일단 여기 적혀 있는 여자들만 데리고 큰길가에 있는 고깃집으로 가. 이 시장통 안에서는 절대 먹어서는 안 돼. 동네 사람들이 모르는 대로 가서 고기 꿔서 한잔 먹이란 말여. 한잔 먹이고 나서 이왕 돈 쓰는 김에 노래방에 데리고 가서 스트레스 좀 풀고 와."

"홋! 인제 알겠구먼. 이 돈으로 선거운동을 하라 이거에요?"

돈기철 아내가 돈을 와락 움켜쥐고 너무 좋아서 어쩔 줄 모르겠다는 얼굴로 바르르 떨며 물었다.

"여편네가 저 지랄로 눈치가 없으니까 툭하면 얻어터지지."

"훗! 먹은 놈이 물 킨다고 생고기 집에 가서 고기 구워 놓고 술 몇 잔씩 안기면 미안해서라도 당신 찍어 줄규."

"소문나지 않게 조심해. 내일은 다른 여자들 데리고 가야 하니까."

"어머머, 내일도 술 사 주고 노래방에? 돈 안 아까와유?"

"시방 돈이 문제여? 누군 술에 노래방에 데리고 갔는데, 누구한테는 쓴 커피 한잔 대접하지 않는다는 소문이 퍼져 봐. 뭣 주고 뺨 맞는 식으로 돈을 안 쓴 만도 못햐. 그러니까 내일 데리고 가는 여자들도 꼭 노래방까지 데리고 가란 말여. 술로 간덩이에 바람을 불어넣어 줬으면 이 차로 노래까지 불러야 쓸개가 닳아빠질 거잖여."

"에이, 그건 제 주특기잖유. 당신이 말 안 해도 제가 알아서 할 테니까 걱정 놓으세요."

돈기철 아내는 돈을 품에 꼭 안고 벌떡 일어섰다. 남편이 통장에 당선이 되고 안 되고는 이차적인 문제다. 자칫 아차 하는 순간에 결혼하고 처음으로 주어진 황금 같은 기회를 잃어버릴지도 모른다는 생각에 그녀는 꽁무니를 빼듯 밖으로 나갔다.

그녀는 돈기철이 쥐어 준 명단에 적혀 있는 대전만두집부터 찾아가서 은밀한 목소리로 저녁나절에 시내에 나갈 것을 제의했다. 대전만두집은 물론이고, 나이 어린 전병기 아내까지 웬 횡재냐는 얼굴로 두 말도 안 하고 승낙을 했다.

"어떻게 됐어?"

돈기철은 아내가 금방이라도 하늘에 훨훨 날아갈 것처럼 사뿐사뿐 걸어서 정육점 앞으로 오고 있는 모습을 지켜보고 있다가 바쁘게 물었다.

"당신이 이름을 적어 준 여자들은 모두 간다고 했슈. 히히!"

"수고했구먼."

돈기철 아내는 난생 처음 들어보는 칭찬이라 불안하기는 했지만 기분이 나쁘지는 않았다.

"술 몇 잔 먹었다고 골빈 남자들 끼고 추태를 부렸다는 소문이 돌면 뼈도 못 추릴 거라는 점만 명심하고 어여 다녀와."

돈기철 아내는 노파심에서 겁을 주는 남편의 말을 뒤로 하고 집을 나오니까 뭔가 은밀하고 짜릿한 일이 생길 것 같은 기대감에 발걸음이 마냥 가벼웠다.

전병기 아내와 안달호 아내도 잘금잘금 내리는 비를 맞으며 약속장소로 지정해 준 보석상인 금성당 처마 밑으로 뛰어 들어갔다. 등 뒤로 갖가지 보석이 진열되어 있는 쇼윈도가 있었다.

"어머! 반지 예쁘다."

먼저 도착해 있던 돈기철 아내가 쇼윈도에 진열된 반지를 바라보며 작은 탄성을 내질렀다.

"태한이 아버지 돈 많응께 비싼 걸로 한 개 사 달라면 되겄구먼."

뒤늦게 합류한 현이네가 돈기철 아내에게 속삭였다.

"저 옆으로 갈까?"

"그려, 그것 낫겠어."

보석에 관심이 없는 전병기 아내와 안달호 아내는 짤막하게 눈짓을 주고받으며 금성당 옆 건물로 들어갔다. 일 층에 은행이 있는 건물이다. 이층으로 올라가는 계단과 지하 다방으로 내려가는 계단 앞에는 희미한 불빛이 고여 있다.

"오늘 비 온다는 말 들어 봤어?"

"어제저녁 뉴스에서는 밤늦게부터 비가 온다고 했는데……."

뒤늦게 도착한 노충식 아내와 대전만두집은 곧장 전병기 아내가 있는 곳으로 뛰어 들어가서 하늘을 쳐다본다. 빗줄기를 보면 많이 올 비는 아닌 것 같은데 하늘은 먹물을 머금고 있었다.

"태한이 엄마도 거기 서 있지 말고 일루와."

최금준 아내가 머리카락에 묻은 빗물을 털어 내며 현이네와 함께 서 있는 돈기철 아내를 불렀다.

"하필이면 오늘 같은 날 비가 온댜."

"글쎄 말여. 오랜만에 맘먹고 시내 나왔는데."

건물 안으로 뛰어 들어온 돈기철 아내의 불만스러운 목소리에 노충식 아내가 토를 달았다.

"비가 오면 더 좋잖아요. 안 그려, 영숙 씨?"

삼십 대 초반인 전병기 아내가 오늘 저녁이 잔뜩 기대가 된다는 얼굴로 안달호 아내에게 물었다.

"그 말이 맞아. 오늘 같은 날은 비가 내려야 운치가 있지. 그리고 비가 내리면 사람들이 많이 안 다니니까 쪽팔릴 염려도 없으니 얼마나 좋아."

안달호 아내는 거리를 바라 봤다. 은빛으로 내려 갈기는 빗줄기 사이로 빨갛고 파란 불빛이 번쩍거리는 거리의 풍경이 너무 마음에 들었다. 남편에게 허락을 받고 나온 모임이다. 닭 냄새가 날까 봐 샤워를 깨끗이 하고 향수까지 뿌렸다. 가슴 속에 찌든 때처럼 묻어 있는 스트레스를 확 풀어 버리고 갈 것을 생각하니까 괜히 웃음이 나왔다.

"보람이 엄마, 별 소리를 다 하고 있구먼. 쪽팔리다니? 우리가 외간 남자들을 만나러 온 것도 아니고, 단체로 춤 배우러 온 것도 아닌데 쪽팔릴 일이 뭐가 있어. 안 그려유, 형님?"

"당연한 소릴 갖고 민감하게 반응하는 걸 보니, 태한이 엄마 뭔가 찔리는 것이 있는 개비구먼."

일행 중에 제일 연장자인 대전만두집은 돈기철 아내를 향해 시선을 돌렸다. 삼십 대인 안달호나 전병기 아내처럼 하체가 꽉 쪼이는 청바지에 빨간색 운동화를 신고 있는 그녀를 의미심장하게 쳐다보며 소리 없이 웃었다.

"어머머! 남들이 들으면 진짠 줄 알겠네. 오해 살만 한 소리 그만 하고 어여 가유."

빗줄기는 굵지도 가늘지도 않았다. 적당한 크기로 내리는 비 탓에 우산을 쓰지 않고 여유작작한 표정으로 걷은 행인들도 드물지 않게 보였다. 돈기철 아내는 푼수를 떨고 있는 대전만두집에게 한마디 쏘아 붙여 주고 싶은 충동을 억누르며 거리로 파고들었다.

"어디로 가능 거여?"

노충식 아내가 종종걸음으로 걷는 돈기철 아내 곁으로 붙으며 물었다.

"새로 개업을 했다는 지리산 생고기집 잘한다고 소문이 자자하던데."

"거기가 좋아요. 지난번에 애 아빠 모임도 거기서 했는데 다른 데보다 서비스도 좋고 깨끗하더군요."

전병기 아내가 안달호 아내와 손을 잡고 걸으며 잘됐다는 얼굴로 말했다.

"개…… 업 빨이라는 것 있는 법이잖여."

최금준 아내는 굼뜬 목소리로 대꾸하며 돈기철 아내를 따라서 이차선 길로 꺾어 들었다.

"틀린 말은 아녀. 개업하고 한 달 동안은 밑지고 판다잖여."

돈기철 아내는 총총걸음으로 걸으면서 웃었다. 길 양쪽에는 음식점이 줄지어 붙어 있었다. 빗물이 번들거리는 아스팔트 위로는 현란한 색깔의 네온 빛이 경쟁적으로 떨어졌다. 그녀는 남편한테 술값이며 노래방 비를 받을 줄은 꿈에도 몰랐다. 들뜬 기분으로 흐뭇흐뭇 웃으며 걷다 보니까 세상은 역시 오래 살고 봐야 된다는 생각이 들었다.

"바로 저기여!"

대전만두집이 먼저 흰색바탕에 빨간색 글씨로 써진 <지리산 생고기>란 간판을 발견하자 난파선을 타고 방황하다 구조선을 만난 조

난자처럼 소리를 질렀다.

"어여 가자고."

"생각보다 크네."

서로 다투듯 도착한 지리산 생고기집은 비가 오는 날이라서 그런지 넓은 홀이 한가했다. 가족으로 보이는 손님 두 팀이 서로 원수라도 되는 듯 이쪽 구석과 저쪽 구석을 차지하고 앉아서 고기 굽는 냄새를 풍기고 있을 뿐이다.

"몇 분이십니까?"

"나까지 일곱 명이여."

돈기철 아내는 종업원의 말에 바쁘게 대답을 하고 바깥에서 안 보이는 쪽의 자리로 갔다.

"술은 뭐로 할까?"

고기를 주문하고 난 돈기철 아내가 물수건으로 손바닥을 닦으며 안달호 아내에게 물었다.

"우리는 소주가 좋지만……."

"형님도 소주를 좋아하니 소주를 마실 거고, 현이네는 맥주 마실 텨?"

"오늘은 비도 오고 항께 소주가 마시고 싶구먼."

"그래. 그람 소주로 통일시켜."

노충식 아내가 컵에 물을 따라 돌리다 말고 돈기철 아내에게 말했다.

"여기 사이다 두 병하고 소주도 세 병 줘유…… 어떻게 식구들 저녁들은 해결했는지 모르겠구먼. 우리 집은 태한이가 짜파케티 먹고 싶다고 해서 저 혼자 끓여 먹으라고 짜파케티 사다 주고 왔지만 말여……."

주문을 끝낸 돈기철 아내가 손을 닦고 난 물수건으로 테이블을 문지르며 일행들에게 물었다.

"저는 짜장면 두 그릇 시켜주고 나왔어요."

"어머, 나도 우리 보람이하고 애 아빠도 짜장면 시켜 줬는데."

"젊은 사람들은 뭐가 틀려도 틀리구먼. 난 찬밥을 참기름에 비벼서 주고 나왔는데."

"참기름에 찬밥을 비벼 줘도 괜찮은 걸 봉께 미영이 아버지는 착하구먼. 난 밥을 새로 해서 국까지 끓여 대령하고 나왔는데."

"우…… 우리 집 야…… 양반은 교회에서 저녁을 먹고 올 모양여."

과부인 대전만두집을 제외하고 안달호 아내부터 최금준 아내까지 한마디씩 하는 사이에 종업원이 밑반찬과 상추, 깻잎 등을 가져왔다. 현이네가 상추에 깻잎을 싸서 된장에 찍어 먹으며 모두 들으라는 목소리로 말했다.

"우리 현이는 회사에서 회식이 있다고 해서 식당을 통장댁에게 맡겨 두고 나왔어."

오늘 회식 자리의 직접적인 후원자가 돈기철이라는 점을 모르는 사람은 없었다.

어머머, 저 여자 미쳤나 봐.

눈치 빠른 전병기 아내가 흠칫 놀란 얼굴로 돈기철 아내를 바라봤다. 그 뒤를 이어서 밑반찬을 맛보고 있던 다른 여자들도 동작을 멈추고 돈기철 아내를 바라본다. 돈기철 아내는 젓가락을 든 채 어이가 없는 얼굴로 현이네를 보고 있었다. 현이네는 분위기가 순식간에 착 가라앉은 것도 모르고 메추리알 껍데기를 깠다.

"그냥 문을 닫고 오지. 오늘 같은 날 얼마나 판다고 통장댁에게 가게를 맡겨 놔?"

보다 못한 대전만두집이 현이네가 들으라는 얼굴로 조용하게 말했다.

"가게를 비우게 될 때는 맨날 꺼구리 엄마에게 맡겼었는데 오늘은 친정에 잔치가 있어서 갔잖아. 그래서 마침 통장댁이 가게에 왔길래 맡겼슈. 통장댁이니까 술 판 돈을 떼먹지는 않을 거잖아……."

현이네는 껍데기를 깐 메추리알에 소금을 찍어서 입안에 털어넣은 뒤에 천천히 고개를 들었다. 모든 여자들의 시선이 자신에게 와 박혀 있다는 것을 알고 자신도 모르게 돈기철 아내를 바라본다. 돈기철 아내는 밀랍인형처럼 굳어 있었다. 그녀는 그때서야 아차! 하는 생각이 들어서 채 씹지도 않은 메추리알을 꿀꺽 삼키고 입을 다물었다.

"그럼 여기 온다는 말도 했겠네. 누구누구하고 같이 간다는 말도 물론 했고?"

돈기철 아내는 들고 있던 젓가락을 소리 나지 않게 테이블 위에 내려놓고 나서 눈을 착 내리깔았다.

"여기 온다는 말 아…… 안 했어. 물건 하러 간다고 했구먼."

"멀쩡한 대낮에는 놀다가 캄캄할 때 물건 하러 간다고 했단 말이지?"

돈기철 아내가 내리깐 눈을 치켜뜨지 않고 무겁게 물었다.

"현이네가 바보여? 우리끼리만 알고 비밀로 하자는 말을 다른 사람도 아니고 통장댁한테 털어놓게."

"그려. 형님 말이 맞아. 태한이 엄마, 지금 뭔가 내 말을 오해를 하고 있는 것 같은데 나 통장댁한테 암말도 안 했어. 참말로 물건 하러 시내 갔다 올 동안 가게 좀 잠깐만 봐 달라는 말밖에 안 했단 말여."

대전만두집이 돈기철 아내의 눈치를 보면서 한마디 하자마자 현이네가 그 말이 나오길 기다렸다는 얼굴로 덧붙였다.

"세상에 비밀이란 없는 법여. 우리가 여기 모였다는 걸 언젠가는 동네 사람들도 알게 되겠지. 하지만 그때는 그때고, 지금은 태한이 아버지 입장도 생각해 줘야지. 모처럼 한턱내는데 자칫하면 꼴난 통장 선거 운동한다고 쑤군댈 거 아녀. 안 그려? 보람이 엄마?"

"보람이 아빠도 그런 오해 안 사게 조심해서 행동하라고 당부를 하더군요."

안달호 아내는 뜸도 들이지 않고 야무진 표정으로 대답했다.

"이상한 소문이 날 리야 없지만 이 자리에 앉아 있는 사람들은 지금부터라도 입조심해야 햐. 그라고 말이 나온 김에 한마디 해야겠구먼. 솔직히 변 통장은 너무 오랫동안 해먹었으니까 딴 사람으로 개비를 해야 혀. 나라의 대통령도 한 번밖에 안 해먹는데, 변차수는 도대체 몇 년이나 해먹은 거여? 십 년이면 강산이 변한다는 데 말여. 그라고 이왕 개비를 할 바엔 좀 더 젊은 사람이 해야 우리 동네도 발전이 있어. 그런 쪽으로다 생각해 보면 솔직히 태한이 아버지만한 인물도 없을껴. 아! 우리 동네서 최고로 부자겠다, 사람 약삭빠르겠다, 흠이 있다면 욕심이 좀 과하다는 것뿐인데, 그것도 해석하기 나름이지. 요새처럼 각박한 세상에 욕심 없으면 쪽박 차기 딱 좋잖아. 그렇게 생각하면 욕심 많은 것도 단점이 아니라 장점이 될 수 있는겨. 그래야 동사무소 가서 종량제봉투 한 장이라도 더 타 오고, 골목에 깔 시멘트 한 포라도 더 차지할 거 아녀. 현이네는 어떻게 생각하는지 어디 한번 말해 봐. 아무래도 자기네 식당에는 동네 사람들이 자주 모이니까, 동네 사람들 사람 됨됨을 잘 알거 아녀."

종업원이 고기가 담긴 접시 두개와 소주를 가져왔다. 몸이 가벼운 안달호 아내와 전병기 아내가 각각 한 접시씩 차지하고 불판에 고기를 얹었다. 그 사이에 노충식 아내가 벌떡 일어서서 돌아다니며 소주잔을 채웠다. 말을 끝낸 대전만두집은 소주 한 모금을 찔끔 마셨다. 젓가락으로 된장을 찍어 빨면서 '이만하면 밥값 했지?' 하는 얼굴로 돈기철 아내를 바라보았다. 그녀는 돈기철 아내 얼굴에 만족한 미소가 번져가는 것을 보고 고개를 끄덕거려 주었다.

"나는 사람 보는 눈이 없어서 잘 몰라. 하지만 이왕이면 다홍치마라고 이웃에 살면서 누가 물건을 잘 팔아 주는 가를 보면 인간성이 어떤지는 분명히 알 수 있구만. 태한이 아버지는 긴 말 필요 없이 식전마다 우리 집에 와서 개시를 해 주시잖아. 통장님은 그 반대여. 엔간한 거는 시장 안에 있는 마트에서도 안 사는 거 같터. 시내에 있는 공무원복지 매장인가 하는 데서 사 오는 거 같더라고. 내가 장사를 하고 있어서 하는 말이지만, 공무원복지 매장하고 시장 마트하고 물건 가격 차이가 많이 나 봐야, 일이백 원여. 어떤 것은 오히려 공무원복지 매장이 비싸. 그런데도 꼬박꼬박 공무원 매장을 이용하는 걸 보면 더 이상 말이 필요 없는 거 아뉴?"

"그 인간은 백번이라도 그라고 남을 인간이여. 솔직히 내가 입이 없어서 그 인간들에 대해서 말을 못하는 거는 아녀. 하여튼 우리 태한이 아빠는 그 인간들 때문에 밤잠을 못자서 몸무게가 삼 키로나 빠졌다니까."

"왜? 그때 경찰서에 끌려간 사건 때문에?"

돈기철을 제일부동산 사무실로 뛰어 가게 만든 장본인인 대전만두집이 물었다.

"솔직히 이 자리는 모두 믿는 사람들이어서 하는 말인데, 그날 태한이 아빠는 그 인간들한테 손끝도 안 건드렸다. 그런데도 두 연놈이 짜고 그 염병을 떨어서 억울하게 지구대까지 끌려갔잖여."

"그런 일이 있었구먼."

"현이네는 모르는 것처럼 말하네?"

노충식 아내가 마음속으로 콧방귀를 뀌고 있다가 현이네를 바라봤다.

"알고 있었긴 알고 있었지, 하지만 통장님 부부가 꾀병을 부렸다는 건 금시초문여."

"현이네는 눈이 있으니까 며칠 전에 현이네 식당 앞에서 그 여편네가 추태 떠는 거 봤잖여. 그것이 통장 마누라로서 할 짓여? 내가 자세하게 말 안 해도 여기 있는 사람들 중에서도 본 사람 있을 껴. 그 인간들이 바로 그런 족속들이여. 말이야 바른 말이지만, 남편이 부족하면 마누라가 보충해 주고 마누라 부족한 것은 남편이 보충해 주면서 살아야 되는 거 아녀? 헌데 그 집은 부부는 아주 붕어빵처럼 똑같당께. 허긴, 그러니까 한 이불 덮고 자는지는 모르겠지만 말여."

"그…… 그날 나…… 나도 봤는데…… 토…… 통장댁이 너무 심했어……."

돈기철 아내의 말이 끝나자마자 최금준 아내도 밥값을 하겠다고 한마디 했다. 그녀는 무심코 먹은 고추가 너무 매워서 눈물을 찔끔찔끔 흘리면서 말을 해서 다른 사람들은 잘 알아듣지 못했다.

"솔직히 우리 집 양반이 돈만 알고 사람들하고 정이 없이 사는 거는 사실이여. 하지만 등신 바보 천치가 아닌 이상 안 보이는 데서 욕 얻어 처먹음서 살아가고 싶은 사람이 어디 있겠어. 태한이 아버지도 마찬가지여. 알고 있는 사람은 알고 있겠지만 어릴 때 워낙 없이 살았잖여. 오죽하면 죽도 못 먹어서 멀건 나물만 끓여 먹고 살았겠어. 지금도 그때를 생각하면 반찬도 필요 없이 간장 한 가지만 있으면 된다는 양반이니까 짠돌이라고 소문이 날 만도 하지……."

"그래도 그 시절에 우리 동네서 전문학교까지 나온 사람은 태한이 아빠 한 분밖에 안 계시잖아요."

불판에서 피어오르는 연기에 고개를 외로 눕힌 채 고기를 굽는 전병기 아내가 시선을 돌리지 않고 말했다.

"그…… 그건 난중 일이잖아. 난중에야 돌아가신 태한이 큰아버지뻘 되시는 분 덕택에 형편이 펴서 전문학교를 입학하기는 했지만 돈 때문에 간신히 졸업을 했다는구먼. 태한이 할아버지가 자식을 가슴에 묻고 생긴 돈이라면서 먹고 자는 거 빼놓고는 가 용돈 한푼 주지 않았다니까 짐작이 갈겨. 그래서 지금도 돈에 대해서는 좀 인색하기는 하지만 본바탕은 착한 양반이여. 내가 굳이 말하지 않아도 우리 집 양반 성질이 화끈하다는 건 이 형님도 잘 알겨."

돈기철 아내는 전병기 아내의 느닷없는 급습에 처음에는 당황하기는 했지만 궁색한 변명을 늘어놓았다. 전병기 아내가 고기를 야무지게 씹으며 이해가 된다는 표정으로 고개를 끄덕거리는 것을 보고 대전만두집 옆구리를 찔렀다.

대전만두집이 한마디 하기 위해 테이블 앞으로 바짝 당겨 앉았을 때였다. 어이없는 실수를 만회할 기회를 찾고 있던 현이네가 기회는 지금이다 하는 얼굴로 바람을 잡았다.

"태한이 아버지 성질은 나도 잘 알고 있구먼. 당장 이 자리를 누가 만들어 준 겨. 통장님 같았으면 어림 반 푼어치도 없지. 태한이 아버지나 하니까 가능한 일이지 뭘."

"자, 어여 먹어. 고기 부족하면 얼마든지 시켜. 오늘만큼은 맘먹고 나왔응께 실컨 먹고 재미있게 놀다 가능 거여. 그 대신 집에 가서는 서방님들에게 통장 선거 때는 꼭 태한이 아버지 찍어야 한다고 이불

송사를 잘하란 말여. 알았지들?"

돈기철 아내에게 역할을 분담 받은 대전만두집이 앞뒤 사설은 모두 빼버리고 본론만 간단하게 요약해서 당부를 했다.

"어이구, 우…… 우리를 뭘로 알아유? 우…… 우리도 귀가 있고 입이 있는 사람유. 아…… 알 건 다 안단 말유."

"태한이 엄마 오늘 잘 먹겠어요. 저는 잘 먹었으면 잘 먹은 값을 해야 한다고 생각하는 여자예요."

"어쩜 보람이 엄마는 나하고 생각이 그렇게 똑같을 수가 있을까."

"난 긴말하고 싶지 않은 사람여. 여기 있는 사람들은 모두 양심자로 믿고 있응께 더 할 말이 없지 뭐. 그러니 어여들 먹어. 빨리 먹지 않으면 고기 다 타겠네. 어여 맛있게 먹고 재미있게 놀다 가자고."

최금준 아내를 비롯해서 안달호 아내와 전병기 아내가 하는 말을 기분 좋게 받아들인 돈기철 아내는 소주 한 잔을 쭉 소리가 나도록 단숨에 들이켰다.

이만하면 내 임무는 끝난 거여. 남은 시간은 내 자유여.

그녀는 술잔을 홀짝 비우고 나서 사내들처럼 인상을 쓰며 트림도 하지 않았다. 그녀는 크윽, 소리가 나도록 입맛을 다시고 나서 술잔을 누구에게 넘길까 두리번거리다 현이네에게 권했다.

소주에 삼겹살 파티를 한 아차동 아낙네들이 자리에서 일어났을 때는 거의 비어 있던 홀에 손님이 가득 찼을 때였다. 정신없이 떠들며 마시고 먹느라 주변을 의식하지 않았던 그녀들은 많은 손님들을 보고 놀랐다. 찜질방에서 수다를 떨다 나온 여자들처럼 하나같이 새

빨갛게 익은 얼굴을 푹 숙였다. 그들은 화투치다 걸려서 경찰서에 끌려 들어가는 아낙네들처럼 고개를 푹 숙이거나 손바닥으로 엇비스듬하게 얼굴을 가리고 서둘러 밖으로 나갔다.

밖에는 하늘을 쳐다보면 얼굴이 간지러울 정도로 부슬비가 부슬부슬 내리고 있었다. 그녀들은 더운 홀에서 뜨거운 고기에 소주를 마시느라 화끈 달아오른 얼굴로 캄캄한 밤하늘을 쳐다보았다. 얼굴에 떨어지는 비단실 같은 빗줄기가 너무 간지러워 두 눈을 지그시 감고 몸을 비틀며 가사도 없는 곡조를 흥얼흥얼거렸다.

"어느 노래방으로 갈 겨?"

오늘의 물주인 돈기철 아내는 기분이 좋았다. 마음 놓고 소주를 마신 탓도 있지만 오늘 모인 아낙네들 모두 하나같이 팔을 걷어붙이고 선거운동을 하겠다고 몇 번씩이나 약속을 했기 때문이었다.

흥! 이번에 통장에 당선되면 구할은 내 덕인 줄 알아야 할 걸.

예상했던 것과 다르게 소기의 목적도 달성했겠다, 돈은 넉넉하게 남았겠다, 기분 좋을 만큼 취했겠다, 오늘이야말로 화끈하게 즐기고 남편한테 큰 소리 한 번 쳐보리라 마음먹은 그녀는 기름기가 줄줄 흘러내리는 목소리로 물었다.

"아싸노래방으로 가요. 요 근처에서 거기가 제일 방음 시설이 잘 되어 있어요."

"그래요. 아싸노래방으로 가요. 거긴 신곡이 일주일에 한 번씩 들어오는 곳이거든요."

안달호 아내와 전병기 아내가 앞을 다투어 리드미컬한 목소리로 제안을 했다.

"그렇게 시설이 잘된 곳이라면 손님들도 많을 껴."

노충식 아내가 대전만두집과 최금준 아내를 번갈아 보며 중얼거렸다.

"사람들 많아도 안이 보이지 않아서 괜찮아요."

"복도의 조명도 어두컴컴해서 자세히 보지 않으면 누군지 잘 몰라요."

전병기 아내와 안달호 아내가 돈기철 아내의 양팔을 착 껴안으며 번갈아 말했다.

"그람 거기로 결정하고 어여 가."

돈기철 아내 귀에는 조명이 어두컴컴하다는 말이 찌릿하게 들려왔다. 남편한테 치도곤을 당한 후에 발을 끊은 카바레의 조명이 불현듯 되살아나는 것 같아서 앞장을 섰다.

아싸노래방까지의 거리는 삼백여 미터였다. 그녀들은 줄을 맞추어 소풍을 가는 초등학생들처럼 일렬로 서서 바쁜 걸음으로 걸었다. 걷다가 아는 사람들을 먼저 발견하면 슬쩍 옆으로 고개를 돌렸고 일행에게 할 말이 있으면 잠깐 걸음을 멈췄다. 뒷사람이 옆으로 다가오면 빠르게 속삭이고 나서 다시 걸었다.

"참말로 좋구먼."

"화면도 여기가 제일 큰 거 같텨."

"앵콜노래방은 여기다 대면 구식이여, 구식."

아싸노래방에 도착한 일행은 주인에게 부탁을 해서 구석에 있는 룸으로 들어갔다. 룸 안에 들어갈 때까지만 해도 본댁 큰어머니를 처음 보는 서자처럼 쭈빗쭈빗한 몸짓으로 서 있었다. 그러나 주인이 문을 닫고 나가고 나서부터는 약속장소에서 마음 졸이고 있다가 정부를 만난 여자들처럼 활짝 웃으며 자리를 차지하고 앉아 한마디씩 했다.

"태한이 엄마, 노래 부르려면 목 좀 축여야 하능 거 아녀?"

"소주 마시고 맥주 마시면 짬뽕 안 될까 모르겄네."

"아따! 짬뽕이 되면 어뗘. 비 좀 맞으면 금방 깰 건데. 그러니까 맥주 몇 병 시켜."

"그래요. 원래 노래방에서는 맥주를 마시면서 노래를 불러야 목이 안 쉬는 법이래요."

"그람 한 사람 앞이 한 병씩 시키지 뭐."

돈기철 아내는 못 이기는 척하며 일어섰다. 복도는 비어 있었으나 룸 안에는 모두 손님이 있는 것 같았다. 칸막이 유리에는 모두 선팅이 되어 있어서 룸 안에 누가 있는지는 알 수 없었으나 여기저기서 노래 부르는 소리가 복도를 메웠다.

"저…… 우리 방에 캔맥주 일곱 개만 줘유. 안주는 서비스로 나오쥬?"

"예. 새우깡이 서비스로 나갑니다. 어데서 오신 손님들이시길래 하나같이 그렇게 예쁘십니까?"

사십 대 노래방 주인이 노트에다 맥주 7개라고 쓰고 난 뒤에 웃는 얼굴로 은밀하게 물었다.

"변두리에서 왔슈. 뭐……."

돈기철 아내는 예쁘다는 말에 그렇지 않아도 붉게 물든 얼굴이 빨갛게 타오르는 것을 느꼈다. 고개를 숙이고 괜히 카운터 진구리를 만지작거렸다. 운동화를 신은 발로 바닥을 문지르며 기어 들어가는 목소리로 중얼거렸다.

"변두리에서 왔다고 해도 장사를 하거나 농사짓는 분들 같지는 않은데요?"

"지금 사람 놀리는 거유?"

"놀리긴 제가 왜 놀립니까. 저 뿐만 아니라 저쪽 5호실에 오신 남자 분들이 언제 봤는지 모르지만 아줌마들하고 같이 놀자고 부탁을 해 올 정도로 예쁘신데……."

"어머머, 우릴 언지 봤다고 얼굴도 모르는 남자들이 그런 말을 한데유?"

돈기철 아내는 기가 막힌다는 얼굴로 반문하면서도 주인이 손짓하는 곳으로 시선을 돌렸다. 살짝 열려 있는 문틈으로 중년 남자들이 합창을 하는 목소리가 퍼져 나왔다. 목소리로 보아서 오십 대는 아니고 사십 대 같았다. 그 정도면 같이 놀아도 괜찮을 것 같다는 생각에 호기심을 보였다.

"손님들 들어오시고 나서 금방 뒤따라 오신 분들인데, 밖에서 손님들이 들어오는 것을 봤답니다. 어때요? 막 노는 분들도 아니고 공무원에, 회사 사장 아니면 기관에 근무하시는 분들이라 매너도 좋은 분들인데 제가 소개를 시켜 줄까요?"

"그러다 소문나면 집에서 애들 아빠한테 혼나는데……."

"하하하! 이 장사 하루 이틀 하는 것도 아니고 그 문제라면 제가 책임지겠습니다."

"나는 싫지만 다른 사람들에게는 물어나 볼 테니 어여 맥주나 줘유."

"저쪽에도 마침 일곱 분이라 짝이 딱 맞습니다. 그렇게 알고 다른 분들한테도 의향을 물어 보시죠."

"딴 사람들도 싫다고 할 건데……."

돈기철 아내는 주인이 건네주는 캔맥주와 새우깡이 든 접시를 얹은 쟁반을 들고 돌아섰다. 일행이 있는 곳으로 가면서 주인이 말한 룸을 슬쩍 엿보았다. 한 뼘 정도 열린 문틈으로 보이는 중년 남자들은 양복바지에 와이셔츠를 입은 깔끔한 신사들이다. 그녀는 회심의 미소를 지으며 일행들이 있는 룸 안으로 들어갔다. 대전만두집은 노래를 부르고 안달호 아내와 전병기 아내가 탬버린을 짤랑짤랑 흔들며 장단을 맞추고 있었다.

"오늘 너무 무리하는 거 아녀?"

노래를 끝낸 대전만두집은 점수를 확인했다. 93점이 나왔다. 몸을 흔들고 있던 전병기 아내와 안달호 아내가 앵콜! 앵콜! 하며 대전만두집을 부추겼다. 대전만두집은 만족한 미소를 지으며 캔맥주를 한 개를 들고 돈기철 아내 옆에 앉았다.

"인심은 내가 써도 돈은 태한이 아버지가 내는 거니 상관없슈. 그라고 말유. 주인이 별 소리를 다 하드만."

"뭐라고 했는데?"

마이크를 들고 서 있는 여자는 노충식 아내다. 그녀는 전병기 아내와 안달호 아내가 잔뜩 흥을 돋운 뒤라서 덩달아 몸을 흔들며 전주곡이 끝나기를 기다렸다. 노충식 아내를 바라보고 있던 대전만두집이 돈기철 아내 쪽으로 고개를 돌리며 물었다.

"글쎄 우리를 어떻게 보고하는 말인지 모르겠지만 남자들하고 같이 놀 생각이 없느냐고 묻지 뭐유. 내 참! 그 말을 듣고 얼매나 기가 막히던지 글쎄, 말이 안 나오더라구유."

돈기철 아내는 기가 막힌다는 표정으로 말을 하고 캔맥주를 땄다. 거품이 뿜어져 나오는 캔을 들고 벌컥벌컥 몇 모금 마시고 나서 대전만두집 눈치를 살폈다.

"히히, 난 과부여. 과부가 남자 싫다고 하는 거 봤남? 술도 한잔 먹었겠다, 허 의원 급수가 아니면 죄다 오라고 햐."

"형님도 별 숭한 말을 다하느만유?"

"내숭떨지 말고 현이네에게 한번 물어 봐. 아녀, 현이네도 과부니까 물어 볼 필요도 없구먼. 어이, 젊은 댁들도 잠깐 이쪽으로 와 봐."

대전만두집은 캔맥주를 홀짝홀짝 마시며 노충식 아내 노래에 맞춰 탬버린을 흔들고 있는 전병기 아내를 불렀다.

"점잖은 양반들이 우리하고 같이 놀자고 하는데 어떠?"

"후후, 좋아요. 오라고 해요."

전병기 아내는 기대가 된다는 얼굴로 웃으면서 두말도 안 하고 찬성을 했다.

"그러다 동네 소문나면 어쩔라고 그랴?"

"아따! 태한이 엄마도 속으로는 좋으면서 뭔 딴 소리여. 어디 사는 남자들인지 모르지만 우리가 말을 하지 않으면, 우리가 아차동 산다는 걸 어떻게 알겨. 어여 가서 쥔한테 말하고 와."

"형님 말을 들어 봉께 그라면 되겄구만유. 하지만 일이 터지면 난 몰라유."

돈기철 아내는 너무 좋아서 가슴이 벌렁벌렁거렸다. 탬버린을 흔들고 있는 현이네를 쳐다본다. 그려, 남정네들을 데리고 들어오면 설마 도망가지는 않겠지. 안달호 아내도 문제는 아니다. 언젠가 시장 번영회에서 남해로 놀러 갈 때 보니, 관광버스에서 남자들과 어울려 춤을 추는 게 많이 놀아 본 솜씨다. 그녀도 전병기 아내 못지않게 좋아할 거라고 생각하며 밖으로 나갔다.

선이네식당앞 공터에는 고즈넉한 적막감이 감돌고 있었다. 식당 안에서 변차수 일행이 주고받는 목소리도 조용조용했다. 내리는 비에 불빛을 맴돌던 날벌레들도 보이지 않았다.

허 의원은 비를 맞고 있는 가로등을 응시하며 습관처럼 고개를 끄덕끄덕거렸다. 그가 고개를 끄덕거릴 때마다 낡은 형광등에서 내려앉는 불빛이 가슴팍에 턱을 닮은 그림자를 그렸다.

"내 평생 미꾸리 한 마리가 온 우물을 흐려 논다는 말은 들어 봤어도, 사람 한 명이 온 마을을 죄다 싸가지 없게 만든다는 말을 할 줄 누가 알았겠어. 그런 더러운 꼴을 안 보려면 오늘이라도 죽어야 하는데. 나이 들면 죽어야 한다는 말이 틀린 말은 아닌 거 같텨."

테이블 가운데는 변차수 아내가 집에서 끓여 가지고 온 돼지고기 찌개를 다 먹고 나서, 국물에 다시 고등어 통조림을 끓인 냄비가 차지하고 있었다. 그 옆으로는 열무김치며 어묵 볶음, 고추 조림 등 밑반찬이 빈 소주병 사이에 섞여 있었다. 황 씨는 젓가락으로 찌개냄비를 휘젓다가 건더기가 건져지지 않자 열무김치를 우물우물 씹으며 밖을 쳐다보았다. 소리 없이 내리는 빗줄기 저편으로 아스라하게 빛을 발하고 있는 가로등이 보인다. 그는 가로등을 처연한 눈빛으로 바라보며 동네 인심이 사나워진 것이 모두 내 탓이로다 하는 표정으로 길게 한숨을 내쉬었다.

"별 말씀을 다 하십니다요. 우리가 그놈 때문에 본의 아니게 대문을 걸어 잠그고 이웃과 등을 지고 살기는 하지만, 언젠가는 그놈도 맘을 고쳐먹을 날이 있을 거라고 믿고 살아야 되잖유."

다방 조합장인 내중섭이 공술을 얻어 마신 이상 술값은 해야겠다는 얼굴로 황 씨를 위로하는 척했다.

"근데 도대체 그놈이 뉩니까?"

갈종근은 큰길에서 우연히 술에 취한 표재봉을 만나서 태우고 왔다. 변차수에게 붙잡혀 주저앉은 탓에 다른 사람들보다 늦게 술자리에 합류했다. 그런 이유 때문에 그는 다른 사람들보다는 술에 덜 취했다. 변차수를 비롯해서 약속이나 한 듯이 비슷한 말을 한마디씩 털어 내는 모습을 잠자코 지켜보다가 갑자기 찬물을 끼얹었다.

"이 사람, 자다 일어나서 봉창 두들기고 있구먼."

"이 동생은 가끔가다 엉뚱한 소리 툭툭 던지는 통에 맥이 팍팍 빠진다니까."

"자네 진짜 모르고 묻는 말여. 아니면 안주꺼리도 만만치 않고 항께 그냥 객쩍은 소리 한번 해 보능 겨?"

"벼…… 병…… 기 그놈을, 마…… 말하는 거여."

갈종근이 찬물을 끼얹는 말에 모두들 앞을 다투어 탄식을 하고 났을 때였다. 일행에 끼지는 못하고 방문턱에 앉아서 술 동냥을 하고 있던 곽차복이 찬물을 끼얹을 정도가 아니라 판을 뒤엎어 버렸다.

"아여! 차복아 지금 술 많이 취한 거 같구먼. 어여 집에 가서 편하게 누워 자. 마누라도 이불 펴놓고 기다리고 있을 거네."

변차수는 평소에 곽차복이 지금처럼 버릇없이 끼어들었으면 말보다 먼저 손이 날아가서 뒤통수라도 갈겼을 것이다. 그러나 곽차복이라고 해서 투표권이 없는 것은 아니다. 더구나 곽차복 아내까지 포함하면 두 표다. 상황에 따라서는 당락이 결정될 수도 있다는 생각에 어린애 달래듯 부드럽게 말했다.

"흠…… 달호나 병기가 싸가지 없이 구는 건 천하가 다 알고 있는 사실여. 하지만 늦게 철드는 수도 있다는 말처럼 좀 더 나이가 들면 철이 들겠지. 문제는 나이가 들만큼 들었어도 제 욕심만 차릴 줄 알았지, 동네 사람 알기를 지 발톱에 때만큼도 안 생각하는 작자가 있다는 거지. 이만큼 말했으면 아주 머리가 나쁘지 않은 이상은 알아들었겠지?"

허 의원은 말을 하기 전에 가볍게 헛기침을 했다. 소주 반잔을 얌전히 비운 다음에 찌개 국물을 한 수저 떠먹었다. 담배를 입에 척

물자 변차수가 기다렸다는 얼굴로 라이터 불을 내밀었다. 그는 변차수를 잠깐 쳐다보고 나서 조용한 목소리로 말을 했다.

“치!…… 기철이 그 자식 야기였구먼. 아! 그렇다면 기철이 그 자식 때문에 우리 동네 인심이 일 년 삼백육십오일 흙탕물이라고 차라리 말을 하지. 뭐 대단한 사실이라고 말을 빙빙 돌리고 있는지 모르겠네.”

갈종근이 허 의원이 무안해할 만큼 혀를 차고 나서 필요 이상으로 화를 냈다.

“꼭 기철이라고 못 박아 야기하는 건 아녀. 그렇다고 기철이가 아니라는 말도 아니지만, 자네는 기철이 하고 뭔 유감이 있는 사람처럼 보이는구먼.”

변차수는 갈종근이 술잔을 비우기를 기다렸다가 소주병을 들었다. 그는 술병이 비었다는 걸 확인하고 문지방에 앉아 있는 곽차복에게 빈 술병을 들어 보였다. 곽차복이 냉장고에 들어 있는 소주를 꺼내왔다. 곽차복은 술 한 잔 달라는 얼굴로 서 있었으나 그는 쳐다보지도 않고 갈종근 잔을 채워 주었다. 그는 어디 한번 말 좀 들어보자는 얼굴로 턱을 앞으로 쭉 내밀고 갈종근을 쳐다보았다.

“유감은 무슨…….”

갈종근은 변차수를 흘깃 쳐다보고 나서 밖으로 시선을 돌렸다. 바람이 불었다. 바람에 한층 굵어진 빗줄기가 사선으로 내려 갈기며 으스스한 한기가 소매 깃을 파고들었다. 말하면 뭐해. 내 입만 더러워지지. 돈기철에게 당한 것이 한 두 번이 아니다. 당했다는 것을 깨

달을 때마다 더 이상은 상대도 하지 않겠다고 이를 박박 갈아도 놈이 히히 웃으며 다가오는 데야 거절을 할 수가 없었다. 바람이 잦아들면서 어디선가 덜 익은 감 냄새가 풍겨 왔다.

"겉으로는 암 일도 없다고 하면서도 똥 씹은 얼굴을 하고 있는 걸 봉께 뭔 일이 있어도 있구먼. 아여, 안주 좀 다른 거 없나?"

허 의원은 혼잣말로 중얼거리고 나서 젓가락을 들었다. 찌개 냄비가 부실해질 때부터 느낀 점이지만 먹을 만한 안주가 없었다.

"명색이 선거 술인데 너무 부실한 거 아녀?"

변차수가 술을 사지 않더라도 예의라고는 쥐똥만큼도 없는 돈기철에게 표를 던지고 싶은 마음은 추호도 없다. 그렇다고 해서 술을 사는 변차수에게 고맙다고 말할 필요도 없었다. 그랬다가는 변차수가 자신을 호락호락하게 볼지도 모를 것 같다는 생각에 그는 일부러 퉁명스럽게 물었다.

"그려. 이왕 얻어 마시는 바에 걸쭉하게 얻어 마셔야 나중에 인사라도 하지."

내중섭이 고추볶음을 뒤적이다 그냥 젓가락을 내려놓으며 얼른 바람을 잡았다.

"남이 들으면 꼭 내가 통장 선거 때 나를 찍어 달라고 술 사는지 알겠구먼. 아! 쥐도 없는 집에서 뭔 안주를 더 시키라는 거여. 그냥 있는 대로 먹지."

변차수는 밤도 늦었는데 대충 끝내고 싶었다. 그러나 나중에 인사라도 하겠다는 내중섭의 말이 목에 걸렸다.

그렇게 많이 처먹어 놓고 또 안주 타령하는 걸 봉께 속에 거지 소굴이 들어 있능게비구먼.

그는 안주를 살 때는 사더라도 쉽게 사면 자신을 호구로 여기고 고마운 줄도 모를 거라는 생각에 뜸을 들였다.

"고깃간에 와서 고기를 찾는 식이구먼. 저기 벽에 걸려 있는 것이 맨 안주 아녀. 북어포 양념 한 거에다 쥐포도 있고, 오징어도 있구먼. 저건 또 뭐여. 쳠보는 거 같은데. 아여! 차복아 저 벽에 걸려 있는 것 좀 갖고 와 봐."

곽차복은 황 씨의 손가락부터 쭈욱 시선을 옮겼다. 황 씨 손가락과 시선이 닿는 곳에는 훈제 족발 봉지가 걸려 있었다. 차복은 훈제 족발 봉지를 가리키며 이걸 말하는 것이냐고 눈짓으로 물었다.

"그려, 일루 갖고 와 봐…… 난 뭔가 했더니 족발이구먼. 요새는 족발도 이렇게 포장해서 파나?"

황 씨는 언젠가 술김에 진공 포장되어 있는 족발을 먹어 본 적이 있었다. 그런 대로 맛이 있었다는 것을 떠올리면서도 곽차복이 내미는 족발을 처음 보는 것처럼 내숭을 떨었다.

"봉지에 공기가 안 들어가게 밀봉을 했으니까 족발이 상하지는 않겠구먼. 헌데 맛이 있을라나 모르겠네."

"현이네가 등신여? 맛없는 물건을 갖다 놓을 만큼 모자란 여자는 아니잖여. 내가 볼 때는 맛이 괜찮을 거 같은데. 아여, 차복아. 주방에 가서 접시에 족발 좀 차려 와. 접시에 차림서 살점은 주섬주섬 죄다 집어먹고 뼈다귀만 가져오지 말고."

변차수가 족발을 끌어당겼다. 진공 포장지에 적혀 있는 가격이 오천 원이다. 수입 돼진가? 뭐가 이렇게 싸. 괜찮은 가격이라고 생각하며 곽차복에게 봉지를 넘겨주고 갈종근을 향해 돌아앉았다.

"아여, 갈 기사, 나 좀 봐. 도대체 기철이 그 인간이 어떻게 했기에 법 없이도 살아 갈 자네가 아직까지 인상을 쓰고 있능 겨? 어디 말 좀 해 봐."

"그려, 어서 말해 봐. 여기가 말 못 할 자리도 아니고 다들 입이 무거운 사람들잉께 맘 놓고 털어 놔도 탈이 없을 껴."

"말하면 뭐 해유. 내 입만 더러워지지."

변차수와 허 의원이 번갈아 가며 재촉을 했으나 갈종근은 쉽게 입을 열지 않았다. 처마에서 떨어지는 낙숫물 밖으로 담배 연기를 내뿜으며 캄캄한 하늘을 쳐다봤다.

"말 안 해도 뻔할 뻔 자지. 뭐. 그 인간이 외상 택시 타고 아직까지 갚지 않았능게비구먼."

내중섭이 말 안 해도 알겠다는 표정으로 말을 하며 다리를 꼬고 앉았다.

"그 인간은 원래 지갑에 돈 있음서도 외상으로 물건 사는 작자 아녀."

"그 말은 맞는 말여. 우리야 돈이 없응께 천상 외상을 할 수밖에 없겄지만 그 인간은 돈을 싸놓고 살잖여. 그 돈 다 곰팡이 끼지 않았는지 몰라. 허지만 다른 돈도 아니고 택시비를 외상이야 하겄어?"

허 의원과 황 씨가 서로를 쳐다보며 대충 짐작이 간다는 얼굴로 한마디씩 했다.

"흥! 돈 많은 놈이 더 지독하다는 말도 못 들어 봤능개비구먼유."

갈종근이 허 의원과 황 씨를 쳐다보며 알지도 못하면 가만히 있으라는 얼굴로 쏘아붙이고 나서 입술을 들썩거렸다.

"아! 그랑께 어여 해 봐. 뭐 땜에 그러는지 말여."

"내 입만 더러워질까 봐 말 안 할라고 했지만, 말 꺼내 놓고 가만히 있으면 나만 등신되는 거 같으니까 한마디 해야겠구먼."

갈종근은 변차수의 채근에 못 이기는 척하고 돌아앉았다. 곽차복이 족발을 담은 접시를 테이블 중앙에 놓았다. 곽차복 손에는 살이 별로 붙어 있지 않은 큼직한 뼈다귀가 들려 있었다. 너도나도 한 조각씩 집어 가자 접시는 금방 바닥을 드러냈다. 갈종근은 한심하다는 얼굴로 입을 다물고 가만히 있었다.

"뭐하는 겨. 한마디 한다고 해 놓고?"

허 의원이 그 중 제일 큰 족발 덩어리를 쥐고 있었다. 어금니로 살점을 물어뜯어 씹으며 갈종근에게 물었다.

"아! 글쎄 그 자식은 시내에 나가서 술 처먹고 꼭지가 떨어지면 내 택시를 부르는 통에 아주 환장을 하겠슈."

곽차복이 뼈다귀를 빨다 말고 누군가 술 한 잔 주기를 기다렸으나 고개를 돌리는 사람은 없었다. 생각 없이 곽차복을 바라보던 갈종근은 소주를 병 째 곽차복에게 안겨 주고 입을 열었다.

"그럼 좋은 거 아닌가?"

"내가 듣기에도 다른 택시 안 부르고 한동네 사람 택시 불러주면

쌍수를 들어서 환영할 일로 들리는데."

"허! 이래서 조선말은 이래서 끝까지 들어 봐야 한다니까. 아! 맞돈만 준다면이야. 쌍수뿐만 아니라 양발까지 들어서 환영할 일이쥬."

갈종근은 답답하다는 얼굴로 허 의원과 황 씨를 번갈아 쳐다보고 술잔을 비웠다. 그는 빈 술잔을 변차수에게 권하며 술을 찾았다. 빈 술병은 여러 병 있으나 술이 들어 있는 병은 보이지 않았다. 그는 뒤늦게 술을 병 째 곽차복에게 건네주었다는 것을 기억하고 곽차복을 쳐다보았다. 곽차복은 방문턱에 엉덩이를 걸치고 앉아서 개처럼 뼈다귀를 핥고 있었다.

"한 마디로 외상 택시를 탄다는 말이구먼. 어라! 여기 있든 술병 어디로 갔지? 벌써 다 마시지는 않았을 낀데……."

갈종근이 빈 술잔을 권해 놓고 술병을 찾아 두리번거리는 모습을 본 변차수가 고개를 좌우로 돌리며 중얼거렸다.

"내가 아까 차복이 줬었는데……."

"히!"

변차수가 술병을 찾는 눈치에 고개를 든 곽차복은 빈 술병을 들어 보이며 씩 웃어 보였다.

"하여튼 차복이 속은 무쇠로 돼있을 껴. 그렇게 처마시고, 처먹어도 뒤 시간만 뻗었다가 일어나면 내가 언제 술 마셨냐는 얼굴로 눈깔이 말똥말똥한 걸 보면 신기해 죽겠어."

갈종근 말에 변차수는 술을 가져오기 위해 일어섰다. 오늘따라 얄밉게만 보이는 곽차복을 한 대 쥐어박을 수는 없고 해서 힐끗 노려보는 것으로 그쳤다.

"그 인간이 돈이 없어서 그까짓 택시비를 외상하는 건 아닐 낀데."

"뻔할 뻔자지 뭐. 돈이 없어서 외상을 하자는 거시 아니고 갈 기사를 만만하게 보고 놀리자는 수작이겠지."

"술을 처먹었으면 입으로 처먹지, 똥구멍으로 처먹지는 않았을 거 아녀. 제대로 걷지 못할 정도로 술을 처먹었다 하드라도 지킬 건 지켜야지. 어린 동생뻘이 되는 사람도 아니고 형도 한참 형뻘 되는 사람을 놀리면 쓰나."

황 씨와 허 의원이 하는 말에 변차수도 호재를 만났다는 얼굴로 맞장구를 치면서 갈종근의 잔에 술을 채웠다.

"나하고는 상관없는 일이지만, 술 처먹었을 때야 그렇다 치더라도 술 깨고 나서는 외상을 갚았을 거 아녀."

족발 뼈를 쪽쪽 소리가 나도록 빨아먹고 난 내중섭이 자신은 제삼자라는 얼굴로 한마디 했다.

"그 다음날이라도 택시비를 갚으면 내가 이런 말도 안 하지."

"얼마가 되는지는 모르지만 아직도 안 갚았다능 겨?"

허 의원이 재떨이에서 장초를 찾아 담뱃불을 붙이고 난 후에 기가 막힌다는 얼굴로 물었다.

"내 참 더러워서 이 말을 해야 하나 말아야 하는지 모르겠구먼. 그 자식이 어떤 놈인지 알어유? 시내에서 아차동까지 타고 와 봤자, 아무리 먼 거리도 돈 만 원 안쪽이유. 그 돈을 한꺼번에 갚는 것도 아니고, 잔돈으로 애새끼 용돈 주는 것도 아니고, 원숭이 땅콩 주는 것도 아니고. 생각 날 때마다 천원, 이천 원씩 갚아 나가면서도 '형님 더 줘야 할 돈이 칠천 원 남았는가? 팔천 원 남았는가?' 하고 꼭꼭 물어 보는 통에 미치고 환장하겠슈."

"완전히 돌았군. 완전히 돈 놈여. 그러지 않고서는 그 지랄을 못하지."

황 씨는 완전히 질렸다는 얼굴로 말하고 나서 족발 접시를 더듬었다. 먹을 만한 살코기가 별로 없었다. 손톱만 한 조각을 오물오물 씹으며 자작으로 술을 따랐다.

"세상 오래 안 살아도 별 엿 같은 놈 다 보겠네. 그 돈으로 코를 풀어서 도로 내주고 말지 받았단 말여?"

제삼자 같은 표정을 짓고 있던 내중섭이 사연을 듣고 나니 못 참겠다는 얼굴로 말했다.

"자네가 내 입장이 돼 봐. 돈을 받기는커녕 박박 찢어서 날려 버리고 싶지만 그래도 손님이라는 생각에 더럽고 아니꼬워도 받아야지 어쩌겠어."

"인간이 디리운 기지, 돈이 더러운 거는 아닝께 받을 수밖에 없겠지. 문제는 그런 작자가 우리 동네 통장을 하겠다고 설치고 있다는 점여. 그렇다고 누가 나서 당신은 통장 깜이 아닝께 괜히 동네 시끄럽게 굴지 말고 방구석에 처 박혀 잠이나 자라고. 고양이 목에 방울을 달 사람도 있는 것도 아니고……."

"허 의원님, 걱정도 팔자유. 그 인간 혼자 실컨 난리 블루스를 추라고 해요. 우리가 먼저 선거로 통장을 뽑자고 한 것도 아니고 제 잘난 주둥이로 선거를 하자고 한 거니까, 선거에서 떨어지면 할 말 없을 거 아뉴."

"중섭이 자네 취한 거 같구먼. 말이야 쉽지. 하지만 당장 이 집 쥔도 선거 술을 얻어먹으러 시내 나갔잖아. 다른 동네 사는 것도 아니고 눈만 뜨면 골목에서 만나고 시장에서 만나는 사이에 얻어먹은 것이 있는데 안 찍어 주고 배기겠어? 더구나 상대방이 돈기철 그 작잔데?"

"허 의원님 말씀이 틀린 말씀은 아녀."

변차수는 담담한 목소리로 말을 했으나 속에서는 울화가 치밀어 견딜 수가 없었다. 나하고 전생에 원수가 진 것도 아닐 테고, 내가지 마누라를 건든 것도 아닌데. 뭔 놈의 억하심정이 있길래 통장질을 해먹겠다고, 오만 모사를 다 꾸며서 엄한 돈을 쓰게 만드는지 모르겠구먼. 그는 생각 같아서는 돈기철 놈에게 늙어 죽을 때까지 해처먹으라고 통장 자리를 넘겨주고 싶었다. 그러나 그동안 고생한 거며, 이제 겨우 선거 때가 되면 떡고물이라도 떨어지기 시작하는 거며, 올해 안에 설립이 될지도 모르는 재개발 조합 건이며, 제삿날 아버님 영정 앞에서 앞으로는 큰소리치며 살겠노라고 약속했던 것을 생각하면 통장 자리를 쉽게 내쳐 버릴 수도 없는 노릇이어서 속이 부글부글 끓었다.

"난 선거 술이 아니라 땅 한 마지기를 준다 해도 그 자식이 통장 되는 건 반대여. 지금도 동네 사람 알기를 제 콧구멍 코털만큼도 안 여기는 놈이 통장이 되면 엄청날 거잖여. 제 맘에 안 들면 맨날 대청소다, 공동작업이다 하고 뭐 꼴리는 대로 우릴 달달 볶을 것이 틀림없을 껴."

"종근이 자네야 그 인간하고 오감이 있으니 그럴 수도 있지만 그 인간에게 얻어먹는 사람 입장은 틀리지. 이 집 권이나 달호 마누라나 병기 마누라하며 또 누가 갔다고 했지?"

갈종근을 바라보던 허 의원은 변차수에게 시선을 돌렸다. 변차수는 애가 타는지 볼을 실룩실룩거리며 술잔을 노려보고 있었다.

"대전만두집하고 충식이 그놈 식구도 갔다느만유. 아! 교회 댕기는 금준이 마누라도 끼었다고 하는 거 같튜."

"기철이 마누라를 포함하면 일곱이 갔구먼."

"여섯 명이 아니라 열 두 명이 갔다고 해도 과반수가 안 되니까 상관 없잖유."

"중섭이 자네는 아까부터 흥분하고 있는 거 같은데 쉽게 생각할 문제가 아녀. 일곱 명이 열 두 명이 되고, 열 두 명이 스물 네 명이 되는 건 시간문제여. 그 생각이 없었으면 기철이 그 인간이 등신이 아닌 이상, 진다는 걸 뻔히 알면서도 장아찌 담가 놓은 돈을 풀어 지조 덩어리 없는 여편네들에게 술상을 내밀겠는가?"

"어림도 없지. 그 인간이 어떤 놈인데. 돈이 걸린 문제라 하면 제 마누라도 팔아먹을 놈인데 헛돈을 쓸리는 없지."

허 의원 말을 잠자코 듣고 있던 황 씨가 고개를 끄덕끄덕거리며 훈수를 들었다.

"통장님 골치 아프게 생겼구먼."

"골치 아플 것이 뭐가 있어. 그 인간이 그렇게까지 나온다면 골동품과 같은 앰프시설하고 서류만 그 더러운 집구석으로 옮겨주면 끝나는 건데."

변차수는 내중섭 말에 쓴웃음을 지으며 술잔을 들었다. 그는 술을 마시기 전에 밖을 쳐다보았다. 비는 쉬지 않고 내리고 있었다. '여름비 치고는 참말로 구질구질하게 내리는 구먼'이라는 생각이 들면서 돈기철의 얼굴이 떠올랐다. 놈은 지금 또 어느 놈들과 술잔치를 벌리면서 통장을 갈아치워야 한다며 침을 튀기고 있을지 모를 일이었다. 걸려도 참말로 더러운 놈에게 걸렸구먼. 대화가 되는 놈이래야 더러운 짓은 하지 말고 깨끗하게 표로 승부를 짓자고 말이나 걸지.

그는 대화로 해결이 안 된다고 해서 마냥 돈만 풀 수는 없고 뭔가 해결점을 찾아야 된다고 생각하고 있을 때였다. 승용차로 보이는 자동차 불빛이 직선으로 선이네식당 쪽으로 서서히 다가왔다. 승용차 지붕에 달린 불빛을 보니까 택시 같았다. 노래방에 갔던 여자들이 돌아오고 있는 것 같았다.

달빛 아래서 손금을 보다

돈기철은 평소보다 한 시간이나 일찍 눈을 떴다. 오늘따라 변차수 부부의 모습이 떠오르지 않았다. 기분이 좋아져야 하는데 웬일인지 무엇인가 잃어버린 것처럼 기분이 찝찔했다. 모기장 밖으로 보이는 창문 유리에는 잿빛 미명이 묻어 있었다.

드디어 오늘이 결전의 날인가?

등을 보이고 있는 옆자리의 아내는 오늘이 통장 선거 날이라는 걸 아는지 모르는지 코를 골며 자고 있었다. 여편네가 팔 걷어붙이고 내조를 해도 당선이 될까 말깐데…… 어렴풋한 시야로 아내 등을 바라보고 있으니 슬그머니 화가 났다. 어깨를 흔들어 깨울까 하다가 그냥 눈을 감았다.

가만있자…… 이러고 있을 때가 아녀. 변차수 그 인간은 벌써부터 일어나서 묘사를 꾸미고 있을지도 모르잖여.

돈기철은 다시 눈을 감고 이런저런 생각을 하다가 벌떡 일어나 앉았다.

"아여! 어여 일어나 봐."

그는 아내 등을 발뒤꿈치로 툭툭 차고 나서 모기장 밖으로 손을 내밀어 방 안의 불을 켰다.

"벌써 날 샜슈?"

"어제 혼자만 장사를 한 것도 아닌데 여자가 뭔 잠이 그렇게 많아? 지금 날 새는 것이 문제가 아니고 오늘은 일찍 일어나야 하잖여."

"오늘이 며칠이더라? 이 달은 양력하고 음력하고 같이 가는 달잉께 오늘이 음력 보름이구먼. 칠월 보름이라…… 아버님 제사는 구월 열닷새고, 당신 생일은 지나갔고…… 태한이 생일은 추석 이튿날이고…… 어제저녁에 머리를 감고 잤는데도 머리가 간지러운 걸 보니 오늘도 엄청 덥겠구먼. 오늘이 먼 날이 대유?"

돈기철 아내는 양손으로 머리의 가르마 쪽을 긁으면서 길게 하품을 했다. 창문 밖을 쳐다보다 벽시계 쪽으로 시선을 돌렸다. 새벽 다섯 시가 안 된 시간이다. 저 인간 또 변차수 그 인간들 때문에 새벽잠을 설쳤는개비구먼. 그녀는 눈꼬리에 눈물이 맺히도록 하품을 하고 나서 잠이 덜 깬 얼굴로 남편을 바라본다. 무언가 심각하게 생각하고 있는 모습이 꼭두새벽의 정적과 어울리지 않아 보였다.

"여자와 연장은 새것일수록 좋다고 하드니 틀린 말이 아니구먼. 남편은 심각해 죽겠는데 여편네라고 둘도 아니고 하나밖에 없는 것이 걱정은 해 주지 않을망정 주접이나 떨지 말아야지. 새벽부터 주접떨고 있을 꼴을 보고 있으니까 가관이군. 가관이여."

"흥! 하나밖에 없는 여편네도 주체를 못하면서 꼴이 첩을 두고 싶은 욕심이 있는 모양이지?"

"어이구! 저 지랄로 머릿속에 든 것이 딱 한 가지밖에 없응께, 동네 사람들이 날 우습게 보는 건 당연하지!"

돈기철은 한심하다는 얼굴로 내뱉고 나서는 모기장을 홱 걷어붙이고 창문 앞으로 갔다. 창문을 활짝 열었다. 희미한 안개에 젖어 있는 시장 안을 쳐다보지도 않고 방바닥에 주저앉았다. 시장에서 창문으로 몰려 들어오는 바람은 서늘했다. 전화기 밑에 깔려 있는 전화번호부를 꺼냈다. 뒤쪽 여백란을 펼쳐 놓고 모기장 안에 있는 아내를 바라본다. 기가 막혀 말이 안 나온다는 얼굴로 입을 반쯤 벌리고 있는 모습이 꼴불견이었다.

차라리, 차복이 마누라가 백 번 낫지. 그 여편네는 등신이기는 하지만 여자답게 몸을 사리는 디가 있잖여. 저 여편네는 평소 그 짓만 생각하면서 살고 있는지 이불 속에서만 생과부 모양 기운이 넘쳐 나고 이불 밖에서는 매사가 천안삼거리 능수버들이여…… 오늘따라 이놈의 날은 왜 이렇게 안 샌댜. 빨리 날이 새야 선이네식당으로 나가 보든 동네 사람들을 만나 보든지 할 건데.

마음은 급했지만 오늘따라 시간은 한없이 더디게 흘러갔다. 창문 밖을 바라보니 푸른 어둠이 바람에 설렁거리고 있을 뿐 날이 새려면 시간이 더 필요했다.

이놈들만 약속을 지켜 준다면 당선이 되고도 남을 낀데…….

돈기철은 심각한 얼굴로 빨간색 사인펜을 집어 들었다. 전화번호부 여백에는 11통 사람들 중 선거에 참여할 확률이 높은 사람들 이름이 적혀 있다. 검은색 볼펜으로 적어 놓은 이름 옆에는 빨간색 사인펜으로 ○, △, ×로 된 표시가 되어 있었다.

아내 이름 옆에 표시된 것과 같은 ○는 통장에 당선된 후에 축하 파티 겸 날 잡아서 시내 노래방에라도 데리고 갈 사람들이다. △는 오늘 기분에 따라서 죽일 놈이 됐다가 고마운 놈이 되기도 할 놈들로, 안달호나 전병기가 대표적 인물이었다. ×를 한 족속들은 동네에서 추방을 시키고 싶은 작자들로 변차수를 우선으로 해서 허 의원 등의 이름에 표시가 되어 있었다.

돈은 돈대로 쓰고 망신은 망신대로 당하는 건 아닌지 모르겠네.

가랑비에 옷 젖는다고 그동안 쓴 돈이 얼른 계산해 봐도 칠팔백만 원은 넘는다. 당선만 되면 푼돈에 불과하지만 만약 떨어진다면 최소한 석 달, 백일은 속이 아파서 잠이 오지 않을 것이다.

아녀. 소금 먹은 놈이 물 찾는다잖여.

오늘 통장 선거를 하는 날이란 명분 아래, 닭고기를 듬성듬성 집어넣은 닭국밥에 술잔이나 돌린다면 이나 배가 아파서 병원에 가기로 한 놈들까지 참석할 것이다. 그러나 국밥에 술잔은커녕 시내 마트에서 열 병에 천 원씩 파는 야쿠르트 한 병 없는 날이라서 기권이 많을 것이다. 하지만 술 한 잔이라도 얻어 마신 작자들은 얻어먹은 죄가 있으니까 기권을 하지 않을 것이다. 그들이 모두 선거에 참여를 한다면 내일부터는 <아차동 통장 돈기철>이라는 명함을 가지고 다닐 수가 있게 된다.

“여보! 오늘 비가 온다는 말은 없었지?”

문제는 비다. 비가 오면 오랜만에 쉬는 휴일에 집구석에서 빈둥거리는 것도 구질구질해서 선거하러 나올지도 모를 일이다. 돈기철은 하늘이 도와야 통장에 당선될 수 있다고 믿고 대전(大戰)을 앞둔 장수처럼 비장한 얼굴로 물었다.

“비 온다는 말은 없었지만 통장 선거하고 비하고 뭔 상관이래요? 학교 운동장에서 체육대회를 하는 날이라면 모를까.”

전화번호부를 뒤적거리며 생각에 잠겨 있는 남편 표정을 보고서야 오늘이 통장 선거 날이라는 것을 알아챈 돈기철 아내가 심드렁한 표정으로 반문했다.

“까마귀가 백로의 깊은 뜻을 알까.”

돈기철은 하마터면 ‘그러니까 무식하다는 거여’라고 쏘아붙일 뻔했다. 그는 오늘처럼 성스러운 날은 마음을 겸허하게 가져야 된다는 생각에 점잖게 꾸짖고 나서 지그시 눈을 감았다.

“흥! 누가 까마귀고 누가 백론지 모르겠구먼.”

아침밥을 짓기에는 이른 시간이다. 돈기철 아내는 이불 속에 들어가서 한숨 자고 싶었다. 창문을 활짝 열어 놓고 앉아 있는 남편 표정을 보니까 도로 이불 속으로 들어가기는 틀린 것 같았다. 가만히 앉아 있어 봤자 개 풀 씹는 소리만 이어질 거고 말대꾸를 하다 보면 새벽부터 남편 성질 돋우는 말만 튀어 나올 것이다. 통장 선거도 통장 선거지만, 남편 성질을 건드려 좋을 것이 없다는 생각에 일어섰다. 그녀는 태한이 방에서 날이 샐 때까지 잠이나 자야겠다고 생각하며 밖으로 나갔다.

"저…… 저 여편네가 지금 뭐라고 하는 거여!"

돈기철은 아내가 콧방귀를 뀌는 소리에 두 눈을 부릅뜨며 엉덩이를 들썩거렸다. 그러나 아내가 탁 소리가 나도록 방문을 닫고 사라지자마자 생각을 고쳐먹고 고개를 돌렸다.

지금 남편이 뭔 생각을 하고 있는지도 모르고, 저 지랄로 나대다가 아무 생각 없이 말하니까 사람은 배워야 한다는 거여…… 하늘이 늙은 말고기를 삶아 처먹었나. 날이 왜 이러게 안 새능거야. 식전부터 할 일이 많은데…….

할 일은 많은데 새벽은 장막을 거둘 생각을 안 하고 제자리걸음을 하고 있으니까 온몸이 쑤시고 저리고 아팠다. 벌떡 일어나서 창문 앞으로 갔다. 시장 안에 있는 가로등 불빛이 미명에 휩싸여 실루엣으로 빛을 발했다. 시장 안 통로는 꿀을 삼켰는지 조용히 침묵하고 있었다.

선거가 오전 열 싱께 늦어도 11시면 선거가 끝날 것이고 점심때부터는 날 보고 통장님이라 부르겠지. 돈 통장님, 돈 통장님! 성이 붙으니까 대가리가 돈 통장님으로 들리는 거 같구먼. 앞으로는 어떤 일이 있어도 듣기가 안 좋은 성 자는 빼고 그냥 통장님이라고만 불러 달라고 해야겠구먼. 하지만 그것도 문제가 있는 것 같은데…… 아버지가 물려준 고귀한 성을 통장 자리 때문에 박대를 하면 되나. 외려 변 통장보다 낫지. 흐흐…… 변 통장 그 자식은 사람들이 마음속으로는 똥통장이라고 부르는 줄은 모르겄지.

팔월 중순인데도 새벽바람이 서늘해서 팔뚝에 좁쌀만 한 돌기가 돋았다. 하지만 통장에 당선돼서 지금보다 떳떳하게 큰소리를 치고 다니는 것은 물론이고, 재개발 조합이 결성될 때와 선거 때가 되면 적지 않은 돈을 벌어들일 것을 생각하면 조금도 춥지가 않아서 창문을 닫고 싶지가 않았다.

요새 양복 한 벌이 얼마씩이나 하는지 모르겠구먼. 배워도 변차수보다는 서너 배는 더 배웠고, 돈이 많아도 몇 십 배는 많을 것이고, 나이로 쳐도 한참 젊은 놈이 똥 통장처럼 잠바 떼기에 기성복 바지를 입고 다니면 동직원이나 조합 서기 눈에는 그놈이나 그놈 모두 매양 같은 놈으로 보일 거 아녀. 그러자면 시내에 가서 메이커로 한 벌 빼입어야겄구먼. 메이커로 빼입으려면 몇 십만 원은 줘야 하잖아. 비싼 메이커를 입고 겨우 동사무소나 들락거리면 되겠어? 시청에서 회의를 할 때나 쫙 빼고 가야 시의원이나 시장이 쉽게 알아보고 악수를 청하겄지.

돈기철은 기분이야 훈훈한 난롯가에 서 있는 것 같았지만 노출된 팔뚝이나 얼굴은 겨울 강가에 서 있는 것 같았다. 그는 지신도 모르게 팔뚝이며 얼굴을 쓱쓱 문지르며 돌아섰다. 아직까지 모기장이 쳐져 있었다. 여편네가 이 지랄로 칠칠맞아 가지고 어디 맘 놓고 통장질이나 해먹을지 모르겄구먼. 태한이 방에 가 있을 아내를 부를까 하다가 직접 못에 걸려 있는 모기장 끈을 풀었다.

해산을 앞둔 며느리가 삼대독자 낳기를 기다리는 심정으로 방 안을 서성거리는 사이에 돈기철은 잿빛 하늘이 희끗희끗한 미명으로 유리창을 문지르고 있었다. 슬슬 나가 봐야 한다는 생각에 점퍼를 찾았다.

이 여편네가 잠바를 어디다 걸어 둔 겨. 늘 걸어 두는데 걸어 두질 않고…….

오늘 입고 나갈 점퍼는 몇 해 전에 시내 운동구점에서 십오만 원을 주고 구입한 메이커다. 비슷한 가격을 주고 산 트레이닝복도 있지만 때가 때인지라 체면 유지용으로 입고 가려고 며칠 전부터 점찍어 두었던 점퍼가 얼른 눈에 띄지 않았다.

태한이 방에 가 있을 아내를 부르냐, 더 찾아 본 다음에 아내를 부르냐 갈등을 하고 있는 사이에 갑자기 침묵을 깨트리고 삐익거리며 송곳으로 유리를 긁어 대는 듯한 날카로운 굉음이 방 안을 가득 매웠다. 그는 깜짝 놀라서 뒤로 물러섰다가 창문 앞으로 가까이 다가갔다. 굉음의 여운이 가라앉기도 전에 에헴! 하는 변차수 목소리가 들려왔다.

"에! 통장 변차수입니다. 작년 8월 무이파라는 태풍이 몰려온다는 방송을 하고 난 후에 딱 일 년 만에 마이크를 잡았슈. 아직 방송을 하기에는 이른 시간이라는 걸 잘 알고 있으면서두 워낙 긴박한 공지사항이라 체면 불구하고 마이크를 들었습니다. 에!……."

변차수가 잠깐 뜸을 들이고 있을 때였다. 창문 앞에 서서 귀를 기울이고 있던 돈기철은 갑자기 입안이 마르는 것을 느꼈다. 워낙 긴박한 사항이라니, 간밤에 누가 뒈졌나? 설마 표재봉이 괴로워서 이 세상을 하직하겠다고 약을 처먹거나 최금준이 심장마비를 일으킨 것은 아니겠지. 최금준 부부나 표재봉은 하늘이 두 쪽 나는 한이 있더라도 표를 주겠다고 약속한 사람들 중에서 상위 서열이다. 그는 그들이 빠지면 절대 안 된다고 생각하며 변차수가 말을 잇기를 기다렸다.

"에! 긴박한 사항이라는 것이 다른 것이 아니라, 에, 그게 말입니다……."

변차수는 오늘따라 어눌하거나 촌스러운 말을 쓰지 않았다. 그런데다 긴박한 사항이라고 말하고 나서도 계속 뜸을 들이고 있어서 돈기철은 애가 탔다. 성질 같아서는 스피커에서 흘러나오는 소리에 귀를 기울이고 있을 필요 없이 변차수 집으로 달려가고 싶었다. 하지만 날이 날인지라 경박스러운 짓은 하지 말자고 스스로를 타이르며 마른 침을 삼켰다.

"에…… 오늘이 통장 선거일이라는 것은 모든 사람이 알고 있으리라 믿고 있습니다. 에! 원래가 여러 어른들과 상의를 하기를 선거는 금일 열 시에 선이네식당 앞 공터에서 치르기로 했었습니다. 그 사실은 여기 서 있는 저 뿐만 아니라 여러 유권자들도 훤히 알고 있는 사실로 믿고 있습니다. 그런데 열 시에 치르게 되면 문제가 있다는 것이 이 방송을 하고 있는 저와 여러 어른들의 생각입니다. 에!……."

선거를 연기한다는 방송이라고 판단을 한 돈기철은 더 이상 듣고 있을 수가 없었다. 메이커 점퍼 대신 벽에 걸려 있는 옷 중에 손에 걸리는 대로 벗겨 들었다. 돼지 작업을 할 때나 고추밭에 말뚝을 박을 때, 막힌 하수구를 뚫을 때나 입는 예비군복 상의다. 그는 예비군복 상의에 팔을 끼며 방문을 열고 나갔다. 거실 문을 와락 열어붙이고 신발을 신으려고 보니까 바지를 입지 않았다. 야! 이 여편네야 바지 안 주고 뭐 하는 거여! 그가 방으로 뛰어 들어가려고 하니까 변차수가 다시 방송을 시작했다. 중요한 내용일지도 모른다는 생각에 태한이 방을 향해 고함을 지르고 거실 소파에 걸터앉았다.

"그래서 드리는 말씀입니다만, 부득이 선거를 금일 밤 일곱 시 삼십 분부터 여덟 시 사이에 하는 걸로 변경을 했습니다. 일곱 시 삼십 분이면 한참 저녁을 처먹을 땐데 언지 선거를 하느냐고 불평을 터트릴 사람들도 계실 겁니다. 하지만 그 점은 걱정 놓으셔도 될 겁니다. 그 점을 염려한 이 통장의 간곡한 부탁을 들은 허 의원 어른께서 일금 오십만 원을 기부하셨습니다. 그 돈으로다 우리 동네 주민 모두에게 짜장면을 보통도 아니고 곱빼기로 사 주시라는 것이 허 의원 어른의 높으신 뜻입니다. 그렇다고 짜장면만 곱빼기로 대접을 하냐, 그건 절대 아닙니다. 소주와 음료수도 준비를 할 모양입니다. 주민들께서는 저녁 준비를 하지 마시고 남편은 아내의 손을 잡고, 아내는 남편의 손에 잡혀 선이네식당 앞으로 모여 주시면 됩니다. 이상, 통장 변차수가 급한 공지사항을 전해 드렸슈. 궁금한 사항이 있으면 지금 방송을 하고 있는 저한테 개인적으로 전화를 걸거나 찾아 오셔서 문의를 해 주시길 바라며 이만 끝내겠슈. 끝."

먼지를 잔뜩 들이마신 것처럼 탁한 변차수의 목소리가 뚝 끊어지고 나서 거실에 괴괴한 침묵이 감돌았다. 돈기철은 아내가 건네주는 옷을 낚아채 들었다. 무릎이 튀어나온 파란색 트레이닝바지다. 그는 돼지 작업할 때 입는 트레이닝 바지를 입고 신발을 찾았다. 식전 해장을 하러 갈 때마다 즐겨 신는 운동화가 얼른 보이지 않았다. 뿐만 아니라 밤색 슬리퍼도 종적을 감췄는지 눈에 띄지 않았다. 바쁜 대로 아내의 파란색 운동화를 재빠르게 신었다. 그는 신발이 작아서 발뒤꿈치가 땅바닥에 닿은 것을 느끼며 아래층으로 뛰어 내려갔다. 정육점 문을 열고 밖으로 뛰어 나갔다. 시장 안을 채우고 있던 어둠은 가로등 꼭대기로 기어 올라가고 찬이슬을 껴안은 미명도 어느 틈에 떠날 준비를 하고 있었다.

차복이처럼 덜 떨어진 놈이라면 몰라도 허 의원 그 늙은이가 거금 오십만 원을 기부했다고? 그 인간이 오십만 원을 기부하면 난 이천만 원을 내놓지. 이건 차복이가 들어도 음모가 분명햐. 낮에 선거를 하면 기권자가 많을 것 같으니까, 저녁에 선거를 한다는 핑계로 짜장면에 술까지 내놓으면 어떤 놈이 날 찍어? 술 한잔 처먹으면 지 애비애미도 몰라보는 병기나 달호 같은 놈은 저만 변차수를 찍는 것이 아니고 지 마누라는 물론이고 태한이 엄마에게도 변차수를 찍으라고 개지랄을 떨껴.

돈기철은 홧김에 정신없이 걸었더니 저 혼자 집을 찾아가는 당나귀처럼 선이네식당 앞까지 왔다. 오늘따라 부지런을 떠는 현이네가 선이네식당 문을 열고 있었다. 해장을 한잔하고 갈까 하다가 술을 마시고 가면 변차수가 취중에 행패를 부린다고 역공을 할지도 모른다는 생각에 씩씩거리면서 그냥 돌아섰다. 그는 너무 흥분해서 그런지 변차수의 집이 얼른 생각나지 않았다. 그 미친놈을 어떻게 찢어 죽인다. 눈앞에 보이는 골목으로 무작정 뛰어 들었다. 누군가 미명을 뚫고 걸어오고 있는 모습이 보였다. 황 씨와 허 의원이다.

"기철이 아녀. 해장술 하러 가능감?"

"해장을 마시려면 선이네식당으로 가야지. 이쪽 길은 재봉이네 집으로 가는 길인데?"

"보…… 볼일이 있어서."

돈기철은 황 씨와 허 의원 얼굴을 똑바로 쳐다 볼 사이도 없이 골목 안으로 파고들었다. 젠장, 여긴 재봉이네 집이잖아. 앞을 가로막는 전봇대에 고개를 들었다. 그는 낡은 철문을 보고 표재봉 집이라는 것을 확인한 후에 빠르게 옆 골목으로 방향을 틀었다.

"새벽부터 뭔 일이다. 그 양반은 해장술 한잔 한다고 선이네식당에 갔는데."

이번에는 꾀병을 부려도 그냥 두지 않을 생각이다. 그는 만나는 즉시 멱살부터 움켜쥐고 전후를 따지리라 맹세하며 아파트 쪽으로 뛰어갔다. 변차수는 집에 없었다. 그는 변차수 아내가 별일도 다 있는 얼굴로 묻는 소리를 어깨 뒤에 뿌리치고 곧장 선이네식당으로 뛰어갔다.

"이봐, 차…… 참말로 이렇게 해도 되능 겨?"

"이봐라니? 자네 식전부터 취했능가?"

변차수는 예비군복에 푸른색 트레이닝바지를 입은 돈기철이 뒤뚱거리며 달려오는 모습을 은근슬쩍 쳐다보고 있었다. 가까이 다가 올 때는 짐짓 못 본 척하고 황 씨와 허 의원 잔에 맥주를 따랐다. 등 뒤에 온 돈기철이 화난 목소리로 던지는 말에 천천히 고개를 돌리고 기도 안 막힌다는 얼굴로 반문했다.

"야, 이 십팔! 행동을 곱게 해야 젊은 것들에게 욕을 안 처먹지."

"허! 이 사람이 집구석에서 밤새도록 술을 펐나? 내가 자네에게 뭘 잘못했는데? 죽을죄라도 진긴가?"

돈기철의 고함 소리에 주방 앞에 있던 현이네가 물 묻은 손을 바지에 닦으며 나왔다. 황 씨는 맥주잔을 들고 슬금슬금 밖으로 나갔다. 변차수와 말을 맞춘 후에 해장이나 하자는 핑계로 황 씨를 불러낸 허 의원은 재미있다는 얼굴로 맥주를 합죽합죽 베어 마셨다. 돈기철은 자칫 잘못하면 능구렁이 같은 변차수 술수에 또 넘어갈지도 모른다는 것, 현이네가 소문이라도 내면 통장 선거에 치명적일지도 모른다는 생각에 일단 숨을 가다듬고 의자에 털썩 주저앉았다.

"야 이! 더러운 인간아. 어떤 놈 맘대로 선거를 저녁으로 미룬 겨. 그라고 저녁에 선거를 하면 했지. 짜장면이며 소주는 왜 주는 겨? 우선 그것부터 내가 알아듣도록 해명해 봐."

"자네 얼굴 표정을 봉께 술을 마신 거 같지는 않은데 말이 너무 심한 거 아녀? 어떤 놈이라니 자네 눈에는 나나 황 씨가 어떤 놈으로 뵈는 모양이지? 그라고 변 통장 나이도 자네하고는 동갑은 아닐텐데 어떤 놈이라고 싸잡아 욕을 해도 되능 긴가. 명색이 통장 후보로 나올 사람이?"

"종로에서 뺨맞고 한강에서 분풀이한다고 하드니. 집구석에서 뭔 일이 있었능개비구먼. 즈이 애비나 형님뻘 되는 사람에게 다짜고짜 욕찌꺼리를 하는 걸 봉께."

가든파티를 하는 것도 아니다. 새벽바람이 서성거리는 선이네식당 마당에 서서 맥주를 홀짝홀짝 마시고 있던 황 씨도 점잖게 한마디 했다.

"좋아, 그건 너무 흥분해서 헛말이 나왔다고 쳐. 선거 날 짜장면은 왜 내능 겨. 어디 그 이유 좀 말해 봐. 그 이유만 내 속이 시원하도록 말해 준다면 통장 후보를 포기할 생각도 있응께."

초반전에서 깨끗하게 패한 돈기철은 변차수가 생각할 여유도 없이 이 차 공격을 했다. 그는 어디 한번 확실하게 따져 보자는 얼굴로 내뱉고 현이네한테 맥주를 한 병 달라고 했다. 기다렸다는 듯이 현이네가 잽싸게 맥주를 가지고 왔다. 그녀가 컵을 가지러 간 사이에 그는 뚜껑을 따고 맥주 병 째 들고 벌컥벌컥 소리가 나도록 마셨다. 그는 입술에 묻은 거품을 닦으며 죽여 버릴 듯한 눈빛으로 변차수를 노려보았다.

"허 의원 어른, 이럴 때는 뭐라고 설명을 해야 되는 거유. 아라면 아라고 달래기나 하지. 나이께나 처먹는 것이 아도 아니고 어른도 아닌거처럼 떼를 써 대니께 도시 말이 안 나오는구먼유."

바통을 점잖게 허 의원에게 넘겨 버린 변차수는 어디 본격적으로 구경이나 해 보자는 얼굴로 술잔을 들었다.

"뭐! 떼? 떼를 쓴다고……."

"아 여! 기철이 내 말 좀 들어보게. 자넨 아까 통장이 방송을 할 때 어디 가 있었는가?"

"어딜 가 있긴 어딜 가 있어유. 내 집에서 두 귀로 똑똑히 듣고 있었지."

"그렇다면 내가 돈 오십만 원을 내놨다는 말은 왜 못 들었능가?"

"허! 지금 그 말을 차복이에게 묻는 말도 아니고 나에게 묻는 거유? 아니면 그냥 해 보는 소리유?"

"자네야말로 자네 얼굴 표정을 봉께 나를 차복이로 아는 모양이구먼. 왜? 나는 동네 발전을 위해 훌륭한 통장을 뽑으라고 그까짓 돈 오십만 원 정도를 내놓으면 아차시장 천막에 죄다 불이라도 붙능 긴가?

"후…… 훌륭한 통장? 그까짓 오십만 원?"

"왜? 우리 동네서 자네만 돈이 있는 줄 알았남? 그렇게 알고 있다면 생각을 고쳐먹게. 나도 많은 돈은 아니지만 쓰고 남을 만큼은 있는 사람이니까."

"평소에도 그랬다면 오십만 원을 내놓든 백만 원을 내놓든 상관을 안 해유. 하지만 선거잖유. 아들 장난도 아니고 허 의원 어른 말처럼 훌륭한 통장을 뽑는 마당에 짜장면을 낸다는 기 말이나 되는 기유?"

"통장 선거를 하는데 지구대 순경들이 보초라도 서는가? 학교 선생들이 참관인 자격으로 투표함이라도 지키고 있는가? 아니면 강가 버드나무 밑에서 회의를 할 때 선거 날에는 화합의 명목으로다 돈을 내놓으면 안 된다고 규칙이라도 정했는가? 자네 하룻밤 사이에 돈 사람은 아닌 거 같은데 식전 내내 하는 말이 참말로 이상하구먼."

"조…… 좋아유. 나도 훌륭한 통장 뽑기를 기대하는 놈이고, 돈도 쓸 만큼은 있는 놈잉께 오늘 저녁에 짜장면이 아니라 탕수육을 내놓겄슈. 그래도 할 말들은 없겄쥬?"

허 의원 말은 백번 들으면 백번 들어도 모순투성이다. 그러나 단 한 마디도 반박할 근거가 없다는 것을 알아차린 돈기철이 어디 한번 두고 보자는 얼굴로 팔소매를 걷어 올려붙이고, '퉤!' 하니 침을 뱉었다.

"말로냐 누가 돈을 못 쓸까. 나도 말로만 돈을 쓰라면 탕수육이 아니라 소라도 잡겄네."

"허! 세 명이 짜도 아주 치사하게 짰구먼. 아! 언제 내가 한 말을 부도내는 거 봤슈?"

"우리 세 명이 기름집을 하는 것도 아니고 뭘 짰다는 건지는 모르겄어. 허나, 자네가 일전에 강가에서 동네 늙은이들을 소방서 옆에 새로 생긴 찜질방 보내 준다고 한 말은 뭐여. 자네가 우리 찜질방 보내 줬는감? 그 말을 부도냈다는 건 황 씨도 알고 있을 것이구먼."

"츠! 찜질방 보내 준다고 해 놓고 나서 일이 바빠 차일피일 미루고 있는 것이 그렇게도 서운했슈. 어디 오늘 저녁에 한번 봅시다. 사람들이 누구 편을 들어주는지……."

지나가는 남정네 불러다 몸을 주고 따귀를 맞은 수절 과부 심정이 이럴까. 길바닥에 흘린 돈 주인 찾아 주고 도둑 누명쓰는 사람의 심정이 이러할까. 아니면 마누라 바람피우는 현장을 발견하고 정부한테 죽지 않을 만큼 얻어터진 사람의 심정이 그러할까. 돈기철은 분명히 틀린 말이 아닌데도 불구하고 말을 걸면 걸수록 손해라는 걸 알아 버린 이상 대항할 필요는 없다고 생각했다. 그 대신 변차수보다 두 배 이상 돈을 쓰는 한이 있더라도 사람들의 마음을 사로잡으리라 결심하고 돌아서는 수밖에 없었다.

온종일 쨍쨍한 더위를 내뿜어 내던 해가 제풀에 지쳐 아차산 꼭대기에 턱을 걸고 헐떡거리는 시간이다. 보름 만에 쉬는 휴일이라서 시장 상인들은 늘어지게 낮잠을 자거나, 진종일 텔레비전 앞에서 빈둥거렸더니 배가 출출했다. 선거는 뒷전이고 공짜로 짜장면에 술이나 한잔 할까 하는 생각에 부채를 살랑살랑 부치며 선이네식당 앞으로 모여들었다.

낮잠에서 깨어나지 않은 선이네식당 마당의 가로등 아래는 일찌감치 돗자리가 깔려 있었다. 돗자리 위에는 동네에서 잔치나 초상이 났을 때 공동으로 사용하는 긴 밥상이 놓여 있어서 보는 이의 눈을 즐겁게 했다. 막힌 공간이 아니고 흙바닥 위라서 먼지가 이는 것이 흠이기는 했지만 견딜 만 했다. 버드나무 밑에는 경로당에서 출장 왔음직한 평상이 턱 놓여 있었고, 현이네는 바쁜 것도 없으면서 괜스레 안팎으로 들랑거리면서 부산을 떨었다.

"하루 쉬니까 몸이 더 피곤한 거 같텨."

"내가 그렇다니까, 장사할 때는 모르겠는데 쉬는 날이면 꼭 허리병이 도져."

"올 휴가철도 한물 갔지?"

"원래 양력으로 팔월십오일이 지나면 신기하리만큼 밤공기가 서

늘해지잖아."

"젠장, 올여름 장사는 혜성훼미리마트 때문에 망쳤어."

"정부에서는 뭘 하는지 몰라. 우리 같은 영세상인들은 하루 벌어 하루 먹고 사는데, 재벌 기업에서 시장 손님들까지 빼가게 내버려 두는지."

"하여튼 장사 때려치우고 청소부 같은 것이나 하든지 해야지. 이거야 재벌들 등쌀에 장사 해 처먹겠어?"

"청소부도 아무나 할 수 있는 것이 아녀. 시험을 봐서 합격해야 한다구."

삼삼오오로 모여 있는 틈틈이 짜장면이 오고 있나 곁눈질로 확인을 했다. 그들 모두 돈을 누가 내는지는 관심이 없었다. 난데없이 짜장면에 소주를 낸다는 변차수 말만 들어도 고마울 일인데, 상상도 못한 돈기철까지 가세를 해서 이름을 외우기도 힘든 난자완스에 깐풍기까지 낸다고 하니까 마냥 즐거울 따름이었다.

"차복이도 짜장면 얻어먹으로 오는구먼."

"대청소를 하러 나오라는 것도 아니고 공짜 음식을 준다는데 차복이가 빠질 이유가 없지."

일찌감치 비치파라솔 밑의 테이블을 차지한 갈종근과 최금준은 이른 저녁을 먹고 모깃불 앞에 앉아 있는 사람들처럼 느긋하게 말을 주고받았다.

"히! 짜…… 짜장면…… 먹으로 왔슈."

"그려. 마누라 손은 꼭 잡고 다녀. 행여 방심하다가는 길바닥에 흘릴지도 모릉께."

"주…… 죽어도, 아…… 안…… 잊어."

공술이 없으면 내 돈 내고라도 술을 마셔야 하루해와 이별하는 곽차복은 해죽이 웃으면서 아내 손을 잡았다.

"이참에 통장 임기를 일 년으로 확! 바꿔 버려."

"왜 하필이면 일 년이냐. 한 달에 한 번씩이면 더 좋지."

"킬킬! 그렇게만 된다면이야 끝내 주지. 하지만 벼룩도 낯짝이 있다고, 변차수라면 몰라도 돈기철에게는 낯짝 뜨겁게 어떻게 매달 얻어 먹냐."

"제가 계속 통장질을 하고 싶으면 곽차복 같은 놈의 돈을 우려내든지 먼 수를 내겄지…… 가만있자. 흐흐흐, 내가 지금 뭔 생각을 했는지 아냐?"

전병기와 안달호는 삼삼오오로 모여 있는 사람들과 섞여 앉지 않았다. 멀리 삼십 여 미터 거리쯤에 보이는 선이네식당 마당을 가끔 쳐다보고 있던 전병기가 갑자기 낮게 웃었다.

"네 표정을 보니까 꼭 주인 없는 생선 가게에 들어가는 고양이 눈 같다."

"야, 오늘 통장 후보로 차복이 놈도 내보내자."

"차복이?"

"그려. 우리 동네 사람이면 누구든지 후보로 나설 수 있잖아. 차복이라고 안 된다는 법은 없잖여."

"킬킬, 차복이를 후보로 내밀면 변차수하고 돈기철 그 새끼들 얼굴 볼만 하겠다. 당선이 돼도 차복이를 떨어트리고 당선이 됐다는 소문이 돌 거고, 그럴 리야 없겠지만 만에 하나 떨어지기라도 한다면 차복이한테 밀렸다는 소문이 돌 거 아녀?"

"킬킬! 이겨도 욕먹고, 져도 욕먹는 상황이라 둘 중의 한 놈은 기권을 하게 될지도 모를 겨."

"두 말 하면 개소리지. 이거야말로 엄청 웃기는 쑈다. 그지?"

"야! 야 짜장면 왔나 보다. 금강산도 식후경이라고 하든데, 밥이나 처먹고 나서 굿판을 벌려도 벌려 보자."

안달호는 전병기 어깨를 툭 치면서 일어났다. 그는 엉덩이에 묻는 흙먼지를 툭툭 털며 아무런 일도 없었다는 얼굴로 낮게 휘파람을 불었다.

"자! 어여들 앉아. 앉아서 탕수육도 먹어 봐. 오늘 짜장면은 내가 동해루 주인한테 특별히 부탁을 했응게 먹을 만할 겨."

시장 안에 있는 두 군데의 중국음식점은 오늘 휴일이다. 큰길가에 있는 동해루 주인이 봉고 벤을 이용해서 백오십 그릇의 짜장면과 탕수육을 가지고 왔다. 짜장면 차가 출발했다는 전화를 받았을 때부터 스피커에 불이 나도록 방송을 한 변차수 부부는 땀이 나도록 바빴다. 집집마다 다니면서 선거참여 여부를 물었더니 65가구가 꼭 참석을 하겠다고 대답했다. 넉넉잡아 백오십 그릇을 주문한 것은 잘했다는 판단이 들었다. 문제는 돈기철이 시내 극장 옆에 있는 중앙반점에 신청한 난자완스와 깐풍기가 도착하면 짜장면과 탕수육은 말 그대로 찬밥 신세가 될 거라는 생각에 바쁘게 뛰어 다니며 음식을 권했다.

츠! 흔해 빠진 짜장면 한 그릇 대접하면서 설치기는 꼭 암소 잡아 잔치하는 놈처럼 설치는구먼.

공터에는 삽시간에 짜장면 냄새가 물결을 쳤다. 떠들던 사람들도 짜장면을 싼 랩을 벗기는 순간 일제히 입을 다물었다. 여기저기 옮겨 다니며 술과 음식을 권하는 변차수 목소리만 홀로 나비처럼 날아다녔다. 그 반대로 체면을 지키기 위해 짜장면 그릇을 앞에 두고 앉은 돈기철은 속에서 불이 활활 타올랐다.

"우리도 시내에 시킬 것이 아니라 동해루에 시킬 걸 그랬슈."

"이 여편네가 짜장면을 첨 먹어 보나. 오래된 것도 아니고 바로 오늘 점심때 짜장면을 곱빼기로 해치운 년이 걸신들린 년처럼 환장을 하는구먼. 환장을 햐."

나무라는 시어미보다 말리는 시누이가 더 밉다고 하든가. 돈기철은 짜장면을 맛있게 먹으면서 속삭이는 아내 옆구리를 쥐어박고 싶은 걸 간신히 참으며 소주병을 끌어 당겼다. 일부러 거리도 멀고 음식 값도 비싼 시내 중앙반점에 주문을 한 것은 아니다.

어려? 오늘 아차동에 뭔 일이 있슈? 아까 통장님도 탕수육을 만 원짜리로 열 개나 주문을 했는데.

큰길가에 있는 동해루로 전화를 했더니 이미 능구렁이 같은 변차수가 훑고 지나간 뒤였다. 그래서 속이 쓰리기는 하지만 거리가 먼 중앙반점에 주문을 했더니 이건 웃기는 짬뽕이다. 거리가 멀다면 당연히 일찍 출발을 해야 하거늘 곧 출발한다는 말만 맹꽁이처럼 되풀이 하는가 했더니, 언젠가부터는 전화는 계속 통화 중이고 휴대폰은 아예 받지를 않았다. 그렇다고 입 다물고 마냥 기다릴 수만은 없었다.

이 새끼들이 오다가 사고가 났나? 출발했다고 전화를 한 지가 언젠데 아직 도착을 안 하능 겨?

그는 소주 한 컵을 단숨에 비워 버리고 단무지 한 개를 씹었다. 단무지 맛이 감칠 나게 목구멍으로 넘어간다. 짜장면을 덮은 랩을 벗기고 싶은 욕망이 사무쳐 왔다. 그러나 어디선가 변차수 놈이 회심의 미소를 지으며 쳐다볼지도 모른다는 생각에 애써 참으며 휴대폰을 꺼냈다.

"태한이 아버지가 그 뭐서! 까, 깐풍긴가 뭔가 하는 것도 시켰다는데. 그건 언제 오능 겨?"

"깐풍기만 시킨 것이 아니고 난자완슨가 하는 것도 시켰다는데?"

"젠장, 깐풍기든 안 깐풍기든 배부를 때 오면 썩은 감자 맛일 텐데 왜 안 오는 겨."

동네 사람들이 짜장면과 탕수육을 번갈아 먹어 가면서 주고받는 말은 모두 진리다. 돈기철은 불평을 늘어 놓는 사람들에게 '헛헛! 지금 오고 있능개뷰'라고 헛웃음을 짓는 간간이 화투장을 쪼는 노름꾼 같은 표정으로 휴대폰 번호를 눌렀다. 지금 가입자와 통화를 할 수가 없어서…… 맹맹거리는 통화음이 한참 동안 지속되다가 결국에는 가입자 운운하는 여자 목소리만 튀어 나왔다. 그는 그때마다 화를 참느라 두 눈을 질끈 감으며 휴대폰을 껐다. 겉으로는 이쪽저쪽을 바라보며 헤헤 웃어 준 다음에 소주를 권했다. 그들이 술을 마시느라 침묵을 할 때는 부모 제삿날 숨겨 둔 정부에게 전화를 거는 듯한 표정으로 다시 휴대폰 번호를 바쁘게 눌렀다.

중앙반점의 봉고차가 도착한 시간은 짜장면과 탕수육 그릇을 말끔히 비운 뒤였다. 성급한 축들은 벌써 화장실로 내달려갔고 그렇지 않은 축들은 이를 쑤시면서 만족한 얼굴로 달맞이를 했다. 돈기철의 애는 타다 못해 새카만 숯으로 변하기 일보 직진이기도 했다.

"왜 인제 오능 겨?"

"출발은 제시간에 했는데 오늘 초저녁부터 음주 단속을 하는 날이라 길을 돌아서 오느라 늦었구만유?"

"술 마시고 요리를 하느라 늦은 거는 아니고?"

"저녁나절에 친구 집에 배달 갔다가 뱀술 한 잔 한 거밖에 없슈. 요리야 어차피 주방장이 하는 거고."

"어떤 뱀을 먹었는지는 모르겄지만, 그놈의 뱀 꼬리는 사십 리가 넘는 개비구먼."

"좀 늦은 거 같쥬? 하지만 담부터는 총알처럼 달려 올 테니까 너무 섭하게 생각하지 마셔유."

주인은 돈기철 목소리에 가시가 박혀 있어도 느긋하기만 했다. 벙긋벙긋 웃는 얼굴로 요리 그릇을 싼 랩에 뜨거운 김이 방울방울 맺혀 있는 깐풍기와 난자완스를 내려놓았다.

"오늘은 깐풍기가 죽나, 내가 죽나 한번 해 보자."

"너는 깐풍기냐, 나는 난자완스다."

밀가루로 된 짜장면을, 그것도 곱빼기에 탕수육을 안주로 소주까지 마신 뒤라 포만감에 젖어 달맞이를 하고 있던 사람들 얼굴은 말과는 다르게 깐풍기나 난자완스 냄새에 심드렁했다. 그러나 거사 아닌 거사를 염두에 두고 있는 전병기와 안달호는 달랐다. 거사를 치르게 되면 동네 사람들의 눈총을 받게 될 것이고, 네 개의 눈총으로 백사십 여개의 눈총과 싸우게 될 것이다. 그들은 그때를 대비해서 배 터지도록 먹고 보자는 생각에 바쁘게 랩을 벗겨 냈다.

"이기 난자완스여? 난 뭐, 대단한 건 줄 알았더니 계란탕에 고기 다진 거 튀긴거잖여?"

"그래도 맛이나 봐."

"난자완스는 그렇다 치고 깐풍기는 도대체 뭔 음식여."

"그것이 그거여. 닭고기 튀긴 거를 감자 전분에 버무려 넣은 거."

사람의 입만큼 간사한 입은 없다. 남정네들은 말없이 소주 안주 삼아 깐풍기 접시와 난자완스 접시에 젓가락질을 했다. 집 안에서 요리를 하는 당사자들인 여자들은 달랐다. 너도나도 배가 부른 소리로 돈기철 비위를 박박 긁으면서도 쉬지 않고 먹어댔다.

"에, 음식 먹는 것도 좋지만 잠깐 공지사항을 전하겠습니다. 그러니까 입으로는 부지런히 음식을 처넣으시고 귀만 이짝에 신경을 써 주면 고맙겄슈."

"아니, 지금 뭐 하는 짓여! 난자완스하고 깐풍기가 지금 막 왔다는 걸 뻔히 알면서도 이럴 수가 있능 겨?"

허 의원과 평상에 앉아 있던 변차수가 일어서서 점잖게 시선을 끌어 모은 뒤였다. 그렇지 않아도 음식이 늦게 와서 많이들 드시라고 바쁘게 부산을 떨고 있던 돈기철이 발끈한 목소리로 이의를 제기했다.

"뭔가 전달 사항이 있는 모양인데, 먹으면서 들어도 상관이 없을 것 같은데. 여러분들 생각은 워뗘?"

돈기철의 공허한 메아리가 사라지기도 전이었다. 황 씨나 내중섭, 갈종근들과 함께 평상에 앉아 상을 받고 있던 허 의원이 점잖게 변차수 손을 들어주었다.

"통장! 뭔 말을 할라고 하는지는 모르겠지만 어여 해 봐."

황 씨도 어른 대접을 받는 사람답게 한마디 해야 된다는 생각에 깐풍기를 오물거리다 말고 변차수를 거들었다.

"다시 한 번 거듭 말씀드리겠지만 중요한 사항은 아니니까 변변치 않게 준비한 음식이지만 맛있게 드시면서 제 말에 경청하여 주시길 바랍니다. 에! 다름이 아니라 선거 방식에 대해서 말씀을 드리겠는데, 선거는 우선 통장 후보를 추천한 다음에 그 후보 이름을 써내는 것으로 하겠습니다. 여러분들과의 화합과 친목을 도모하자는 의미에서 아주 간단한 방법을 연구하다가 어르신들과 함께 낸 결론이니 그리 아시기 바랍니다요."

변차수는 마치 자신이 모든 음식을 제공하는 것처럼 생색을 내고 나서 돈기철을 찾았다. 표재봉 옆에 앉아 있는 돈기철의 얼굴은 소리 안 나는 총이라도 있으면 쏴 죽이고 말겠다는 표정이다.

이 자식아! 통장 자리 십 년이다, 십 년여. 통장 십 년 경험을 화투판에서 비 열 끗짜리 줍듯 그냥 주운 줄 아냐? 다 피눈물 나는 고

통 속에 건져 낸 경험이여. 애송아.

그는 가로등 불빛으로 봐도 붉으락푸르락 하는 돈기철의 얼굴에 차갑게 웃어 주고 나서 슬쩍 고개를 돌렸다.

"곽차복이 부부는 글씨를 모르잖유……."

"차복이와 그 안식구에 한하여 작대기 한 개면 기호 일 번, 두 개면 이번 하는 식으로 뽑을 생각이니 염려 놓아도 될꺼. 또 궁금한 점이 있으면 부담 없이 말씀들 하셔."

"배도 부르고 항께 지금부터 후보를 선출해도 되는 거유?"

전병기가 재빠르게 손을 들어 건의를 하고 난 후였다. 돈기철이 변차수가 제멋대로 놀고 있는 꼬락서니를 더 이상 봐 줄 수 없다는 얼굴로 벌떡 일어섰다.

"잠깐만유. 후보를 뽑기 전에 먼저 짚고 넘어가야 할 것이 있슈."

"시간은 많으니까 말씀해 보셔."

변차수는 허 의원이 뒤에 버티고 있는 한, 걱정이 없다는 얼굴로 뱅글뱅글 웃으면서 선선하게 허락을 했다.

"우리 동네가 오늘 날 왜 이 모양 요 꼴로 타락을 했슈? 우리 동네도 어른이 있고, 우리 동네도 먹고살 만한데 왜 다른 동네 놈들한테 욕을 먹고 사냐 이거유. 여러 가지 문제가 있겠지만 가장 중요한 것은 단결이 안 되기 때문인 거 같습니다. 통장을 중심으로 똘똘 뭉쳤더라면 욕먹을 일이 뭐가 있으며, 다른 동네보다 못할 것이 뭐가 있겠슈. 그래서 나는 이번 통장 선거에서 일단 후보로 나선 사람은 누가 통장이 되던지 당선이 된 신임통장의 말에 절대적으로 복종을 해야 된다고 주장합니다. 그렇지 않고 선거에서 떨어진 것에 대한 앙심을 품고 야비하게 인수인계를 제대로 하지 않는다거나, 신임 통장이 하는 일을 하는데 적극적으로 협조해 주지 않고, 어디 한번 너 혼자 잘해 봐라, 라며 코웃음이나 치면 절대 안 된다는 겁니다. 그런 후보는 동네서 내쫓든지 인간 취급을 하지 말아야 된다 이거유."

변차수의 뱅글뱅글 웃는 모습에 화가 치민 돈기철은 웅변을 하듯 양 주먹을 꽉 치고 단상을 치는 흉내를 내보이며 열변을 토해 냈다.

"와! 옳소!"

"기철이 형님, 파이팅! 아싸!"

거사 아닌 거사를 벌이려면 술의 힘이 필요하다. 다른 사람들보다 빠르게 술잔을 돌리고 있던 전병기와 안달호가 무조건 환호를 질렀다.

"움머! 인제 봉께 태한이 아버지도 화끈한 구석이 있구먼."

"일이천 원짜리도 아닌 깐풍기에 난자완스를 낼 때는 비장한 각오를 했겠지."

"오늘 주문한 깐풍기에 난자완스 가격이 꽤 될 걸?"

"우리는 이렇게 비싼 음식은 안 시켜 먹어 봐서 모르지만 한 접시에 최소한 만오천 원은 넘을 겨."

"움마! 그럼 난자완스와 까…… 깐풍기 가격만 해도 사오십만 원은 넘겠구먼.

"통장 자리가 그렇게 좋은 건가……."

"공개 석상에서 날 아주 쩨쩨한 놈으로 몰아붙일 모양인지는 모르겠지만 어여 드셔."

엉뚱한 곳에서 돈기철에 대한 동정이 쏟아지는 것을 느낀 변차수가 재빠르게 대전만두집 말을 막고 나섰다.

"딱 세 가지만 말 하겄슈…… 첫째로 누가 통장에 당선되든 삼 년 임기는 확실하게 보장을 해야 한다는 점유…… 두 번째는 하다못해 차복이가 통장에 당선이 되더라도 삼 년 임기를 보장하는 것은 물론이고, 아까도 강조를 했지만 다른 사람들보담은 통장 후보로 나왔던 사람이 앞장서서 신임 통장을 적극적으로 도와 줘야 한다 이거유…… 세 번째는 아까 말한 것과 같은 맥락인 말인데 동네 사람들도 무조건 통장의 말에 복종을 해야 한다 이겁니다."

어느 틈에 보름달이 떠올랐다. 대낮처럼 밝은 빛이 선이네식당 앞 공터에 은가루처럼 떨어져서 가로등 불빛이 민망해 숨을 지경이다. 돈기철의 웅변조 발언을 하는 틈틈이 술 취한 전병기와 안달호의 요란한 박수 소리에 잠깐씩 멈춰야 했다.

저 싸가지 없는 것들이 취했구먼. 취했으니까 큰 소리로 말해야 씨가 먹히는구먼.

전병기와 안달호가 박수를 보낼수록 그는 더 큰 소리로 발언을 했다.

"이야! 난 태한이 아버지가 전문학교를 나왔다고 하는 말을 안 믿었었는데 인제 보니 참말 같네."

"야! 이 사람아. 그 시절 전문학교는 요새 대학원과 동급이여. 설마 대학원까지 나온 사람이 영 맹탕이야 되겄는가."

"하여튼 기철이 저 사람 뭔가 달라도 다른 사람이라는 점은 확실야.”

전병기와 안달호의 대책 없는 박수 소리에 걸맞게 돈기철의 웅변이 분위기를 삽시간에 축제 분위기로 만들어 버렸다. 너도나도 돈기철을 응원하며 생각 없이 박수를 쳐대기도 하고, 노래를 한 곡조 부르라는 사람도 있었다. 변차수한테 술이 부족하다고 고함을 지르는 사람이 있는 가하면, 소주는 현 통장이 샀으니 차기 통장은 맥주를 사야 한다고 의견을 제기하기도 했다.

“조용히! 잠깐만 조용히 합시다. 선거를 하려 후보를 추천해야 하는데 누가 추천을 할 겁니까?”

분위기가 갑자기 돈기철 쪽으로 급선회하는 것을 느낀 변차수는 큰 소리로 박수를 쳤다. 박수 소리에 사람들의 목소리가 잠시 줄어든 틈을 이용해서 긴장한 얼굴로 재빠르게 안건을 제시하고 이마의 땀을 닦았다.

“저는 차기 통장은 반드시 돈기철 형님이 해야 된다고 생각합니다.”

표재봉이 더 이상 망설일 이유도 없다고 생각하고 제 일착으로 후보를 냈다.

“감사합니다. 아무쪼록 아차동 통장으로 봉사할 기회를 주시기 바랍니다. 만약 기회를 주신다면 열과 성의를 다하여 이 한몸 산산조각 나는 한이 있더라도 봉사할 것을 약속 드려유.”

전체적인 분위기로 보아서 선거를 해 보나 마나 통장에 당선된 것과 같다고 생각한 돈기철이 벌떡 일어났다. 누가 시키지 않았는데도 양손을 번쩍 들어서 흔들면서 활짝 웃는 얼굴로 짤막하게 후보 수락 연설을 했다.

"에…… 통장은 아무래도 경험이 풍부한 사람이 해야지. 저는 현 통장인 변차수 씨를 추천하겄슈."

돈기철의 후보 수락 연설에 사람들은 열화와 같은 성원을 보내면서도 허 의원 쪽으로 시선을 돌렸다. 평상 위에서 달빛에 흠뻑 젖어 있는 허 의원은 말을 하지 않았다. 내중섭에게 눈짓을 보내고 난 후에 점잖게 술잔을 들었다. 허 의원의 눈짓을 받은 내중섭은 동네 사람들의 분위기가 예상치도 않게 돈기철에게 흐르고 있는 것을 감지하고 잠깐 망설였다.

"뭐 하능 겨!"

허 의원이 술잔을 내려놓으며 속삭였다. 그는 그때서야 에라 모르겠다하는 얼굴로 변차수를 추천했다. 돈기철의 간단하면서도 짜임새 있는 후보 수락 연설에 경탄의 빛을 날리던 사람들의 시선이 일제히 변차수에게 돌아갔다. 달빛이 어른거리는 소주잔을 들거나, 깐풍기나 난자완스를 뒤적거리면서 변차수를 쳐다보고 있을 때다.

"저는 진구 형님을 추천합니다. 우리 동네 일꾼은 누가 뭐라고 해도 진구 형님이라고 생각하니까 당연히 차기 통장은 윤진구 형님이 해야 된다고 생각합니다."

안달호, 전병기들과 어울려 술잔을 주고받던 철수가 불쑥 일어나서 진구를 추천했다.

"맞아유! 통장은 누가 뭐라고 해도 명수 아버지가 해야 해유!"

음식을 먹는 사이사이 소주병이며 음료수 병을 들어 나르던 현이네가 온 동네 사람들이 들으라는 목소리로 찬성을 했다.

"사람이야 더 없이 좋긴 하지만 원래 앞으로 나서는 성질이 아니잖여."

"명수 아버지가 통장을 한다고 나선다면이야 선거할 필요도 없지."

성질 급한 아낙네들은 속삭이는 목소리로 미리 예상을 하고 나서도 혹시나 하는 눈빛으로 진구를 쳐다봤다.

"철수 동생이 저를 생각하는 맘은 참말로 고맙게 받아들이겠습니다. 허지만 저는 여러분이 잘 몰라서 그렇지, 저기 앉아 있는 차복이 형님보다도 못한 놈유. 차복이 형님은 정신이 쪼끔 모자라기는 하지만 이 동네에서 젤 착하신 분입니다. 착하기만 한가요? 이 동네 궂은일은 누가 다 하시는 분입니다. 그래도 생색 한 번 안 내시는 분이 바로 차복이 형님이유. 하지만 이 윤진구는 안 그려유. 겉으로는 똑똑하고 야문 척 내숭을 떨고 있지만 친구 한 명도 챙겨 주지 못하는 비겁한 놈입니다. 그것뿐이 아녀유. 사람들 앞에서는 엄청 열심히 일을 하는 것처럼 보일지는 몰라도 말유. 아는 사람은 죄다 알고 있겠지만 이 동네에서 빚이 젤로 많은 사람이 여기 서 있는 윤진구라는 인간입니다. 만약 지가 똑똑했으면 친구가 정든 아차시장을 떠났겠슈? 만약 제가 일을 잘했으면 왜 빚을 최고로 많이 졌겠슈. 그 두 가지만 보더라도 저는 여러분이 원하는 그런 사람이 못 됩니다. 한마디로 제 앞가림도 못하고 사는 한심한 놈이라 이겁니다. 한심하다 못해 친구 한 명도 지켜주지 못한 죄인이유. 그런 죄인이 뭔 낯짝으로 통장 후보로 나설 수 있겄슈. 그런 의미에서 철수 동생이 추천을 하는 통장 후보는 정중하게 사양을 하겄슈."

진구는 철준이 있을 때는 말술을 마셔도 다른 사람들에게 흔들리는 모습을 보여주지 않았다. 요즈음은 소주 한 병만 마셔도 비애가 가슴을 훑고 지나가면서 쉽게 취했다. 그런데다 철준을 대신할 통장을 뽑는 자리라는 생각까지 겹쳐서 폭주를 했더니 가슴 속에 무쇠 철판으로 겹겹이 쌓여 있는 아픔들을 한 장씩 들어내고 싶은 충동이 일어났다. 그는 웃는 듯하면서도 우는 듯한 표정으로 우는 표정인 것 같으면서도 비애를 머금은 목소리로 말을 하고 나서 털썩 주저앉았다.

"쯧쯧……."

"휴!"

진구는 사람들의 시선이 일제히 자신에게 몰려 있다는 것을 의식하지 않았다. 그는 고개를 숙이고 스스로 술을 따라서 턱을 추켜올리며 천천히 마셨다. 술을 마시는 진구의 이마로 뽀얀 달빛이 떨어졌다. 달빛은 진구가 고개를 숙이는 순간 빈 술잔 안으로 떨어졌다. 한 모금 정도 남은 술을 달빛에 섞어 마신 진구는 아득히 먼 눈빛으로 달을 바라봤다. 달빛이 얼굴을 쓰다듬고 있는 아낙네들 입에서 풀잎처럼 여리고 질경이처럼 질긴 한숨이 새어 나왔다.

"흥! 꼴값을 하고 있구먼. 꼴값을 하고 있어. 간을 씹어 먹어도 시원찮을 철준이, 그놈을 아직까지 친구로 생각하고 있었구먼. 그려,

친구가 그렇게 좋으면 지금이라도 당장 따라가! 따라가서 그놈 낯짝만 쳐다보면서 살아 봐. 밥이 나오는지 떡이 나오는지는 모르겠지만 살아보면 꼴좋을 끼다. 꼴좋을 껴."

사람들이 진구의 절망 섞인 일장 연설에 처연한 눈빛으로 서로의 눈치를 살피며 조용히 술을 마시고 있을 때다. 철수 아내 옆에 앉아서 진구를 노려보고 있던 그의 아내가 벌떡 일어섰다. 그녀는 가슴저 밑에서 끓어오르는 증오심이 얼굴에 하얗게 번진 얼굴로 내뱉고 나서는 달빛 속으로 뛰어갔다.

"자자! 계속합시다. 나는 곽차복 씨를 추천하겄슈."

"나도 곽차복 씨를 통장 후보로 추천합니다."

진구 아내가 시야에서 채 사라지기도 전에 벌떡 일어선 전병기의 선창에 안달호가 토를 달았다. 갑작스러운 진구 아내의 행동에 덩달아서 엉겁결에 일어났거나 엉거주춤한 자세로 서 있던 사람들은 전병기와 안달호 쪽으로 시선을 돌렸다.

"지금 뭐라고 하능 겨?"

"글쎄, 곽 씨를 후보로 낸다고 하는 말 같은데?"

"곽 씨가 여길 오긴 온 거여?"

사람들은 어이가 없는 얼굴로 주변을 두리번거리다 구석에 앉아서 식어 빠진 깐풍기와 난자완스를 먹고 있는 곽차복 부부를 발견했다. 사람들은 '저 사람들이 언제부터 저기 앉아 있었지' 하는 얼굴로 쳐다보다가 맥 빠진다는 얼굴로 하나둘 씩 고개를 돌렸다.

"어이! 차복이 형! 당신을 통장 후보로 밀었으니까 후보 수락 연설을 해야 할 거 아녀."

"우리 체면도 있으니까 떨어지는 한이 있더라도 한마디 해야지. 얼른 일어나서 한마디 하란 말여."

술에 취한 안달호와 전병기는 축제 분위기에 휩싸여 있던 사람들의 표정이 일그러져가는 것을 염두에 두지 않았다.

저 썩을 놈들! 그렇게 당부를 했건만 기어이 일을 터트리는구먼.

돈기철은 전병기와 안달호의 어이없는 놀음에 사람들이 정신을 차린 나머지 분위기가 반전이 될지도 모른다는 생각에 입을 다물고 딴 데를 쳐다보았다.

변차수는 그렇지가 않았다. 곽차복이 돈기철의 웅변에 물 타기를 할 것 같았다. 그는 표가 달려오는 환상에 흠뻑 젖어서 잔뜩 흥분한 얼굴로 주먹을 꼭 쥐고 그들을 노려보았다. 당사자인 전병기와 안달호는 동네 사람들의 표정이 험악해지든 일그러지든 말든 터져 나오려는 웃음을 참으며 곽차복을 밀어붙였다.

"히히!"

"허! 저 자식 보게. 병기하고 달호 말이 진짜 줄 아능게비구먼."

구석에 앉아 있던 곽차복이 일어서서 뒷걸음을 치느라 어깨를 비트는가 했더니 아내 손을 잡아 일으켰다. 그 모습을 지켜보고 있던 허 의원이 재미있어진다는 얼굴로 말했다.

"흐흐흐, 일어섰으면 어여 후보 수락을 해야지."

"곽 형, 그래도 오늘은 폼 나는 구석이 있구먼. 어여 한마디 멋지게 햐."

전병기와 안달호는 일이 계획대로 진행되어 간다는 희열을 참느라 오줌이 찔끔찔끔 나올 지경이었다. 그러나 선거가 끝날 때까지는 참아야 된다는 생각에 삐질삐질 터져 나오려는 웃음을 참으며 곽차복을 밀어붙였다.

"히히, 나…… 나도…… 통장 후보로…… 나…… 나설규."

"그려, 통장 후보로 나오는 거야 네 맘대로니까 할 말은 없다. 이왕 어렵게 일어선 길이니까 통장이 되면 어떻게 할 건지 소견이나 말해 봐라."

아내 손을 꽉 잡은 곽차복이 해죽해죽 웃으면서 후보 수락을 하고 난 뒤였다. 갈종근이 어디까지 가는지 지켜나 보자는 얼굴로 말을 던졌다.

"지…… 진구가 시…… 시키는 대로만 하면 되…… 되…… 되는데……."

"진구가 시키는 대로만 한다면이야 더 이상 바랄 것이 없지. 하지만 진구가 없을 때는 워틱할 겨?"

"히!…… 지…… 진구를 차…… 찾아야지."

곽차복은 갈종근이 던지는 질문에 말을 더듬기는 했지만 비교적 정확하게 뜻을 밝혔다. 그 말에 사람들이 박수를 치며 웃었으나 상관하지 않았다. 그는 절룩거리는 걸음으로 아내 옆에 바짝 붙어 섰다. 그는 한없이 사랑스러운 눈빛으로 아내를 바라보며 손을 꼭 부여잡았다.

"당신이 참말로 통장이 되고 싶어유?"

"응"

"통장이 되면 뭐 할 낀데?"

곽차복 아내는 마치 곽차복이 통장에 당선이 되기나 한 것처럼 꿈을 꾸는 눈빛으로 속삭였다.

"도…… 동네를 위해서 일할 겨."

"시방 통장보다 더 잘할 수 있슈?"

"그…… 그려."

곽차복은 아내 눈동자를 바라본다. 가로등과 보름달이 숨어 있는 아내 눈동자는 언제 봐도 아름답다.

"통장일은 진구가 시키는 대로 하겄다, 진구가 없으면 진구를 찾겄다, 이거지. 우리 동네에 진구만한 인물이 없는 건 사실잉께 그 말이 정답이구먼."

곽차복 말이 빈말인지 잘 알면서도 무의식중에 곱씹어 보던 허의원이 꼴값을 하고 있다는 얼굴로 말했다.

"그람 후보가 세 명이 되는 건가?"

황 씨가 웃음을 참느라 어깨를 흔들며 하는 말에 변차수와 돈기철을 제외한 사람들은 또 다시 웃음을 터트렸다. 그 중에서 전병기와 안달호는 소기의 목적을 달성했다는 생각에 바닥을 치며 데굴데굴 구르다시피 웃어 재꼈다.

"그만! 그만들 웃고 내 말 좀 들어 봐유. 또 다른 후보를 추천하지 않는다면 이걸로 후보 마감을 하겠습니다."

"곽차복이는?"

안달호 어깨를 치며 웃어 재끼던 전병기가 정색을 한 얼굴로 물었다.

"에! 차복이도 엄연히 우리 동네 사람인 이상 당연히 후보로 나설 수 있다고 보는데, 여러분들 생각은 어때유?"

"흐흐흐! 차복이도 권세 운이 있었구먼."

"그려, 통장도 감투라면 감투게 그것도 권세 운이라고 할 수 있을 껴."

"이참에 차복이 손금이나 한번 볼까?"

"츠! 우리가 언지 손금대로 살았나."

변차수가 묻는 말에 사람들은 너도나도 한마디씩 하며 곽차복 부부를 바라봤다.

흐흐흐. 차복이한테 한 표 줘서 놈이 좋아하는 꼴 좀 봐야겠구먼. 그래도 명색이 후본데 표가 한 표도 안 나오면 섭섭할 껴. 나라도 한 표 줘야지. 변차수는 표가 많이 나올낑게 불쌍한 차복이한테도 한 표를 주는 것이 도리겄지. 차복이 저 자식 선거 때 표 나옹 거 내가 찍어 준거라고 하면 되게 좋아할 걸.

웃음을 머금고 곽차복을 바라보던 대부분의 사람들은 고고히 흐르는 달빛에 취해 음모를 꿈꾸며 벙글벙글 웃었다.

작가의 말

가을이다.

사람들이 가끔 묻는다. 매일 소설 쓸거리가 생각나느냐고? 나는 대답한다. 매일 소설을 새로 쓰는 것이 아니다. 쓰고 있던 소설을 매일 이어 쓰고 있다. 그러면 그 사람이 다시 묻는다. 좌우지간 소설 쓸거리가 있으니까 매일 쓰는 거 아니냐? 그럼 나는 그럴지도 모른다고 애매하게 대답한다.

나는 매일 소설을 쓰는 사람이다. 특별한 일이 없으면 하루를 소설 쓰는 걸로 시작을 한다. 그 일은 매일 아침을 먹는 것과 별로 다르지 않다. 입맛을 잃을 정도로 몸이 아프지 않는 이상, 매일 아침을 먹는 건 당연한 현상 아닌가? 살아 있으니까…….

올해로 소설 쓰는 일을 직업으로 삼은 지 28년째 접어들고 있다.

그동안 작은 역사를 이루었다면 대하장편소설 『금강』을 출간했다는 점이다. 28년의 50%에 가까운 12년 6개월이라는 세월을 금강 집필하는데 썼다. 나머지는 늦깎이 공부를 하고, 이런저런 소설을 썼다.

물론 『금강』을 쓰는 동안도 다른 장편소설을 틈틈이 썼다. 편식은 영양실조에 걸리기 쉽다. 글쓰기도 그렇다. 『금강』에만 매달려 있다 보면 긴장을 놓칠 우려가 있다. 한두 달 동안 잠깐 다른 곳으로 신경을 써야 팽팽한 긴장을 유지할 수가 있다.

소설의 소재도 그렇다. 어떤 사람은 시종일관 한 우물만 파야 되는 거 아니냐? 예를 들어 어느 작가 이름을 떠올리면 '아! 사회비판적인 소설을 쓰시는 분'이라는 등식이 성립되어야 하느냐고 반문한다. 그러한 측면에서 나는 잡식성이다.

이 책도 내가 그동안 써 왔던 소설과 전혀 다른 소재를 선택하고 있다. '선거'라는 다소 생소한 주제를 다루고 있다. '선거'라는 무거운 주제를 블랙코미디로 썼다는 점은 앞서 출간한 『천득이』와 같다. 그러고 보니 등장인물의 캐릭터도 『천득이』에 나오는 인물들과 비슷한 면이 있기는 하다.

나는 글 욕심이 많은 편이다. 지금도 『금강』의 전편에 해당하는, 1900년도부터 1955년까지 근현대를 다룬 소설을 쓰겠다는 욕망을 꼭꼭 감추어 두고 있다. 물론 당장 오늘부터 쓸 수도 있다. 자료도 그만큼 축척해 두었고, 시간 날 때마다 들여다보고 있다. 그런데도 쉽게 첫 장을 쓸 수가 없는 것은, 일단 시작을 하면 끝장을 봐야 한다는 성격 때문이다. 그렇다고 언제까지나 미루어 둘 수는 없다.

가을이 가고 겨울이 지나고 봄이 오면 꽃이 핀다, 그때 시작을 하게 될지도 모르고, 함박눈을 바라보며 가제 『백성』의 첫 줄을 쓰게 될지도 모른다. 『백성』을 쓸 생각을 하면 즐겁고, 시작을 할 생각을 하면 두렵기도 한 것이 솔직한 마음이다.

이 책이 잘 팔렸으면 하는 것이 솔직한 마음이다. 왜? 이 책이 나오기까지 애를 써 주신 글누림출판사의 최종숙 대표님을 비롯하여 이태곤 편집이사님께 은혜를 갚고 싶다. 더불어 아낌없는 헌신으로 후원을 하고 있는 사랑하는 아내 김미교 님께 '나하고 살아 줘서 정말 고맙다'는 말을 하고 싶다.

2017년 11월
영동 우거에서